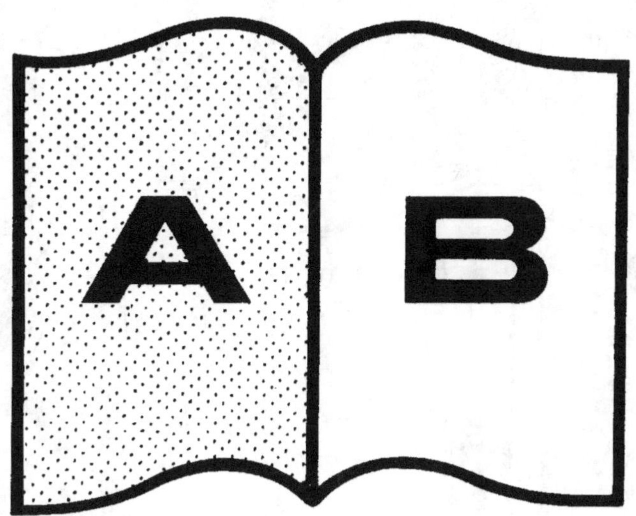

Contraste insuffisant

NF Z 43-120-14

N MODO HERCVLES SED ET MARS GALL

LES
TRIOMPHES
DE LA GVERRE
ET DE L'AMOVR.

HISTOIRE ADMIRABLE
des sieges de Cazalle & de
Lymphu Rée, places importantes où s'est signalée la prodigieuse valeur de Thorasmont:
& les chastes Amours de ce Prince & de l'incōparable Martisie,
PAR LE S. HVMBERT.
1621.

auec Priuilege du Roy.

A PARIS
Chez André un Alazeré,
Libraire Iuré, demeurant au bout
du Pont au Change, vis à vis de la
premiere Salle du Palais, à la
Chapelle.

VMBRA STAT NON IPSE

MANES OMNES

SOLI MOD ERCVLES SED IRS GNA

LES
TRIOMPHES
DE LA GVERRE
ET DE L'AMOVR

HISTOIRE ADMIRABLE
des sieges de Cazalis & de
Lymphi Rec, places importantes, où s'est signalée la prodigieuse valeur de Thoralmont:
& les chastes Amours de ce Prince & de l'incomparable Martisie
PAR LE S' HVMBERT
1631

A PARIS,
Chez Anthoine Alazeri,
Librere Iuré tenant sa bou-
tique au Palais à l'entrée de la
grande salle du costé de la S'e
Chapelle

Je suis M.tr françois Guignoz
procureur au bailliage et siege
presidial dauxerre 1663

Guignon

Y.² 587.

A
MONSEIGNEVR
DE THOYRAS,
Mareſchal de France.

ONSEIGNEVR,

C'eſt en la Guerre
& en l'Amour qu'on
remarque par excellence tout ce qui eſt
de grand & d'eſmerueillable dans l'v-
niuers : & tout ce qui eſt produit par
la Nature ſe rapporte à ces deux prin-
cipes, comme au centre fatal où about-
tiſſent toutes les lignes du bon-heur ou
de l'infortune ; Les deſtinees eſcriuent
ã ij

EPISTRE.

leurs arrests dans ces deux registres en
caracteres de sang & en lettres d'or,
& dans ces deux forteresses sont les
magazins de Pandore & d'Amalthee.
La guerre est vne mer battuë de continuelles tempestes, sans calme, sans bo-
nasse, sans port, toute pleine d'escueils
& de perils, agitee sans cesse par des
tourbillons & des tourmentes. Au
contraire l'Amour est l'esprit qui anime les plus belles choses, & leur donne
l'estre & la forme, dont les douceurs
sont incomparablement plus exquises
que tous les charmes & les appas des
autres plaisirs : Ce n'est pas toutesfois
cette Idole de Paphos, mais plutost vn
Amour assis dans le throsne de la vertu, qui meslange les palmes auec les
myrthes, & met ses oliuiers sous les
branches de ses lauriers, à l'abry des
coups du tonnerre & de la foudre; de-
qui les flammes plus brillantes que les

EPISTRE.

leurs arrefts dans ces deux regiftres en
caracteres de fang & en lettres d'or,
& dans ces deux forterefles font les
magazins de Pandore & d'Amalthee.
La guerre eft vne mer battuë de continuelles tempeftes, fans calme, fans bo-
naffe, fans port, toute pleine d'efcueils
& de perils, agitee fans ceffe par des
tourbillons & des tourmentes. Au
contraire l'Amour eft l'efprit qui anime les plus belles chofes, & leur donne
l'eftre & la forme, dont les douceurs
font incomparablement plus exquifes
que tous les charmes & les appas des
autres plaifirs: Ce n'eft pas toutesfois
cette Idole de Paphos, mais plutoft vn
Amour affis dans le throfne de la vertu, qui meslange les palmes auec les
myrthes, & met fes oliuiers fous les
branches de fes lauriers, à l'abry des
coups du tonnerre & de la foudre; de-
qui les flammes plus brillantes que les

rayons de l'astre du iour sont sans tenebres & sans fumee, & n'offusquent
point la lumiere de la raison. Il est vray
qu'il se trouue vn mauuais Amour, dõt
le feu est sans clarté, & les flesches em-
poisonnees, & qui n'a pour son aliment que des tourmens plus cruels que
les gesnes des Ixions & des Promethees. On voit pareillement vne bonne
guerre, qui ne souille point sa valeur du
crime de cruauté, & n'excite point
de tulmutes, mais porte le bouclier de
la constance & l'espee de la Iustice
pour le seruice de l'Estat: en vn mot,
vn Mars au milieu de Pallas & d'A-
stree, qui ne respire apres les vacarmes que pour les reprimer & les esteindre. De telle sorte qu'il est indubitable,
que ces deux Guerres & ces deux A-
mours sont comme les arbitres souue-
rains qui president au tribunal de la
vie & de la mort, & tiennent en leur

pouuoir les rhefnes de la conferuation
& de la ruine. Vn guerrier qui porte
fur fon vifage les attraits les plus puiffans de celuy qui preside fur les beau-
tés, & qui tient en fes mains les foudres du Dieu de la Thrace, nous faict
toucher au doigt par fes prodiges &
par fes miracles la difference de ces
deux Amours & de ces deux Guerres, la repugnance de leurs qualitez,
& la diuersité de leurs succez & euenemens. Il vient (Monseigneur) auec
vne main enrichie de mille lauriers,
vous offrir fes palmes, ou plutoft vous
prefenter vos triomphes & vos trophees. Sa valeur ne trouue point d'e-
xemple en l'antiquité, & la voftre ne
laiffe aucune efperance d'imitation aux
fiecles à venir. Il a dompté la rage de
l'Afie en deux entreprifes fameufes ; &
vous, foubs les aufpices du plus augu-
fte de tous les Roys, & plus iufte de

tous les hommes, auez reduit en poul-
dre les efforts de toute l'Europe, &
triomphé de tant de puiſſances coniu-
rees enſemblement en deux ſieges ſi
remarquables & importants. La gloire de voſtre nom eſpanduë par toute la
terre, l'ameine pour admirer en vous
toutes les perfections reelles & imaginables, ou pour mieux dire, pour vous
faire voir les merueilles de vos glorieux exploits ; puis qu'en effeċt il n'eſt
que l'ombre de voſtre corps , qu'vn
rayon de voſtre lumiere , & qu'vne
glace tres-pure qui repreſente au naturel ſoubs des noms myſterieux, le luſtre
de vos grandeurs. Vn ſage Peintre re-
preſentoit la maieſté de ſes Dieux, voi-
lee par des nuages , depeur d'eſtre eſblouy par l'eclat d'vne ſi grande clairté: auſſi la ſplendeur de vos actions, digne d'vne duree plus forte que celle du
bronze, du marbre & de l'or , ne peut

EPISTRE.

eſtre exprimée que par des myſteres
empruntez de l'admiratiõ, & qui paſſent les bornes de l'eloquence. Ceſte hiſtoire (Monſeigneur) n'eſt que le foible
crayon de voſtre vertu, ſemblable au
feu des Veſtales qui ne s'eſtaint point,
& à la pourpre de Perſe qui ne ſe ternit iamais ; & n'eſt qu'vne idée confuſe de cette courtoiſie incomparable, qui
vous releue par deſſus tout ce qu'il y a
de plus modeſte dans l'Vniuers, & qui
me permettra, s'il luy plaiſt, de me
dire,

MONSEIGNEVR,

Voſtre tres-humble & tres-
obeïſſant ſeruiteur,

HVMBERT.

SOMMAIRES DE ce qui est contenu en ce Liure.

LIVRE PREMIER.

Rands preparatifs pour le secours de la ville de Cazalie. L'inuincible Thorasmont entreprend la conseruation de cette place. Extrauagances du timide Sybiran, & ses contestations auec Kiromandre grand homme d'Estat. Sybiran desdaigne les femmes, & discourt de leurs ruses, de leurs artifices, & de leur vanité. Preuoyance de Thorasmont, l'ordre de sa flotte, & sa harangue aux soldats. Sybiran deteste la guerre, & fait voir les diuers accidens qui l'accompagnent. Tours de soupplesse & fourbes des plaideurs. Malheurs des procez & des prisonniers. Artifice incroyable d'Vdisse.

LIVRE SECOND.

Estrange danger de Sybiran dans la forest. Plaisante rencontre, aggreable sabath. Ruse de Hidimaël pour auoir la bourse de Sybiran, qu'il fait passer pour Sorcier, & pour demoniacle, & comme

LIVRE TROISIESME.

LIVRE QVATRIESME.

LIVRE CINQVIESME.

LIVRE SIXIESME.

LIVRE SEPTIESME.

Histoire des parens de Thorasmont & de la Sultane. Vision apparue à Lucidor. Accidens
suruenus. Phyrimam riual & ennemi de Thorasmont. Thorasmont Gouuerneur de la Prouince d'O-
nixee & de Lymphiree. Ses amours auec Martysie.
Mysteres cachez soubs ces noms. Estranges meslan-
ges, plaisantes rencontres , diuerses ialousies de
Cleodonte, de Lindamie & de Phyriman. Instrumens d'Amulazar pour sa magie ; sa cauerne , abo-
minables impietez , fantosmes effroyables , ambi-
gues responces des demons. Les trompeurs trompez
par des oiseaux , & la punition d'Amulazar. Attentats de Phyrimam. Valeur & rigueur de la belle
Martisie. Conspiration de Lindamie; prodigieuse
valeur de Thorasmont, estranges accidens , mort
de Lindamie. Addresse de Thorasmont & la con-

LIVRE HVICTIESME.

TABLE.

Extraict du Priuilege du Roy.

PAR grace & priuilege du Roy, donné à
S. Germain en Laye le 15. Decembre 1630.
Signé par le Roy en son Conseil, COVPEAV,
& seellé du grand seau de cire iaune, il est
permis à ANTHOINE ALAZERT, Marchand Libraire Iuré à Paris, d'imprimer, vendre & distribuer vn liure intitulé *Les Triomphes de la Guerre & de l' Amour*, composé par le
sieur *Humbert Aduocat en Parlement*: & ce durant
l'espace de six ans: à commencer du iour qu'il
sera acheué d'imprimer: & defenses sont faites
à tous Libraires, & Imprimeurs de ce Royaume, d'imprimer ou faire imprimer ledit liure,
le vendre, ny distribuer d'autre impression que de celle dudit ALAZERT, durant
ledit temps, sur peine de confiscation des
exemplaires, & de mil liures d'amende, & de
tous despens, dommages & interests. Ainsi
qu'il est plus au long contenu esdites Lettres.

*Ledit Alazert a consenty & consent,
quitte & transporte la moitié du susdit
Priuilege à Martin Collet Marchand Libraire à Paris, pour en iouyr le temps &
espace porté par ledit Priuilege, comme ils
ont accordé & conuenu ensemblement.*

LES
TRIOMPHES
DE LA GVERRE
ET DE L'AMOVR.

HISTOIRE ADMIRABLE
des sieges de Cazalie & de LymphiRee,
places importantes, où s'est signalée la
prodigieuse valeur de Thorasmont : &
les chastes Amours de ce Prince & de
l'incomparable Martisie.

LIVRE PREMIER.

L A Cour de Calomyre faisoit l'impossible d'obliger le genereux Thorasmont, (c'est ainsi qu'on nommoit

ce ieune Pince) par toute forte de bons traictemés pour le diuertir de fes entretiens folitaires & de fes triftes penfees; & l'inuincible Treba-fombe n'efpargnoit aucune chofe pour luy faire voir la magnificence de fon Royaume, & luy tefmoigner le pouuoir abfolu qu'il s'eftoit acquis fur fon fceptre, & fur fa perfonne. On preparoit cependant ce qui eftoit neceffaire pour les Armées qui deuoient marcher au fecours de la fameufe Cité de Cazalie, dont le fiege tenoit en efchec toutes les nations qui recognoiffent l'Alcoran ou le Chriftianifme en Orient, & dont la conferuation ou la perte deuoit renuerfer entierement le Diademe de Calomyre, ou l'affermir de telle forte, qu'il feroit redoutable à l'aduenir non feulement à l'Empire des Otto-

mans, mais aussi à tous les peuples
qui adorent Mahomet.

Sybiran, qui n'auoit point d'entree au Conseil de guerre, ignoroit les resolutions de ces deux
Princes & les preparatifs qui se faisoient pour l'embarquement de
Thorasmont; & se voyant en lieu
de seureté, il racontoit tantost à
Kiromandre, & tantost à Trebasombe les proüesses qu'il auoit
faites en ses ieunes ans; adioustant
que dans les perils les plus dangereux, & desquels les courages les
plus aguerris, n'auroient peu se de
uelopper, il auoit tousiours triomphé de la fortune, tousiours eu le
dessus sur ses ennemis, & tousiours
rendu la victoire tributaire de sa
valeur. Kiromandre, qui prenoit plaisir aux vanitez & aux
extrauagances de cet estourdy,

s'efforçoit de l'engager au recit de
ses aduantures; & pour cet effect le
vouloit conduire au departement
des Dames : mais quelque raison
qu'il sçeust alleguer, & quelque
priere qu'il sçeust faire , iamais il
ne peut faire venir Sybiran dans
la chambre de Philisie; Ne pouuant
donc gaigner cela par douceur
sur l'esprit de ce timide Marchant,
il feignit de recourir à la force, &
d'estre contraint de le faire emporter par des pages au lieu où la Princesse l'attendoit auec impatience,
& vn extreme desir de le voir &
l'entrotenir: mais Sybiran se mettát
en colere, disoit hautement, que sa
generosité ne pourroit souffrir vn
si grád affront, d'estre comme traiſ-
né par violence , & contre son gré
en quelque lieu que ce fust; moins
encore de seruir d'obiect à l'inso-

l ence de telles perſonnes, qui exigeoient de tout le monde de ſi
grands reſpects , & qui par leur
majeſté glorieuſe ſembloient imprimer dans l'ame de tout autre
que de Sybiran plus de terreurs &
plus de craintes que ne pourroit
faire la formidable puiſſance du
grand Seigneur. Que pour luy,
afin d'euiter vne contrainte ſi re-
pugnante à ſon humeur, il aymoit
beaucoup mieux traicter & decider ſes affaires auec des hommes,
qu'il auoit experimentez d'vne foy
plus entiere & plus raiſonnable; &
en tout euenement ; qu'il auroit
plus de gloire à les ramener à leur
deuoir , ſi tant ſoit peu ils s'en
eſcartoient, qu'il n'auroit mauuaiſe grace à deſmeſler quelque
choſe auec vne femme: attendu
que ce ſexe volage eſt enclein &

A iij

trop prompt à rédre des offences à
ceux là mesme qui leur en donnét
le moins de sujet; en vn mot, que le
iudicieux Sybiran ne pouuoit consentir à la perte de sa liberté; & pour
n'auoir apris l'art de piper, & n'a-
uoir pratiqué les infideles maximes
de l'artifice & de la feinte, il ne seroit iamais capable de fournir aux
sousmissions, aux soings & aux
hommages que les Dames rece-
uoiét continuellement de Thorasmót. Puis s'addressant au Roy Trebasombe, il luy demandoit si tous
les vaisseaux qui estoient à l'ancre
n'estoiét pas equippez pour suiure
Thorasmont au Royaume de Gallocalie: A quoy ce Monarque, rabaissant la grandeur de sa Majesté,
respondoit auec vn sousris, qu'il remettoit à la disposition du destin
le depart de Thorasmont, mais que

le voyage du gentil Sybiran dependoit de la volonté des Dames, qui
sans doute seroient accueillies d'vn
grand desplaisir au seul souuenir
d'vn si fascheux & si sensible
esloignement, tant elles estoient
satisfaites de sa bonne mine &
de sa valeur. Ie ne souhaitte pas
leur amitié (repart Sybiran) &
ne crains pas beaucoup leur haine:
puisque celle-cy m'est indifferente,
& que celle-là n'est d'ordinaire que
l'instrument de la serutude. Leur
haine, continua-t'il, est vn feu qui
ne brusle point, c'est vn phátosme
qui fait peur seulement aux petits
enfans & aux ames foibles, mais
qui ne peut nuire à ceux qui luy
opposent les armes de la raison;
& tout au contraire, leur amitié
semble en apparence estre vn port
asseuré, & en effect n'est qu'vn es-

cueil de naufrage : Leur esprit, qui
semble estre nay de la douceur mesme, n'a rien en si grande recom-
mádation que la rigueur, la cruauté
& la barbarie : & leur corps dans les
traicts charmans de ie ne sçay quelle innocence fausse, à l'exemple du
Cameleon, pour nous deceuoir, se
change dans chaque moment en
mille figures du tout differentes &
du tout contraires. Ce sont de
beaux arbres qui n'ont point
de fruict, & le plus souuent les
serpens se cachent sous ces belles
fleurs : Et pour dire tout, i'ayme
mieux, sans comparaison, suiure
l'inuincible Thorasmont dans le
hazard de quelque bataille, que
de l'accompagner au Palais des
Dames, & de me gesner dans
les loix ridicules & insupportables de ceux qui se meslent de fai-

re l'Amour, & qui se vantent d'e-
stre les vniques en constance & fidelité.

L'arriuée d'vn courrier qui venoit de la part du General Fomanrino qu'on auoit auparauant enuoyé auec nombre de nauires
pour incommoder les assiegeans,
mit fin aux discours, & aux inuectiues de Sybiran , & remplit son
ame d'horreur & d'effroy , lors
qu'il presenta au Roy Trebasombe
sa dépesche , auec des transports &
des tremblemens si estranges, qu'à
voir la contenance de ce messager
on ne pouuoit attendre que de funestes succés & de tragiques euenemens. Sans examiner si la cause
de ses apprehensions, estoit legitime, Sybiran demeuroit immobile, & aussi estonné que s'il eût esté
frappé d'vn esclat de foudre; puis

hauſſant peu à peu ſes yeux lan-
guiſſans, & qui ſembloient ſe voi-
ler des nuages de la mort, il faiſoit
des cris ſi lamentables, qu'ils auroient flechy les cœurs les moins
ſenſibles à la pitié. Trebaſombe au
contraire, par l'aſſeurance de ſon
port & de ſon action faiſoit bien
paroiſtre qu'il eſtoit exempt de
toute ſorte de crainte, & que quelques que peuſſét eſtre les ſecouſſes
de la Fortune, elles ne donne-
roient iamais aucune attainte à ſa
vertu:& laiſſant à Thoraſmót, qui
eſtoit venu tout à propos, le ſoing
de r'aſſeurer l'eſprit eſgaré de Sybiran, & à Kiromandre la charge
d'aſſembler le Conſeil de guerre, il
ouurit la lettre de Fomanrino, où
eſtoient ces mots.

FOMANRINO AV ROY
DE CALOMYRE.

IE crains que le Dieu tutelaire, qui preside sur les Monarchies, n'abandonne le timon des voftres pour faire surgir au port defiré la superbe domination d'Amurath. La mer eft couuerte de fes vaiffeaux, les riuages formillent de fes gens de guerre, & bien à peine la terre peut contenir le nombre infini de fes pauillons, de fes machines, & de fes cheuaux. Et ce monftrueux attirail qui traifne la defolation & la craincte, & qui mene deuant foy la rage & la terreur, ne bornera point fes fatales conqueftes par la prife, le fac & le pillage d'vne feule ville; ains erigera fes fanglans trophees fur les ruines de toute la Chreftienté. Car quelque prodigieufe valeur que vos armes sçauroient opposer , il ne sera pas en vostre pouuoir d'arrester le cours imperueux de son entreprise, ny de le frustrer de la gloire & du triomphe qu'il s'est promis. Il bat la miserable Cité de Cazalie auec deux cens machines de guerre du costé de la terre, & du costé de la mer, il va opposer des montagnes, afin de la faire perir de toutes parts , l'enseuelir dans ses propres cendres , & rendre sa defaite aussi remarquable que fut la perte de la fameuse ville du Roy Priam. La tempeste est si dangereuse, l'orage si grand, & les presages si funestes, que ie suis comme asseuré de la desroutte de nos forces, & de la ruine de cette place assiegee, voire i'apprehende le nauffrage de toute la Chrestienté. Mes nauires n'osent quitter la rade, tout tremble au seul souuenir de la puissance & de la barbarie

de l'ennemy ; *& la grande inegalité
qui est entre nous, m'oblige à ne rien
hazarder, à ne rien esperer & à tout
craindre.*

Trebasombe remit aussi tost ce
papier entre les mains de Thorasmôt, en luy disant, Braue cheualier,
voicy de nouueaux trophées qui se
preparent pour vostre valeur, si vostre bras victorieux, qui a desia par
diuerses fois guaraty ceste Monarchie, veut continuer les obligations qu'il s'est acquises sur cest
Empire, & desire encore dans les
perils qui nous menassent adiou-
ster de plus glorieux titres, à l'immortalité de sa gloire. Ie ne seray
iamais content (replique Thorasmont) iusques à ce que i'aye merité
en quelque façon l'honneur de vos
bonnes graces, & donné des preu-

ues de l'affection que i'ay pour voſtre ſeruice, & de la hayne que ie porte à l'inſolence des Otthomans ; adiouſtant, que ſi ſa Majeſté l'auoit agreable, il meneroit dans vne chambre cet eſperdu meſſager & le peu courageux Sybiran : de peur que les tremblemens de celluy-là, & les cris & les plaintes de l'autre ne donnaſſent quelque ſiniſtre impreſſion au peuple, qui en pourroit tirer quelque triſte augure ; & de ſuitte dans ces vaines cóiectures deſeſperer d'obtenir quelque bon ſuccés en ceſte guerre. On ordóne donques à Kiromádre d'arreſter dans vn cabinet le courrier & Sybiran ; Et le Conſeil eſtant aſſemblé, où s'eſtoit rendu le Roy Trebaſombe, il fut arreſté, que ſans perdre le temps inutilement, le iour enſuiuant Thoraſ

mont monteroit sur mer auec tous
les nauires qui estoient au port; &
en la plus grande diligence qu'il
seroit possible, iroit ioindre les
vaisseaux qui estoient sous la charge de Fomanrino, auec vn pouuoir absolû de commander à toute la flotte, de l'employer selon les
occurrences à ce qu'il aduiseroit,
de donner bataille, & generalement d'en disposer à sa volonté.
Et suiuant ceste resolution, Kiromandre portoit le commandement à ce general d'obeïr à Thorasmont, & suiure de poinct en poinct
tous ses mouuemens & tous ses
desseins.

La ioye, qui estoit peinte de
ses plus viues couleurs sur le visage de Thorasmont, & l'ardeur vehemente qui accompagnoit son a-
ction, tesmoignoient ouuerte-

ment le defir extreme qu'il auoit
de venir aux mains auec ces barbares, & de voir la fin de fon entreprife, l'accompliffement de laquelle le deuoit combler de bon heur
& felicité; Il prie le Roy Trebafombe & tous les Officiers de l'armee de tenir la victoire pour infaillible, & d'appuyer leurs efperances fur la iuftice de leur droict,
& fur le fecours de celuy qui tient
les refnes des deftinees, & qui
reduit en poudre dans vn inftant
les efforts & la vanité de ces temeraires, qui par vne brutalité de-
mefuree veulent affuietir tout le
monde fous les fers de leur cruauté
& fous la gefne infuportable de
leur paffion: Il exhorte en apres
tous les Chefs, qui pour lors e-
ftoient au Confeil, & qui eftoient
deftinés pour s'embarquer auec
luy,

luy, de se tenir prests & en estat de
bien faire, pour se comporter en
vrais soldats, auec cette ferme resolution de vaincre, & dissiper tous
les obstacles qui s'opposeroient à
leurs conquestes & à leur course,
ou de chercher dans vne bataille
vne mort honorable, & qui doit
tousiours estre preferee à vne honteuse vie ; veu qu'il ne s'agissoit pas
seulement de la conseruation d'v-
ne ville, mais aussi du repos de tout
vn Royaume, & qu'il estoit question de reprimer l'audace de l'ennemy commun de toute la Chrestienté, & de repousser puissamment l'injustice & la temerité de
ses armes. Puis s'addressant tantost
aux premiers Officiers, & tantost
aux autres Capitaines ; Vous estes
tous (leur disoit ce Prince) trop
courageux & trop bien nourris

pour commettre la moindre laſcheté en vne occaſion de telle importance, d'où l'euenement doit
calmer les orages & la tourmente
qui menaſſent du naufrage la liberté de voſtre patrie, ou l'expoſer en
proye à la fureur des vagues & des
eſcueils, qui la briſeront & l'enſe-
ueliront dans les abyſmes d'vne
perpetuelle captiuité. Toute l'Europe iette les yeux ſur nous, & nous
prepare des trophees ſi noſtre valeur triomphe de la foible reſiſtance de ces barbares; Allons, la victoi-
ré nous tend les bras, & nous ſe-
rions dignes d'eſtre noircis d'vn
eternel opprobre, ſi par faute de
cœur nous laiſſions emporter par
nos aduerſaires les palmes & les lauriers qui ſont deus à noſtre vertu.
Allons, nous auós à demeſler cette
iuſte querelle, auec ceux-là meſmes

qui n'ont peu souftenir la pefan-
teur de vos coups, qui ont difpa-
ru au feul efclat de voftre vaillance,
comme les tenebres à l'arriuee du
Soleil; & qui ont fouillé nos mers
de leur fang vile & abject, & tapiffé nos campagnes de leurs charongnes. Non, ie ne puis me perfuader que les chetiues reftes de Bouquaan puiffent efbranler la conftance d'aucun d'entre nous, d'autant que le mefpris de la mort eft
graué dans nos ames en lettre d'or,
& que les caracteres de l'honneur
que noftre naiffance a imprimez
dans nos courages, ne peuuent
eftre effacez, quelque effort qu'on
nous puiffe faire. Allons, noftre
nom fera à iamais dans la bouche
de la Renommee, & le Temple de
l'immortalité conferuera durant la
duree de tous les fiecles, les maf-

ques de noftre gloire : Cependant
perfonne ne fera point de belle
action fous ma conduite, dont ie
ne faffe vn fidelle rapport à fa Majefté, & pour laquelle ie ne luy pro-
cure quelque recompenfe d'honneur, laiffant à part les riches def-
pouïlles, & le butin.

Cette harangue toucha fi fort le
cœur de ces Capitaines, qu'il ne s'en
trouua pas vn qui ne fuft refolu de
vaincre ou de mourir. Et auant que
de fortir de ce lieu, on departit les
offices, on prit l'ordre qu'il falloit
tenir; foit pour combattre fur mer,
fi quelque Pyrate ou fi quelque
Baffa fe rencontroit en leur routte,
ou pour refifter aux tourmentes &
aux tempeftes, & fe garentir du
naufrage, attendu que cette mer
eftoit ordinairement battuë de plufieurs orages violens, que l'air y

estoit le plus souuent couuert de nuages, & si obscurcy, que de la poupe on ne pouuoit voir iusques à la prouë, & qu'vn nombre infiny de rochers rendoient perilleuse vne telle nauigation. Kiromandre eut commission de prendre garde que les vaisseaux fussent en tres-bon estat ; Polemon fut estably pour auoir l'œil sur les munitions de guerre, & sur les machines ; Nicomar deuoit tenir la main à ce que les gens de guerre fussent pourueus des armes necessaires, & que les armes fussent propres & en poinct de tres-bien seruir ; & Phylacidas, Gentil-homme Gallocalien, eut la charge de fournir la flotte de tout ce qui estoit necessaire pour la nourriture de l'Armee, & pour en ietter dans Cazalie, si on pouuoit la rafraischir & l'enui-

ctuailler. L'Admiral de Calomyre
estoit de la trouppe, pour seruir de
Lieutenant à Thorasmont, & le se-
conder en vne si importante expedition, où difficilement le trauail
d'vne seule teste pouuoit satisfaire,
estant besoin de pouruoir à tant de
choses si penibles, si dangereuses,
& par maniere de dire, si impossibles. Le seul Sybiran estoit demeuré sans office. & Thorasmont mesme, qui auoit l'esprit attaché à de
plus hautes & plus serieuses pensees, n'auoit fait, durant que le Conseil estoit, assemblé, aucune reflexion ny sur ce timide Marchand,
ny sur les terreurs de cette ame
craintiue, ny sur l'estonnement du
courrier du desloyal Fomanrino.
En sousriant il s'addresse au Roy
Trebasombe; Vostre Majesté (luy
dit-il) a mis en oubly la vaillance

de Sybiran, il faudroit luy donner
des gardes pour arrester sa furie, &
pour l'empescher de mettre l'espee
à la main contre Kiromandre : car
il est à craindre, qu'il ne fasse appeller en duel ce braue Seigneur, pour
l'auoir frustré du commandement
de l'Auantgarde ; honneur auquel
ne pouuoit pretendre que le courage de Sybiran. Il est tres-facile
de le contenter, respond ce Monarque, si nous luy offrons la Cauallerie qui est destinee pour aller deffaire le Bassa Hispaïm & le Prince
d'Oriuane. Si tout ce que le dueil
& la mauuaise fortune ont de fascheux & de triste, s'est retiré sur le
visage de Sybiran à la seule veuë
d'vn messager, repart Thorasmont, si tant soit peu on luy parle d'aller à la guerre, sa peur abou-
tira à vne rage, & cette rage à vn

defefpoir, certes en cette extremité il ne luy feroit pas plus fenfible
de rendre l'efprit tout à fait, que de
fe voir expofé à la mercy du moindre peril, tant il a l'efprit foible &
lafche ; mais le feul moyen qui
nous refte de guerir cette maladie, & faire refleurir les efperances de Sybiran, voire de diffiper
entierement les troubles qui agi-
tent la foibleffe de ce iugement
efperdu, c'eft de ne luy manifefter les intentions que nous auons
pour le fecours de Cazalie, & de
luy perfuader que cette puiffante flotte eft feulement equippee
pour me ramener en toute affeurance au Royaume de Gallocalie ;
fa facilité fe portera fans difficulté
à cette croyance , & principalement lors qu'il verra que voftre
Majefté ne montera pas fur mer ,

& que le Prince voſtre fils n'entre-
ra point dans les nauires. Sa langue ne ſera plus interdite, ſes yeux
reprendront vn air plus doux &
vne clarté plus agreable que n'e-
ſtoient les nuages que ſa crainte y
auoit iettez, ni les feux que ſon
deſeſpoir y auoit allumez : & pour
donner ordre à l'œconomie de mes
vaiſſeaux, il s'en acquittera digne-
ment, & ſans y faillir d'vn ſeul
poinct, & ie m'en remettray hardiment à ſa preuoyance, ſans apprehender le defaut d'aucune choſe durant le voyage pour ce qui regarde le ſeruice de ma perſonne. Ie
paſſe plus auant, & me promets de
conduire Sybiran dans le cabinet
de la Reine, & l'engager au recit
de ſes aduentures, pourueu qu'il
ne s'apperçoiue de Kiromandre,
& qu'il ne ſe repreſente deuant les

yeux le courrier de Fômanrino,
deux objets fans mentir peu agreables & peu reuenans à fa belle humeur : & fans doute ce nouueau
Rodomont , autant extrauagant
que ridicule , nous racontera des
merueilles capables de donner du
plaifir à vn Democrite.

Apres que Trebafombe & Thorafmont eurét vifité le riuage pour
côfiderer les nauires, les machines,
les munitions de guerre, & les pro-
uifions, & pour ordonner aux officiers de l'armée de tenir exactemét
la main felon leur deuoir à ce qui
importoit au bien de toute la flotte, & auoir l'œil fur les Pilotes & les
Mathelots , ils s'acheminerent au
departement de la Reyne, où ils
foupperent auec elle en particulier,
ayant laiffé l'Admiral de Calomyre & le fage Kiromandre au port

afin d'euiter la confufion & le defordre, & de fournir chaque vaiffeau de ce qui eftoit neceffaire pour
la nauigation & pour le combat.
On mande Sybiran : Apres plufieurs refus, il vient finalement en
la compagnie de Nicomar ; Thorafmont luy declare qu'il ne tiendroit qu'à luy que les nauires qui
eftoient à l'ancre ne tournaffent
leur pointe vers le Royaume de
Gallocalie. Le Marchand qui prenoit ces paroles pour des oracles,
fut tranfporté d'vne telle joye, &
fes fens furent tellement diffipez,
qu'il ne luy refta aucun figne de
vie, ny aucun mouuement que celuy qu'on remarquoit au batte-
ment de fes mains. Vn criminel
qui feroit fur la fellette, & qui n'at-
tendroit qu'vn rigoureux & iufte
fupplice, ne feroit pas comblé d'vn

ſi grand contentement ſi on luy
ouuroit les priſons, & que ſa grace
fuſt entherinee. Puis ayant recueilly ſes eſprits, il parla au Roy Trebaſombe & à Thoraſmont de cette ſorte, ſans contraindre ny ſon
humeur, ny la liberté de ſa langue
pour la preſence de Philiſie. S'il eſt
quelque enfer en ce monde, ie
crois qu'il ſe trouue parmy ceux
qui ſuiuent la guerre; on n'y reſpi-
re que le feu & le ſang, & les furies
qui preſident en ces effroyables
vacarmes ne font voir que des ſpectacles d'horreur : la rage, la fureur, & le deſeſpoir ſont les accidens inſeparables d'vn ſujeςt ſi funeſte & ſi malheureux. C'eſt vne
mer battuë de continuelles tem-
peſtes, ſans calme, ſans bonace,
ſans port, toute pleine d'eſcueils &
de perils; agitée ſans ceſſe de tour-

billons & de tourmentes. On n'y
voit que des monftres hydeux,
on n'y entend que des hurlemens,
on n'y fent que des douleurs infupportables, on n'y goufte que des
amertumes eftrangés ; bref, c'eft le
centre fatal où aboutiffent toutes
les lignes des calamitez, des defaftres & des difgraces. La Pandore
mefme n'y voudroit pas laiffer la
boëtte où elle referue tous les malheurs, de peur qu'elle ne deuint
encore plus infortunee. Fuyons
donc ces manies & ces tranfports,
puis qu'on n'a iamais veu aucune
bonne guerre, comme on ne
trouue point de belle prifon. Nous
fommes fains de corps & d'efprit,
ne retombons plus en ces frenefies,
dont la recheute nous precipite-
roit dans vn repentir eternel, &
dans vne ruine auffi fanglante

qu'elle seroit infaillible & ineuitable. Mes sentimens (repart Thorasmont pour l'interrompre) ne
sont pas contraires à vos bons aduis, voila pourquoy ie ne veux plus
suiure les fougues que Mars nous
inspire, ains ie souhaitte vous ramener au Royaume de Gallocalie:
mais auant que partir d'icy, nous
ferions bien aises d'apprendre de
vous les succez de vos aduentures,
qui ne peuuent estre que glorieuses & remarquables, attendu que la
grandeur de vos hauts faits tire des
confessions de l'enuie mesme fort
honorables pour vous; & iamais
le Roy ne permettra que nous
tournions la poincte de nos nauires vers la coste de Guildemine, le
plus agreable sejour de Gallocalie,
que vous n'ayez satisfait à ce deuoir, à quoy vous obligent princi-

palement l'attention & la patience
de Madame (monstrant Philisie)
& l'absence de cet importun Kiro-
romandre qui trauaille pour nous;
& à qui vous rendrez son change
lors que vous le tiendrez en vostre
païs, où il n'estime pas que nous
ayons intention de dresser nostre
routte : mais c'est l'ordinaire que
les plus fins ne sont pas tousiours
les plus aduisez. Si la disposition
de nostre voyage ne despend que
de donner cognoissance des accidens esmeruellables que i'ay surmontez durant le cours de ma vie
(respond Sybiran) rien ne pourra
empescher que sur le minuit nous
ne soyons en estat de faire voile :
Ce que i'en feray neantmoins ne
sera que pour vous complaire ; car
pour mon regard, ie ne redoute ni
la mauuaise fortune ni tous les plus

finiſtres euenemens qui arriuent
dans les combats & deſſus la mer.
Puis ayant ietté les yeux ſur tout ce
ce qu'il y auoit de perſonnes dans
cette chambre, il commença ſon
diſcours en cette ſorte.

I'ay touſiours eu en ſinguliere
recommandation ces grands & il-
luſtres perſonnages, qui ont fait
cognoiſtre à tout le monde par
leurs axiomes infaillibles & eui-
dentes demonſtrations, *que le ſou-*
uerain bien conſiſtoit aux ſeules ri-
cheſſes. L'experience n'en fournit
encore que des teſmoignages trop
ſuffiſans pour conuaincre de malice ou d'ignorance ceux qui oſe-
roient eſtablir ailleurs leur felicité;
car ſans leur ſecours tout fleſtrit,
tout perd ſon luſtre, tout eſt reduit au neant, & ſans ce principe
de toutes choſes qui meut la machine

chine de tout le siecle, & qui est
l'ame de l'Vniuers, rien ne pourroit subsister ; ou tout au contraire par l'assistance du demon qui
preside aux thresors, toutes les creatures paruiennent au but desiré, &
les elemens mesmes font des miracles tant cette puissance est absoluë
& a vn empire souuerain sur tout
ce qui est en la nature. Les arts &
les sciences seroient sans honneur,
l'honneur seroit sans recompense,
la vertu seroit sans éclat, & les Autels seroient sans offrandes, comme toute entreprise seroit sans effect, si les hommes estoient priuez
de ce sacré support, que vous ap-
pellez les nerfs de la guerre, & le
fondement inesbranlable de la
paix. Ie veux dire par là, que les
plus iudicieux & les plus aduisez
ne s'amusent pas inutilement apres

la fumée d'vne sotte ambition,
apres la poursuitte d'vne charge
plus penible que profitable, apres
la vanité de ces feints lauriers & de
ces palmes imaginaires & ridicules ; ains attachent leur soing &
leurs veilles à l'acquisition de ce
diuin metail, dont la possession
comble de bonheur les ames de
ceux qui en sont fournis : mon
cœur est attiré à cette pretieuse recherche par ie ne sçay quelles inui-
sibles chaisnes, ny plus ny moins
qu'vn nauire chargé de fer coule
legerement vers les roches d'aymant. Mon pere, qui estoit doüé
d'vne prudence incomparable
auec laquelle il auoit de coustume
d'agir en toutes choses, recognois-
fant la grandeur de mon iugement, & sçachant qu'vne terre
fertile & bien cultiuee produit

mille fruits aggreables & delicieux,
m'a fait inſtruire & eſleuer auec
vne merueilleuſe & particuliere diligence. Aux rares qualitez qui
eſtoient en ma perſonne, & à vne
infinité de bonnes parties qui me
faiſoient aymer, il n'eſt pas mal-
aiſé de iuger que ma preſence &
ma gentilleſſe rempliſſoient de
contentement & d'eſperance ce
genereux pere, lequel né me perdant iamais de veuë, ſe trouuoit le
plus ſouuent eſtonné des choſes
prodigieuſes que ie produiſois inceſſamment. I'eſtois vn nouueau
Soleil, & tous ceux qui me regardoient eſtoient autant d'Eliotro-
pes. Mes occupations ordinaires
eſtoient ſerieuſes, ſans porter mes
inclinations aux ieunes folies ny
aux petites niaiſeries où la pluſpart
de mes ſemblables çonſomment

le temps inutilement. En mes
plus tendres années i'appliquay
mon esprit à l'estude de quelques
langues & de l'eloquence ; mais
ayant acquis vne plus grande experience auec vn iugement plus
solide, ie desdaignay l'insolent
exercice des armes, & reiettay le
trauail des lettres & des sciences
comme friuole & plus laborieux
que profitable, & indigne d'vne
ame telle que la mienne, qui recherche les choses reelles, & mes-
prise la vanité de ces chymeres. En
fin ie m'adonay curieusement à v-
ne parfaite intelligéce de la langue
de mon pays pour bien exprimer
mes pensées & persuader à tout le
monde mes sentimens : sur tout ie
me rendis tres-capable en la vraye
& naturelle Philosophie, & qui
seule estoit propre & conuenable

à ma condition ; c'eſt à ſçauoir,
vne entiere cognoiſſance des
ſoyes, des metaux, des pierreries,
des eſpiceries , & generalement
vne curieuſe recherche d'vne cabale ſi myſterieuſe , dont la ſcience
comprend auec eminence cette
enciclopedie que les Dieux s'e-
ſtoient ſeulement reſeruee pour
eux, & ne la vouloient prophaner
en la communiquant aux hommes. De ſorte qu'à grande peine
auois-je paſſé le troiſieſme luſtre
de mon aage, que la Renommée
m'auoit acquis vn ſi grand credit
parmy tout le peuple de Guildemine , & m'auoit rendu ſi recommandable, qu'on ne parloit plus
de moy qu'auec des eſtonnemens
& des admirations ; on ne traictoit
auec moy qu'auec des reſpects &
des venerations,& l'on ne s'appro-

choit de ma personne qu'auec des humilitez & des craintes. Aussi la grandeur d'vne vertu du tout extraordinaire reluisoit en tous mes deportemens : Si ie parlois , on m'entendoit plustost dire des sentences que faire des complimens, & mes discours auoient vn pareil effect, & semblable authorité que ceux des Druides parmy les anciens Gaulois , que ceux des Ephores parmy les Grecs, voire autant que ceux de l'Oracle de Delphe parmy toutes les nations de la terre. Et veritablement, tant en cette consideration, qu'à cause de mes autres perfections, i'estois sans contredit l'Arbitre & l'Ange tutelaire de ma patrie. La nourriture que i'auois receuë d'vn si digne pere , auoit soufflé en mon ame ie ne sçay quel air plus releué, & ietté des impres-

fions dans mon cœur plus hautai-
nes que le vulgaire. Trebafombe
& Philefie ne pouuoient s'empef-
cher de rire, toutesfois Sybiran qui
eftoit attentif à fon difcours, pour-
fuiuit en ces termes.

On a veu que l'excés & la vehemence d'vne trop foudaine ioye
ont priué de vie grand nombre de
perfonnes de qualité; mon pere eft
tombé dans le mefme inconue-
nient par l'allegreffe definefuree
dont il fut atteint aux premieres
nouuelles qu'il eut de l'intendance
qu'on m'auoit donnee fur tous les
Marchands de la ville de Guildemine; Il ne faut pas douter fi ie fus
touché d'vn extreme reffentiment,
lors que ie receus l'aduis d'vne perte fi dommageable & fi regretable
comme celle-là. Ie fus d'abord fur
le poinct de me facrifier à la mort

ou au defefpoir, voyant que pour
ma conferuation & pour la confideration de ma grandeur ce braue
Vieillard auoit fi genereufement
mefprifé & abandonné la terre.
Durant vn long temps, i'appro-
fondiffois en mon ame cette haute
douleur, fans que le mefme temps,
Medecin ordinaire de femblables
maladies, adoucit l'aigreur & l'a-
mertume de ce breuuage. En fin,
apres auoir rendu la nature fatisfaite, il fallut obeïr à la raifon ; c'eft
fortir des bornes de la bien-feance,
que d'eftre toufiours en pleurs, & à
moins que de me faire foupçonner
de lafcheté ie ne pouuois eftre in-
confolable. Ie prens doncques le
timon de ma fortune & le gouuernement de mes affaires ; & quoy
que les grandes maifons ne foient
iamais fans procés, ie demeflay fi

prudemment toutes ces fufees,
bien qu'embrouïllees, que ie me
garenty de cette miferable calamité, qui eft vne gangrenne qui pour-
rit & confomme les corps les plus
puiffans & les plus fains : Car au-
iourd'huy les formalitez qui de-
uroient feruir pour dreffer le ni-
ueau de l'equité, & pour retran-
les defordres qui fe commet-
tent, ne feruent plus en plufieurs endroits dans quelques Iu-
ftices inferieures, qu'à allonger
iufques à l'infiny les procedu-
res de l'art de Iudicature, en quelques-vns de ces fieges fubalternes,
(c'eft ainfi qu'ils appellent leurs tri-
bunaux) & à rendre incurables les
miferes des pauures parties. Plaider
eft vn fupplice plus cruel que celuy
de Siziphe & de Promethee, & ce
fupplice n'a point de fin : c'eft vne

roüe qui eſt en vn mouuement
perpetuel, & vn labyrinthe qui n'a
point d'iſſuë, & le plus heureux ne
gaigne point ſon procés qu'aprés
qu'il a perdu tout ſon bien. Car
d'vn incident on tombe en des accidens, & ces accidens vous precipitent en des miſeres ſi deplora-
bles, qu'il ne vous demeure que les
regrets, le repentir & les imprecations, contre de ſi deuorantes & al-
terees ſangſuës. Bon Dieu, que de
fuittes, que d'artifices, que de feintes, que de deſtours, & que de tours
de ſoupleſſe. Les Guerriers les plus
ruſez, n'ont iamais pratiqué tant &
de ſi frequens ſtratagemes, que ces
cameleons font iouër de reſſorts &
de fineſſes pour venir à bout de
leurs entrepriſes; au moins en la
guerre chacun ſe tient ſur ſes gardes, par la preuoyance & par la va-

leur on esuente les mines des ennemis, on contrepointe leurs desseins, on repousse leur audace visible par des efforts apparens & par
vne deffence legitime; encore parmy ces sanglantes fureurs se rencontrent quelques commerces; on
y fait des trefves, on se desliure par
des rançons, on met fin à tous ces
desastres par vne paix desirable.
Mais dans le cahos de ces confusions ne se trouue aucune lumiere,
sinon celle des ardans, qui traisne
ceux qui la suiuent en des abysmes.
Car vous y auez autant d'ennemis,
que de conseillans, & autant de
conseillans que vous y auez d'amis;
mais amis semblables au loup de
la fable, qui ne vous caressent
qu'en intention de vous deuorer.
Cela seroit encore tolerable en
quelque façon, si en vous des-

pouïllant de vos patrimoines on
iettoit seulement vn regard sur
vous, & si on vous consoloit de
quelque douce parole; rien que rigueur, que cruauté, que superbe. Il
y en a qui sont moins accostables
que les Sultans qui dominoient
autresfois dans Babylone, & sont
plus inaccessibles que les anciens
Roys de Perse.

Que si leurs mains sont plus
grandes que celles d'vn Briaree,
pour receuoir & pour prendre de
toutes parts; si leurs yeux sont plus
clairs-voyans que ceux d'vn Argus, pour regarder leurs passions &
leurs interests ; & si leur voix est
plus esclattante que le tonnerre,
pour estonner ceux qui les abor-
dent, ils n'ont point de bras pour
la conseruation de l'innocent , ils
sont aueugles aux calamitez de la

vefue & de l'orphelin , & n'ont
point de langue pour la verité !
Bref, ce font des ſtatuës, qui ne par-
lent que lors que les rayons du Soleil les eſclairent, & qui dans la faim
inſatiable qu'ils ont pour l'or, nous
font ſouffrir vn ſiecle de fer. Les
Roys de Gallocalie, pour coupper
chemin à ces abus, ont eſtably dans
leur Empire pluſieurs compagnies
ſouueraines, compoſees des plus
grands Genies & des eſprits les plus
eſpurez de tout leur Royaume, leur
ayant dóné le tiltre de Senat ou de
Parlement, auec vne puiſſance abſoluë ſur tous les Magiſtrats infe-
rieurs, afin de les contenir en leur
deuoir, les punir (ſ'il eſt neceſſaire)
& diſſiper par leur authorité & par
leur prudence toutes les tenebres
que l'ignorance, la ſurpriſe, & la
partialité font gliſſer en la deciſion

des affaires; Ainsi le Soleil a l'empire souuerain sur tous les autres Astres, pour moderer & reformer les effects prodigieux de tant d'estoiles errantes & sujettes à de continuelles cheutes, pour corriger leurs malignes influences, & conseruer dans vn ordre bien reglé l'ordre mesme de la Nature. I'ay appris vne telle Philosophie dans vn tableau qui estoit en la galerie d'vn Senateur, qui auoit vne maison proche de la ville de Guildemine; & si i'ay bonne memoire, toutes ces diuines raisons estoient grauees en lettres d'or : A quoy i'adjousteray, que tout cela ne se doit interpreter d'aucun tribunal qui soit sous la domination de l'incomparable Ludouicandre, Monarque de Gallocalie, le plus puissant & le plus iuste de tous les

Roys, & le miracle de tous les hommes.

I'auois donc vne tres-grande repugnance contre les procés, &
fuyois les approches de cette maladie contagieuse, autant & plus
que les mariniers sont soigneux de
se reculer des escueils; mais ne se
trouuant aucun contrepoids aux
aduersitez qui nous assaillent iour-
nellement, & la vicissitude des affaires estant telle, que par necessité
les malheurs succedent aux prospe-
ritez, ie ne peus euiter les atteintes
de la Fortune, & que la meilleure
partie de mon patrimoine ne fust
arrachee d'entre mes mains, & que
le reste ne courust risque de faire
naufrage. Aux contes que l'on fait
à plaisir, on ne remarque pas des
auantures si estranges, & des euenemens si peu attendus. Personne

ne pouuoit esgaler ma gloire, ny
disputer auec moy le premier rang,
pour n'auoir des qualitez qui allaï-
sent du pair auec les miennes. On
me regardoit de l'œil de l'admiration, & ie regardois tout le monde
de l'œil de pitié : Toutesfois les furies suscirerent vn cruel demon, qui
me regarda d'vn œil d'enuie, & me
combla de tous les desplaisirs qui
peuuent arriuer à vne ame genereuse. Ie tremble d'horreur au seul
souuenir de cette disgrace, & la memoire me rend presque vn aussi
mauuais office, que fit pour lors la
presence de l'object.

Hydimaël, ieune Caualier, auoit
consommé tout son heritage en
des despences autant excessiues,
que ridicules & inutiles ; n'ayant
plus de fonds, & son desir estant
plus enclin aux desbauches qu'auparauant ;

parauant ; pour aſſouuir ſa brutalité, il fut contraint de recourir aux
voyes extraordinaires, & emprunter de la ruſe ce qu'il ne ſe pouuoit
promettre de la raiſon. S'il faut
tomber, il faut au moins rendre ſa
cheute fameuſe; & s'il faut commettre quelque faute inſigne, il
faut que la grandeur du profit en
rende l'action moins honteuſe &
plus excuſable, quoy qu'elle ſoit
criminelle & ſeuerement puniſſable. Hydimaël entreprend de ſouïl-
ler ſes mains de l'infame tache de
larrecin, il veut que ſon vol en vail-
le la peine: Le ſeul Sybiran luy ſemble digne de ſeruir de ſujet à ſon
attentat ; & pour y paruenir, il
prend langue, il s'inſtruit de la diſpoſition de mes magaſins, il s'enquiert de la quantité de mes threſors, & du nombre de mes valets :

& pour auoir vne entiere & parfaite cognoiſſáce de ma maiſon, pour la viſiter, & cóſiderer attentiuemét les lieux & les auenuës, il s'y achemine ſous couleur de vouloir acheter quelques eſtoffes de ſoye. Ma raiſon eſtoit enchátee par ie neſçay quelles penſees, & ie ne prenois pas garde aux tranſports & aux curioſitez de cét affronteur, qui s'informoit trop particulierement de mes affaires, au lieu de venir au poinct de quelque marché. Noſtre foibleſſe a cela de propre, qu'elle ne recognoiſt iamais ſa faute que quand elle en reſſent le mal : & quand vne faute eſt faite, il faut beaucoup de ſageſſe pour la reparer. Le iour enſuiuant Hydimaël eſpie l'heure que la plus grande partie de mes gens eſtoit ſortie pour aller en commiſſion en diuers

endroits; Il suruient comme vn esclair, ayant à sa suitte six coupe-jar-
rets, autant affamez que luy ; Il
s'eslance dans mon cabinet, où i'e-
stois tout seul, & fondit sur moy
comme vn tourbillon auant que
i'eusse loisir de crier ny de me deffendre ; on m'attache, on me bande les yeux, on menasse d'enfoncer
le poignard dans mon cœur, si seulement ie remuë ou si ie respire. Ma
valeur estoit en des peines insupportables de ne iouïr de la liberté,
pour faire vne vengeance exemplaire de ces malheureux, & les sacrifier à mon iuste ressentiment :
Mais mon ame estoit en des gesnes
bien plus estranges, lors que i'entendois le desbris de mes coffres, &
le bruit qu'on faisoit en me rauis-
sant mes thresors. Hydimaël ayant
fait amas du plus precieux, se retire,

& fait vn pareil traictement à ceux des miens qui l'apperceurent sur son retour, qu'il auoit fait au trop infortuné Sybiran. Le soir mes valets se rangent dans mon logis, & sans que la posture où furent trouuez ceux qui auoiét couru vne mesme fortune que moy, descouurit ma disgrace, iamais on ne m'eust secouru, ny desliuré du lieu où i'estois, où ie n'osois pas seulement proferer vn mot, de peur que la fureur de ces Barbares n'executast sur ma personne le dernier effect de la rage & du desespoir. Et *ie* puis dire que ma douleur fut aussi sensible par la veuë d'vn spectacle si digne de compassion, comme ma contrainte auoit esté grande par la priuation de ma liberté. Vne mere qui apprend la mort de son fils, ne se sent pas percer le cœur de plus

poignans traicts que ie fis à la
feule confideration de ce funefte
accident. En fin vn violent defir
de tirer raifon de cét affront fignalé, allumant des feux dans mon
ame, qui ne fe deuoient efteindre
qu'auec du fang, ie fis tenir cé langage à ma douleur, Ie ferois le plus
lafche du monde, fi ie furuiuois à
ma honte ; non, non, ie vengeray
puiffamment ce crime, cette injure,
& cét attétat, & la memoire de Hydimaël fera chargee d'vn eternel
opprobre, & fon nom fera infame à
iamais. Apres ces paroles, ie commande à mes gens de prendre les
armes ; qui prenoit vn efpieu, qui
fe fourniffoit d'vne efpee, qui fe fai-
fiffoit d'vn iauelot, qui portoit vn
leuier, qui s'accommodoit d'vne
demi-pique. En cét équipage ie
marchois dans la ville de Guilde-

miné, me tenant sur la queuë de
cette gaillarde trouppe, pour empescher que personne ne tournast
le dos; & ie trauersay de cette sorte vne grande place, en intention (si ie rencontrois Hydimaël)
de decider par vne bataille à qui de-
meureroit le butin. Ie ne voulus
pas me donner la peine d'aller iusques en la maison de cét estourdy,
de peur de me laisser emporter à la
violence de mon courroux, & de
soüiller mes mains dans le sang de
ce prodige de la nature. Ie ne vois
donc point Hydimaël, ie n'apperçois pas les complices, & ne descouure aucunement en quel lieu
mes thresors auoient esté transpor-
tez. Me voila hors de moy, & dans
les termes de tomber en frenaisie;
ie profere mille paroles contre le
Ciel, & mille injures contre le dé-

ſtin ; & m'attachant à la reputation
de Hydimaël, ie le blaſmois de trahiſon, de perfidie, de larrecin, & de
ſacrilege: la nuict meſme n'euſt pas
donné fin à mes recherches gene-
reuſes, ſi le Magiſtrat n'euſt calmé
cét orage, & ne m'euſt contraint
par ſon authorité de me retirer. Encore n'eſt ce pas aſſez, Hydimaël
s'achemine chez le Magiſtrat, pu-
blie ſon innocence, & demande
qu'il ſoit procedé extraordinaire-
ment contre moy, & qu'on trauaille à l'inſtruction de mon procez,
pour me punir de la calomnie dont
ie terniſſois le luſtre de ſa maiſon,
& pour le meſpris que i'auois fait
des loix du Royaume que i'auois
enfraintes auec ſcandale. Ayant
marché auec main armee en vn
temps où la paix & les ordonnances ne pouuoient ſouffrir au-

cun acte d'hostilité; & releuant sa modestie & le respect qu'il auoit rendu au tribunal de la Iustice par la representation de mon insolence, capable d'esmouuoir des troubles & des seditions dans la ville, il gaigna cela sur l'esprit de ce Iusticier, qu'on mit à l'instant mesme la main à la plume contre moy, comme si i'eusse esté l'ennemy de la patrie, & le perturbateur du repos public. Ils n'auoient que trop de tesmoins, pour couurir leurs mauuaises intentions, & n'estoit pas besoin de me conuaincre, puis que i'aduoüois ingenuëment & soustenois genereusement mon action.

Le lendemain sur le poinct du iour, grand nombre de satellites se saisissent de ma personne; ie ne peus faire resistance, ny payer ces ministres d'aucune raison ny d'aucune excuse : on me traisne dans le fonds d'vne basse fosse, ou pluftost dans vn antre de morts & dans la plus noire & plus hideuse cauerne de tout l'enfer, où ne se trouuoit autre compagnie que celle des Lutins, des Furies, & de l'horreur ; Il n'y a point d'air en ce lieu fatal, ou bien cét air est vn air sans pureté, vn air corrompu par des exhalaisons ensoulphrees, & plus insupportables que les senteurs qui s'esleuent à l'emboucheure de l'Auerne : de longs traicts de flammes s'espandent parmy vn tel air confus ; vn bruit esclattant fait mugir ces voutes ; le tonnerre y fait d'estranges desordres, & les foudres y tombent de toutes parts ; on voit de certains phantosmes à trauers la lumiere qui sort des esclairs, & rien n'occupe cette fombre caue que l'effroy, & le defefpoir. L'extremité des dangers extraordinaires infpire des moyens à la temerité mefme, que toute la prudence des hommes auroit de la peine à s'imaginer: ie m'eflance à trauers ces monftres, ie les efcarte, ie les chaffe, & ie fais fi bien, que tous ces fpectres gaignent la fuitte, ne reftant fous ces voûtes tenebreufes que des plaintes & des hurlemens. Il eft vray que dans l'ardeur de ce grand combat i'auois prefque efpuifé mes forces, & ie ne pouuois foufpirer; à mefme temps on ouure les portes de ce cachot, le bruit de ces clefs & de ces verroux me refueille de mon affoupiffement, & foudain vne voix horrible frappe mes oreilles, en ces termes, *Hola, fortez de la cage, & venez cajoller ça haut, on*

veut entendre voftre ramage. Ie remets à voftre iugement, fi ie fus
furpris, entendant de fi rudes complimens ; & comme ie refuois &
que i'eftois plongé dans mes inquietudes, ces miniftres, qui n'ont
point de commerce auec la courtoifie, redoublerent deux fois leur
cry : ie me cachois deffous de la
paille, qui eftoit le feul ameuble-
ment de cette prifon obfcure. Peu
apres ces fatellites entrent dans ma
foffe, & s'approchent du lieu où i'e-
ftois, portans en leurs mains ie ne
fçay quelles lampes dont la lumiere eftoit fombre, & pouuoit difficilement diffiper les tenebres ef-
paiffes qui rendoient effroyable
cette demeure. Celuy qui marchoit
le premier eftoit tout femblable à
Charon, fon vifage & fa mine por-
toient les marques de ce Nauton-

nier infernal : les autres auoient la figure aussi affreuse que le premier, & à les ouïr on les eust pris pour le chien Cerbere. Mes esprits furent à l'instant tellement estonnez par cette vision, qu'il ne me resta aucune fonction de l'ame, ny aucun signe de vie, que celuy qui se remarquoit en mes tremblemens. Il est impossible de voir sa perte presente, & n'en ressentir les atteintes. Ie n'auois pas pourtant perdu toute sorte de cognoissance, & ie sentois insensiblemét la force qui m'estoit faite, & qu'on m'emportoit brusquement auec vistesse. I'estimois desia d'auoir trauersé le fleuue de Styx, & d'estre la proye des morts, quand ie me trouuay dans vne belle chambre, où le Magistrat s'estoit transporté pour m'interroger. Au commencemét ie me figurois que

Radamanthe estoit en ce siege, &
que les ombres voltigeoiét autour
de ce tribunal pour ouïr de la bouche de ce Iuge le dernier Arrest de
leurs destinees: & mes sens estoient
peruertis de telle sorte,& mon ima-
ginatió remplie d'objets si espouuentables & si fascheux,qu'à force
de leur resister, il me prît vne sueur
qui se respandit vniuersellement
par toutes les parties de mon corps.
Tout à coup ie reuiens à moy, &
m'imaginant qu'en cette rencontre mon salut estoit de n'en point
attendre, pour m'oster tout sujet
d'ombrage & de soupçon, ie me
iettay sur le Iusticier, pour recognoistre par le tesmoignage de
mes propres mains, si c'estoit vne
illusion, vn fantosme, vne chyme-
re,ou quelque creature viuante.Ce
Iuge me prenant pour quelque de-

mon, fut fur le poinct de quitter la
partie & gaigner la porte : Mais fe
remettant deuant les yeux le tort
qu'il feroit à fa charge, d'en abandonner fi legerement l'adminiftra-
tion, il fe refolut de tenir bon & de
me fonder, pour delà pourfuiure la
formalité de fa procedure : Ayant
doncques commãdé à fes fatellites
de prendre garde à la furie de mes
mouuemens, il me tint ce difcours
auec vne grauité nõpareille: On ne
commet point de mefchans actes
impunement, & nous n'en diffe-
rons la vengeance que pour la rendre plus exemplaire : Ne vous amu-
fez point à former des pretextes &
des excufes, en matiere criminelle
les couleurs & les defguifemens
font paroiftre la faute plus odieu-
fe. Et pourfuiuant fa demande, il
fenquit foigneufement fi i'auois

diffamé la reputation de **Hydi-**
maël, par les noires impostures de
larrecin, & si i'auois attanté à sa vie
auec main armee, & tasché de susci-
ter des seditions & des tumultes
dans la cité. Voyez ie vous supplie
vn effort esmerueillable de ma valeur ; au seul recit du nom de mon
ennemy, ie reprens l'vsage de la raison ; & pour faire voir que ma vertu estoit inuincible, & qu'elle deffioit ma captiuité, ie fis cette res-
ponse à ce Iuge : Ie serois digne
d'estre immolé pour iamais à la risée, & meriterois d'estre chastié
tres-seuerement, si ie ne rendois vn
fidelle tesmoignage de mon courage & si i'imposois à la verité;Hy-
dimaël est coulpable,& mon accusation est appuyee sur des fondemens qui ne peuuent estre renuer-
sez par aucune iustification : Ie l'ay

pourſuiuy pour contenter mon iuſte reſſentiment, & le ſacrifier à ma
fureur:il s'eſt eſchappé;mais quand
ie deurois deſcendre dans les abyſmes pour y punir cét execrable lar-
ron, ie feray paroiſtre que la colere
de Sybiran n'aura point de bornes,
comme la malice de Hydimaël ne
rencontrera iamais ny d'azile ny de
retraicte ;   Thoraſmont meſme,
quoy que valeureux, ne ſeroit capable de le garentir de mes mains;
c'eſt pourquoy ne m'en parlez-
plus, car ie ſerois ſourd & inexorable à vne priere ſi peu iuſte, ſi deſraiſonnable & inciuile. Le Iuſticier
en branſlant la teſte me renuoye
dans la priſon,ayant donné charge
au Geolier de me traicter auec plus
de ſoin & plus de reſpect, & me
mettre ſur le carreau.

Hydimaël neantmoins me faiſoit

foit toufiours la guerre, & n'oublioit rien de ce qui pouuoit feruir
à fes deffeins pour auancer ma con-
demnation : l'argent qu'il m'auoit
rauy eftoit l'aduerfaire le plus cruel
qui me perfecutoit en cette calamité. Perfonne ne fe remuoit pour
Sybiran, chacun me croyant perdu, & tel qui peu auparauant auroit
declamé des heures entieres à ma
loüange, n'auroit pas ouuert feulement la bouche à ma faueur.
I'eftois en piteux eftat, & mes inquietudes m'eftoiét pour le moins
autant funeftes que les pourfuites
de Hydimaël. Mais ie vis renaiftre
ma liberté, alors que mes efperances s'alloient efteindre. Alibante,
l'vn des complices, & l'inftrument
infame des mefchancetez de Hydimaël, prit refolution de faire quartier à part, & de ne fuiure plus les

passions de cét estourdy ; soit que
son humeur altiere luy fust odieuse, soit que le Ciel l'eust ainsi ordonné, ou soit que le butin l'atti-
rast à cette separation, & luy persua-
dast de faire sa derniere main , &
emporter les mesmes thresors qui
m'auoient esté rauis si cruellement.
En cette resolution il monte dans
la chambre où ces riches despoüilles estoiét cachees , il rompt les ser-
rures, il brise les coffres, il se charge
de cette proye, & comme il se preparoit à descendre les degrez, Hydimaël suruint tout à propos, qui
le trouuant en cét equipage, sans
considerer le danger où il se precipitoit, luy passa son espee au trauers
du corps. Alibante ne perd point
la vie ny la cognoissance par ce rude coup : au contraire escumant de
rage, & iettant la feu par les yeux,

auec des cris capables de femer l'effroy dans les courages les plus hardis, il s'eflança fur Hydimaël, &
·l'euft eftranglé , fans l'arriuee de
plufieurs perfonnes, qui empefche-
rent l'effect du defefpoir de ces enragez. Le fang qui ruiffeloit en
abondance de toutes les parties de
leurs corps, contraignit l'affiftance
de dóner aduis de cét accident aux
Miniftres de la Iuftice. Le Magiftrat f'y tranfporte tout incontinent, & voit auec ce trifte fpectacle
les richeffes de Sybiran foulees aux
pieds de ces deux voleurs, qui ne
pouuoient apporter aucune excu-
fe pour couurir leur double attentat, & pour arrefter le cours de ma
iuftification. Alibante fe fent preffer par les approches de la mort:
cette terreur donne mille gefnes à
fa confcience par l'apprehenfion

des supplices qui sont destinez en l'autre mode. Il confesse le larrecin, il aduouë les autres actions par eux commises contre moy, & declare tant d'enormes fautes, que le Iuge estoit interdit & tout estonné d'entendre vn si tragique recit. Alibante meurt, on le traisne dans la voirie; Hydimaël est conduit dans les prisons, & l'on me donne la liberté : mais les choses qui auoient esté recouuertes, ne me furent pas restituees, quelque instance que ie peusse faire, ains furent employees pour faire punir Hydimaël, qui fut condamné à vn bannissement de dix ans.

La fortune ne se lassa point de me persecuter, & d'inuenter de nouuelles pointes pour me percer le cœur, & pour esprouuer ma constance. Il n'estoit point de resolu-

tion ny de generofité affez fortes
pour me faire fupporter patiem-
ment la perte que i'auois faite ; en
compagnie, en particulier, & par
tout ailleurs, i'en donnois de trop
vifibles demonftrations. Les vns
auoient vne charitable compaffion
de mon defaftre, les autres en tiroient vn fujet de raillerie, & les autres eftoient dans l'indifference, &
plufieurs prenoient argument de
mon affliction pour m'affliger dauantage, pour pefcher en eau trouble, & pour s'emparer de ce qui
m'eftoit refté de plus clair dedans
mon trafic.

Vdyffe, le plus fcelerat de tous
les hommes, me vifite, me confole,
me fait mille complimens & mille
proteftations de feruice pour me
deceuoir & pour me piper. Ie prenois ces feintes pour des franchi-

ſes, ces apparences pour des realitez, & ces cajolleries pour des oracles. A ces artifices il adjouſtoit
des pretextes ſi ſpecieux, qu'il falloit approuuer tout ce qu'il faiſoit;
il ſe gliſſe dans mon amitié inſenſiblement, & s'acquiert aupres de
moy vne entiere cõfiance; iugeant
que le fondement de ſon project
eſtoit aſſez bien affermy, il commença d'ourdir la trame de ſa trahiſon, & de iouër le premier acte
de cette deplorable tragedie. Vous
ſçauez, dit-il, braue Sybiran, qu'il
n'importe pas de quel bois puiſſe
eſtre l'arc, pourueu que la fleſche
donne dans le but, & que nous ar-
riuions à la fin que nous auons priſe pour object de nos intentions:
ſi voſtre diſcretion ſçauoit taire, ce
que vos intereſts me comman-
dent de vous dire, & vous deffen-

dent de le redire & le publier, ie
vous communiquerois vn secret,
dans lequel vous rencontreriez vn
contentement indicible, & par ce
mesme moyen vous repareriez les
ruines que l'audace de Hydimaël
vous a procurees. Bref le bon-heur
de vos destinees depend de cette
declaration. Mais, ou bornez vostre curiosité, ou resoluez-vous à
vne generosité miraculeuse, & iu-
rez de ne manifester iamais les mysteres de cette cabale. Ie promets à
cét imposteur tout ce qu'il auoit
exigé de ma discretion & de ma fidelité, & le supplie de ne tenir dauantage mon cœur en suspens, &
ne me celer vne chose qui me deuoit rendre le plus heureux de tous
les hommes. Ie n'ay que faire
(poursuit Vdisse) de vous apporter des raisons pour vous donner

de noüuelles forces, & pour resueil-
ler vostre valeur inuincible : ce seroit faire vne injure à cette incomparable vaillance, auec laquelle i'ay
veu de mes propres yeux, que vous
auez surmonté toutes sortes d'accidens. D'ailleurs la vertu rend tousiours facile, ce qui d'abord estonne-
roit vne ame foible , qui repute
tout impossible. C'est perdre son
temps & sa peine, que de s'arrester
aux voyes ordinaires, quand il faut
recourir aux moyens extraordinaires, & tenter les expediens que l'on
a de coustume d'essayer aux affaires
desesperees. Ce n'est rien de voir
les choses & les estimer en leur
commencement & en leur progrés, tout le iugement que l'on en
peut faire depend de la fin où elles
sont abouties. De maniere, que si
vous ne faites vne ferme resolution

d'executer de poinct en poinct mes
salutaires aduis, ie vous prie de me
dispenser de vous en parler : Ie l'in-
terromps, & luy iure que tout ce
qu'il me commanderoit en cela &
en toute autre occasion, ie le ferois,
& y manquerois moins qu'à mes
plus importantes affaires. Là dessus, apres auoir repris haleine, il
continua en ces termes : A quelque
grandeur de gloire & de volupté
que vous soyez paruenu iusques
icy, de quelques douceurs que vostre vie ait esté comblee, & quelques presages d'aise & de satisfaction que vous ayez eu, il est indu-
table que toutes ces felicitez ne seront que les ombres du bon-heur
dont vous serez accueilly. Vous de-
uez pluitost passer au trauers de
mille espees & de mille feux, pour
iouïr de cette conqueste, & donner

à voſtre paſſion la iouïſſance de tout ce qui ſe peut imaginer de plus doux & delicieux : à preſent que ie voy que vous perſiſtez en cette loüable reſolution, & que vous me reputez tel en mes deportemens que ie ſuis en mes proteſtations, ie franchiray cette carriere & vous expliqueray les obſcuritez de ces myſteres. Lycomire, ce grand Aſtrologue, au deſir duquel les influences des Aſtres, leurs Eclypſes & leurs reuolutions ſe guident, qui fait trembler les eſprits de l'air, & ceux qui preſident dans les abyſmes par la merueille de ſes prodiges, qui regit auec vn pouuoir abſolu les orages, le temps, & les deſtinees ; Lycomire, ce grand Diuin, attiré par les charmes ineuitables de la prudence de Sybiran, eſt venu ſous cét Hemyſphere afin de contribuer ſes forces & ſon induſtrie pour le rendre le plus heureux de tous les mortels : les yeux de tout autre que de Sybiran ſont trop prophanes pour participer d'vne ſi brillante lumiere ; Ie ſerois ennuyeux par vne trop grande importunité, ſi ie faiſois icy la deſcription de ſes chariots triomphaux, de ſes richeſſes, de ſon attirail & de ſa ſuitte ; l'or, les pierreries, & tout ce que la nature a iamais produit de plus rare & de plus exquis, n'eſt que la plus vile matiere dont eſt compoſé cét equipage ſuperbe. Il voile neantmoins cette clairté lumineuſe par des nuages, & ne ſe communique que durant la nuiɛt pour auoir plus de liberté de gratifier ſes fauorits. Le vulgaire par vne groſſiere ignorance fait des iugemens eſloignez de la

vérité & preiudiciables à la gloire
de Lycomire : l'vn croid que c'eſt
vne ſuperſtitió de ſortilege ; l'autre prend cette ſcience pour vne
Magie , & l'autre ſouſtient qu'il
n'y a que des illuſions , comme ſi tout ce qui ſurpaſſe la portee
de ces ames foibles n'eſtoit que
vent , que chymeres , & qu'vn
neant. Souffrez , cher Sybiran,
vous qui auez vn genie tres-releué,
ſouffrez, que ie vous conduiſe dans
vn lieu ſacré où ſe trouue vn prin-
temps eternel, où ne croiſſent que
les roſes & les plaiſirs, en vn mot,
où les richeſſes ſont en abondance, & où coulent de toutes parts
des fleuues d'or.

Ie n'eus point de difficulté à me
reſoudre pour códeſcendre aux deſirs de cét impoſteur, pource que
i'eſtois obligé d'acquieſcer aux

perfuafions de mon amy : prenant
donc ces hypocrifies pour vne parfaite bienveillance, ie demeuray
d'accord de fuiure entierement
tout ce qu'il en ordonneroit. Il
eft temps (pourfuit Vdiffe) il eft
temps d'aller rendre hommage au
grand Lycomire ; fais venir tes
gens, & les encharge de ne monter en ta chambre de toute la
nuict, voire de ne fortir de leur
lict iufques à ton retour, car cela
pourroit alterer l'ordre des myfteres & des facrifices; & pour eftre
plus aggreable à Lycomire, il te
faut orner de tes plus riches habits, & boire cette eau pour te rendre la voix moins rude. Difant cela, il me fit boire ie ne fçay quelle
liqueur, qui m'endormit tellement les fens, que ie n'auois prefque plus l'vfage de la raifon, ny au-

cun mouuement que pour executer les passions de cet infame
bourreau. Ie fais retirer mes valets, ie me charge de ce qui m'e-
stoit resté de plus precieux, & sors
de mon logis en la compagnie de
ce demon. La memoire de ce spectacle, plein d'horreur, me trouble
tellement l'imagination, qu'il me
semble qu'Vdisse est à mes talons :
C'est pourquoy ie suis d'aduis de
laisser vn si funeste discours, & de
m'approcher de vous (dit-il re-
gardant le Prince Thorasmont.)
La Reyne ne se peut empescher de
rire voyant l'action auec laquelle
il auoit changé de place ; & pour
auoir le plaisir d'entendre le reste,
elle fit signe à Thorasmont de le
faire continuer : à quoy finalement
Sybiran s'accorda, & poursuiuit en
ces termes.

LES
TRIOMPHES
DE LA GVERRE
ET DE L'AMOVR.

HISTOIRE ADMIRABLE des sieges de Cazalie & de Lymphi Ree, places importantes, où s'est signalée la prodigieuse valeur de Thorasmont: & les chastes Amours de ce Prince, & de l'incomparable Martisie.

LIVRE SECOND.

LES tenebres qui cou-uroient l'air & la terre durant l'obscurité de cette fascheuse nuict, estoient plus

espouuentables & plus espaisses,
que ne peuuent estre les noires va-
peurs des cauernes Cymeriennes ;
auec cela mon estonnement estoit
si estrange, & ce breuuage m'auoit
si fort assoupy les sens, qu'il fut facile à Vdysse de me traisner où bon
luy sembla. La forest de Sidimatre
estoit tres-propre pour exercer ces
impietez, & pour n'estre ny surpris
ny esclairé par personne : Car ce
lieu estoit comme vn desert & in-
habitable, à cause qu'vn bruit commun auoit imprimé bien auant
dans la croyance du peuple, que
les Magiciens y faisoient leur sabath , que les Sorciers y conuo-
quoyent les esprits, & que les Luttins y dressoient des enchantemens. Estans arriuez dans le fonds
de cette forest, Vdysse me fait quitter mes souliers, & me laue les cheueux,

lieux auec vne eau qui leur chan-
geoit la couleur, il baiſe la terre, il
eſleue ſes yeux & ſes mains vers le
ciel, pour conjurer la Lune de mō-
ſtrer ſa belle lumiere, en proferant
des paroles entrecouppees & ſi cō-
fuſes, que luy meſme n'y pouuoit
comprendre la moindre choſe: puis apres il fait vn cerne,& m'aſſi-
gne vn lieu,auec cōmandement de
n'en point ſortir, quelque crainte
que ie peuſſe auoir; & tout auſſi
toſt il appelle Lycomire à haute
voix, & crie, que ſa victime eſtoit
appreſtee, & qu'il eſtoit temps de
ſacrifier cette beſte au demon qui
preſide ſur les threſors. A l'inſtant
voicy paroiſtre trois fantoſmes ou
trois demons. Leur barbare proceder monſtroit bien que ce n'e-
ſtoient pas des creatures raiſonna-
bles,leſquels m'arrachans iuſques à

la chemiſe, me laiſſerent tout nud
en cette ſolitude, m'ayans attaché
les pieds & les mains auecques de
groſſes cordes; & pour augmenter
les terreurs qui m'accabloient en
cette malheureuſe perplexité, ils
mirent autour de moy des teſtes
de morts, des images, des linges, des
verges, des chandelles, des caracteres incogneus, des armes rompuës,
& des eſcorces. De ce pas ils prennent la route de ma maiſon, & à la
faueur du ſilence qui eſtoit impoſé
à mes valets, auec les clefs qu'ils
m'auoient rauies, ils pillerent à leur
aiſe tout ce qui reſtoit dans mon
cabinet.

Ce pendant le lieu où i'eſtois, le
temps & l'eſtat de ma diſgrace, me
donnoient de cruelles geſnes; tantoſt i'appellois Vdyſſe, & tantoſt
Lycomire; mais en vain ces noms

me venoient à la bouche, en vain
ie me tuois de crier : Le cœur & la
voix me faillent , ie perds auec le
mouuement le reſſentiment de
mes maux. Ie paſſe la nuict en cette
foiblesse, & l'arriuee du iour, qui
pouuoit à peine penetrer dans l'eſpaiſſeur de ces arbres, me fit reuenir
mes forces, & me rejetta dans l'excés de mes inſupportables douleurs. La conſideration de la perte
de mon cabinet , qui ſeruoit de
proye à ces harpies, la ſeule penſee
de ma ſimplicité trop credule, & les
poinctes qui me perçoient l'ame
par la repreſentation de la mort qui
m'eſtoit ineuitable, me faiſoient
ſouffrir plus de tourmens, que n'en
ont enduré les Ixions & les Promethees. Ie ne voyois rien qui peuſt
conſoler ma detreſſe ; au contraire,
ces impies reliques, qui eſtoient les

tristes objects de ma veuë infortunee, redoubloient mes desplaisirs &
me forçoient à reiterer mes plaintes & à repeter les maledictions
que i'auois donnees à Lycomire:
& ce d'autant plus que n'ayant l'v-
sage de mes bras, il estoit à craindre,
que des bestes sauuages ne m'y
vinssent deschirer, & ne m'empor-
tassent à morceaux dans leurs grot-
tes ou dans leurs repaires.

Au bout de deux iours que i'eus
demeuré en cette cruelle affliction,
la deffaillance & la lassitude me liurerent au sommeil ; durant ce repos, qui estoit la parfaite image de
la mort, quelques chasseurs entrerent dans la forest ; l'vn d'entr'eux auisa vn corps, ne pouuant
distinguer encore si c'estoit vn
homme ou quelque animal : la curiosité de s'en esclaircir, le fit appro-

cher; mais s'imaginant de voir vne
ombre ou quelque fantofme , il
commença à prendre la fuitte, &
ne s'arrefta point qu'il ne fuft à fes
compagnons, aufquels il fit le recit
de cette auenture. Quelques-vns
des plus hardis vindrent à trois
pas de moy, pour confiderer fi i'e-
ftois quelque fpectre ou quelque
demon, & fans retarder tournerent
le dos & s'enfuirent le plus vifte
qu'il leur fut poffible, eftás effrayez
par les teftes de morts, & autres
damnables pieces qui eftoient fe-
mees autour de moy. Ces chaffeurs
portent ces nouuelles dans Guildemine ; les plus apparens furent
d'aduis que le Magiftrat en fuft aduerty pour faire enleuer le corps, &
puis qu'il faudroit expier tous ces
prodiges. Il n'y manque pas, & me
trouue eftendu fur l'herbe , attaché

au pied de deux arbres, attendant le
dernier decret du mauuais destin.
Mes yeux estoient fermez, & mon
visage blesme monstroit assez que
i'estois proche de ma fin : Ie ne
m'esueillay point à leur abord, ce
qui fit iuger à tous ceux qui y
estoient accourus, que i'auois rendu l'esprit, & que cette sorte de
trespas estoit si odieuse & si execrable, que ie ne meritois ny l'assistance d'aucune personne, ny l'hóneur
de la sepulture, mais d'estre ietté
dãs les flámes ou d'estre porté en la
voirie. C'estoit vn crime de me regarder, & de me toucher, c'estoit v-
ne hóte qui aloit dü pair auec la pl⁹
infame noirceur. En fin les satellites couppét les cordes, & m'empor-
tent en la place publique de Guildemine pour voir si quelqu'vn me
recognoistroit. Les eaux desquelles

on auoit frotté mon visage & mes cheueux, les craintes qui m'auoient corrompu le teint, & les douleurs qui m'auoient abbatu, me rendoiét tout à fait mescognoissable. Il n'estoit pas loisible à mes gens de sortir des bornes que ie leur auois prescrites, moins encore de s'enquerir de mes nouuelles, ny me secourir.

Le Soleil estoit sur le poinct de cacher la clarté de ses rayons, quád ceux qui sont destinez pour enseuelir les miserables, vindrent à moy par la permission de la Iustice, pour me rédre ce dernier office : ils m'entraisnent contre les remparts, où ils auoient creusé vn sepulchre ; ils m'enueloppent le corps dans vn linge en façon de suaire, & me veulent deualer en cette fosse. De bonne fortune quelques icunes hommes sortoient d'vne petite escurie,

qui eſtoit voiſine de mon tombeau : ils me conſiderent autant
que l'obſcurité le pouuoit permettre, & iugeans que ie pouuois ſeruir à quelques experiences qu'ils
deſiroient faire touchant la ſcience
de l'Anatomie, ils me tirerét à prix
d'argent des mains de ces officiers
de la mort, & me poiterent dans
vne chambre baſſe, attendant le
reſte de leurs compagnons pour
commencer ces operations. Tous
les pourſuiuans de cét art, auſſi vtile qu'il eſt neceſſaire, s'y rendent à
poinct nommé:les vns fourniſſent
les linges, les autres les inſtrumens
propres,& les autres ſe preparent à
faire les demonſtrations. On m'e-
ſtend deſſus vne table, le plus an-
cien marque les lieux auec la ba-
guette, & le plus ieune ſe met en
deuoir de faire les inciſions. Si toſt

que le fer eut percé ma peau, ie
fus esueillé comme en surfaut de
cette lethargie si profonde & de
cét estrange assoupissement : ie
saute de la table en bas , autant
estonné de me voir en cette posture , que i'estois effrayé de voir
ruisseler mon sang en abondance,
& d'estre entouré de tant d'ennemis coniurez à ma ruine , & priuez
de toute sorte d'humanité : mon
imagination qui estoit troublée,
me les representoit plus hydeux
que les furies : & quoy que ie fusse
libre , ie croyois estre encore dans
la forest sous les chaisnes de Lycomire. D'autre part ceux qui estoiét
dans la chambre furent surpris
d'vn estonnement si soudain & si
violent , qu'ils demeurerent au
commencement interdits, immo-
biles & insensibles. La grandeur

de l'apprehéſion les faiſoit trébler
d'horreur, & l'horreur leur auoit
oſté le iugement. De s'eſchapper, il
n'y auoit aucune apparéce, les fene-
ſtres eſtoient fermees d'vne double
grille de fer, & la ſerrure de la porte eſtoit ſi bien meſlée qu'on ne la
pouuoit ouurir. Ils fremiſſoient au
ſeul clein de mes yeux, & ne ſça-
uoient que deuenir en cette perplexité: & ie ſouhaittois que la terre euſt ouuert ſon ſein pour me retirer dans ſes entrailles, & me deliurer de tant de peines. Le bruit
que nos confuſes demarches exci-
toient parmy nos mouuemens in-
ſenſez, fit deſcendre le maiſtre de
la maiſon; il voit à trauers le trou
de la ſerrure vne eſtrange danſe, ou
plutoſt vn meſlange de Luttins &
de Magiciens : en ce rauiſſement,
il court à la ruë, & d'vne action

forcenee il appelloit tous les voi-
fins pour le fecours de fa maifon
qui eftoit poffedee par des efprits.
On y accourt, mais les plus echauf-
fez eftoient refroidis à la feule veuë
de ce formidable fabat. En fin
l'vn de nous ouure cette porte, &
tous à la fois pefle mefle les vns
fur les autres nous gaignons la ruë,
où le defordre continua de plus en
plus ; car nous fondifmes de telle
viteffe fur vn grand nombre de
peuple que la curiofité auoit attiré,
& qui eftoit defia furpris d'vne
foudaine frayeur, que iamais ne
s'eft peu voir vne confufion fi remarquable : ie me fais iour & paffage à trauers cette groffe trouppe,
courant çà & là comme vn tourbillon, fans iugement, & fans fçauoir ce que i'eftois, & quelle routte ie deuois prendre. Apres force

tours & force retours que ie fis dás les ruës & dans les places publi-ques, ma maison se trouua deuant mes yeux, & incontinent ie re-uins à moy, ie repris l'vsage de la raison, & me disposay de recou-urer mon salut dans cét azyle sa-cré. Mes valets recognoissans ma voix, allument vn flambeau, & descendent pour ouurir la porte & pour me conduire dans ma cham-bre, autant resiouïs de mon re-tour, que mon absence les auoit comblez d'affliction. Cette joye s'esuanouït à mesure que ie me pre-sentay sur les marches du grand degré : ils m'abandonnent, & dis-paroissent aussi promptement que des esclairs, & publient par toute la ville auec des hurlemens espou-uentables, qu'ils ont veu l'ombre de leur bon maistre, & que sans

doute Sybiran estoit au nombre
des morts. On mene ces esperdus
vers le Magistrat pour luy rendre
compte de leur vision, lequel
marchoit par la ville à la clairté de
plusieurs flambeaux pour calmer
cet orage, qui sembloit tendre à quelque tumulte & sedition, & troubler la tranquilité
publique. En cet appareil cét
Officier s'achemine dans ma maison, & me trouue dans le lict de
mes valets en tres-mauuais estat, à
cause de la grande perte de sang
que i'auois faite, où i'auois esté
contraint de me mettre pour ne
tomber en sincope. On m'examine, on me visite, on s'instruit de
cette auenture, & on trouue que
i'estois le miserable Sybiran, &
qu'Vdisse m'auoit joüé vn tour de
son mestier. Le Magistrat en se re-

tirant commanda que l'on me traictaſt auec tout le ſoing que l'on y pourroit apporter.

Ma bleſſeure me cauſoit des douleurs ſenſibles ; mais l'affront que i'auois receu me faiſoit reſſentir de plus cuiſantes detreſſes. Vdiſſe me rauiſſant tout ce que i'auois de plus precieux, m'auoit d'abondant rendu la fable du peuple & le ſujeĉt de la moquerie & de la riſée des meſdiſans ; & la raillerie auoit telle vogue, que depuis ce iour là on ne me donnoit autre nom que celuy de Fantoſme, de Lutin, de Mort & de Magicien. Les Peintres de Guildemine ne traçoient auec leurs pinceaux, plus ingenieux que celuy d'Appelle, autre figure que le portrait de Sybiran, & s'eſtudioient ſeulement à repreſenter les circonſtances de

cette fameuse histoire. Les Poëtes
ne trouuoient aucune matiere plus
digne d'occuper la fureur de leurs
Muses, & la mesdifance de leurs
Satyres; & l'on n'auroit sceu faire
vn bon conte si l'on n'eust mis
dessus le tapis les fourbes d'Vdisse,
la cruauté de Lycomire, & ma trop
grossiere facilité. Il estoit impossible de s'opposer à cette bourrasque; & l'on imposeroit plutost le
siléce aux vaguesde l'Ocean, & au
tonnerre alors qu'il gronde le plus,
que d'arrester le cours des langues
d'vn peuple mutin, qui suit tousiours les mouuemens de sa passion
plutost que d'estre guidé par les
maximes de la raison. Il falloit
donc ceder, puisque la force ne me
pouuoit deliurer de cette fascheuse
persecution, attendu que si i'eusse
entrepris de me rendre sensible à

chasque offense, il m'auroit fallu
embrasser autant de querelles qu'il
y auoit de citoyens dans la ville:
mais ie ne faisois pas si bon marché
de mon sang en vne occasion si
peu glorieuse comme celle des
duels, aymant beaucoup mieux reseruer ces preuues de valeur &
d'addresse pour des sujets qui le
meritassent,& où il iroit du seruice
du Roy & de la grãdeur de l'Estat.
Ie ne desirois pas aussi de courir la
moindre fortune ny receuoir la
plus petite inquietude qui peust
alterer ou brouiller la serenité de
mon esprit. Il falloit combattre
en fuyant: car en cette bataille la
victoire ne se gaigne que par la
fuitte, & la resistance est vaine &
inutille en cette sorte de guerre, où
la presence cause sans faillir vne
honteuse desroutte. Le voile de
l'oubly

l'oubly estoit seul capable d'estouf-
fer cette hydre, & le temps pouuoit
seulement authoriser cét oubly par
le moyen de mon esloignement de
cette demeure. Cette consideration me fit resoudre à faire vn
voyage; & pour l'accomplir plus
commodement, ie changeay d'habit, & pris les vestemens d'vn pelerin, estimant me mettre à l'abry des
coups du malheur.

Ayant donné ordre aux affaires
de ma maison, ie pars de Guildemine en intention de m'acheminer à
l'Hermitage de la montagne de
Sedimone, distant de quatre vingt
lieuës, & qui estoit le plus celebre
pelerinage de tout le païs. Hydimaël me rencontre sur le chemin;
il estoit desguisé, & portoit ses cheueux & sa barbe à la mode des
estrangers; il continuoit ses larre-

cins & ses brigandages, & où la peau de Lyon ne pouuoit atteindre, il se seruoit de celle du Renard, pour venir accortement au dessus de tout ce qu'il entreprenoit. Son crime l'auoit precipité dans la honte & la peine du bannissement, & ce bannissement l'auoit ietté dans vne tres-grande necessité: il recourt à ses ordinaires ruses, & cerche dans l'infamie de cette brutalité dequoy contenter son desir insatiable & sa fureur. Il se ioint à moy auec de grands respects, & me supplie d'auoir agreable sa compagnie ; ie l'accepte tout incontinent, & d'autant plus volontiers que la nuict commençoit de chasser le iour : ie n'auois garde de le recognoistre, la façon gracieuse & obligeante auec laquelle il s'estoit presenté, ne permit pas d'estre en doute de quel-

que fupercherie, ny de foupçonner
qu'il y euft de la trahifon. Au contraire, cét eftourdy n'eut fi toft
confideré les marques de la majefté & de la grace de mon vifage,
qu'il iugea fainement de l'eftat de
ma condition : il cache fon jeu, &
faignant de croire que ie n'aimois
que la folitude, & que ma triftefse
eftoit vifible, & luy donnoit de la
compaffion & de la curiofité tout
enfemble, pour s'enquerir foigneufement de la caufe de mes defplaifirs, il proteftoit auec mille fouspirs
de me fecourir, de me feruir de fes
moyens & de fa vie, & ne m'abandonner pour la crainte d'aucun peril. Il eft mal-aifé de vous deffier
d'vn homme qui vous fait de fi
belles offres, les reputant veritables
& fans artifice, il en falloit faire eftime & les receuoir auec des compli-

mens reciproques. Et comme l'on
a ordinairement pluſtoſt la langue
aux playes de l'ame, que les mains à
celles du corps, ſans l'examiner ie
fis le recit de mon infortune, & des
pertes que i'auois ſouffertes par la
barbarie de Hydimaël, & par la rage d'Vdyſſe & de Lycomire, ſans
rien oublier & ſans eſpargner la reputation de ces trois demons, que
ie chargeois d'opprobres & d'imprecations : Hydimaël rioit en ſon
cœur de voir ma naïueté, & reſuoit ſur les expediens qu'il deuoit
choiſir pour me iouër vn tour de
ſoupleſſe, & pour accroiſtre mon
dommage & mon infamie. Nous
arriuons au bourg de Graſſine, où
nous cherchons vn logis commode pour nous rafraiſchir & paſſer
la nuiĉt. Hydimaël inſenſiblement
donne des impreſſions ſiniſtres à

l'hoste pour l'animer à me procurer du mal : il tire à l'escart la femme de l'hoste, & l'asseure que i'e-
stois vn Sorcier insigne, qui sous la
faueur d'vn habit emprunté trauer-
sois le pays, & auec mes conjurations & mes charmes ie suscitois
des tempestes qui desoloient les
campagnes, & que ie faisois tomber des foudres qui accabloient les
hommes & les animaux ; que i'a-
uois eschappé du supplice par mes
enchantemens prodigieux, & que
la seule voye qui pouuoit empescher l'effect de mes illusions & de
mes prestiges cósistoit à me meur-
trir les bras, les cuisses & les espau-
les à coups de verge : car pour le fer
ou les cordes les Sorciers n'en rece-
uoient (disoit il) aucune incómodi-
té. Et pour persuader à ces insensez
que i'entendois quelque chose en

la science noire, il introduisit les valets dans vn cabinet pour ouyr ce
que ie dirois : puis feignant d'estre
dans les admirations & dans les rauissemens lors que ie racontois les
merueilles qui m'estoient suruc-
nuës dans la forest où Vdysse m'a-
uoit laissé, il extorquoit de ma bouche mille paroles qui seruoient
grandement à son dessein; & me
faisant hausser le ton de ma voix à
mesure que ie parlois des testes de
morts, des escorces & des autres
mysteres de cette cabale, il luy fut
tres-facile d'imprimer cette croyance dans ces esprits foibles, que veritablement i'estois coulpable de cét
execrable crime. D'autre part cét
imposteur me rendoit suspecte la
foy de l'hoste, & me donnoit aduis
de cacher mon argent en quelque
lieu bien secret, attendu que cette

maiſon eſtoit vn repaire de voleurs, & qu'il en auoit des preuues
par vn nombre infiny de conjectures certaines & infaillibles : ie paſſe
la nuict dans des apprehenſions &
des craintes ſi violentes , que ie ne
peus aucunement repoſer. Hydimaël tenoit bonne mine, & pro-
teſtoit par mille ſermens de perdre
la vie, auãt que de permettre qu'on
attentaſt contre ma perſonne ; ſur
le poinct du iour ie voulus me deliurer de cette priſon, mais la porte
ſe trouuant fermee deſſus nous, il
fallut ſe reſoudre à la patience, & à
ſouffrir tout ce que le deſtin en ordonneroit. Ie ſupplie mon compagnon de me ſecõder en cette preſſante neceſſité, & le conjure de cacher mon argent en quelque lieu
bien ſecret , de peur que ces larrons
venans à nous fouiller, cette proye

ne les obligeaſt à nous traicter plus
cruellement. Hydimaël fait l'affe-
ctionné, & ſe ſaiſit de ma bourſe,
qu'il cacha ſi bien que i'eus bien de
la peine à la recouurer. Peu apres
l'on ouure la porte, & d'abord pluſieurs perſonnes entrerent en confuſion dans cette chambre infortunee auec des baſtons de bois d'o-
liuier, des verges, des branches de
meurier, & des cordes faites de ie
ne ſçay quelle eſcorce. Hydimaël
ſe ſauue promptement & rencontre le paſſage libre : Ie m'efforce de
faire le meſme, mais cette canaille
fondit ſur moy de telle furie, qu'a-
uant que ie peuſſe me faire entendre, ces barbares m'auoient foulé
tout le corps à force de coups, &
tellement deſchiré, que le ſang en
ruiſſeloit en abondance de toutes
parts. Comme leur rage fut aſſou-

uie, le principal de tous ces miniſtres, me prenant par le bras me
pouſſa auec violence dehors la
chambre, & me fit roûler cul ſur
teſte pluſieurs degrez : en me ſuiuant auec vn baſton il vſoit de
menaces, & proferoit mille iniures
d'vne voix auſſi rude & auſſi eſclattante comme le bruit du tonnerre.
O ſacrilege, diſoit-il, ô ſorcier,
ô demon, tu as fait gemir tout le
peuple de Guildemine ſous le affli-
étions que tes charmes leur ont donnees ; tu as gaſté tous leurs fruits, tu as
frappé leur enfans & leur beſtail par
la foudre. Tu te garantis de la mort
quand tu veux, en faiſant le mort, &
t'exemptes du ſupplice quand bon te
ſemble par tes illuſions. Sçache qu'en
cette contree les demons n'ont aucun
pouuoir, & que nous puniſſons les
crimes auant meſme qu'ils ſoient com-

mis. Ie te conseille de t'enfuir, & si
par mesgarde, ou autrement, tu es si
temeraire de venir troubler nos contentemens, ie fais vœu de te sacrifier
aux puissances infernales à qui tu sers,
& te faire deuorer par les flammes de
la plus ardente fournaise qui fut iamais. Ie fus d'aduis de m'esloigner
de ce gouffre de peur d'en estre en-
gloutty : & sans m'amuser à former des plaintes ny vomir des injures contre ces loups, pour ne les
irriter dauantage, ie me mis à faire
chemin, empruntant de mon desespoir de nouuelles forces, puisque toute ma vigueur estoit comme esteinte par l'excez de cette secousse. Hydimaël m'attendoit à
deux mille pas de là ; en apparence
on eust dit que c'estoit là mesme
saincteté : il versoit, ce sembloit,
quelques larmes, & accommo-

dant l'artifice de son discours auec
ces feintes marques d'vn tendre
ressentiment , il appliquoit ces
pleurs à vne espece de joye, & de
mesme à vne compassion extresme, que ma douleur passee & ma
liberté presente luy faisoient naistre par des mouuemens si contraires. Puis il remercioit le ciel dequoy i'en auois eschappé à si bon
marché, & m'exhortoit à suporter
auec constance vne telle injure, en
laquelle il prenoit vne telle part;
adjoustant que la perte de mon argent & du sien, estoit la chose qui
le tourmentoit le plus, veu que ces
detestables voleurs l'ayant fouïllé,
ne luy auoient laissé vn seul denier.
Que si ie n'auois sur moy quelque
piece d'or pour nous garentir de
mourir de faim, il estoit beaucoup
plus expedient de quitter le voya-

ge de l'hermitage de Sedimone, &
tourner d'vn autre cofté, où nous
trouuerions moins de peril & plus
de fatisfaction, qu'en cette routte,
joinct que du cofté du Midy eftoit
le fameux Monaftere des Oliues,
que les mefdifans nommoient
Hofpital, où les honneftes gens
eftoient les tres-bien receus, &
qu'il n'y auoit plus que fix heures
de chemin. I'obeïs à Hydimaël, de-
firant rencontrer quelque retraite,
tant pour penfer mes bleffeures,
que pour apprendre des nouuelles
qui me peuffent mettre à couuert
des tempeftes dont ie courois fortune de me voir encor agité. En
fin nous arriuons auec mille trauaux à ce Monaftere, où l'infidele
Hydimaël me preparoit de nouueaux martyres. Vous eftes (dit
ce defloyal) d'vne famille trop il-

luſtre pour humilier la ſplendeur
de voſtre gloire iuſques à ce poinct
de vous meſler auec les gueux, &
vous rendre participant de ce que
la plus honteuſe neceſſité extor-
que de la main trop baſſe & trop
vile de ceux qui reſident au premier departement de cette maiſon;
l'ay encore aſſez de credit, & vous
auez trop bonne mine pour n'obtenir vne bonne chambre, & y receuoir vn traitement digne de voſtre grandeur. Là deſſus, il tira à
quartier vn Officier de ce Monaſtere, & à ce que ie crois, luy gliſſa
quelque piece d'argent dans la
main, luy promettant des montagnes d'or, pourueu qu'il nous
fourniſt d'vne chambre, & le me-
naſt au Superieur, à qui il deſiroit
declarer quelque choſe d'importance. Cét Officier s'approche de

moy auec des refpects & des craintes qui tefmoignoiét l'eftime qu'il
faifoit de ma perfonne : il me prie
de le fuiure ; i'obeïs, & il nous conduit dans vne belle falle, où fans
tarder la table fut couuerte de
toute forte de fruicts. Ie pris du
vin vn peu plus qu'à l'ordinaire : la
douceur de cette liqueur eftoit le
charme le plus puiffant qui pouuoit endormir ma trifteffe, & r'a-
nimer les forces de mon courage.
Hydimaël ne s'endormit pas ; durant mon repos il vifite le Superieur, & auec des paroles tirees du
plus pur de fon eloquence & remplies d'artifice, il fit tant aupres de
ce credule vieillard, qu'il le fit con-
defcendre à luy accorder ce qu'il
defiroit. Il luy perfuade que i'eftois
poffedé par vne legion de demós,
& que celuy qui prefidoit fur cette

bande infernalle auoit respondu à
tous ceux qui l'auoient pressé d'a-
bandonner ce corps par des exor-
cismes, *qu'il ne pouuoit estre surmon-*
té que par le Monastere des Oliues.
Qu'à ce dessein, auec des peines
incroyables, il m'auoit finalement
amené en ce lieu remply de merueilles, & auoit empesché que ces
esprits malins ne m'eussent precipité du haut en bas de quelque rocher, où n'eussent armé mes propres mains pour me destruire moy-
mesme ; neantmoins que son pouuoir ne s'estendoit pas si auant,
que d'arrester la furie de ces demons, qui me battoient si cruellement que i'en auois le corps
tout couuert de playes ; tantost il
disoit que i'estois emporté de
nostre climat sous vn autre hemi-
sphere, & tantost que ie changeois

de forme & de figure comme le
Cameleon. Qu'eſtant mon frere, il
auoit vn ſi notable intereſt à ma
gueriſon, qu'il n'y eſpargneroit ny
ſa vie ny ſes moyens. Qu'il me conduiroit dans l'Egliſe ſous pretexte
de voir les peintures, & qu'eſtant
proche du grand Autel, il falloit
s'aſſeurer de ma perſonne, & m'attacher auec de groſſes cordes, &
puis apres on commenceroit les
myſteres. Cela concerté auec ce
Superieur, Hydimaël reuient en la
chambre & me fait la deſcription
de cette ſuperbe Egliſe, pour me
donner enuie de la conſiderer auec
plus d'attention que ie n'aurois
fait. Le lendemain nous entrons
dans ce lieu ſacré, & tout à l'inſtant
trois hommes robuſtes ſe iettent
ſur moy, m'abbatent, & me lient
pieds & mains auec des cordes : ie

fais

fais des merueilles pour me defgager, & ne pouuant y paruenir, quelque deuoir que fiffent
mes dents & mes ongles, i'eus recours aux imprecations & aux me-
naffes. Le Superieur fe met à conjurer les demons, & ie luy difois
toutes les injures que la rage me
fuggeroit; on porte la Croix, on
me iette de l'eau luftrale, on fait
beaucoup d'autres ceremonies, &
ie prenois tout cela pour des mo-
queries qui irritoient ma patience,
ou pour des enchantemens qui me
vouloient perfecuter & me peruer-
tir les fens. Ils continuent leurs
exorcifmes, ils mettent du foul-
phre dans vn refchaut pour me faire boire ce defagreable parfum; ils
me chauffent l'extremité des pieds,
& font de nouuelles formes pour
me tourmenter, & qu'on n'auoit

H

iamais pratiquées pour contraindre ces esprits à quitter la possession de mon corps. Ces gesnes r'a-
lumoient mon courroux, & me faisoient commettre des extrauagances & faire des cris, des hurlemens
& des grimasses, comme si i'eusse
esté veritablement demoniacle. Il
me vint en la pensee que i'estois entre les mains d'Vdisse & de Lycomire. Cette pensee troubla tout à
coup mon imagination, & dans ces
troubles ie fis des efforts si violens
pour rompre mes chaisnes, que
tout le monde estoit rauy d'admiration & d'estonnement. Ayant
quelque temps employé mes forces inutilement, ie tombay dans
vne si profonde lethargie, qu'on
croyoit que i'estois au nombre des
morts. On couppe les cordes, on
me porte dans vne chambre, &

aüec quelques prifes cordiales on
me fit reuenir à moy. Le defpart de
Hydimaël fit foupçonner le Superieur de la confpiration de ce
traiftre ; pour s'en efclaircir, il s'a-
chemina au lieu où l'on m'auoit
apporté, afin de f'inftruire par ma
bouche de la verité de cette fourbe.
I'eus bien de la peine à fouffrir les
approches de ce vieillard ; mais le
voyant foufmis aux excufes & aux
pardons, ie luy remis fon offence,
luy fis le recit de mes difgraces, &
appris de luy que l'affront que i'a-
uois receu partoit de la main & de
l'induftrieufe malice de mon compagnon. Auant que fe retirer il
me fit de tres-belles offres, à fçauoir, qu'on me donneroit par charité autant de pain comme i'en
pourrois manger, fi ie voulois feruir dans cét Hofpital, & lauer les

pieds des Pelerins qui venoient en ce Monaſtere de toutes parts; Ie le remercie de ceſte liberalité peu ſortable à ma condition, & peu reuenante à mon humeur, & prés congé de ce Superieur ſur le poinct du iour pour ſuiure le hazard que la fortune me voudroit donner, ſans auoir aucun deſſein pluſtoſt pour vn chemin que pour vn autre : & ſans craindre la rencontre des brigands qui rauageoient toutes ces côtrees. N'ayant rien à perdre que mon malheur, ie m'imaginois qu'aucune choſe ne ſe pouuoit preſenter à moy, dont ma valeur ne fut capable de venir à bout, quand meſme l'Enfer auroit aſſemblé au milieu de mille feux eſtincelans tout ce qu'il y a d'affreux & de cruel en la nature. En ceſte reſolution ie tire droict vers vne haute

& inacceſſible montagne; ie monte en des lieux où les aigles ne paruiennent qu'auec vne grande difficulté, dont le ſeul aſpect bleſſe la
veuë, & dont la ſeule penſee eſtour-
dit les ſens, & glace les cœurs d'vne
frayeur tres-violente par l'horreur
de tant d'effroyables precipices qui
vous menaſſent de tous coſtez.
I'eſtois à tout le moins heureux en
mon malheur d'auoir perdu l'apre-
henſion de toute ſorte de dangers
par l'apprehenſion meſme de toute ſorte de perils ; tout autre courage auroit infailliblement ſuccom-
bé, ſe voyant expoſé à tant de hazards.

Voyez côme la fortune ſe mocque des plus ambitieux, & par quelles auantures elle eſleue ceux qui
ne mettent point de bornes à leur
gloire. Comme ie m'aquois de for-

ce pour aller iufques à la cime de la
montagne, i'auifay l'ouuerture
d'vn antre fort obfcur, dont l'entree eftoit prefque empefchee de la
confufion de plufieurs branches,
de plufieurs ronces & de plufieurs
efpines, auec vn meflange confus; tout y eftoit fauuage, nulle trace d'homme n'y paroiffoit, mais
l'herbe qui eftoit autour de cefte
emboucheure eftoit fraifchement
foulee, ce fembloit, par des animaux farouches. Les oyfeaux de
mauuais prefage y faifoient retentir leurs cris, & les ferpens les
plus furieux y faifoient entendre
leurs fifflemens, Vn peu au deffous paroiffoit vne efpece de lac
dans le fonds du rocher, dont la figure ne rapportoit pas mal à celle
d'vn baffin, où l'eau eftoit toute
rouge, & iettoit de grands boüil-

lons & des odeurs enfoulphrees. Ie
choifis les endroicts les plus propres où ie peuffe affermir mes pas,
& auec des trauaux incroyables ie
paruins finalement dans cette cauerne fatale. En fuitte de cela auec
vn profond eftonnement ie tour-
nay toutes mes penfees à recognoiftre l'eftat de ce fombre departement, afin de trouuer quelque
place commode pour me repofer
& charmer quelque peu mes fou-
cis & mes trauaux par la douceur
du fommeil ; car i'auois le corps
fi rompu par la cruelle agitation
des barbares Officiers de l'Ho-
pital des Oliues, & par la fatigue,
qu'à peine auois-ie les fonctions
naturelles libres, comme il euft efté
à defirer pour me pouuoir deffendre contre le moindre affaillant.
L'efpaiffe nuict dont eftoit enue-

loppee ceste affreuse solitude, & le bruict d'vn furieux torrent, qui tomboit auec impetuosité dans des abysmes, me faisoient apprehender les precipices qui estoient assés prés de moy. Ie souspirois dans ces extremes langueurs, & sans bouger les pieds ie promenois mes pensees par tous ces espaces estranges ; En fin, ie rentre en moy mesme, & songe, que quoy qui me soit arriué, & quoy qui me doiue encore arriuer, le mieux que ie puisse faire c'est de reculer ou de poursuiure : Mais quel moyen de faire ny l'vn ny l'autre, veu qu'il ne se presente aucun chemin à mes yeux ? Comme ie trauaillois à demesler ces fusees & à descouurir quelque endroit qui me peust tirer de ce lieu, apres auoir demeuré les bras croisez long-temps, desesperant de ma vie, ie

voulus ioüer de mon reste pour
sortir de cet effroyable dedale. I'e-
stendis les mains autour de moy le
plus auant qu'il me fut possible, &
tout aussi-tost i'entendis le son de
quelques clochetes attachees auec
vne corde , laquelle i'empoignay
auec vn desir remply de mille impatiences & de mille frayeurs nouuelles. Dans cet estonnemét combien de fois par vn obstiné desespoir voulus-ie mettre fin à mes miserables destinees par vne glorieuse cheutte ? Combien de fois fus-ie
sur le poinct de me precipiter dans
ces gouffres ? Et combien de fois
la mort toute pleine d'effroy ne
s'offrit elle pas à mes yeux ? De combien de soupçons & de deffiances
mon ame estoit agitee ? En fin ma
valeur, qui estoit montee au comble de la gloire, me fit resoudre à

souffrir tout ce qu'il plairoit à ma
mauuaise fortune de m'enuoyer.
Ie taste auec les pieds pour sentir si les pierres où ie voulois affermir mes pas se detacheroient de la
roche: puis me tenant à cette corde qui seruoit de guide, ie suiuy vn
petit sentier qui me rendit dans
vne autre cauerne tres-large & spa-
cieuse, & qui auoit vne tres-grande
ouuerture, par où le Soleil ou la
Lune y dardoient vne tres-grande
clarté. D'abord ie vois vn grand
feu, composé de racines, de fueilles,
d'escorces & de troncs de sapins, &
i'apperçois quatre grosses lampes
qui esclairoiét les quatre coings de
cette fatale voûte. Ie vois des armes fraischemét soüillees de sang,
& des habits de toute sorte d'estoffes: ie descouure quelques bou-
teilles, quelques viandes, & ce qui

me rauit le plus, fut de trouuer vne
piece de bœuf qu'vn chien faifoit
tourner aupres du feu auec vne
rouë, fans defcouurir aucune perfonne, aucun hofte, ny aucune
marque qui me peuft expliquer ces
obfcures difficultez. Tantoft ie
m'imaginois auec vn refpectueux
fentiment, que quelque puiffance
celefte auoit apporté toutes ces
chofes pour l'amour de moy, & ie
m'efcriois; D'où me viét ce fecours
inefperé, & par quel miracle eft venu en ce lieu tout ce qui m'eſton-
ne ? Mais, ô malheur ! mes yeux
ne feroient-ils point enchantez, &
ne vois-ie pas des chofes qui ne
font point? Quand eft-ce que ie ne
feray plus tourmenté par des illu-
fions? Qui fçait fi quelque Sorcier
me veut deceuoir par ces chymeres
& ces fantofmes? Qui fçait fi ces

realitez ne font pas preparees pour ma ruine, par Hydimaël, par Vdyſſe ou par Lycomire? Leurs courages laſches & perfides ſont capables de pareilles infidelitez. Cieux! faut-il que toute la nature conjure contre moy, & pour me perdre faut il employer tant de prodiges? Et faut-il que ie meure, & qu'en mourant ie me ſente longuement mourir? Puis changeant de diſcours tout à coup, ie blaſmois ma timidité & m'accuſois d'ingratitude, d'accuſer le Ciel de cruauté au lieu de rendre graces à ſa liberalité ſi propice. Ainſi i'eſtois agité par des mouuemens contraires, i'oſois, ie craignois, ie flottois entre mille reſolutions qui ſe deſtruiſoient les vnes les autres; & les contentemens meſme que mon eſperance faiſoit naiſtre, me faiſoient vne

tres-cruelle guerre. Ainſi balāçant
entre la mort & la vie, ie fus tenté
de tenter la derniere voye : Ie prens
du pain & de la chair, i'en mange,
& ie bois du vin qui eſtoit en vne
bouteille ; en ſuite de cela, me ſen-
tant vn peu plus fort que ie n'eſtois
auparauant, & preparant ma vertu
à toute ſorte d'accidens ; ie cher-
chay quelque lieu ſecret en la cauerne, pour me ſeruir de retraicte,
& prendre quelque repos ſans eſtre
apperceu de ceux qui pourroient
venir. Il y auoit vn creux au milieu
de cette voûte fait en forme de cu-
ue, où l'on pouuoit monter par
certains degrez à demy rompus, &
comme attachez contre vn grand
rocher qui ſeruoit de colomne
pour ſouſtenir ces voûtes eſpouuentables. Ie fais l'impoſſible pour y paruenir, & ie n'y fus

pas si tost placé, que deux hommes à demy nuds entrerent au mesme lieu d'où ie ne faisois que de sortir pour monter en cet azile peu asseuré, que i'auois rencontré si à propos. Leurs yeux ressembloient à des charbons estincelans, leurs dents estoient plus formidables que les deffenses d'vn sanglier, leurs mains ne se rapportoient pas mal aux pattes de l'Ours ; & si leur barbe horrible & leur action brutale donnoient de l'horreur, leur voix semblable aux mugissemens des Taureaux ne causoit pas des moindres effrois par ses tons bizarres & extrauagans ; l'vn portoit sur son dos vne Biche toute entiere, aussi facilement que s'il eust porté vn Levreau ; l'autre, d'vne pareille facilité, traisnoit deux Chamois, que peut estre il auoit pris à la course, ou

peut estre les auoit trouuez dans
le fonds de quelque precipice. Ils
destranchent ces animaux , & les
mettent au feu pour rostir, ayant
premierement osté la chair que le
chien tournoit par le moyen de la
rouë : ils boiuent du vin, & deuo-
rent à vn seul morceau plus de
viande que ie n'en pourrois manger dans vn mois. Puis discourant
de plusieurs choses qui regardoient
la conseruation de leur petite repu-
blique, ils tesmoignoient d'estre en
des inquietudes extremes pour le
long retardement de leurs compagnons. L'excés de la frayeur dont
i'estois saisi , m'auoit tellement
estourdi les sens, que ie ne pouuois
respirer : puis m'imaginant que la
mort estoit l'vnique remede à tous
mes malheurs, ie fis cette puissante
reflection, que rien pour infortuné

qu'il fuſt, ne pouuoit eſtre trop funeſte pour moy ; mon courage venant à s'enfler par la grandeur du
plus grand peril, ie temporiſay iuſques à la fin de cette auenture eſmerueillable , eſtimant que des
rencontres ſi admirables n'arriuent
point ſans la prouidence du Ciel.

Ophiſandre entre dans cette cauerne accompagné de trente hommes de ſa faction, tous armez à la
legere & garnis de caſaques de
meſme couleur. Les cuiſiniers luy
rendent de grands reſpects, & ces
couppe-jarrets à l'enuy ſe ſouſmet-
tent à le ſeruir ; qui luy oſte ſa caſaque, qui luy baille vn ſiege, qui luy
preſente du vin, & qui luy baille à
lauer les mains. La pompe de ſes
habits attira mes yeux à les conſiderer vn peu plus curieuſement que
ie n'aurois fait. Les pierres qui
eſtoient

eſtoient parſemees en abondance
ſur luy, iettoient tant de feux, qu'il
eſtoit impoſſible de le regarder fixement ſans en eſtre eſblouy. Ces
richeſſes eſtoient autant agreables
à ma veuë, que celuy qui en eſtoit le
poſſeſſeur paroiſſoit hideux à mes
yeux. Sa taille eſtoit deſmeſure-
ment auätageuſe; il n'auoit qu'vn
œil, dont les paupieres eſtoient
bordees de couleur rouge, & dont
le regard alloit du pair auec celuy
du plus enuenimé Baſilic. Vn coup
de fleſche luy auoit creué l'autre
œil, & l'auoit rendu ſi deſſiguré,
qu'on ne le pouuoit regarder qu'a-
uec horreur; de ſes narines ſortoiét
des flammes & des eſpaiſſes fu-
mees, ſa peau eſtoit comme celle
des Satyres, & ſes bras eſtoient plus
robuſtes & plus nerueux que ceux
des Cyclopes. Il auoit eſté nourry

dans les armees, & en cette profession (qui de soy est trop licencieu-
se) il auoit commis luy tout seul
plus de crimes, que tous les plus
scelerats ensemble n'auroient peu
faire; il auoit suiuy les armes, les
passions & les mœurs des rebelles,
qui auoient esmeu des troubles &
des desordres dans le Royaume de
Gallocalie, lesquels l'inuincible
Ludouicádre a si heureusemét calmez, en mettant ses ennemis à la
raison par sa clemence incomparable & par sa prodigieuse valeur.
Ophisandre s'estant rendu de toutes parts indigne de la misericorde
de ce grand Monarque, par le
nombre infiny des crimes dont il
souïlla son ame & ses mains, mesmes apres que la paix & la tranquilité furent acquises à ce florissant
Estat; Et voyant que les executeurs

de la Iustice de Dieu & du Roy luy
apprestoient des gesnes & des supplices s'il estoit arresté prisonnier,
abandonna le Royaume de Gallocalie, & courut les mers, où il laissa
des marques d'vne si sanglante
barbarie, que iamais corsaire n'e-
xerça de pareilles cruautez à celles
qui partoient de la fureur de cet
execrable bourreau ; lequel ayant
desolé tout l'Ocean, & contraint le
grand Ludouicandre d'y enuoyer
les Admiraux pour repurger les
mers d'vn monstre si pernicieux,
reuint finalement en Gallocalie ; ou
pour faire teste aux Ministres de la
Iustice, il s'accompagna de trente
pyrates, aussi auides du sang & de
la proye que leur Capitaine, & aussi
capables d'employer leur violence
dessus la terre, comme ils auoient
esté propres à leur brigandage des-

ſus les eaux. Il s'empare de ce rocher que la nature auoit ſi bien fortifié, qu'il eſtoit non ſeulement imprenable, mais encores inacceſſible: là il receuoit à ſa trouppe ceux qui par vne humeur de ieuneſſe eſtoiét pleins de fougue ou d'appetits desreglez, ou ceux qui ſouhaittoient des reuolutions ou des changemens à cauſe de leurs meſcontentemens ou de leurs incommoditez; ou ceux qui par leurs enormes crimes meritoient le dernier ſupplice : Et telles gens eſtans neceſſaires à ce deteſtable chef, il les aſſocioit à ſes larrecins &, à ſa fortune; de ſorte qu'il en auoit iuſques à deux cens, qu'il deleguoit çà & là ſelon qu'il les reputoit capables, en les contraignant de garder la fidelité qu'ils auoient iuree à la compagnie, & de rapporter tout le pro-

fit au threfor public. Des deux
coftez où l'on pouuoit grimper
vers cette cauerne, il auoit logé
deux fentinelles, qui auoient charge de faire vn fignal à des gardes
qu'il auoit ordonnez de chaf-
que part, pour s'oppofer au paffage à ceux qui fe mettroient en deuoir de les attaquer: & ces gardes fe
tenoient en des antres vn peu à l'efcart, & ne branloient point iufques
au fignal, & le fignal ne fe donnoit
pas fi l'on ne voyoit quatre hommes enfemble à tout le moins.

Ophifandre s'enquefte de ces
cuifiniers fi aucun de leurs compagnons eftoit reuenu, & ces Satyres
luy refpondent que perfonne n'e-
ftoit de retour; bien eft vray que de
loin ils auoient apperceu quelque
befte ou quelque fantofme s'eflan-
cer dans cette cauerne, mais que du

depuis rien n'auoit apparu à leurs
yeux. Ce discours me glaça le
sang, & me fit fremir auec des tremblemens si extraordinaires, que
peu s'en fallut que ie ne fusse descouuert. A l'instant voila que ces
autres harpies arriuent de toutes
parts, & dans vne quantité si nom-
breuse, que cette cauerne ne les
pouuoit contenir sans vne confusion & vne incommodité des
vns & des autres. Qui apportoit
des viures, qui des hardes, qui de
l'argent, & qui s'estoit chargé d'autre chose. Cestui-cy racontoit les
dangers qu'il auoit courus, l'autre
les stratagemes desquels il auoit
vsé, & cestuy-là n'oublioit pas ses
tours de souplesse. Ophilandre
serre toutes les pieces d'argent &
d'or monnoyé dans vn trou, qui se
fermoit auec vne pierre de gran-

deur proportionnee à cette ouuerture : Et quoy que sans peine on
eust peu remuër cette pierre, il n'e-
stoit loisible qu'au seul General de
foüiller dans ce thresor, & le General estoit astreint par serment de
n'y faire aucune supercherie. Cieux!
de quelle allegresse ie fus comblé,
d'auoir eu l'agreable veuë de ces
richesses inestimables ; combien de
desirs de les posseder, & combien
de craintes de les manquer, & de
me perdre en les perdant ? Mais
mon esperance fut incontinent
estouffee par de nouuelles terreurs,
qui furent sur le poinct de me priuer du iugement & de la vie; Ie vois
Hydimaël en cette cruelle bande,
i'entens sa voix & ses cris de ioye, &
ses paroles distinctes frappent distinctement mes oreilles ; il entretient Ophisandre des ruses qu'il

auoit pratiquees pour furprendre
le trop infortuné Sybiran ; il fait le
recit de la furprife dont il auoit vfé
chez mon hofte & au Monaftere,
& finalement il monftre la bourfe
qu'il m'auoit fi fubtilement extor-
quee, & que ie ne peus regarder,
tát le regret de cette perte m'eftoit
fenfible. De fuite ils prennent leur
refection, & l'ordre qu'ils auoient
à tenir pour aller à leurs ordinaires
conqueftes, auec commandement
de fe trouuer dans la cauerne le
troifiefme iour. On paffe la nuict,
& le lédemain ces oifeaux de proye
prennent leur effor, & par mefme
moyen Ophifandre fe met en campagne auec les trente affaffins, &
commande aux deux cuifiniers de
ne laiffer entrer perfonne iufqu'à
fon retour, & de ne s'efloigner
beaucoup de l'ouuerture de l'antre,

Ces galands, apres le depart de leur maistre, n'espargnent point la bouteille ; entre deux vins ils font dessein de retourner à la chasse, & ne reuenir en la cauerne que sur la nuict. Vn quart d'heure apres qu'ils furent dehors, ie descendis de mon embuscade, ayant ie ne sçay quelle vigueur que le demon des thresors m'inspiroit en cette occasion, & sans marchander ie renuersay la pierre qui bouchoit ce sacré magasin, où ie descouuris quantité de pierres precieuses, quantité d'or & d'argent, & plusieurs bourses à demy remplies, entre lesquelles la mienne fut la premiere que ie rencontray d'abord. Ie me charge de ces diuines despoüilles, & n'y auoit endroit sur moy qui ne fust remply de quelque chose exquise, & d'vn prix inestimable : estant

presque accablé sous vn faix si
gracieux, ie laissay ma robbe
de Pelerin, & m'afflublay d'vne casaque noire que ie choisis parmy
les habits. En cet equipage ie sor-
tis de ceste cauerne auec plus de
frayeur que ie n'emportois de butin. Le moindre vent me troubloit
l'esprit, chaque branche m'offroit
l'image de la mort, & chaque feuil-
le me faisoit fremir, m'imaginant
de voir à chaque pas, ou ces cusi-
niers tenebreux, ou Hydimaël, ou
les satelites, ou l'effroyable Ophysandre. En ceste esperduë perplexité ie deualois par ces precipices
aussi promptement qu'vn esclair;
La peur me donnoit des aisles, qui
me faisoient gaigner pays auec vne
vistesse incroyable. Les sentinelles
me voyant tout seul ne s'en émeu-
rent aucunement, & ne firent au-

cun obstacle à ma retraicte, qui fut
si heureuse, que sans disgrace ie
paruins au Monastere des Oliues
en meilleur estat que ie n'en estois
party. Auant que de me monstrer
ie cachay sous des pierres mon
thresor & remarquay le lieu fort
soigneusement, & puis ie m'ache-
minay vers le Superieur, pour voir
sa contenance & le traictement
qu'il me feroit. Il m'examine sur le
changement de ma casaque, &
s'enquiert par quelle voye i'auois
fait vn troc si plaisant&auátageux.
Deguisant le faict, ie luy fais entendre qu'vn sauuage m'auoit fouïllé
au milieu de cette montagne, en
luy monstrant l'endroict auec le
doigt, & ne trouuant sur moy aucune proye digne de son ambitió,
m'auoit fait quitter la robbe,& me
laissant la sienne en eschange, m'a-

uoit contrainct de rebrousser mon chemin. Le Superieur en sousriant de mon auenture, me fit plusieurs demandes sur ce suject, & par charité me fit apporter à manger.

Incontinent apres on vient aduertir ce vieillard de l'arriuee d'vn genereux Prince, qui pour lors estoit gouuerneur de la Prouince d'Onixee, qui est à present sous la charge de Thorasmont, où l'vn de ses freres, le gétil Clarindor, a le soin de prendre garde durant son absence, que les estrangers n'entrepreñnent contre le seruice du grád Ludouicandre, & n'incommodent le trafic ; & pour tenir en bride les habitans de Cherolie, ville rebelle & maritime, & qui depuis vn siecle a tousiours eu à demesler quelque chose auec la Cité de Lymphi-Ree, qui est la capitale de tout ce pays,

& qui a touſiours eſté d'vnefoy inuiolable ; Lequel amenoit quatre
cés gédarmes pour ſe ſaiſir du cruel
Ophyſandre & de ſes complices,
ſur le commandement qu'il en a-
uoit eu de ſa Majeſté, à laquelle pluſieurs plaintes auoient eſté faictes
des violences de ces brigands, que
l'authorité du Preuoſt n'eſtoit capable de ſurmonter. Le Superieur
le va receuoir, & luy declare que ie
pouuois donner des inſtructions
pour ſeruir à ceſte capture, veu que
i'auois eſté vers la montagne, recogneu les auenuës, & meſme
conferé auec leurs gardes. Ie ne fis
aucune difficulté de ſuiure ce Gouuerneur, de peur qu'il ne ſoupçon-
naſt que ie feuſſe de leur cabale. Et
d'ailleurs mon butin eſtoit à couuert, & le deſir de tirer vengeance
des perfidies de Hydimaël ne pou-

uoit permettre à mon courage de
commettre quelque lascheté. Le
long du chemin ie faisois la leçon
à ce guerrier, & luy persuadois de
se comporter genereusement, en
vne occasion si glorieuse & si profitable au public; & côme nous ap-
prochiós de la môtagne, ie priay ce
Prince de me donner la permission
de me retirer : Il s'offence de ceste
priere, & mettant la main sur son
coutelas, il protesta tout haut de
me le passer au trauers du corps, si
ie n'allois à la teste, & si ie faisois
seulemét semblât de tourner ledos.
Ie maudissois la rigueur de ma trop
miserable fortune, qui me sacrifioit
à vne mort asseuree si ie montois
ou si ie reculois tant soit peu: Ie
sçauois qu'Ophysandre estoit re-
monté dans la cauerne de l'autre
costé sur le bruict de l'arriuee du

Gouuerneur : ie ne reuoquois pas
en doute quelle estoit sa rage, combien il s'opiniastreroit à la deffence
de sa forteresse imprenable , &
combien il disputeroit le prix de sa
vie : ie n'ignorois pas les forces
qu'il auoit autour de luy, ny ses artifices ; & ie sçauois pareillement
que le Gouuerneur estoit resolu de
vaincre ou de mourir. En ceste extremité ie ne pouuois estre que la
trop malheureuse victime destinee
à ces impitoyables fureurs. Nous
montons sans trouuer aucune resistance, tous les cheuaux estans demeurez au pied de la montagne
sous la charge de cinquante Maistres : ie feus esmerueillé & resiouy
tout ensemble de ne voir les sentinelles au lieu où ie les auois consi-
derees lors que ie descendois de la
cauerne : i'en donne aduis à ce

Gouuerneur, lequel arreſtant quelque peu la vehemence de ſon ardeur ſe mit à conſulter auec ſa prudence ſur les expediens qu'il deuoit
ſuiure pour conduire ſon entrepriſe à vne heureuſe fin, & ne tomber
luy-meſme dans quelque malheur
qui le rendroit la fable de la Cour,
la riſee de tout le pays, & la moquerie de ſes ennemis. Il fait choix d'vn
ieune ſoldat, dont l'adreſſe & l'a-
gilité le rendoient recommandable ſur tous les autres, il luy promet
vne belle recompenſe, & luy ordonne de móter ſur des pointes de
rocher, & en des lieux inacceſſibles
pour du ſommet d'vne roche eſle-
uee en forme de tour, deſcouurir ce
qui ſe paſſoit à l'emboucheure de
la cauerne. Il ſatisfait, & par vn miracle extraordinaire il paruient à la
cime de ceſte formidable hauteur,

il

Il darde sa veuë de tous costez , il
preste les oreilles attentiuement, il
descend auec vn nombre infiny de
difficultez, & vient rendre compte
de sa cómission. Ce qui nous combla d'esperance & d'estonnement ;
I'ay veu, dit ce ieune soldat, plusieurs personnages presque sur la
pointe de ces rochers , se mesler
confusément les vns & les autres,
ce semble, par vne bataille ; les
rayons du Soleil font briller leurs
armes, & certaine liqueur rouge,
qui ruissele en abondance, tesmoigne que ces coups ont tiré du sang;
Les corps qu'on roule & qu'on
fait sauter dans les precipices , &
les hurlemens qui se font entendre
de toutes parts, font vne marque
infaillible de quelque vaçarme. Sur
cét aduis nous continuons le
voyage ; & quoy que personne ne
K

s'opofaft à noftre deffein, nous euf-
mes bien de la peine auant que de
paruenir au lieu où s'eftoit rendu
vn fi defefperé combat. La nature
auoit fait vne efpece de plateforme
quelque peu au deffous de l'entree
de la cauerne : cette place penchoit
du cofté du petit lac, & pouuoit cótenir quelques foixante perfonnes ;
Cet efpace eftoit tapiffé de corps
morts, & le fãg couloit en ruiffeaux
de tous les coftez de ces precipices, où fe voyoiét des corps à demy
brifez, fufpendus en l'air, & retenus
fur des poinctes de rocher. Le lac
ne monftroit point fes eaux, tout
eftoit couuert de charógnes, & ces
charongnes nageoient dans le
fang : iamais on n'a veu de pareils
effects de la rage & du defefpoir.
Hydimaël eftoit refté fur la plateforme, & eftoit encore viuãt, quoy

que blessé de beaucoup de playes
mortelles & incurables: le Gouuerneur l'interroge sur le sujet de cette
meslee, & apprend de ce miserable,
comme Ophysandre estant reuenu
de la campagne, & ayant trouué
ses thresors rauis, auoit d'abord
sacrifié à sa fureur ses deux cuisi-
niers, puis s'estant addressé vn peu
trop insolemment à l'vn de ses có-
pagnons qui estoit arriué dans la
cauerne vn peu auant luy, l'autre
auroit respondu auec vehemence,
& repoussé les iniures par les menasses; apres ce murmure & ces
picoteries, Ophysandre ne se seroit peu tenir de fraper : à l'heure
mesme tout le monde estoit venu
aux mains, chaque bande soustenant son Capitaine, & auec des haches, des massuës & des espees ceste
redoutable trouppe s'estoit deffai-

te dãs vn inftãt par vne opiniaftre-
té trop obftinée. Que tout eftoit au
nombre des morts iufques aux fentinelles & aux gardes du pied du
rocher, qui pour auoir accouru
trop legerement & trop indifcre-
tement s'eftoient precipitez dans
le mefme defordre, & auoient efté
accueillis d'vne pareille difgrace
que tous les autres. Hydimaël perdant la parole auec la vie, laiffa vn
auffi grand eftonnement en l'ame
de ce ieune Prince, comme il me
donnoit de contentement par vne
vengeance fi exemplaire, & fans le
refpect de ce Gouuerneur i'euffe
traifné ce traiftre infame dans le
lac pour le punir de tant d'affronts
que i'auois receus. Nous pourfui-
uons noftre poincte, & à mefure
que i'entrois dans la cauerne ie fu-
pliay le Gouuerneur de me faire le

don des habits & du chapeau d'O-
physandre : il me l'octroya sur le
champ, & me suiuit auec vn courage genereux à trauers les espaisses
tenebres de la cauerne, & iusques
au lieu où estoit le feu & la clarté
des lampes attachees à cette voûte.
Nous marchions dessus les corps
morts, & entendions des cris &
des sanglots de ceux qui rendoient
les derniers abois : ie m'eslance
dans le petit antre pour me fournir
le premier des riches despoüilles,
dont ce lieu estoit remply ; mais ie
n'y fis pas vne trop longue demeure : vne pucelle qui descouure quelque serpent effroyable sous les belles fleurs, desquelles elle se preparoit de faire vn bouquet, ne retire
point sa main auec vne si prompte
vitesse, que ie me iettay hors de cette caue pleine d'horreur. Ie vis

Ophyſandre qui ſe veautroit dans
le ſang, tournant ſon œil furieux
& eſpouuentable, grinçant les
dens, vomiſſant le feu par la bouche & par les narines, & deſpeçant
auec ſes mains des morceaux de
rocher, comme s'il euſt caſſé & bri-
ſé du verre; trois coups qu'il auoit
au trauers du corps luy oſtoient le
moyen de ſe releuer. Le Prince ſe
moquant de moy, entra auec deux
ſoldats dans cet antre, & en fit tirer ce geant, qu'il fit remettre entre
les mains de ſes Chirurgiens, leſquels ne le peurent iamais garentir
de la mort. Ophyſandre auoit de-
chiré tous ſes habits, i'eus le ſoing
de ramaſſer toutes ſes precieuſes
pieces & de les mettre en lieu ſecret, tandis que les autres fouil-
loient tous les autres endroicts de
la cauerne, & rouloient de groſſes

pierres pour fermer les trous , &
oster par ceste prudence l'enuie &
le pouuoir à d'autres voleurs de se
fortifier en la montagne.

A nostre retour le Superieur de
l'Hospital des Oliues nous fit le
meilleur accueil dont il se peut aduiser, & pour luy donner du plaisir
durant le soupper , ie luy fis le recit
des fourbes d'Hydimaël , & de la
surprise dont il auoit vsé pour me
desrober mon argent. Ie vous fais
present (dit le Gouuerneur en me
mettát la main sur le bras) du meilleur de tous mes cheuaux de bagage , & vous permets de le charger autant qu'il vous sera possible des hardes conquises sur O-
physandre. Ie l'en remercie, & sans
perdre temps, ie choisis vn cheual propre à ce que ie le desti-
nois , & mis à part autant du

plus exquis butin qu'il en faloit
pour faire la charge de cét a-
nimal qui eſtoit d'vne prodigieuſe grandeur : & ſans laiſſer en arriere le threſor que i'auois caché le
iour auparauant ſous les pierres
prés du Monaſtere , ie ſuiuis ce
courtois Gouuerneur iuſques au
premier port de ſon gouuernemét,
où ie fis encore vne rencontre heureuſe & auantageuſe pour l'eſtabliſſement de ma fortune. Quelques Cheualiers auoient pris deux
vaiſſeaux de guerre ſur des Corſai-
res : ces vaiſſeaux eſtoient munis &
eſquippez de tout ce qui eſt neceſſaire pour vne longue nauigation,
& eſtoiét remplis de pluſieurs mar-
chádiſes d'vne valeur ineſtimable.
Ils auoient donné fonds à la radde
eſloignee de la ville d'enuiron quatre mille pas. Ces Cheualiers ſup-

plient le Prince de leur permettre
d'amener ces nauires iusques dans
le port, & de mettre en vente & les
vaisseaux & les marchandises : ils
obtiennent la permission , & de
suitte viennent moüiller l'ancre au
riuage où nous les attendions auec
impatience. I'accoste le principal
de ces Cheualiers , & luy offrant
vne bonne somme de deniers, ie
luy fis cognoistre que le meilleur
pour eux estoit de vendre le tout
en blot, que de s'amuser à debiter
en detail piece apres piece. Nous
tombons d'accord, & en la presence du Gouuerneur ie fis le payement de tout ce que i'auois promis , sans espuiser tout à fait me-
thresors : & par vn excés de courtoisie ce genereux Gouuerneur me
fournit de matelots & de gens de
guerre pour me ramener auec mes

vaisseaux dans la ville de Guildemine.

L'esclat de ma grandeur esblouït
les yeux de tous les Citoyens de
cette superbe ville ; mes richesses &
mes vaisseaux les iettoient dans les
transports & dans les rauissemens,
& le pouuoir absolu que i'auois
sur tant de personnes qui m'auoiét
accompagné, tenoit tout le monde
dans le respect & dans la veneration ; la punition de Hydimaël
augmentoit le lustre de ma gloire,
& n'y auoit aucun, pour temeraire
qu'il eust peu estre, qui eust osé proferer la moindre des injures dont
on noircissoit ma reputation lors
de mon despart. Il ne se parle plus
de Lycomire, ny de sortilege, ny de
magie ; ie n'estois plus ny fantosme
ny sorcier, ains l'Ange tutelaire de
la patrie, & ma maison estoit l'azile

& le support de tout le païs.
Toutes les beautez des enuirons
souspiroient apres les merites in-
comparables de Sybiran, & auroiét
fait vn sacrifice volontaire de leurs
affections à mes Autels, si elles eussent osé esperer que cette victime
me fust agreable. A quelles rages
& à quels desespoirs n'estoiét por-
tees les plus releuees & les plus parfaites de ce sexe? & combien de vanitez & de temeraires desirs auoiét
les plus Grands qui me destinoient
pour leur gendre ? Tout cela ne
me touchoit point , la plus riche
estoit celle que ie reputois la plus
accomplie, & en toute cette contree ie n'en remarquay aucune qui
fust doüee de ces qualitez tant de-
sirables. De combien de ruses se
sont seruy les plus aduisees? A quels
stratagemes n'ont recouru les plus

rufees?& de quels puiſſans charmes n'ont fait l'eſpreuue les plus genti-les pour me poſſeder, ſans que ia-mais ie me ſois voulu rendre à ces attrayantes propoſitions? Au con-traire pour me deliurer de telles im-portunitez ennuyeuſes, i'entrepris le voyage de Megapole, pour auoir l'honneur de voir la Cour de mon Roy. En cette reſolution, pour ne perdre pas ma peine inutilement, i'y fis conduire quelques charriots de marchandiſe, dont ie tiray vn notable profit. Durát mon ſejour, ie viſitay ce qu'il y auoit de plus re-marquable , & trouuay dequoy contenter la curioſité de mes yeux. Ie ne dis rien d'vn nombre infiny de belles fontaines, qui decorent toutes les ruës de cette ville Roya-le: ie laiſſe à part vn million de iar-dins, enrichis de plus de raretez ex-

quiſes, de plus de fleurs, d'arbres &
de parterres, que ceux qui furent
eſleuez par la Royne Semiramis ſur
les murailles de Babylone : Ie paſſe
ſous ſilence ces ſuperbes Palais, qui
font honte par leur vaſte grandeur
& par leur hauteur prodigieuſe,
aux Coloſſes & aux Pyramides,
dont l'artifice eſt infiniment plus
riche que la matiere, & dont la matiere n'eſt que de marbre, de iaſpe,
& de porphyre. Ie ne m'amuſe pas
à vous entretenir des Academies,
où la ieuneſſe & les Gentils-hommes s'employent aux lettres, & aux
exercices de la guerre, pour n'eſtre
ces occupations conformes à mes
deſirs, quoy que ſans contredit
Megapole ſurpaſſe en cette gloire
non ſeulement les villes d'Athenes
& de Rome, mais encore toutes les
nations de la terre. L'objet le plus

releué, le sujet le plus excellent, en vn mot, le charme le plus puiſſant qui attira & occupa les facultez de mon ame, fut la quantité des threſors dont abonde de toutes parts la magnificence de cette ville ; Cieux que de choſes ineſtimables, que de diamants & autres pierres precieuſes ; Cieux ! combien de monceaux d'or & d'argent monnoyé, combien de lingots , & combien de toute ſorte de vaiſſelle de ces deux precieux metaux ! Ie crois que des extremitez du monde s'eſtoient aſſemblez ſous noſtre emiſphere tous les plus grands perſonnages pour faire parade de leur grandeur, en faiſant voir dans vn lieu deſtiné au principal faux-bourg de cette Cité , tout ce que l'Occident & l'Orient ont produit de plus rare depuis mille ſiecles. Pour lors l'in-

uincible Ludouicandre, le plus au-
gufte & le plus accomply de tous
les Roys, eftoit de retour à Megapole tout couuert de lauriers & de
palmes, & qui auoit erigé à l'immortalité de fa gloire de plus glorieux trophees, que n'ont iamais
fait les Scipions, les Alexandres &
les Cefars; Le Prince Gaftonidor,
frere vnique de ce grand Monarque, paroiffoit comme vn Aftre
brillant en cette Royale Cour, les
triomphes & les victoires fuiuoient
l'efclat de fa guerriere valeur; & fi
fes yeux eftoient armez des traicts
de la douceur, fon bras inuincible
portoit la foudre. Que diray-ie de
cét illuftre Cardinal de Richelemi-
ne, & de ce braue Cheualier (monftrant Thorafmont) qui font deux
fermes colomnes de cét Eftat, & les
deux principaux refforts qui meu-

uent les principales forces du Royaume, dont le premier eſt comme l'Ange tutelaire aux affaires de la paix, & ceſtui-cy eſt comme l'ame qui donne le mouuement aux armes & aux batailles, & tous les deux d'vne infidelité inuiolable & d'vne modeſtie digne d'admiration. La beauté de la Reyne ſurpaſſe tout ce qu'il y a de plus parfait en l'Vniuers, & ſa vertu eſt plus grande que ſa beauté, à ſon exemple les Princeſſes ſont doüees de tout ce qui peut rendre recommandables les perſonnes les plus accomplies, mais comme mon inclination n'eſtoit pas portee à la contrainte, ie ne peus me donner le ſoing de regarder plus d'vne fois le departement des Dames ; ceſte curioſité eſtant plus reuenante à l'humeur de l'amoureux Thoraſinont

rafmont qu'à celle de Sybiran; auffi
çet amant qui contient en fa poictrine plus de feux que le môt-Gi-
bel, fe pique de feruir vne feule Da-
moifelle, & dreffe des Autels à vne
fauffe Deeffe, qu'il appelle la Conftance, dont il fe forge vne Idole.
Pour moy ie ne puis confentir que
ma liberté foit efclaue fous les fers
d'vne fi infuportable captiuité; La
vertu tend toufiours aux chofes
les plus parfaites ; fi ie recognois
quelque auantage plus eminent en
vne Dame, que ie n'auray iamais
accoftee, pourquoy ne me fera-t'il
pas loifible de la rechercher en a-
bandónant vne Maiftreffe qui aura moins d'attraicts, moins de merite, i'entens moins de richeffes &
plus de deffauts, plus de rigueur &
plus de temerité ? Sans mentir, fi la
meilleure de toutes les femmes

L

n'eſt qu'vn mal fatal, dites-moy
de grace, que dirons-nous de la
plus mauuaiſe, & principalement
ſi elle s'attache à nous par ce nœud
qui ne ſe peut diſſoudre que par
la mort? Ma mere m'a d'abondant
fait perdre l'enuie de me marier;
car ayant conſulté vn certain Deuin ſur les auentures de ma fortune, & ſur les proſperitez que ie
rencontrerois dans le mariage, cet
Aſtrologue luy repartit en riant,
que Sybiran ne pouuoit faillir la
conqueſte d'vne abondance de
cornes, ou de la Corne d'abondance, ſans que ce vieillard ſe vouluſt
expliquer dauantage, quelque
pourſuitte que luy peuſt faire ceſte
mere trop credule & trop ſujete à
ces ridicules ſuperſtitions. Ce n'eſt
pas pourtant que ie n'aye fait l'a-
mour, & que ie n'aye reſſenty les

trauerſes & les accidens dont ſont
accueillis ceux qui ſe meſlent de
ſuiure ces chymeres & ces illuſions.

La douceur de la ſaiſon m'auoit
fait deſcendre dans vne grande
place, qui eſtoit proche de ma maiſon pour y iouyr de la fraiſcheur
de l'air, & pour entretenir mes
penſees à la faueur du bruict de certains oyſeaux qui faiſoient vn gracieux ramage ſur des arbres que la
nature auoit plantez autour d'vne
tres-belle fonteine. Là ie reſuois
ſur ce qui m'eſtoit ſuruenu, & ſur
les auentures de Thoraſmont, où
faiſant le rapport de ſa vigueur a-
uec mon courage, & de ſon ad-
dreſſe auec ma prudence, ie ne
trouuois aucune choſe en luy quelque reputation qu'il euſt acquiſe,
qui peuſt entrer en comparaiſon

auec les releuees qualitez de ma
perſonne. Soudain le mauuais deſtin me fit voir les appas d'vne
beauté qui m'entraiſna dans le precipice d'vne deplorable captiuité.
Alime paſſe deuant moy dans vn
caroſſe ſuperbement eſtoffé, ſon
train eſtoit leſte & pompeux , &
cette ruſee auoit tant de pierres
pretieuſes ſur ſa teſte & ſur ſes habits , que mes yeux en furent eſ-
blouys, & mes ſens en demeurerent confus; car cette merueille
parut auec tant d'eſclat , que ce
coup briſa les deffences que ma reſolution auoit oppoſees aux efforts
qui voudroient triompher de ma
liberté. Me voila paſſionement a-
moureux , & de telle ſorte, que ie
r'entray dans mon logis tout trem-
blát comme ſi ie fuſſe trauaillé par
l'excez d'vne grande fievre. En ces

inquietudes ie ne pouuois rompre
ces nouuelles chaifnes ; & d'autre
part de pourfuiure cette entreprife
s'eftoit s'engager à mille & mille
fafcheufes difficultés. Ie n'ignorois
pas les artifices des femmes, & fçauois tres-bien que les euenemens
d'amour font ordinairement tragiques & defefperez : cette Deeffe
ne pouuoit eftre fans autels & fans
offrande : & fi par malheur quelque Cheualier, comme Thorafmont, ou quelque extrauagant &
defefperé, comme Ophyfandre, e-
ftoit embarqué en cette recherche,
il faudroit recourir aux voyes extraordinaires, & employer le fer &
le fang ou ceder la proye à vn rauiffeur, qui peut-eftre n'auroit autre charme que fa fureur. Mon courage ne pouuoit s'occuper à debat-
tre par la force la poffeffion d'vne

chose qui se deuoit acquerir plutost par merite que par valeur. I'es-
pie neantmoins les occasions de la
voir, pour ietter les premiers fondemens de mes desseins, ne faisant pas
vne reflexion iudicieuse sur l'inconstance des femmes, dont la fer-
meté n'est qu'vne ombre & vn songe, & dont la foy n'a point d'ap-
puy que sur les fresles colomnes de
la perfidie. Enflant donques les
voilles de mon espoir ie tentay vne
mer si orageuse & si pleine de
bancs & de monstres, & commençay cette perilleuse course, qui me
guida finalement non pas au port
de quelque repos & felicité, mais
me ietta parmy les escueils de mille
desplaisirs, & m'exposa au hazard
d'vn cruel naufrage, duquel tout
autre esprit que celuy de Sybiran n'auroit peu se garantir. Il est

vray que l'Amour agit puiſſam-
ment en tous lieux, & nous fournit de ſignalez exemples du pouuoir abſolu qu'il a ſur toute la nature. Ie craignois que cette beauté ne deuint ſourde & inexorable
à mes plaintes, & qu'elle ne rendit
des meſpris & des refus à mes
vœux, comme c'eſt l'ordinaire
que l'inſolence de ce ſexe deſdai-
gne les affections, les ſanglots, les
ſouſpirs, & les ſeruices de ceux qui
ſont embraſez de ce feu autant fatal que penetrant & nuiſible : toutesfois i'eſtimay que ceſte orgueil-
leuſe fille pourroit exercer ceſte
rigueur à de moindres ſujets que
Sybiran, de qui la gloire eſtoit capable de flechir la reſolution d'vne
Diane. En ceſte bonne opinion de
moy-meſme ie flatois mes deſirs &
les repaiſſois de la faueur qui ne me

L iiij

pouuoit estre deniee , voulant à
quelque prix que ce fust faire reüſſir mon project; & comme i'eſtois
d'vn iugemét extremement ingenieux, ie prepare des inuentions &
des expediens pour gaigner l'amitié de l'eſcuyer de ceſte belle , comme tres-vtile , voire tres-neceſſaire
à l'acheminement de mes intentions.

D'autre part Calidon (c'eſt ainſi
que s'appelloit ce ſuiuant) eſtoit en
des peines nompareilles de m'ac-
coſter & de me ioindre pour ourdir
la trame de cette deteſtable trahiſon. Ie m'arreſte ſur la porte de ſon
logis , & cachant mon artifice ie
donnay le bon iour à cét eſtranger
en la meſme maniere qu'on a de
couſtume en ces rencontres, ſans
faire cognoiſtre ny mes flammes
ny ma recherche , ains ſeulement

que la courtoisie m'obligeoit à luy
faire ce compliment. Calidon ne
laisse pas eschapper vne si fauorable opportunité sans la profiter, il
me rend mon change auec de si
belles paroles, que ne m'apperce-
uant point de sa feinte, il luy fut facile de me porter à la croyance de
tout ce qu'il voulut persuader à ma
trop legere credulité. Il fait insensiblement tomber ce discours dans
nostre entretien, Qu'il se repute-
roit tres-heureux s'il auoit l'honneur de voir l'incomparable Sybiran, dont les merueilles n'ont autres bornes que celles de tout l'V-
niuers, de qui la vertu n'a point de
pareille, & dont la grandeur a plus
d'esclat, s'il en faut iuger sainemét,
que toute la gloire des plus illustres
& plus releuez personnages. Tout
ce que l'on sçauroit dire des plus

accomplis, n'eſt rien au prix de luy;
neantmoins quoy que les galands
hommes , ſous quelque climat
qu'ils naiſſent, ne viennent point
au monde, qu'auec cette fatalité de
rendre aux belles tout l'honneur
qu'elles deſirent ; ie crains qu'vne
choſe ne luy deffaille, qui eſt la vo-
lóté de ſeruir les Dames, principalement celles qui ſont expoſces aux
furieuſes ſecouſſes de l'infortune, &
qui par la ſeule renommee d'vne ſi
puiſſante faueur , pourroient remonter au feſte de toute ſorte de
felicitez, & arriuer à la poſſeſſion
d'vn riche & ineſtimable thrèſor.
Le moindre ſecours applaniroit le
chemin à la genereuſe Heſimianee (c'eſt le nom que la trompeuſe
Alime ſe donnoit, pour deceuoir
ceux qu'elle deſiroit ſurprendre)
pour s'affranchir de toute ſorte

d'obstacles ; & quiconque se mettroit en deuoir de faire cette grati-
fication, rencótreroit dans le cours
de sa courtoisie plus de gain & plus
d'auantages, qu'il ne pourroit faire
dans le voyage des Indes & en la
conqueste d'vne toison d'or : Ces
dernieres paroles firét naistre dans
mon ame vn desir pour le moins
autant violent, que la passion dont
l'amour affligeoit mon cœur estoit
ardente & desmesuree. En l'interrompant, braue Cheualier (luy
dis-ie) vous parlez à Sybiran, qui
a de si particulieres inclinations
enuers cette belle Hesimianee,
qu'à moins de noircir mon nom
d'vn eternel opprobre , ie ne
puis me deffendre de m'interes-
ser en sa cause. A l'instant Calidon
fut surpris d'vn estonnement, qui
l'empescha de me repartir ; & se te-

nant dans des respects, qui estoient
les marques de l'estime qu'il faisoit
de ma grandeur, il n'osoit pas seulement souspirer : puis tout à coup
en tournant le dos, il disparut comme vn esclair, & ne parut à mes
yeux en trauersant la court du logis, que comme vn tourbillon, ou
comme la clarté de quelque come-
te. Soudain la feinte Hesimianee
se presente à moy, auec tant d'attraits & de charmes, tant de graces
& de douceurs, que ie demeurois
immobile dans mes rauissemens,
& pensois estre enchanté par la
veuë de tant de miracles. Hesimianee me fait des excuses de ce que ie
l'auois preuenuë en ce deuoir, &
auec des soumissions accompa-
gnees de ie ne sçay quelle majesté
imperieuse, elle me traisna dans sa
chambre, où elle s'estudia de me

faire toutes les caresses dont elle se
peut aduiser, pour me rendre plus
hardy, pour chasser mes craintes, &
m'accoustumer à viure auec des libertez aussi grandes que si ie la pos-
sedoisentieremét. Tantost elle ma-
rioit la melodie de sa voix auec les
rauissans accords de sa belle main,
pour charmer les soins qui me pouuoient ennuyer, & tantost elle faisoit des protestations d'vne parfaite bien-vueillance, & tousiours elle estoit attentiue & occupee à me
complaire; elle ne laissoit rien qui
peust donner quelque relief à sa
beauté, & rien ne luy plaisoit tant
que de tenir les yeux arrestez sur
moy : si bien que ie la croyois sensible à mes affections, & que ie pourrois viure auec elle sous les plus
agreables loix que l'amour ait iamais imposees à tout ce qu'il y a ia-

mais eu de perſonnes amoureuſes.
Quelques iours ſe paſſent, & ie
m'engageois de plus en plus, à meſure que ie remarquois en elle quelque nouuelle grace, ſoit en l'ex-
preſſion de ſes penſees, ſoit en ſon
action, ſoit en me permettant des
familiaritez, qui en autre ſujet que
celuy de Sybiran, auroient vn peu
paſſé les limites de la bien-ſeance,
& de la modeſtie requiſe en vne
femme ialouſe du poinct d'honneur: Heſimianee me viſite ſouuent dans mon logis, & ie ne m'eſ-
loignois de ſa preſence non plus
que de l'vnique principe de mon
bon-heur: ie luy declare mes ſentimens, elle en reçoit les ouuertures
auec des ioyes & des tranſports, que
ie ne pourrois facilemét expliquer;
i'eſtois le centre où ſe terminoient
toutes les lignes de ſes vehemeñtes

affections ; & cette beauté estoit
l'object de ma passion, & le seul Soleil qui esclairoit mon ame, & qui
faisoit viure mes esperances. Et
quoy que ma condition fust au
dessous de la sienne, & que ma naissance n'allast point du pair auec la
grandeur de ses ancestres, neantmoins le merite de ma personne,
ma gloire, mes richesses, & mes autres qualitez , me promettoient
auec vne tres-grande apparence,
que ma pretention seroit suiuie
d'vn bon succés : aussi l'amour ne
rencontre iamais rien d'inegal, au
contraire c'est luy qui accorde les
repugnances des choses qui semblent auoir vne plus grande contradiction.

Hesimianee me prie de permettre à ses filles de porter dans mon
cabinet quelques liettes & quel-

ques coffres, où (difoit-elle) eftoit
enfermé le refte de fes threfors, &
qu'elle ne pouuoit confier ces reliques qu'en ce lieu facré , comme
dans vn azile inuiolable, où la fortune mefme n'oferoit attenter, tant
elle redoutoit ma felicité : & de fuite comme l'on portoit ces fatales
& infortunees befongnes , Hefi-
mianee ouurit vne boëte, dont elle
tira vne chaifne d'or, & la rejettant
comme par defdain dans la mefme
boëte, elle en fit paroiftre cinq ou
fix autres d'vne riche groffeur &
garnies de pierres pretieufes, fás me
dóner loifir de recognoiftre fi cefte
matiere eftoit bonne & de bon al-
loy : & continuant fes ftratagemes
elle tiroit d'vne liette, & tátoft d'vn
coffre, des facs qui fembloient eftre
remplis d'or , le billet l'affeuroit
ainfi, & les faifant paffer auffi vifte
comme

comme vn esclair elle les remettoit
en leur place ; & pour acheuer sa
tromperie, elle tira d'vn grand sac
quelques pieces d'or si subtilemét,
que personne n'y eust pris garde, &
qu'on eust eu cette ferme opinion,
que le sac en estoit remply : puis se
tournant à moy auec vn sousris,
Voila (dit-elle) que ie vous supplie
de prendre de ma main, & de commander à vos gens de me fournir
des estoffes iusques à la cócurrence
de cette somme: car ie ne veux plus
receuoir, ny voir aucune chose qui
ne vienne de vostre part. Ce fut là
le dernier coup qui brisa ma resistance, & ie fus surpris de telle sorte
par l'esclat de ces richesses, que ie
prenois pour estre reeles, & non
pas imaginaires, que ie ne pouuois
ny respondre, ny accepter, ny refuser, ny luy dire mes sentimens: En
M

fin pour faire paroiſtre ma magnificence, ie remis les pieces d'or ſur
le giron de cette beauté, & pro-
teſtay tout haut, que ie douterois
de ſa bonne volonté, ſi elle n'vſoit
du meſme empire dans ma maiſon,
que pourroit faire la Reyne de mes
penſees, & que ie luy reſignois vn
pouuoir abſolu ſur tous mes valets:
& ce qui ayda grandement à conduire la fourbe de la feinte Heſimianee, fut vn certain bruit qui
eſtoit couru, que veritablement
Heſimianee deuoit venir à Guildemine, & de là ſe rendre à la Cour
pour la pourſuite d'vn procez.

Comme cette artificieuſe eut
ſuffiſamment recogneu l'authorité
qu'elle s'eſtoit acquiſe ſur moy &
ſur tout mó train, elle en diſpoſoit
auec retenuë, & tantoſt ſe diſpen-
ſant comme par meſgarde, elle s'y

comportoit auec la mesme liberté
que i'aurois peu faire ; & tout cela
de si bonne grace, que i'estois contraint non seulement d'aggreer ce
proceder , mais encore de l'authoriser, & de conuier mes gens à
luy obeïr sans aucune reserue , par
l'exemple de ma propre obeyssance. Maintenant elle montoit sur
mer & voguoit quelque peu auant
dans mes vaisseaux ; quelquesfois
elle demeuroit seule dans mon cabinet, & le plus souuét pour mieux
acheminer son dessein, elle se saisis-
soit de mes clefs auec vne violence
pleine de douceur: & finalemét elle
mesnageoit si bien ses deportemens, que ie n'y soupçonois aucune fraude: car la croyant estre veritable, & l'estimant estre issuë d'vne
famille si illustre, i'aurois commis
vn sacrilege d'auoir eu la moindre
M ij

impreſsion au preiudice de ſa candeur.

Et ſoit que mon malheur fuſt complice de la meſchanceté de cette femme, ou que le deſtin l'euſt ainſi reſolu pour me perſecuter inceſſamment, ie tombay par l'excés de l'amour dans les accés d'vne fieure ſi dangereuſe, que les Medecins deſeſperoient de ma vie. Cette Amante cache ſon jeu, & tient contenance de la perſonne la plus affligee du monde : elle ne bouge du pied de mon lict, elle ordonne de tout, & rien ne ſe deſlibere que par ſon conſeil, & ne ſe met en execution que par ſon commandement : cependant elle ne perd pas la memoire de ſon project, & mon indiſpoſition luy facilitant les voyes de l'accompliſſement de ſes deſirs, elle fait ſecrettement emporter dans

mes nauires tout ce qui eftoit de
plus precieux dans mon cabinet,
enfemble tout mon argent & tous
mes habits ; & m'ayant fur l'entree
de la nuiçt fait boire quelques
eaux, ou pour m'affoupir , ou pour
me faire mourir, elle ferma la porte
fur moy , & deffendit qu'on n'en-
traft dans ma chambre , de peur
d'interrópre mon fommeil. Ainfi
ayant gaigné le port, elle fit mettre
les voiles au vent par mes propres
mariniers, qui eftoient bien aifes de
la conduire, fous l'opinion qu'elle
leur auoit donnee, qu'elle ne s'em-
barquoit que pour mon feruice, &
pour aller moüiller l'anchre à la
plus prochaine ville pour y chercher des medicamens. Ie m'efueil-
le fur le poinçt du iour, & ne voyát
perfonne autour de moy , ie fus
contraint d'appeller mes gens ; on

accourt, mais la porte se trouuant fermee, il fallut forcer la serrure pour l'ouurir & venir à moy. Ie fus saisi d'vn desplaisir extraordinaire, ne voyant point Hesimianee auec les autres, & le songe que i'auois fait en dormant me pronostiquoit le desastre dont ie me sentois accueillir : car durant le sommeil, i'a-uois remarqué que cette belle se mocquoit de toutes mes plaintes, qu'elle me rauissoit mes thresors, & qu'elle m'arrachoit le cœur pour le deuorer ; & certes il est souuent ar-riué que mes songes ont esté des propheties, mes apprehensions des predictions infaillibles de malheur & d'aduersité, & mes resueries ont esté des Oracles trop veritables. En cette impatience ie sors du lict, & m'eslace dans mon cabinet ; Cieux! qu'est-ce que ie deuins ? ie ne fus

pas moins eſtourdy, que ſi i'euſſe
eſté frappé d'vn coup de tonnerre; apres bruſlant de courroux &
de deſpit, ie proferay toutes les plus
cruelles paroles que la douleur me
mit en la bouche, & mon amour
s'eſtant changee en vne extreme
fureur, ie maudiſſois l'infidelité de
l'ingrate Heſmianee, & ſouhaitois
qu'elle fuſt continuellement aſſaillie par des horreurs & des viſions
eſpouuentables, & par tous les fantoſmes de la mort, & qu'elle fuſt la
proye des monſtres, des furies, & de
la cruauté des bourreaux. Tout
eſtoit ſans deſſus deſſous dans mon
cabinet, tout eſtoit en deſordre,
mes coffres eſtoient rompus, & au
lieu de mes veritables threſors ie ne
voyois que de fauſſes pieces, &
que les marques de ma honte & de
mon deſaſtre; & ce qui augmenta

la grandeur de mon desplaifir, fut vn papier dont la teneur eftoit telle.

LA NOVVELLE HESI-
mianee, au trop groffier & infenfible Sybiran:

IE regrette de vous laiffer en mau-uaife humeur; voyez queïe ne fuis pas ingratte du bon traictement que vous m'auez fait; encore vous ai-je rendu vn tres-bon office d'auoir net-toyé tout voftre logis de tous vos thre-fors: car faute de payement le Nau-tonnier des enfers ne vous paffera point encore au delà du fleuue des morts. Ce foin charitable vous doit obliger à vous fouuenir de moy, pour recompenfer à la premiere rencontre tant de peines que ï'ay fouffertes pour l'amour de vous. Ie me transforme.

maintenant en Medecin, & vous ordonne de prendre de l'helebore pour
purger la teste d'vn sot ; en parlant ie
commance à deuiner, si vous auiez
dormy dans le cimetiere aussi bien que
dans le bois de Lycomire, vous auriez
peut-estre vn peu plus d'esprit pour recognoistre l'honneur que ie vous ay
fait : & ie vous asseure que si ie vous
tenois dedans ces nauires, ie vous ap-
prendrois à prophetiser. Fuyez le
croissant, & ne dispensez vos graces
si legerement : Ie meure, l'exemple
d'Acteon vous conuient tres-bien à
propos, en ce que la Deesse estoit toute
nuë, & vous estes demeuré sans habillement. Allez au pelerinage des mal-
aduisés, vous serés tousiours affublé de
la peau d'vn veau. En fin ie perdrois
moy-mesme le iugement de parler à vn
insensé, & serois digne de punition, si
en sacrifiant ce temeraire à la risée, ie

ne luy procuroit toute sorte de desplai-
firs. En vn mot tu as veu *Hesimia-*
nee, mais tu ressentiras encore plus viuement les efforts de la genereuse
Alime, qui tient en son pouuoir les
destinees d'*Ophisandre* & de *Hydi-*
maël.

Cette lettre redoubla ma tristesse & mon desespoir, & dans vne
difficulté si pressante ie ne sçauois
à quoy me resoudre; i'estois sans
habit, sans argent, sans vaisseaux
& sans mariniers : & ce qui m'affligeoit dauantage, c'estoit de me
voir exposé à la honte & au mespris de toute la ville, si on venoit à
descouurir le tour de soupplesse
que la feinte Hesimianee m'auoit
ioüé. Ie passe le iour en des inquie-
tndes estranges ; & ne pouuant
suruiure apres cette perte, ie partis

fu r la nuict de mon logis, m'eſtant
accommodé des hardes d'vn pay-
ſan, & tiray droict au riuage pour
m'embarquer dans le premier nauire qui feroit voile pour ſuiure
ceſte malheureuſe megere. Il s'e-
leue vne tempeſte ſur le minuict,
qui pouſſoit nos vaiſſeaux tantoſt
iuſques au deſſus des nuës , & tantoſt les precipitoit iuſques aux a-
byſmes : De ſorte que les Pilotes
ne ſçachát auquel des vents ils deuoient obeyr, furent contrainćts
d'abandonner le timon, & laiſſer
aller les nauires au gré de l'orage
& de la fortune.

Pour lors la veritable Heſimianee trauerſoit l'eſtenduë de cette
mer, venant d'vne extremité du
Royaume pour gaigner Guildemine , & de là pour s'acheminer
par terre iuſques à la Cour, en in-

tention de faire quelque ſeiour à
Limphi-Ree auec ſa couſine Martiſie la maiſtreſſe de Thoraſmont.
Nous voila peſlemeſle, & nos
vaiſſeaux s'entrechoquoient auec
des efforts ſi furieux, que peu s'en
falut que nous ne periſmes tous
par vn meſme naufrage : En fin
apres vn nombre infiny de perils & de trauaux, nous fuſ-
mes garentis les vns & les autres,
& trouuaſmes noſtre ſeureté le
long d'vne coſte, que la nature a-
uoit formee en façon de port, où
le Soleil r'amena auec le iour le
calme & la bonaſſe. Les gens de
Heſimianee la deſcendent à terre auec des eſquifs : à leur exemple
nous nous approchons de cet element aggreable. Ie m'enquiers du
nom & de la qualité de celle qui e-
ſtoit la principale de cette flotte,&

i'apprens que l'incomparable Hesimianee auoit l'Empire sur ces
vaisseaux : O Cieux ! m'escriay-ie
soudainement, ie ne m'estonne
plus si toutes les creatures auoient
conspiré nostre ruine en cette nauigation , puisque cette infame
vipere estoit en la trouppe, & qu'elle infectoit toutes les ondes par
son venin. Et comme ie voulois
poursuiure mes imprecations contre ce nom qui m'estoit si odieux,
ie fus inuesty de plusieurs de ces
mariniers qui me foulerent aux
pieds, & me blesserent à coups de
baston & à coups d'espee en plusieurs endroicts, & sans l'arriuee de
cette Dame s'estoit fait de ma vie,
& l'on m'eust precipité dans la mer.
La presence de Hesimiance calma
cette bourasque ; & comme elle
estoit plus iudicieuse, elle voulut

ſçauoir de ma bouche pour quelle raiſon ie blaſmois ſi fort l'innocence de cette Heſimiance ; Ie luy
reſpondis ſans marchander, que
cette femme impudique m'auoit
volé, & par vn artifice autant inique que deteſtable, auoit violé le
droict d'hoſpitalité, & amené deux
de mes vaiſſeaux auec tout mon
argent & mes mathelots. Les vns
rioient de mon extrauagance, les
autres me reputoient hors de ſens,
& les autres auoient compaſſion
de ma folie : mais Heſimianee portoit ſes penſees plus loing, & pe-
ſoit meurement toutes mes raiſons
& tous mes diſcours. En ſe tournant vers vn Cheualier : Ce recit, dit-elle, eſt conforme à ce
que i'en ay appris ; L'inſolente
Alime, cette effrótee Courtiſanne,
pour piper ſes amans imprudens ſe

pare du nom venerable de Hesimianee, se supposant en ma
place, & faisant des actions hon-
teuses, elle ternit le lustre de ma
reputation, & me rend la fable des
mesdisans. Non, non, cette fausseté est trop preiudiciable à mon
honneur pour demeurer impunie;
il faut que le chastiment en soit
fait publiquement dans la ville de
Guildemine, pour effacer cette
tache & cette noirceur par le sang
de cette criminelle, indigne de toute misericorde. Sans tarder nous
remontons en mer, & tournons la
prouë de nos nauires du costé que
la feinte Hesimianee tenoit sa
routte : le iour ensuiuant nous des-
couurons ces deux vaisseaux, & les
suiuons de si pres que nous les ioi-
gnismes auant que la nuict leur
donnast le moyen de nous eschap-

per: d'abord ie les recognois, & appelle mes mariniers; ils obeyssent incótinent à ma voix, & Alime me voyant entouré de grand nombre de gens de guerre, eut recours à ses larmes, esperant de flechir mon courroux par ses prieres & par ses appas; mais i'estois sourd & inexorable, & sans le respect de la veritable Hesimianee i'eusse contenté sur le champ mon iuste ressentiment. On mene cette malheureuse dans l'admirale de Hesimianee, on l'interoge; & tant par sa confession que par le tesmoignage de ses complices, elle fut trouuee coulpable de plusieurs crimes. On s'asseure de sa personne, & de celle de ses compagnons; & continuant la nauigation droict à Guildemine nous y moüillasmes l'ancre en peu de iours. Hesimiance me remit

remit en la poſſeſſion de mes vaiſſeaux & de mes threſors, elle me
fit des preſens & me proteſta vne
particuliere bien-veillance; & apres
auoir donné ordre qu'Alime fut
confinee dans vn Monaſtere, &
que ſes gens feuſſent entre les
mains de la Iuſtice, elle pourſuiuit
ſon voyage. Depuis ce temps i'ay
conceu vne hayne irreconciliable
contre tout le ſexe, & fait le meſme iugement de telles Syrenes
qu'en fit le Prince d'Ithaque à ſon
retour du ſiege de la plus fameuſe ville d'Aſie. Ie boûche mes o-
reilles pour n'eſcouter leurs diſcours pipeurs, ie ſuis ſourd à leurs
caioleries ; & comme mes yeux
n'ont point de lumiere pour conſiderer leurs artifices, mon cœur
n'a point de paſſion pour leurs appas & pour leurs charmes. Ce n'eſt

N

pas que ie blafme entierement les deuoirs qui font rendus à quelques beautez : il faudroit doncques condamner les flammes & les recherches de Thorafmont, de qui la conftance en matiere de fidelité pour vne Princeffe, n'eft pas moindre que fa valeur : mais toutesfois s'il nous eft loifible de dire la verité, ie croy que nous deuons preferer la gaye humeur & le repos de Sybiran aux folles inquietudes, aux foibleffes & aux extrauagances de ces amans qui ne fe repaiffent que de fumee, ne fe nourriffent que de pleurs & de fanglots, & ne refpirent que pour foufpirer apres la poffeffion d'vne chofe qui leur eft plutoft ruineufe que profitable. A combien de perils s'eft expofé le genereux Thorafmont pour acquerir les bonnes graces de Mar-

tifie? combien a-t'il souffert de peines & de trauaux pour les conseruer? & combien a-t'il executé de
choses non seulement hardies &
contre l'esperance de la temerité
mesme, mais du tout impossibles
pour obeyr à cette beauté, & pour
la tirer de plusieurs dangers où le
sort l'auoit si souuent precipitiée?
Encore Thorasmont guide ses
mouuemens selon les regles de la
raison; car les ardeurs de l'amour
n'ont iamais destourné ses armés
du seruice de l'Estat: & quelques
soins qu'il aye rendus aux Autels
de cette Deesse, ils n'ont iamais
esté si zelez, si assidus & si exacts
que ceux qu'il a rendus à son Roy,
& à la Couronne de Gallocalie.

Ie suis redeuable de ma vie à la
generosité de ce Prince, & de
ma fortune à sa courtoisie, car les

Bretaniens ayant escumé la mer &
le port de Guildemine, Iotemont
(c'est ainsi qu'on appelloit leur general) fondit sur mes vaisseaux &
sur ma personne, comme le Faucon
sur la proye, mit au pillage mes nauires, & me condamna à vn supplice cruel, ou à tout le moins à
vne prison perpetuelle si ie ne
payois sans delay vne rançon qui
excedoit, & mon pouuoir, & ma
qualité. Desia ces ministres de la
cruauté auoient attaché les bras de
l'infortuné Sybiran, quand l'incomparable Thorasmont suruint tout à propos , & comme
la foudre reduisit en poudre toute la flotte des aduersaires , &
rendit Iotemont son prisonnier,
enuers lequel il vsa de toute sorte de courtoisie comme c'est la
coustume des Gallocaliens, & prin-

cipalement de Thorafmont ; La
liberté me fut redonnee auec mes
vaiffeaux, & pour recompence
du hazard que i'auois coûru,
Thorafmont me fit prefent du
Diamant qu'il auoit au doigt, &
me donna le meilleur nauire qu'il
auoit conquis fur les ennemis, a-
uec le commandement de le fuiure
au Royaume de Calomyre. Voylà
les auantures de Sybiran, que i'ay
racontees fuccinctement, & qui
rempliroient de leur merueille
mille volumes, s'il fe trouuoit des
Hiftoriens affez capables de les
defcrire ; à prefent il ne refte aucun obftacle qui puiffe retarder
noftre retour au Royaume de Gallocalie. Ainfi finit Sybiran, laiffant la compagnie grandement
fatisfaite de fa naïfueté & de fon

difcours. Chacun fe retira, & les Princes employerent le refte de la nuiĉt à l'ordre pour le partement de la flotte.

LES
TRIOMPHES
DE LA GVERRE
ET DE L'AMOVR.

HISTOIRE ADMIRABLE des sieges de Cazalie & de Lymphirce, places importantes, où s'est signalée la prodigieuse valeur de Thorasmont : & les chastes Amours de ce Prince, & de l'incomparable Martisie.

LIVRE TROISIESME.

THORASMONT voyant que tout son equipage estoit preparé, & que d'o-
resnauant il ne tiendroit plus qu'à

N iiij

luy de partir, s'occupa durant quelques heures, tant à receuoir qu'à
rendre des complimens. La Cour
l'accompagna iufqu'à fes vaiffeaux,
& le peuple par des cris entremeflés
de ioye & de triftefle luy donnoit
des benedictions, & auec des vœux
pleins d'ardeur & de zele luy fou-
haitoit vne heureufe nauigation ;
le patron de l'Admirale auoit commandement de defmarer fi toft
que le vent feroit tant foit peu fauorable, & deuoit auec vn fignal
aduertir toute l'armee de faire le
mefine : Il n'y eut pas moyen qu'ils
fe fiffent de longs regrets, ny que
leur bon naturel fift paroiftre le reffentiment que leur apportoit vne
telle feparation ; & Thorafmont
n'auoit pas vne moindre enuie de
ioindre les ennemis, qu'il auoit de
defplaifir de s'efloigner d'vne fi

bonne compagnie, & principalement de la preſence de Trebaſombe, auquel apres vn million de proteſtations d'vne reciproque bien-
veillance, en diſant Adieu, le genereux Thoraſmont dit ces dernieres paroles ; Soit que mes inuincibles Soldats ſoient doüez d'vne valeur, dont celle des Muſſulmans ne
ſoit pas approchante à beaucoup
prés, ſoit qu'en cette occaſion vn
deſir extraordinaire de vaincre
nous anime tous au combat ; ou
ſoit que le grand Arbitre de l'vniuers pour ſa gloire & pour le bien
de la Chreſtienté vueille rendre vn
ſingulier teſmoignage à ſa prouidence, ie tiens pour aſſeuré que les
choſes ſe paſſeront bien autrement
que les Payens ne les ont projet-
tees, & que la Iuſtice nous fera
triompher de leur inſolente temerité.

Ainsi cette flotte quitta le port, & se mit à voguer auec vne allegresse incroyable, en intention de bien faire, & de descouurir au plustost la coste de Cazalie, où l'on pouuoit arriuer dans moins de dix iours. Toute la fleur des gens de guerre du Royaume de Calomire estoit montee dans les vaisseaux, & Trebasombe auoit fait ellection des plus aguerris de tous ses Estats pour vne expedition si glorieuse & si importante, & dont l'euenement deuoit affermir ou renuerser le sceptre de Calomyre; laissant à part les nauires que Thorasmont auoit amenez de Gallocalie, dont la valeur estoit non seulement formidable aux infidelles, mais estoit capable de triompher de toute la Grece, sous la conduite d'vn si valeureux General. Thorasmont com-

mande à Sybiran de ne s'esloigner
tant soit peu du sage Philacidas, &
tenir ensemble la main tres-exacte-
ment à ce que les prouisions & les
viures ne receussent aucun detri-
ment , & particulierement l'eau
douce, le vin, les chairs salees & le
biscuit : Il ordonne à Polemon d'a-
uoir soin des machines & des munitions ; Nicomar auoit l'œil sur
les armes ; Kiromandre deuoit
prendre garde à ce que la discipline
militaire fust obseruee, & que les
Officiers fissent leur deuoir ; &
l'Admiral de Calomyre auoit l'intendance generale sur tous les nauires, & portoit les commandemens. Et pour la bataille, Nicomar
estoit destiné pour conduire les
premiers vaisseaux , qui comme
auantcoureurs deuoient aller recognoistre & attaquer l'escarmou-

che. Polemon estoit chef de l'A-
uantgarde, Philacidas estoit le conducteur de l'Arrieregarde, & la Bataille estoit sous la charge de l'Admiral; & Thorasmont se reseruoit
pour aller aux lieux où la necessité
le requerroit, pour secourir les parties les plus foibles, pour faire agir
les forces, ainsi qu'il iugeroit à propos, & pour ietter dans la ville
quelques munitions, & finalement
pour euiter les confusions qui arriuent le plus souuent en telles rencontres : tel estoit l'ordre qu'on deuoit tenir le iour du combat.

D'autre costé Amurath ne s'endormoit pas, il pressoit sa pointe, &
ne tenoit pas seulement la ville en
de continuelles alarmes, mais aussi
auoit enfermé le General Fomanrino entre deux rochers, d'où il ne
pouuoit sortir qu'auec vn peril

eminent; & par ce moyen l'auoit
rendu inutile, & hors d'esperance
d'auoir le moindre commerce auec
les assiegez : La deffaicte du Bassa
Bouquaan luy fut sensible à l'extremité, Thorasmont auoit taillé
en pieces toute sa flotte en pleine
mer, & rendu Bouquaan son prisonnier : de sorte que le Sultan reputant cette perte estre vn affront
signalé fait à la maison des Otto-
mans, & qui alloit au mespris de sa
gloire, & à la honte de tout l'O-
rient, il resolut d'en faire vne vengeance si remarquable, qu'il en seroit parlé aux siecles à venir, & qui
effaceroit non seulement le blasme
de cette iournee, mais la rendroit à
tousiours funeste à Trebasombe &
à Thorasmont. Ne respirant doncques que le feu & le sang dans l'embrasement de son courroux, il ne

destinoit cette infortunee. Cité qu'au pillage, qu'au sac, & qu'à vne ruine plus deplorable, que tout ce qui se peut imaginer de plus cruel en ces tragiques euenemens: Et sur l'aduis qu'il auoit receu, que Thorasmont trauersoit cette mer à toutes voiles, pour se presenter auec vne puissante flotte, & hazarder dans vne bataille la decision de cette affaire, si importante à l'Europe & à l'Asie: il fit à l'instant resolution de donner ses meilleurs nauires, & l'eslite de ses soldats à Hemiamet capitaine de la marine, auec commandement d'aller combattre ce nouueau secours, le deffaire ou couler à fonds, sans en prendre vn seul à mercy, & reparer les dommages que l'Empire des Otthomans auoit receu par la desroutte de Bouquaan, en punis-

fant l'audace de ce ieune eſtranger
qui oſoit auec vne temerité & vne
inſolence ſi obſtinees, s'oppoſer à ſes conqueſtes & à ſes deſirs:
ſous la croyance, que ce Baſſa en
viendroit about plus facilement
en pleine mer, que de permettre
aux Chreſtiens de s'approcher dauantage, pour n'eſtre fauoriſez
par les nauires de Fomanrino, &
par les armes des aſſiegez.

Hemiamet s'aduance, auec vne
diligence incroyable, pour executer ce qui luy auoit eſté ſi expreſſé-
ment ordonné: il gaigne vne Iſle,
qui ſe trouuoit preſque au milieu
de la courſe, & proche de laquelle
il falloit paſſer neceſſairement; Là
ſans faire aucun bruict il range
tous ſes vaiſſeaux le long de la rade, & depeſche de petits nauires
pour roder autour de l'Iſle, afin

d'oster le moyen aux habitans des villes de se fortifier; & pour les empescher de se retirer dans les cauernes & au plus haut des rochers, ou de s'eschapper & donner aduis de son arriuee & de ses desseins à la flotte de Thorasmont. Les Insulaires s'estoient retirez en des lieux inaccessibles, & auoient abandonné leurs maisons. Le neueu de ce barbare ayant pris terre pour chercher quelque proye, & pour recognoistre le païs, surprit le fils du Gouuerneur de cette Isle, qui auoit quitté la montagne vn peu trop indiscrettement pour visiter le riuage, & s'instruire des particularitez qui auoient amené en cette coste vn si grand nombre de vaisseaux. On luy lie les mains auec de grosses cordes, on luy esgorge ses trois valets en sa presence,

fence, & on le menaſſe de luy
faire ſouffrir mille tourmens &
mille geſnes, ſi promptement il ne
mettoit les habitans & la montagne à la diſcretion de Hemiamet.
Elimador (c'eſt le nom de ce priſonnier) qui recognoiſſoit la faute qu'il auoit faite, voulut porter
luy tout ſeul la peine de ce tour de
icuneſſe, ſans enuelopper ſes compagnons dans cette diſgrace : &
pour teſmoigner qu'il n'auoit
point de regret de perdre la vie ;
Tu peus (dit-il, ſe tournant contre le nepueu du Baſſa) tu peux
charger mon corps de playes & de
chaiſnes inſuportables, tu peux expoſer mes membres à des ſupplices
qui iront du pair auec la cruauté
de ta nation & de ta fureur ; mais
tu ne peux donner aucune attainte
à ma vertu. Nous verrons (repli-

que le Turc) iusques à quel degré
de perseuerance monteront ta rage & ton desespoir, & si tu persi-
steras tousiours en cette frenetique
brutalité: Et comme il vouloit
faire traisner Elimador iusques aux
montagnes pour y mener main
basse & exterminer tout iusques
aux oyseaux, on le rappella dans
les nauires afin d'auiser ensemblement auec son oncle & les autres
Chefs, aux expediens qu'il faudroit
prendre, pour obtenir la victoire
sur les Chrestiens, qu'on voyoit
paroistre de loing, & qui sembloient tirer droict du costé de
l'Isle pour s'y rafraischir, pour y
faire aiguade, ou pour y prendre
langue des habitans. Apres plusieurs difficultez meurement deba-
tuës, il fut arresté, que leur flotte se
mettroit en quatre bandes, dont

les trois iroient au combat selon les
maximes ordinaires de la guerre; &
que l'autre s'estendroit bien auant
en mer, & viendroit par le derriere
pour clorre de toutes parts la flotte
de leurs ennemis, & leur oster l'esperance d'aucun salut. Hemiamet
auoit remis l'Auantgarde sous la
charge de son neueu, il s'estoit reserué la bataille, estant soustenu par
Atiauel, qui estoit conducteur de
l'Arrieregarde : Le Bassa Zabaïm
estoit celuy qui auoit le commandemét sur cette troupe, qui deuoit
faire ce grand tour pour renfermer
les Chrestiens comme dans vn cercle ; & la rade estoit gardee par
quelques nauires pour fauoriser la
retraite des Mussulmans. Hemiamet visite son armee auec vn visage asseuré, & vne contenance guerriere, accompagnee d'vne genereu-

se resolution. Il embrasse les Capitaines, il caresse tous les rangs de
ses soldats, & leur represente; Que
la valeur Turquesque a tousiours
non seulement surmonté ceux qui
venoient pour leur faire teste, mais
auoit tousiours triomphé de tous
les peuples les plus aguerris de l'V-
niuers: A quoy il adjoustoit, que
le sceptre du grand Seigneur n'e-
stoit ombragé que de lauriers & de
victoires, & s'estoit acquis vn Empire souucrain sur les effects mesmes de la fortune ; Que tout ce
qu'il apprehendoit en cette expedition, estoit la fuite de ses ennemis, qu'il recognoissoit estre sur le
poinct de bransler pour se mettre
en desroute par l'excés de l'effroy,
qui leur auoit glacé le sang, troublé
l'esprit, & fait perdre le peu de vigueur qui estoit en eux, Vigueur

qu'ils n'employeroiét qu'à suiure la
viteffe de leurs voiles pour fe ietter
honteufement dans les murailles
de Mantinee, où la peur enfer-
moit comme dans vne prifon ce
Prince de Calomyre, qui facrifioit
lafchement vn ieune eftranger à
leur fureur : Eftráger qui eftoit en-
nuyé de viure, eftranger qui ne fçauoit pas quelle eftoit l'adreffe de
leurs inuincibles foldats, ny le nóbre infiny de leurs nauires, eftráger
qui fremiroit d'horreur au feul recit de leur vaillance, & qui trem-
bleroit auec des tranfports eftranges, auant que de venir aux
mains, & de voir paroiftre leurs
eftendars : Et flattant l'ambition
des vns par des loüanges & par les
honneurs dont le Sultan les com-
bleroit à leur retour ; & propofant
aux autres de grandes defpoüilles

& de grandes felicitez, il les ani-
moit à bien faire : fpecialement par
la confideration des defaftres & des
hazards, où ils feroient precipitez,
fi par deffaut de courage ils auoient
du pire en cette bataille, qui eftoit
beaucoup plus importante que celle de Bouquaan.

Quoy que Thorafmont fuft
perpetuellement affailly d'vn extreme defplaifir, fe voyant efloigné
de fes amis, de fes parens & de la
belle Martifie, qui eftoit l'ame de
fon ame ; neantmoins parmy la trifteffe dont il eftoit accueilly, fa
gayeté naturelle qui efclattoit dans
fes yeux, monftroit ouuertement
& la grandeur de fa generofité &
la fplendeur de fon extraction ; c'eft
ainfi que de certaines nuës qui voi-
lent le Soleil, luy donnent vne grace, dont on ne s'apperçoit point

quand il est en sa plus grande
clarté. Si tost qu'il descouurit la
flotte des infidelles, il fut saisi d'vne
allegresse indicible, & en donna de
manifestes demonstrations. Sans
perdre le temps, il depescha Nicomar & Philacidas dans vn nauire
leger & propre pour cette course,
auec commission de s'approcher
des Barbares autant qu'il seroit
possible & qu'il seroit necessaire
pour les recognoistre distinctement : & priant le Bassa Bouquaan
qu'il tenoit auec luy, non comme
prisonnier, mais comme vn confident, de descendre dans vne chambre basse de son Admirale , auec
vn Gentil-homme & Sybiran , il
s'eslança dans le nauire de l'Admiral , où il fit venir tous les principaux Officiers de l'armee , &
leur parla de cette sorte. Ce n'est

pas le grãd nombre qui gaigne les palmes, c'eſt le bon cœur; & pour foible que ſoit le bras, le coup eſt touſiours fort rude, quand il frappe auec l'eſpee de la Iuſtice. Vous eſtes ces meſmes guerriers qui auez reduit en poudre de plus grãds colloſſes, que ceux qui vous preparent de nouueaux trophees, qui ne ſont que les chetiues reliques de la deffaite de Bouquaan, dont les troupes innombrables ont eſté diſſipees au ſeul eſclat de voſtre valeur, & n'ont ſeruy que pour immortaliſer voſtre gloire, & pour tapiſſer la mer de leurs charongnes, & teindre les flots auec leur ſang, autant vile & laſche que leur ambition eſtoit iniuſte. A preſent ie tiens la victoire pour aſſeuree, i'en ay des preſages tres-certains, puis que nous n'auons tous qu'vn meſme defir & vne mefme volonté de viure ou de mourir auec l'honneur; & fans mentir de ne tefmoigner en cette iournee le deuoir que la vertu exige de nous, ce feroit trahir la liberté de voftre patrie, & l'expofer aux rigueurs d'vne deplorable captiuité. Mais non, ce feroit vn crime de douter du gain de cette bataille, & vne trop honteufe folie de foupçonner le moindre de nous d'aucune marque de lafcheté. Puis fe faifant voir à tous les foldats, il leur promettoit vn riche butin, leur mettoit deuant les yeux les triomphes de leurs anceftres, & le feruice fignalé qu'ils rendroient à toute la Chreftienté, qui beniroit eternellement la memoire de leur proüeffe, & publieroit à la pofterité la merueille de leur renom. Et tirant le ferment

de tous les vaisseaux, qu'aucun ne
s'amuseroit au pillage, de peur de
causer quelque desordre, il retourna dans son nauire autant satisfaict
du courage de ces guerriers, que
l'armee l'estoit de l'asseurance, du
port, de la grauité, de la majesté & de la valeur incomparable de
ce general. Nicomar & Philacidas
rapportent que les ennemis auoiét
rangé leurs vaisseaux en trois bandes, & que la rade estoit garnie de
machines & de gens de guerre
pour fauoriser leur combat, & incommoder ceux qui costoyeroient
de trop prés cette piece de terre qui
s'auançoit bien auant dans la mer
en façon de promontoire, & qui
couuroit leur arrieregarde : en sorte, qu'on ne pouuoit paruenir à elle qu'auec vne grande perte & vn
extreme danger d'estre pris ou cou-

lé à fonds ; adiouſtant, qu'enuiron ſoixante nauires s'eſtoient ſeparez de leurs gros, & s'eſloignoient de la plage, ſans pouuoir iuger quelle eſtoit l'intention ny le ſujet de cette ſeparation.

Thoraſmont ayant inſtruit les Capitaines de l'ordre qu'il falloit tenir, commáde à Nicomar d'aller à l'eſcarmouche auec ſes aduant-coureurs, & donner le commencement au combat : Polemon le ſuit auec l'auantgarde ; l'Admiral marche immediatement auec la bataille, & Philacidas le ſouſtient auec ſon arrieregarde ; Kiromandre ſuiuoit de loing auec quatorze nauires, & auoit ordre de ne point branſler qu'il n'en euſt le commandement de Thoraſmont, ou de l'Admiral ; & toutes les prouiſions & autres

commoditez se tenoient à la queuë
de cette derniere trouppe. Thorasmont qui auoit choisi le plus leger
vaisseau dont il s'estoit peu auiser,
se tenoit sur les aisles , & faisoit
mouuoir ce grand corps ainsi qu'il
estimoit le plus à propos. A l'abord
l'armee de Hemiamet ietta des cris
horribles , & qui auroient semé de
l'effroy dans l'ame des plus hardis,
& ces cris furent suiuis d'vne si
grande quantité de traicts qui partoient de ces machines espouuentables , que Nicomar fut presque
accablé sous l'effort de cette tempeste , & ne peût aller iusques au
lieu qui luy auoit esté ordóné, ains
fut contraint de reculer iusques à
l'aduantgarde, où il eust le loisir de
se faire bander les deux bras, qu'il
auoit percez en plusieurs endroits.
Thorasmont craignant que ce pre-

mier fuccez n'enflaft l'audace de fes
ennemis, fe mit à la tefte de fon a-
uantgarde, & donna de telle furie
malgré les fleches, les dards, & les
iauelots, qu'il paffa au trauers de
l'auantgarde des infideles, la mit
en defordre, & la renuerfa deffus
leur bataille, laquelle fouftint genereufement l'ardeur de ce premier
choc, & donna le moyen à ceux qui
auoient efté rompus de fe rallier &
de retourner au cõbat. Le bruit des
machines, les cris, les hurlemens, les
vents, le debris des voiles & des
mafts, caufoient vne confufion fi
eftráge, qu'à peine les vns & les autres fe pouuoiét cognoiftre dás vn
meflange fi plein d'horreur : Thorafmont ne s'arrefte pas en fi beau
chemin, fon bras ne defchargeoit
point de coups, qu'il ne fift autant
de playes, & ces playes autant de

morts ; & preſſant viuement les nauires de Herniamet, il les eſcartoit les vns des autres, en couloit à fonds quelques-vns, & oſtoit l'enuie aux autres de l'attendre & de l'abborder. Cependant l'arriuee de Zabaïm faiſoit vn grand rauage à la queuë de l'arrieregarde des Chreſtiens, tenoit en eſchec Kiromandre, qui n'oſoit auancer ſans commandement, & mettoit la bataille en des peines nompareilles ſur l'incertitude du combat de Thoraſmont : lequel recognoiſſant l'eſtat des affaires, ordonna à Polemon de conſeruer ſon auantage, ne s'engager temerairement, & ſouſtenir les ennemis quelque peu de temps, & qu'en moins d'vne heure il ſeroit à luy auecques toutes ſes forces : Puis tournant la prouë de ſon nauire contre Zabaïm, il

l'enfonça si brusquement, que ce
Bassa fut contraint d'abandóner la
partie & prédre la fuite, ayant laissé
quinze de ses vaisseaux au pouuoir
du victorieux, auquel Kiromandre
s'estoit ioint suiuant l'aduis que
Thorasmont luy en auoit fait donner par vn des nauires de l'Admiral.
De suite Thorasmont fait aduácer
son arriere-garde, & se iette comme vn esclair dans la bataille, qu'il
mene promptement au secours de
Polemon, qui ne pouuoit subsister dauantage, pour estre engagé
bien auant, & auoir toute la bataille des barbares dessus les bras. La
foudre n'a iamais fait de si prodigieux effects que la fatale arriuee
de Thorasmont, lequel prenát par
le flanc la bataille de Hemiamet,
la contraignit de reculer & de se
retirer en desordre au lieu où estoit

son arrieregarde. La mer eſtoit
toute rouge, & les corps morts, &
les pieces des nauires qui flottoient
ſur les ondes oſtoiét le moyen aux
vaiſſeaux de s'accrocher. Hemiamet ne ſongeoit qu'à la retraicte,
& à ſe ranger contre le riuage à la
faueur de ſes machines & des archers qui eſtoient le long de la coſte, & qui paroiſſoiét en bataille en
ce promótoire, d'où les Chreſtiens
auoient eſté grandement incom-
modez durant le combat. Mais
Thoraſmont ayant aſſemblé toutes ſes forces en vn corps, ſans marchander liura vn aſſaut general à
toute la flotte de Hemiamet, qui
ſe deffendit valeureuſement durát
quelque temps : neantmoins quelque deuoir qu'il peuſt rendre, il ne
ſçeuſt empeſcher que le deſordre
ne troublaſt la diſpoſition de ſes
rangs,

rangs, ne diſſipaſt toutes ſes trouppes, & que la terreur ne rompiſt
entieremēt la reſolutió qu'il auoit
priſe de ſe cóſeruer à la rade iuſqu'à
la nuiɛt. Car Thoraſmont pourſuiuoit ſa pointe auec des effaits ſi
puiſſans, que la pluſpart des vaiſſeaux du Turc perirent en cet inſtāt
par l'eſpee, par les ondes ou par le
feu ; toutesfois l'Admirale du Baſſa
fit vne heroïque reſiſtance ; & durant le temps que l'Admiral de
Calomyre auoit inueſty ceux qui
eſtoient ſur le promontoire, & que
Kiromandre mettoit des ſoldats
ſur terre pour aller charger les archers qui deſcochoient vne greſle
de traiɛts du long du riuage, Thoraſmont preſſa de telle ſorte Hemiamet, qu'il le contraignit de ceder & ſe rendre à ſa diſcretion : Lors
ce vainqueur le conſola, le trai-

ta courtoifemét, & le mit entre les mains d'vn Gétil-homme, pour le conduire au lieu où eftoit Bouquaan,& pour le faire penfer en diligence, à caufe qu'il auoit perdu grande quantité de fang. Thorafmont retourne à l'Admiral & fe ioint à luy , & dans vn moment on vint à bout de toute la flotte de Hemiamet , puis s'aduançant du cofté de la terre, il arrefta l'ardeur du fidele Kiromandre, qui menoit main-baffe fans en prendre vn feul à mercy. Ainfi Thorafmont fauua par fa cleméce les miferables reftes de cette formidable armee, qui faifoit trembler la meilleure partie de l'Orient. On ne voyoit par tout que des fpectacles d'horreur; Le fang qui couloit en ruiffeaux fur le riuage, & qui boüillonnoit dans les flots le nombre

infiny des corps morts qui nageoient dans leur propre sang, &
le debris de tant de nauires, rendoient cette iournee non seulement hideuse aux vaincus, mais
donnoient de la compassion aux
victorieux. Le seul Zabaïm auoit
eschappé de cette furieuse borras-
que pour apporter à son Maistre les
nouuelles de cette deffaitte, dont
le Sultan conceut vne si grande indignation contre ce mal-heureux
Bassa, qu'il le fit empaller en sa
presence, & fit ietter dans les ondes tous ceux qui pareillement a-
uoient accompagné Zabaïm. Tellement que de quatre-vingts mille soldats choisis sur toute l'armee du grand Seigneur, il n'en demeura que sept mille qui estoient
au pouuoir du genereux Thorasmont; Lequel ayant rendu gra-

ces au Ciel pour vne victoire si
signalee, donna le pillage aux soldats, ne reseruant que les viures &
les vaisseaux pour les conduire aux
assiegez, & que les armes & les
estendarts pour les enuoyer à Mantinee sous la charge de Kiromandre & de Sybiran. Six mille esclaues Chrestiens furent mis en liberté, entre lesquels se trouua le courageux Elidamor, lequel courut
à perte d'haleine vers les montagnes de l'Isle, & amena tous les habitans en cette coste auec des presens & des fruicts pour rafraischir
l'armee, & pour dóner la sepulture
à deux cens Chrestiens qui auoient
si glorieusement perdu la vie en
vne occasion si loüable & si importante à toute la Chrestienté. Apres
ces exploits, Thorasmont qui se
deffioit de l'incóstance de la fortu-

ne, & qui n'ignoroit pas les rufes de
l'Empereur Amurath, & la fureur
où le porteroit cet affront, logea
fes vaiffeaux auec fi bon ordre, que
quand toutes les forces des Mahu-
metans l'auroient affailly, il n'auroit couru aucune rifque ny redou-
té aucune furprife durant la nuict.
Et loüant la generofité des foldats, careffant & embraffant
tous les Capitaines, il leur imprimoit viuement le defir de pourfuiure l'ouurage qui eftoit fi heureufement cómencé. Hemiamet d'autre cofté demeuroit immobile &
interdit dans la chambre où eftoit
Bouquaan auec Sybiran, qui eftoit
en de pareilles inquietudes que ces
deux Baffas, où Thorafmont def-
cend auec vn vifage où les ris &
les graces auoient affemblé toutes
leurs douceurs & tous leurs char-

mes. Il s'approche de Hemiamet,
& rend de si dignes tesmoignages
à sa valeur, que Hemiamet qui n'a-
tendoit que des chaisnes & des su-
plices, estoit comme insensible sans
pouuoir ny respódre ny souspirer.
En continuant ces protestations
de bien-veillance. Thorasmont
luy fait offre de son amitié, auec
promesse de le cherir comme s'il
estoit son frere, pourueu qu'il ne
blessast tant soit peu le respect de
sa Religion, le seruice qu'il deuoit
à son Roy l'inuincible Ludouicandre, & qu'il ne s'agist des interests du Prince de Calomyre. De
suitte il allegua mille belles raisons
pour persuader à ce Bassa, qu'vn
grand courage ne se laissoit iamais
surmonter par les attaques de l'infortune, & ne deuoit iamais succomber sous le faix de la douleur

pour la perte d'vne bataille, veu
que les armes eſtás iournalieres, les
ſuccez ne reſpondent pas touſiours
aux intentions de ceux qui ſuiuét la
guerre ; Que pour ſon regard il ad-
uoüoit ingenuëment, que le Ciel
auoit octroyé la victoire pluſtoſt à
la Iuſtice de ſa querelle, qu'au bon-
heur & à la ſage conduitte de ſes
Capitaines & à la vaillance de ſes
ſoldats. A quoy il adiouſta, que ce
General pouuoit diſpoſer des Medecins & autres choſes vtiles pour
le ſeruice de ſa perſonne, qui e-
ſtoient en la flotte Chreſtienne, a-
uec la meſme liberté & le meſme
pouuoir, qu'il pourroit faire, s'il e-
ſtoit dans le camp de ſon Empereur. Hemiamet ne reſpondoit que par des ſouſmiſſions, par
le reſpect, & par le ſilence ; faiſant
paroiſtre par ſes admirations &

P iiij

par ses transports, Que s'il auoit pris Thorasmont durant le combat pour le Demon de la guerre, il le reputoit à present pour le Dieu de la courtoisie.

La ville de Mantinee flottoit dans vne incertitude incroyable entre l'esperance & la crainte, attendant auec des impatiences extremes les nouuelles de la flotte de Thorasmont, & d'autre part le Roy Trebasombe auoit mis sur pied quelque caualerie pour aller repousser le Bassa Hispaïm & le Prince d'Oriuane qui faisoient le degast sur les frotieres. Sur le point que ce Prince prenoit congé de la Reine pour monter à cheual, & conduire ces escadrons en la Prouince de Milenie, il fut aduerty cóme on descouuroit grand nombre de vaisseaux qui venoient à

toutes voiles vers Mantinee, & ne
tarderoient gueres de moüiller
l'ancre dans le port, tant le vent
estoit fauorable à leur course. En
tout ce riuage n'estoit pas resté vne
seule chaloupe ny vn seul esquif, &
faute d'vne petite barque pour enuoyer recognoistre cette flotte incognuë, ce Monarque estoit en des
inquietudes nompareilles · il estoit
asseuré de la valeur inuincible de
Thorasmot, qui ne pourroit iamais
ny tourner le dos ny abandóner la
poursuitte de sa genereuse entreprise; de croire quelque bon succés,
il n'osoit ny le promettre à son desir, ny seulemét en cóceuoir l'esperance, veu la briefueté du téps & les
appareces du cótraire. En cette perplexité, il assemble próptemét son
Cóseil de guerre, pour auoir l'aduis
des vieux Capitaines en cette réco·

tre, & pour deliberer fur le champ des moyens qu'il faudroit tenir pour repouffer cette armee, en cas qu'elle vint fondre fur cette cofte pour incommoder le païs. Kiromandre fit auancer vn petit vaiffeau pour gaigner le deuāt, afin de retirer de peine tant le Prince que tout le peuple qui paroiffoit en armes fur le riuage. Sybiran eftoit le Capitaine de ce vaiffeau, qui eftoit prefque chargé de bannieres Turquefques renuerfees, & d'eftendars parfemez de Croix releuez en haut, & qui fe monftroient comme triomphans. Ce nouueau conquerant ayant pris terre, appella à haute voix le Roy Trebafombe, & mettant la main fur la garde de fon efpee; Voicy (dit-il) voicy qui a mis à la raifon tous vos ennemis; la mer eft toute foüillee de leur fang,

& couuerte de leurs charongnes, &
l'Ifle eft tapiffee de leurs defpoüilles. Thorafmont a fait fon deuoir,
mais de mon chef ie retenois dans
vne chambre Bouquaan & Hemiamet. Vous eftes donc, cher Sybiran, (replique le Prince) vn Meffager de bonnes nouuelles, voila
pour recompenfer la peine que
vous auez prife ; & difant ces mots
il donna fa bague à Sybiran : Et
pour m'obliger (pourfuiuit-il) iufqu'au dernier poinct, vous irez au
quartier des Dames, les rendre par-
ticipantes de voftre gloire & de
noftre bonne fortune. Pour la bague (refpond le Marchand) ie l'accepte de tres-bon cœur ; mais pour
vifiter les Dames, ie laiffe cette
commiffion à Kiromandre qui me
fuit de prés, & qui leur rendra meilleur compte que ie ne pourrois fai-

re, pour ne vouloir perdre le temps inutilement. Trebasombe estoit rauy de voir vn si grand nombre de nauires aborder de tous costez, & pour s'informer plus particulierement des circonstances & des accidens qui auoient accompagné vne victoire si remarquable, il manda à Kiromandre de venir au lieu où la Reyne & les Princesses s'estoient placees pour voir à leur aise ces magnificences & ces trophees. Kiromandre s'y rend incontinent, & leur raconte les particularitez de la bataille, loüant l'incomparable prudence & la prodigieuse valeur de Thorasmont, auec des termes si puissás, que toute cette Cour estoit dás les admiratiós & dans les transports : cependant on fit descendre les six milles esclaues Chrestiens, à qui la victoire auoit redonné la liberté, lesquels par vn changement de fortune condui-soient les prisonniers Turcs que Thorasmont enuoyoit au Roy Trebasombe, pour en vser selon son plaisir. De suite on tire des vaisseaux vne grande quantité de munitions & de machines de guer-re, & plusieurs bannieres & esten-dars qu'on porta dans la principale Eglise de la Cité. Iamais on n'a veu de semblables resiouyssances, on n'entendoit que cris d'allegresse, que chansons, que fanfares, & qu'instrumens de melodie: & dans ces publiques acclamations le nom de Thorasmont estoit en la bou-che de tous ceux qui auoient l'vsa-ge de la parole, auquel on erigea des arcs triomphaux & des statuës, & dans de certains tableaux ses proüesses estoient descrites en let-tres d'or.

Kiromandre reuint à Thorafmont, apres auoir fejourné dans la
ville de Mantinee l'efpace de quatre iours pour faire prouifion de
matelots & de gens experts à recal-
futer les nauires ; attendu que le
plus grand nombre de ceux qui
eftoiét en l'armee auoient efté rendus inutiles, lors que Zabaïm auoit
attaqué l'arrieregarde, & qu'on ne
pouuoit retourner ny au combat
ny à la nauigation fi ces nauires
n'eftoient remis au premier eftat.
Sybiran reprit le mefme chemin,
auec vn indicible regret, & ne cef-
foit de fe plaindre de ce qu'on ne
trouuoit quelque accommodement pour finir cette malheureufe
guerre. Cependant Trebafombe
ne s'endormoit pas, il s'achemine
auec fa caualerie, & quelques trouppes de gens de pied du cofté de Mi-

lenie, en intention de reprimer l'audace du Prince d'Oriuane & du Baſſa Hiſpaïm, qui exerçoient toutes ſortes de cruautez ſur les cófins de Calomyre. Le Prince de Mantinee (c'eſt le fils du Roy Trebaſombe) auoit le gouuernement de cette ville, auec ordre de n'en point ſortir, & de ne s'eſloigner tant ſoit peu de la Citadelle iuſques au retour de ſon pere, ou de Thoraſmont. Kiromandre ayant apporté dequoy reparer les deffauts & le debris des nauires, en peu de iours la flotte ſe remit en mer, à deſſein de tenter la derniere voye pour deſliurer la place aſſiegee des incurſions & des attaques des Otthomans. Hemiamet ne pouuoit receuoir aucune conſolation, & teſmoignoit que la cruauté de ſon ſort eſtoit ſans exemple, comme ſon reſſentiment

trop grand pour le pouuoir exprimer. Tantoſt il regrettoit la mort
de ſon neueu, & tantoſt il le reputoit tres-heureux de n'auoir ſurueſ-
cu à ſa honte, & à la deſroute de la
fleur de toute l'Aſie ; & maintenant
il repaſſoit deuant ſes yeux les reproches dont vſeroit le Sultan, &
lequel peut-eſtre employeroit le
fer, le feu, toutes les geſnes &
tous les ſupplices dont ſon indignation ſe pourroit aduiſer, pour
le punir d'vne faute qui ſe deuoit
imputer au hazard des armes. En
cette perplexité il eſtoit agité par
de continuelles tourmentes, & ſi
furieuſes, qu'à chaſque moment il
eſtoit ſur le poinct de ſe precipiter
dans les ondes. Thoraſmont luy
fait toute ſorte de bons traicte-
mens, luy repreſente la viciſſitude
des affaires humaines, & comme les
plus

plus illustres guerriers n'auoient
pas esté exempts des secousses de la
fortune ; Qu'on n'vseroit d'aucune rigueur enuers sa personne ny sa
liberté, & que la cause qui l'obligeoit à le retenir, n'estoit que pour
l'honorer, pour le faire traicter de
ses blesseures, & finalement pour le
reseruer à seruir d'eschange, si quelque Capitaine Chrestien tomboit
au pouuoir de l'Empereur Amurath, ou du Prince d'Oriuane. Durant ce discours, Hemiamet auoit
fixement les yeux attachez sur ce
miracle des hommes, sans respondre que par des souspirs & par des
larmes ; en fin faisant vn effort à sa
douleur, il desnoüa sa langue, &
auec des paroles à demy formees, &
que la tristesse estouffoit en leur
naissance, il protesta que iamais son
ame ne seroit noircie du crime d'in-

gratitude, & qu'il seroit memoratif
durant l'estenduë de tous les siecles
de l'honneur & des faueurs qu'il receuoit de la main liberale & victorieuse de Thorasmont; adjoustant
à ces complimens vne merueille
aussi remarquable qu'elle estoit
estrange, & luy donnoit de l'estonnement. Cieux! falloit-il que le
destin, pour se mocquer de la Majesté Orthomane, mist au monde
deux Soleils d'vn mesme esclat,
d'vn mesme pouuoir, d'vne pareille splendeur, mais qui ont de si contraires influences ponr l'Empire du
grand Seigneur? Vous esbranlez,
disoit-il, les colomnes de cette redoutable puissance; & cét autre bel
Astre affermit par ses douceurs &
par sa conduite l'authorité d'Amurath; de telle sorte que la vie & la
mort de cette florissante Monar-

chie est comme en eschec entre vos
tonerres, & entre ses charmes & ses
appas. Aretie la Sultane Reyne a le
mesme port, la mesme grace, la
mesme taille & le mesme visage
que vous : & sans l'equipage qui
vous accompagne, & sans vos habits, ie dirois que vous seriez la Sultane. Mais elle a garenty plusieurs
fois le diademe des Otthomans, &
a aydé à estendre les limites de sa
domination ; & vous arrestez le
cours de ses fatales conquestes, &
nous apprenez à souffrir le ioug
d'vn victorieux. Au seul nom d'A-
retie Thorasmont est saisi d'vne secrette douleur ; il fremit & change
de couleur, & par des alterations
extraordinaires, dont luy mesme
ignoroit la cause, il tesmoignoit
qu'il auoit quelque interest en cette declaration. Les Dieux (pour-

suit le Baſſa) nous enſeignent que
ſans doute vous eſtes freres ; Aretie eſt cette Diane paree des atours
de Cypris, & vous eſtes ce foudre
de guerre, ce Mars triomphát auec
les ornemés du Prince de Cythere
& d'Apollon. Ie crois(repart Tho-
raſimót)que la diuine Aretie poſſe-
de ces qualitez , mais pour mon regard de m'attribuer vne telle gloire,ce ſeroit tomber dás la flatterie,
& ie ſerois coulpable de temerité ſi
i'acceptois ces louáges, qui ne ſont
deües à vne creature mortelle. Ce
n'eſt pas que ie ne ſois reſolu par ie
ne ſçay quelle inclination de mourir au ſeruice de cette belle , que ie
cheris d'vn pareil lié, qu'ie d'amitié
& à qui ie voudrois rendre les meſmes deuoirs qu'à ma propre mere.

Le iour enſuiuant Thoraſimont
déſcouurit la fameuſe ville de Ca-

zalie, laquelle il confidera fans em-
pefchement & tout à fon aife, à la
faueur du Soleil qui paroiffoit ce
fembloit ce iour là plus luifant &
plus lumineux. On voyoit des fo-
refts entieres le long de la rade, &
autour de la ville du cofté de la
mer on remarquoit diftinctement
vn nombre infiny de nauires, de
tours & de ponts de bois, pour empefcher mefmes aux poiffons d'entrer dans le port : La terre eftoit
prefque accablee fous les pauillons,
qui faifoient ondoyer au gré des
zephyrs plus de banderoles que le
Ciel ne montre de feux dans la
clarté des tenebres de la nuict. Cette defcouuerture n'eftoit gueres
agreable à Sybiran, la peur luy glaçoit le fang, & luy troubloit l'imagination, il trembloit, il fremiffoit
d'horreur, & n'auoit pas mefme l'v-

sage du sens commun; il se iette
aux pieds de Thorasmont, & le
supplie de faire reflexion sur les disgraces qui accablent ordinairement les Capitaines & les Soldats:
Bref il vouloit persuader à ce braue Prince, qu'il estoit beaucoup
plus salutaire de rebrousser chemin, que de s'engager indiscrettement entre tant de montagnes de
bois, & tant de machines qui enui-
ronnoient la ville de toutes parts;
que s'il estoit creu on renuoyeroit
Bouquaan & Hemiamet, pour dire
à leur maistre de laisser tout le
monde en paix: mais si l'on vouloit se precipiter, il seroit bien aise
de garder ces deux prisonniers au
fonds du nauire, afin de sauuer sa
vie par la consideration de ces deux
Bassas, si les Chrestiens estoient
surmontez. Thorasmont ne s'a-

muſe point aux extrauagances de
ce marchand, il le renuoye dans la
chambre baſſe de ſon Admirale,
pour tenir compagnie à Bouquaan
& Hemiamet. Puis ayant ſuffiſamment recognu les lieux par où
il deuoit paſſer, pour ſe faire vn paſſage libre iuſques à la ville, il parla
aux ſoldats & aux Capitaines de
cette ſorte. Il n'appartient qu'au «
Monarque de Gallocalie, le plus «
auguſte de tous les Roys, le plus «
ſage, le plus iuſte & le plus valeu- «
reux de tout l'Vniuers; en vn mot «
il n'appartient qu'au Roy mon «
Maiſtre, l'incomparable Ludoui- «
candre, le fauory des Cieux, & les «
delices de la terre, de reprimer l'au- «
dace des flots, & contenir la fureur «
de ceſt element effroyable par des «
Digues & des deffences, pour ſub- «
iuger les villes les plus imprenables «

„ & pour repousser les armes de tous
„ ceux qui s'osent opposer à ses
„ Royalles conquestes; mais de tirer
„ cest exemple à consequence, c'est
„ vouloir imiter l'entreprise de Phaë-
„ ton. C'est pourquoy nous brise-
„ rons aisément ces foibles obstacles,
„ & redonnerons la liberté à ceux
„ qui gemissent sous l'oppression de
„ nos ennemis, & qui sont assaillis
„ par les apprehensions d'vne perpe-
„ tuelle captiuité. Allons, ce grand
„ corps n'est qu'vne vapeur qui sera
„ dissipee au premier abord; nous a-
„ uons affaire à ceux-là mesme qui
„ ont seruy si souuent de trophee à
„ vostre valeur & qui ne peuuent at-
„ tendre vne meilleure fortune que
„ celle de Bouquaan & Hemiamet;
„ La ville nous tend les bras & peut-
„ estre Fomanrino de son costé fauo-
„ risera nostre combat. Ayant finy, il

aſſemble toutes ſes forces en vn
corps & commande à l'Admiral de
donner à trauers ſoixante nauires
que le Sultan auoit enuoyez pour
empeſcher les Chreſtiens de venir
iuſques aux vaiſſeaux, qui ſeruoiét
de retranchemens; & ſe tenant à
l'aiſle droicte auec Kiromandre &
Elimador : & Nicomar & Philacidas eſtans de l'autre coſté, ils com-
mencerent la charge, & choque-
rent de telle violence ces nauires
conduicts par Radiraman Baſſa de
Balzare, qu'ils en coulerent à fonds
vne partie, & renuerſerent le reſte
ſur les vaiſſeaux que le grand Vizir
auoit amenés pour les ſouſtenir.
Ces premiers exploicts n'eſtoient
que les premices d'vne ſi ſanglante
meſlee, où perirent tant de ſoldats:
car le Vizir eſtant preſſé plus viuement qu'il ne s'eſtoit imaginé,

& Radiraman ayant augmenté cette confusion par la foible resistance & prompte desroute de ses soldats, il fust facile à Thorasmont de l'enfoncer, & de le mener battant iusques à la rade auec vn si grand desordre, que les infidelles se rompoient les vns & les autres & fauorisoient par ce moyen la poursuitte de l'assaillant; Lequel prenát par le flanc les vaisseaux qui estoient restez de ce combat, & ceux qui estoient destinez pour la deffence de ces Digues, les contraignit de se mettre en fuitte; & sans s'amuser à les poursuiure, laissant cette charge à l'Admiral, il se ioignit à Polemon, lequel auec grand nombre de machines, de feux d'artifice, & d'instrumens, abbattoit les rempars, les chandeliers, les pieux & les autres empeschemés que les enne-

mis auoiét mis sur la mer autour de
la ville. Le Visir ayant repris ses esprits, voulut reparer la honte qu'il
auoit receuë, il ramassa quaráte nauires, & tourna la prouë du côsté
de l'Admiral, où il fondit auec vne
si furieuse impetuosité, que l'Admiral fut contraint de reculer; &
estoit sur le poinct d'estre rompu,
& reduit en piteux estat : Mais
Thorasmont y suruint, lequel
s'eslançant comme vn esclair à
son secours, dans vn instant le
Vizir fut repoussé auec vne notable perte des siens; & l'Admiral
eut loisir de se recognoistre, de reprendre haleine, & de retourner au
combat. Toutesfois le Vizir n'a-
bandonne point la partie, il reuient
auec vne volonté determinee de
vaincre ou de mourir ; & r'allumant son courage par le renfort de

trente nauires, & son ardeur par l'affront qu'il auoit receu, il donna des preuues d'vne valeur extraordinaire. Mais Thorasinont reduisit en poudre tous les desseins du Vizir, & renuersa ses machines & ses vaisseaux : car il se trouuoit par tout, tantost sur le tillac, tantost à la prouë, & tantost à la pouppe ; & comme la seule ame qui faisoit mouuoir ce grád corps, il agissoit en chasque partie, & faisoit selon l'occurrence l'office de General ou de Capitaine, de Soldat ou de Matelot : De sorte que se mettant à la teste de toute sa flotte, il se mesla de telle furie auec les Payens, & les poursuiuit si vigoureusement, que tous leurs nauires tournerent le dos, & se ietterent le long de la coste pour estre à couuert à la faueur de leurs machines

& de leurs Archers, qui garnif-
foient le riuage. Le feul vaiffeau du
grand Vifir refifta quelque temps
à cet affaut, fit ferme, & fe deffendit genereufement. Thorafmont
ayant entrepris de le prendre, ou de
le couler à fonds, l'inueftit & l'accrocha, & commença auec des
feux d'artifice, & des inftrumens
de brufler & de brifer les cordages, le gouuernail & les autres de-
fences de ce vaiffeau; Le Vifir neátmoins fouftint l'efpace de trois
quarts d'heure auec vne refiftance
heroïque; & comme il eftoit fur
le point d'eftre pris ou mis à fonds,
l'armee du Turc qui s'eftoit ralliee,
& qui auoit quarante nauires à fes
ailles, le vint defgager, & rendit la
victoire douteufe & incertaine.
Car l'Admiral eftant bleffé & comme eftourdy par les cris & le bruict

des ſoldats & des vagues, n'agiſſoit
plus qu'auec vne grande peſan-
teur & vne grande difficulté ; &
Radiraman qui ioüoit à quitte &
double, faiſant quitter ſon entrepriſe à Polemon : & de ſuitte menant main baſſe à la queuë de la
flotte de Thoraſmont , les choſes eſtoient en des incertitudes e-
ſtranges : La mer eſtoit toute couuerte de corps morts , & ces corps
nageoient dans le ſang ; on n'entendoit que des gemiſſemens &
des plaintes , & l'Enfer auoit vo-
my toutes ſes furies pour rendre effroyable cette iournee par vn ſi
horrible carnage , que par tout
on ne voyoit que des ſpectacles
d'horreur. Fomanrino ne ſortoit
point de ſon emboucheure, le Baſſa
de Gallipoli l'attendoit ſur le paſſage, & ſa laſcheté ne luy permit pas

d'auoir sa part en cette gloire; La ville n'auoit garde de faire quelque sortie ny du costé de la mer ny du costé de la terre; l'ennemy auoit logé quatre-vingts vaisseaux entre le port & cette palissade de nauires; & outre cela on y descouuroit cette enorme machine qu'on nommoit le Chasteau de Mahomet. Et du costé de la terre l'Aga auoit fait approcher trente mille Iannissaires & vn Beglierbey, le soustenant auec quarante mille soldats, on auoit liuré vn assaut general & comblé les fossez, non tant de fassines que des corps de quinze mille pionniers, qu'ils sacrifierent à cette rage, non pas en esperance d'emporter la place, mais en intention de faire vne diuersion de ses armes & l'empescher de secourir son secours. Dans ces desordres,

capables d'eſtonner les cœurs les
plus aſſeurez. Thoraſmont demeuroit ineſbranlable, & conſide-
roit les effects & les euenemens de
cette meſlee auec la meſme tranquillité que s'il euſt eſté dans le cabinet. Il quitte le Viſir pour ſe
ioindre à l'Admiral, & r'animant
les Chreſtiens par ſa preſence & par
ſon exemple, il arreſta la fougue des
infideles, & remit les ſiens en eſtat
de ſubſiſter longuement; puis tournant la pointe de ſon nauire du coſté où Radiraman exerçoit toute
ſorte de cruautés, il le fit ſonger
plutoſt à la retraite qu'à continuer
le rauage qu'il faiſoit à la queuë des
nauires des Calomyriens, Thoraſmont ordonne à Philacidas de ſuiure Radiraman ; luy cependant
rodoit autour de ſa flotte pour
donner ordre aux deffauts & raſ-
ſeurer

feurer les nauires qui branfloient
eftans prefque accablez fous le faix
d'vn fi grand nombre de combat-
tans; En fin Thorafimont confiderant à part foy, que s'il ne donnoit promptement la fin à cette
bataille, il eftoit à craindre qu'il
ne perdift le fruict de tous fes trauaux par la multitude innóbrable
des gés de guerre que le Sultan luy
verferoit fur les bras, il refolut, ou
de perdre la vie, ou de terminer le
combat. C'eft pourquoy ayant
commandé à Polemon d'abandonner les retranchemens, & à
Philacidas de laiffer les munitions & le bagage à la difcretion
de Radimaran pour l'amufer, il les
enuoya fur l'aifle droicte de l'Admiral, & fe tenant fur le cofté gauche, on donna auec vne fi extraordinaire vigueur, que la plus grande

partie de la flotte du Vizir fut ren-
uerſee & miſe en deſroutte, ou cou-
lee à fonds ; & ſans leur donner le
moyen de ſe ralier, Thoraſmont
les ſuiuit iuſques à la rade, où il fit
vne merueilleuſe boucherie, ſans
que le Sultan y peuſt apporter aucun remede, quoy qu'il paruſt ſur
ſur le riuage le coutelas à la main.
Thoraſmont menoit auec ſoy la
terreur & l'effroy, & les eſpouuentables traicts de la mort ſe faiſoient
voir autour de l'eſpee de cet Alcide, lequel fit pluſieurs tours & retours, & comme vn tourbillon
rauagea tout, ou comme la foudre
briſa tout ce qui ſe trouua à ſa fatale rencontre. Le Vizir ſe preſente encore, & tente la derniere
voye : on accroche ſon vaiſſeau, on
ſaute dedans, & le feu y eſtant mis
de tous coſtez, il fut contrainct de

se rendre à la mercy du victorieux,
qui le tira promptement de ce lieu,
pour l'enuoyer tenir compagnie à
Bouquaan & Hemiamet. Radiraman ne iouyt pas long temps de
la conqueste du bagage, Thorasmont luy couppe chemin, luy arrache d'entre les mains ces despoüilles, & le fait encore son prisonnier,
apres neantmoins qu'il eut dóné de
grands tesmoignages de sa valeur.

Thorasmont ayant surmonté
tout ce qui estoit au deçà des retranchemens, fait aduancer ses nauires contre les palissades & les deffences pour les forcer. Nicomar
fait ioüer ses machines pour contrecarrer les archers de l'ennemy
qui decochoiét vne gresle de traits
sur ceux qui s'aprochoient de trop
prez: & Polemon retournant à sa
poste, incontinent & sans remise

ces pieces & ces digues de bois furent reduites en poudre. Les infideles se disposent à disputer ceste entree, & s'opiniastrent à vendre cherement cette victoire ; on ne voit que des feux d'artifice, on n'entend que des tonnerres, que des cris & des hurlemens, tout est accablé sous la violence des dards, & des iauelots, & les coups que la rage tire du desespoir ou du courage font plus de bruict que les marteaux des Cyclopes au mót-Gibel. Ceux qui eschappent des flammes sont enueloppez dans les ondes, & ceux qui ne rencontrent leur mort dans le fer, treuuent leur sepulchre dans ces gouffres & dans ces abysmes ; bref, à contempler ces vacarmes on iugeroit que la nature voudroit perir, & qu'elle auroit armé les Elemens, & ce qui se peut ima-

giner de plus effroyable & de plus
funeste pour destruire tout l'Vniuers. Le reste n'estoit que jeu en
comparaison de ce combat, car les
vns & les autres estans meslez
confusement, iamais on n'a veu
des effects de vaillance & de desef-
poir qui puissent estre comparez à
ceux-cy. Dans vn tourne-main
cet espace de mer fut tout couuert
de corps morts, ou de pieces de nauires, & la difficulté d'auancer ou
de reculer rendoit la bataille plus
obstinee, plus dangereuse & plus
douteuse. Thorasmont receuoit
vne merueilleuse incommodité
du Chasteau de Mahomet, qui
lançoit vne nuee de iauelots sur les
Chrestiens & repoussoit viuement
tous leurs assauts, car cette forteresse inexpugnable ne craignoit aucune attainte, & marchoit super-

bemét au milieu de tous les nauires
des Muſſulmans, & ces nauires
alloient aux coups en toute aſſeurance ſous la faueur de ceſt eno-
me colloſſe. Adargas, ieune frere
du grand Vizir, & qui auoit eſpou-
ſé la ſœur d'Amurath, eſtoit general de cette redoutable machine,
dont le ſeul abord eſtoit capable
de ietter l'eſpouuente dans les courages les plus reſolus; Six grands
vaiſſeaux de front eſtoient le commencement de ce ſuperbe Palais,
les flancs eſtoient garnis de quarante quatre nauires, & la poupe
eſtoit baſtie de ſept gráds vaiſſeaux
& tout cela ioint enſemble auec de
groſſes chaiſneſde fer, & ſi bien lié
auec des poutres & autres pieces,
qu'il eſtoit impoſſible d'en ſeparer
la moindre partie; & quoy que les
voiles fuſſent proportionnees à la

vaſte grandeur de ce grand corps,
neantmoins le vent eſtant tant ſoit
peu fauorable, le chaſteau voguoit
auec vne tres-grande facilité ; A
chaſque coſté ſe voyoit encore vne
longue gallerie à fleur d'eau & quatorze mille eſclaues faiſoient mouuoir dans vn clein d'œil la machine
à force de rames, malgré les orages
& les flots. Adargas ne redoutoit
ny la grandeur de Neptune, ny les
attaques d'vn Mars dans cette place imprenable, & endommageoit
ſans ceſſe tous les nauires de Thoraſmont, lequel ayant recognu
apparemment où conſiſtoit la force de ce chaſteau, commáda à l'Admiral d'entretenir l'eſcarmouche
& faire ſemblant de le vouloir in-
ueſtir afin de l'amuſer durant quelque temps, puis donnant aduis à
Philacidas & à Nicomar de s'eſlan-

cer à trauers les autres nauires, & à
Polemon de les enfoncer d'vn autre cofté, il chargea de telle furie,
& fi à propos ces vaiffeaux defia
efbranflez, qu'il les deffit ou les mit
en defroutte, & les preffa auec tant
d'ardeur, que le plus grand nombre, au lieu de faire retraicte du cofté d'Amurath, fe precipita dans le
port, où les habitans s'en rendirent
les maiftres incótinent. Il ne reftoit
plus que la machine du ieune Adargas, qui faifoit d'eftranges rauages
dans les nauires de l'Admiral, auquel il euft fait vn mauuais party
fans l'arriuee de Thorafinont ; Lequel ayant attaqué Adargas par diuers endroicts, accrocha ce monftrueux nauire de tous coftez, auec
promeffe de donner la liberté à
tous les forçats & captifs qui e-
ftoient attachez auec de groffes

chaiſnes de fer aux deux galleries.
Durant cet aſſaut ces eſclaues ne
rament plus, au contraire ils iettent
dans la mer ceux qui ſe preſentent
pour renuerſer les ponts & les eſ-
chelles que Thoraſmont faiſoit
appliquer pour monter deſſus.
L'Admiral tout boüillant de courroux vouloit rendre auec vſure à
cet infidele le deſplaiſir qu'il auoit
receu de luy, & ſacrifier à ſa vengeance & à ſon iuſte reſſentiment
tout ce qui paroiſſoit ſur le tillac,
& qui accompagnoit Adargas. Cependant Elimador & Polemon
ayant le paſſage libre menerent les
munitions dans le port où le peuple les receut auec des aclamations
d'allegreſſe : & tirans des bánieres
Turqueſques hors des vaiſſeaux,
ils en porterent deſſus lés murailles
pour les faire voir non ſeulement

aux soldats de la garnison qui combattoient deffus le rempart, mais pour intimider les Ianniffaires qui ne vouloient abandonner leur affaut; & de fait fi toft qu'ils recognurent leurs eftendarts, & qu'ils les virent traifner & fouler aux pieds, ils fonnerent la retraicte fous l'opinion que le fecours eftoit entré & que leur armee naualle eftoit deffaite, & laifferent vn nombre infiny de bleffez & de morts au tour de la ville & dans les foffez. Finalement Thorafmont apres vne longue refiftance, gaigne la tefte de ce chafteau, où taillant en pieces tout ce qui fe prefentoit, il contraignit Adargas de fe ranger en vn coin, lequel eftoit fi foible pour la perte du fang qu'il auoit faite à caufe de quatre playes mortelles qu'il auoit re-

ceuës, qu'il ne se pouuoit soustenir. Thorasmont luy fait signe de
baisser les armes ; à son reffus il le
menasse de ioindre la force. Adargas ne respond point, ains s'eslance
pour passer son coutelas à trauers
le corps de Thorasmót, lequel ayát
paré le coup auec vne adresse nompareille, sans tarder luy arracha ses
armes, & le donna en garde à vn
Gentilhomme de Gallocalie, & à
l'instant mesme fit marcher cette
machine effroyable deuers la ville,
menant en triomphe ces superbes
geans qui menaçoient le Ciel, la
terre & la mer d'vne entiere deso-
lation. Le peuple accouroit de toutes parts pour voir l'esclat de tant
de merueilles, & le port, quoy que
tres-large & spacieux, ne pouuoit
contenir ny receuoir les vaisseaux
conquis sur les ennemis : on porte

les viures dans les magazins, & les armes dans l'Arsenac, & pour lors la ville estoit si bien fournie de munitions, de vaisseaux & de gens de guerre, que tout l'Orient ensemble n'auroit peu luy donner aucune atteinte. Les Echos retentissent au bruict de la resiouyssance publique, & redisent ces mots , *Viue l'inuincible Thorasmont* : les feux de ioye & les magnificences tesmoignent à tout le monde que la condition de cette place estoit bien meilleure qu'auparauant. Mais Thorasmont qui remplissoit d'estonnement & de merueille tous ceux qui le regardoient , rendit graces au Ciel pour vn succez si heureux : puis apres visita les fortifications de la ville pour recognoistre s'il s'y rencontroit quelque defaut, afin d'y remedier sans retarde-

ment, & s'eſtant rendu dans la citadelle, il pria l'Admiral de ſe repoſer
& de faire traicter ſes bleſſeures, ordonna à Kiromandre & à Nicomar
de luy amener les priſonniers, & à
Polemó de mettre en liberté les eſclaues qui eſtoiét attachez en la galerie de ce chaſteau, & de leur fournir des armes & des habits, & fit
partir à l'inſtant meſme deux vaiſſeaux pour voguer en diligence
porter les nouuelles de la victoire
au Roy Trebaſombe & à la ville
de Mantinee.

Le Sultan auoit recueilly les mi-
ſerables reſtes de cette flotte, & ne
pouuant eſtre Maiſtre de la mer,
il aſſembla tous ſes nauires en vn
corps, & les logea le long de la rade
à ſix mille pas de la ville, pour les
fauoriſer auec ſon armee de terre,
laiſſant par ce moyen le paſſage li-

bre à Fomanrino. Et pour n'estre
contraint de quitter son entreprise,
il depescha promptement à Suez, à
Pera, à Gallipoly & à Balzare où
sont ses principaux Arsenaux pour
ce qui regarde la marine, & à Rho-
des, à Metelin, à Bone & à Bugie,
pour auoir des vaisseaux, des munitions & des mariniers. Il ne medite
que le sang & la vengeance: le fer &
le feu sont des instrumés trop doux
pour executer les mouuemens de sa
passion. Dans les transports de son
courroux, il se retira dans son pauillon, sans qu'il voulut permettre à
persóne de s'approcher de son lict,
non pas mesme à la diuine Aretie,
laquelle estoit affligee iusques au
mourir, à cause de la tristesse de
l'Empereur ; & d'autre costé ne
pouuoit dissimuler sa ioye demesuree pour la victoire des Chrestiens,

ayant vn extreme defir de cognoiftre ce Thorafmont , duquel on faifoit vn fi grand eftat.

Nicomar conduit Adargas dans la forterefle, où ce prifonnier eftimoit rencontrer les chaifnes qu'il auoit fait porter à tant de Chreftiens ; à la clarté de plufieurs flambeaux , il remarquoit l'allegrefle de cette place, & inferoit par la confideration de fa propre calamité,combien eftoit preiudiciable cette bataille à l'Empire des Otthomans. Il ne voit que des pompes & des magnificences, il ne regarde que des trophees , & ne refpire que la mort pour n'eftre payé en la mefme monnoye qu'il auoit preftee à ceux qu'il auoit reduit fous fa puiffance. Thorafmont entretenoit les Magiftrats &

les principaux Capitaines de la cité ; Il va au deuant de son prisonnier, & luy tendant les bras auec vn
visage plein de douceur & de maiesté. Genereux Adargas (luy dit-
il) le sort des armes ne despend pas
de noste courage, c'est le Ciel qui
preside sur ces euenemens & non
la fortune ; Vous estes parmy des
personnes qui sçauent le lustre de
vostre vertu, & qui vous obli-
geront à confesser que les vrays soldats combattent pour l'honneur,
& n'abusent pas de leur auantage ;
Viuez content en ce lieu, attendant
ou que la reconciliation des Monarques, pour lesquels nous expo-
sons nostre sang, donne fin, non
à vostre captiuité, mais à vostre seiour, ou que le hazard sousmette
quelqu'vn de nos Capitaines au
pouuoir de vostre Sultan, pour se
redimer

redimer les vns les autres par vn eſchange ou par quelque autre compoſition: cependant ſeruez-vous
de nos Medecins, & ſi dans voſtre
camp ſe trouue quelque choſe qui
ſoit plus vtile à voſtre ſanté, il vous
ſera loiſible d'y enuoyer celuy de
vos gens, que vous iugerez capable
d'vn tel employ; & voyant qu'A-
dargas eſtoit ſans eſpee, il luy en
preſente vne dont le pomeau eſtoit
garny de Diamans. Adargas fut
ſurpris en cet abbord & par l'excés
d'vne ſi extraordinaire courtoiſie,
& par la conſideration de tant de
merueilles qui releuoient la ſplendeur de ce general ſur tout ce qu'il
y a d'illuſtre dans l'Vniuers; apres
toutesfois qu'il eut pouſſé vn profond ſouſpir pour reſmoigner ſes
rauiſſemens il repartit en ces termes.

Soit que le Ciel ayt assemblé en vostre personne toutes les perfections qui sont mesmes imaginables pour faire paroistre l'esclat de sa puissance : ou soit que la nature ayt desployé toutes ses forces & employé toute son industrie pour vous rendre inuincible en la guerre & en la fortune, selon mon sentiment cette incomparable douceur est le charme le plus puissant & la plus attrayante violence qui triomphe auec vn absolu pouuoir sur les ames genereuses. I'estois seulement vostre prisonnier, à present ie confesse que vous m'auez vaincu, & ie tire vne pareille gloire de cette confession, que si i'auois surmonté le plus grand Prince de ceux qui combattent contre l'authorité d'Amurath, & baisant la main, & la mettant sur l'espee que Thorasmont

luy auoit offerte. I'accepte, dit-il,
vn fi rare prefent, que ie conferue-
ray iufques à la fin de ma vie, & qui
ne feruira, cette guerre acheuee,
qu'aux commandemens de Thorafmont, auquel i'oferay faire vne
tres-ardente fupplication, de permettre qu'on faffe vne exacte recherche de la perfonne du grand
Vizir, pour luy rédre le dernier office de la fepulture s'il eft au nóbre
des morts, ou luy apporter quelque
fecours s'il eft parmy les bleffez.
Vous aurez tout contentement de
ce cofté là (repartit le Prince) & cóme il vouloit pourfuiure Kiromandre entra dans la chambre auec le
Vizir, Bouquaan, Hemiamet &
Radiraman, aufquels le victorieux
fit les mefmes careffes & les mefmes
complimens qu'il auroit fceu faire
aux Capitaines de fon party ; de-

quoy les prisonniers estoient si
grandement satisfaicts, qu'ils en
diminuërent vne partie de leur tristesse, specialement le Vizir & son
frere se voyás hors de danger pour
le regard de leurs blesseures, & dás
vne si fauorable captiuité. Sybiran
estoit retourné en sa belle humeur,
& iuroit en branslant la teste, qu'il
auoit bien chastié l'insoléce des infideles, & que sans luy on n'eust iamais conquis le chasteau de Mahomet, ny arresté tous les prisonniers ; adioustant neantmoins qu'il
seroit bien aise, que les Turcs fussent tous à Constantinople, & que
Thorasmont & luy fussent au
Royaume de Gallocalie. Kiromandre l'interrompit, en luy deman-
dant, s'il se voudroit charger de faire cette ambassade & de faire condescendre le Sultan à cette compo-

fitió, à quoy Sybirá ne daigna faire
aucune refponce, finon que s'il n'y
auoit eu autre foldat que Kiromandre, les chofes n'auroient eu
le fuccez que la valeur de Thorafmont & la generofité de Sybiran
auoient obtenu. On met fin à ces
entretiens, les prifonniers fe retirét
au departement qui leur eftoit preparé, & le Prince fe tint dans fa
chambre pour auifer à ce qui eftoit
expedient pour la conferuation de
cette place affiegee.

Le iour enfuiuant eft employé
à vifiter les fortifications de la ville, & à faire reparer les ruines que
les machines des ennemis auoient
faites aux murailles & à deux baf-
tions qui auoifinoient de fort prés
leur principale batterie, laquelle
eftoit efleuee fur vne haute platte.
forme, & incommodoit grande-

ment les assiegez. Pour y remedier, Thorasmont sort de la ville sur le minuict auec six mille hommes qu'il auoit choisis sur toute la garnison; il s'auance sans bruict vers le premier corps de garde, ayant disposé ses trouppes en quatre bandes; il s'estoit reserué la pointe, Kiromandre le soustenoit, qui estoit suiuy par Philacidas, & Nicomar conduisoit le reste, qui estoit composé de six cens gendarmes armez de toutes pieces, & selon la coustume des Gallocaliens: Elimador auoit charge de passer par vne autre porte, & faire semblant de venir aux mains auec le plus de bruict qu'il seroit possible auec des trompettes & autres instrumens de guerre, pour faire diuersion des armes des ennemis si tost que le signal luy seroit donné. Thoras-

mont qui marchoit à la teſte de
ſon bataillon, emporte ce corps
de garde du premier abbord , &
s'empare des principales auenuës
de la platte-forme , & de la teſte
des retranchemens, où dans vn inſtant il tailla en pieces le Baſſa de
Syrie, qui commandoit cette batterie , & gardoit les tranchees
de ce coſté là. L'Aga ſe preſente &
verſe ſur les bras de Thoraſmont
quinze mille Ianniſſaires , que ce
Heros enfonça de telle furie, qu'ils
ne peurent iamais, ny ſe rallier, ny
retourner au combat. Le Sultan y
vient en perſonne, & oppoſe quatorze mille cheuaux , leſquels ne
pouuant recognoiſtre l'eſtat des affaires , & ne ſçachant s'il eſtoit
queſtion d'auancer ou de reculer, à
cauſe de l'eſpaiſſeur des tenebres,
& de l'horreur de tant de vacar-

mes, de tant de cris, & de tant de
fanfares qu'on entédoit au lieu où
eſtoit Elimador, ne voulurent iamais donner, ſpecialement quand
ils apperceurét la troupe de Nicomar qui paroiſſoit plus nombreuſe
& plus formidable à trauers les obſcuritez de la nuiʆt. Tellement que
Thoraſmont pourſuiuāt ſa viʆtoire fondit comme vn tourbillon ſur
cette caualerie, & la preſſa ſi vi-
goureuſement, qu'elle ſe rompit &
ſe mit en routte, & ſans que Thoraſmont auoit le bras droiʆt percé
d'vn coup de iauelot, & qu'il ne
vouloit hazarder temerairement le
fruiʆt de cette viʆtoire, l'armee du
Sultan couroit riſque d'eſtre defai-
ʆte. Thoraſmont retourne donc
ſur ſes pas auec quantité de machines & de drappeaux & grand
nombre de priſonniers, ayant laiſ-

sé sept mille barbares sur le carreau.

Amurath estoit continuellement en haleine, & contraint de
songer plustost à la deffence de son
camp, qu'à trauailler les assiegez.
Car Thorasmont ne luy donnoit
aucun repos, & luy enleuoit quelque quartier à chaque moment ;
de telle sorte que les apparences luy
deuoient faire perdre non seulement l'opinion de gaigner la ville, mais l'esperance de profiter
aucune chose contre Thorasmont,
en ces inquietudes il ne sçauoit à
quoy se resoudre.

Outre ces glorieux exploicts,
Thorasmont occupoit son esprit à
de plus hautes pensees : ce qui luy
importoit le plus c'estoit de faire
quelque progrez à l'auancement
de la Religion Chrestienne. Pour
cet effect il descouuroit vne voye

infaillible en la perſonne de ſes priſonniers, mais il falloit vſer d’vne ſinguliere prudence en l’eſlection de celuy à qui la premiere deſcouuerture de cette ſalutaire propoſition deuoit eſtre faite : de peur que s’ahurtant aux plus zelés & opiniaſtres d’entr’eux, cette entrepriſe ne demeuraſt inutile, & que l’obſtination des vns n’eſtouffaſt le bon deſir que les exhortations feroient naiſtre dans l’ame de ceux qui ſeroient ſuſceptibles de cette ſainâte doctrine. Le Vizir, Bouquaan & Hemiamet, pour eſtre endurcis de longue main au culte de l’Alcoran, & Adargas pour auoir eſté eſleué dés ſa tendre ieuneſſe en cette damnable loy, ne changeroient aiſément les maximes de leurs conſciences, & ne gouſteroient la douceur de cette celeſte liqueur; ains ſe

roient infectez d'autant plus dan-
gereusement qu'ils ne voudroient
ny embrasser ny recognoistre la
verité que pour la detester auec
vne plus grande resolution. Radiraman luy sembla plus propre pour
estre instruit de tous les poincts de
la Foy, & pour estre persuadé à se
deuelopper des erreurs où l'ignorance & la fausseté le tenoient, si
dextrement on luy faisoit voir son
idolatrie: c'est pourquoy faisant vn
estat particulier de Radiraman, il le
visite, il luy fait mille belles offres,
& se glisse insensiblement dans
l'affection de ce Bassa; en fin tom-
bant sur le discours des auentures
de Radiraman, il luy fit aduoüer,
que la rage d'auoir veu tomber le
gouuernement de la ville de Hala-
donte entre les mains d'vn compe-
titeur son ennemy capital, il auoit

(quoy qu'auec vn desplaisir sensible) secoüé le joug du Roy Trebasombe son Prince legitime, pour
suiure les passions d'Amurath, &
de suite auoit renoncé au Christianisme. Thorasmont prenant cette
occasion, cóme on dit, par les cheueux, fit mille belles remonstrances
à ce Bassa pour luy ouurir le cœur
& les yeux, & luy fit encor promesse de faire sa paix auec Trebasombe & luy procurer des charges honorables dans son Estat. Radiraman demande delay pour consul-
ter sa prudence sur ce qu'il auoit à
faire en vne affaire de telle importance, & remet la decision de
cette difficulté à la fin de cette
guerre, durant laquelle il ne pouuoit honorablement tourner casaque, sans encourir vne honte trop
reprochable, veu les obligations

dont il eſtoit redeuable à Amurath; Qu'il fauoriſeroit ſelon ſon
pouuoir les armes de Trebaſombe,
& n'embraſſeroit iamais la cauſe de
ſes ennemis.

Cependant que Thoraſmont
trauailloit à la conuerſion de Radiraman, & que le Ciel verſoit la
roſee de ſa grace pour la reduction
de cette ame eſgaree, l'enfer faiſoit
ſes efforts pour s'acquerir de nouuelles proyes; Car trouuant l'eſprit
de Fomanrino ſuſceptible de mille
impreſſions & de mille nouueau-
tez, il emporta cét infame deſerteur
dans la plus noire infidelité, & dans
la plus abominable apoſtaſie dont
fut iamais parlé aux ſiecles paſſez.

Kiromandre n'eut pas ſi toſt fait
le recit à ce móſtre d'ingratitude &
de perfidie, de la victoire de Thoraſmót, du deſir qu'il auoit de le ſe-

ſtoyer dans la Cité, & de communiquer en particulier auec luy, qu'à
l'inſtant meſme l'enuie, le deſeſpoir & la fureur s'emparerent ſi
fort de ce cœur deſloyal, qu'il ne
medita deſlors que la ruine de
Thoraſmont, le ſac & le pillage de
Cazalie, la deffaicte des armees de
Trebaſombe, & l'eſtabliſſement
d'Amurath ; auſſi l'alteration de
ſon viſage & les agitations de ſon
eſprit en donnerent de viſibles demonſtrations. Il s'imagine deſia
que Trebaſombe le charge d'opprobres, d'auoir ſi long temps ſejourné en cette coſte ſans y faire
aucun exploict, & principalement
d'auoir commis vne ſi puniſſable
laſcheté, de n'auoir donné aucune
preuue de ſon courage le iour de ce
grand combat. S'il iette les yeux
ſur la mer, il l'a voit tainte du ſang

versé par le bras inuincible de Thorasmont ; s'il regarde le port, il est
comme esblouy par la prise de tant
de bannieres, & par le nombre de
tant de nauires : il n'entend dans la
ville que des cris d'allegresse, il ne
voit qu'abondance, que pompes
& que trophees: Et ce qui augmente le brazier de la rage de cet insensé, fut le commandement qui
luy estoit fait, de rendre toute sorte
d'obeyssance & de respect à ce qui
seroit ordonné par Thorasmont.
Il roule donc mille pensees dans
son ame pour destruire ce ieune
Prince, & pour assouuir sa barbare
brutalité; & sa passion est tellement
aueugle, qu'il ne luy importe de
renuerser les loix, & de recourir aux
demons, pourueu que son project
soit executé. Et pour aller au deuant des ombrages qui eussent peu

tomber en l'esprit de Kiromandre,
il tourne toute son industrie à
composer son visage & son action,
& à mesnager ses deportemens &
ses discours, afin qu'on ne remar-
quast en luy ny vne haine contre
Thorasmont, ny vne trop familiere correspondance qui le fist soupçonner d'artifice & de trahison;
voulant se tenir dans vne mediocrité, pour mieux cacher son jeu, &
cheminer droict au milieu de deux
precipices si glissans. Ainsi feignant que la deffaicte du Vizir, &
le secours donné à la ville luy
auoient causé vn si grand estonnement, que de long temps il n'auoit
peu rompre le silence, il embrasse
Kiromandre, & proteste qu'il ne
receura aucune ioye qu'il n'ait fait
les offres de son seruice à cét inuincible Heros, à qui toute l'Europe
estoit

eſtoit ſi eſtroittement obligee; &
de ce pas il entre dans le vaiſſeau
de ce Cheualier, & auec vne vitef-
ſe incroyable gaigne le port de Cazalie, ayant à ſes aiſles vnze nauires pour marcher auec plus d'ap-
parat & ne tomber en la mercy de
ceux qui eſtoient campez le long
de la rade. Thoraſmont le reçoit
auec toutes les careſſes qui pouuoient partir d'vne parfaite amitié,
luy fait voir les fortifications de la
ville, & luy fait part des reſolutions
qu'il prenoit pour contraindre le
Sultã de leuer le ſiege; Et cét impitoyable rebelle, quoy qu'agité par
des perplexitez qui le bourreloient
inceſſammét, tournoit ſon humeur
au gré de la ioye de Thoraſmont,
& n'eſtoit pas moins complaiſant,
que s'il euſt eſté luy meſme l'autheur de tant de miracles. Et ſous

T

pretexte de repousser les embusches que les Turcs pourroient
dresser contre sa petite flotte, il prit
congé de Thorasmont, & reprit la
routte de ses vaisseaux, en formant
d'estranges desseins.

Si tost qu'il est arriué, il entre
dans son cabinet, & y conuoque
vingt Officiers de sa maison, aus-
quels il auoit vne particuliere confiance ; & deuant que de rien
proposer, il extorqua vn serment
solemnel de chacun d'eux, de n'esuenter ses intentions, & de l'assister
puissamment & fidelement en son
entreprise : apres il leur fit cette detestable harangue. Il n'est pas pos-
,, sible que vous vous monstriez si
,, desnaturez enuers moy, voire en-
,, uers vous mesme, que de souffrir
,, qu'vn estranger, vn nouueau venu,
,, vn ie ne sçay qui, nous fasse des

choſes que les plus imperieux «
& les plus inſolens ne feroient «
pas à leurs valets. Il a reduit les «
affaires au deſeſpoir, & pen- «
ſe d'auoir acquis plus de pal- «
mes & plus de lauriers que les «
Alexandres & les Ceſars; Et cet «
audacieux a prodigalement ver- «
ſé le ſang de nos Citoyens pour «
s'acquerir quelque vaine loüange «
aux deſpens de nos vies & de l'E- «
ſtat: c'eſt ietter du bois dans vne «
fournaiſe ardente au lieu d'eſtein- «
dre le feu auec l'eau d'vne mode- «
ſte conduitte; en vn mot, il a irrité «
le Sultan & tout l'Orient, qui ſe «
prepare à venir fondre ſur le Roy- «
aume de Calomyre, & qui ne bor- «
nera ſes conqueſtes, que lors qu'il «
ne trouuera des ennemis pour les «
combattre: Et ſans mentir conſi- «
derez ie vous prie l'eſtat deplorable «

„ où est à present le Roy Trebasom-
„ be, pour auoir suiuy les desreglees
„ passions, & les extrauagances de cet
„ estourdy. Le hazard est tousiours
„ reputé pour temeraire, quand l'on
„ se met en danger de tout perdre
„ pour ne rien gaigner ; & c'est bien
„ vne manie trop visible, que de sa-
„ crifier vne puissante Monarchie
„ pour la conseruation d'vne seule
„ ville, contre laquelle toute l'Asie
„ s'est esleuee , & au pillage de la-
„ quelle le successeur de l'Empire des
„ Otthomás s'achemine auec la ter-
„ reur, le tonnerre, & auec la foudre.
„ D'autre costé Trebasombe ne pa-
„ roist point, & n'a plus, ny le soin
„ des siens , ny cette guerriere ar-
„ deur dont il a cy-deuant triomphé
„ de tant de barbares : mes amis, le
„ salut de la ville ne despend que de
„ sa perte, & la seule personne de

Thorasmont est capable d'expier "
tant de prodiges ; Retrachós donc "
auec le fer ou le feu ce membre "
pourry pour conseruer tout le "
corps, à l'exemple des sages Mede- "
cins qui separent la piece infectee "
par la gangrene, pour preseruer le "
reste de la corruption ; Examinons "
les expediens qu'il faudra prendre "
pour traicter auec Amurath, afin "
d'arrester le cours de son entreprise "
& nous deliurer d'vne entiere de- "
solation : Mais pour la gloire du "
Sultan, & pour la satisfaction de la "
Chrestienté, il est necessaire d'ache- "
miner vn si haut dessein dans les "
termes de la guerre, afin d'en oster "
la cognoissance aux simples sol- "
dats. Auisez-donc de vous con- "
former à ce que ie suis resolu, & de "
tenir secrette la deliberation que "
nous auons concertee. Bref Fo- "

manrino leur changea si bien les
pensees , & leur offusqua si fort
l'entendement , qu'ils presterent
consentement à cette maudite
conspiration.

Sur le minuict il fait mettre doucement vn esquif en mer, & commanda qu'on menast à terre son
Escuyer, qui auoit ordre de s'ad-
dresser au Testerdar ou à l'Aga,
pour luy dóner entree dans la tente
du grand Seigneur. Quisroës (c'est
le nom de cet Escuyer) s'approche du quartier où estoit campé le
Testerdar,où il fut arresté par quelques Iannissaires qui faisoient la
ronde, qui d'abord luy voulurent
faire sentir les effects de leur cruauté;mais ce messager leur monstrant
vne depesche qu'il portoit dans vn
petit sac de velours. Voicy (dit il)
la plus aggreable nouuelle qu'on

puiſſe apporter pour cóbler de ioye
le plus grand d'entre les mortels; Il
faut que quelque Baſſa m'intro-
duiſe dans le pauillon de l'Empereur, afin que ie luy preſente ce pac-
quet, & que ie m'acquitte d'vne
commiſſion qui eſt de grande importance, & que ie ne puis declarer qu'au Sultan, ou à ſon defaut, au
Muphty, à l'Aga, ou au Teſterdar,
pour luy en faire le rapport ſans
retardement. On mene ce traiſtre
au Teſterdar, qui ſe fait deliurer la
lettre, & la porte au Chiſlar Agaſſi
maiſtre des Eunuques, qui la mit
entre les mains d'Amurath, lequel
ouurit incontinent le papier, où
eſtoient ces mots.

AV PLVS AVGVSTE,
& plus puiſſant de tous les Monarques de l'Aſie, le Sultan
Amurath, Empereur des Empereurs d'Orient.

LES Dieux ne different la ven-
geance qu'ils veulent faire des cri-
mes des hommes, que pour la rendre
plus exemplaire & plus ſanglante; &
les grands Princes ne tardent iamais à
precipiter leurs ennemis dans les abyſ-
mes d'vne entiere ruine, que pour ren-
dre leur cheutte plus fameuſe & plus
remarquable. C'eſt ainſi que vos an-
ceſtres en ont vſé, & c'eſt où l'eſclat
d'vne puiſſance ſouueraine brille auec
plus de gloire & plus de ſplendeur, de
renuerſer d'vn ſeul effort la temerité
de ces enfans de la terre, & de les ab-
battre d'vn ſeul coup de ſa fureur & de

sa foudre, que de les briser peu à peu,
& les reduire en poudre insensible-
ment. Le lustre de la majesté de vostre
Empire, & vostre valeur, ne peuuent
borner vos conquestes que par les limi-
tes de l'Vniuers ; & si dans la rencon-
tre de ce siege fatal à toute l'Europe, les
succés en sont retardez en quelque fa-
çon : c'est plutost la faute de vos Lieu-
tenans, & vn effect de la fortune, Que
la conduite de celuy qui preside sur les
resolutions de vos ennemis, & que ie
n'ose nommer, pour ne commettre vn
blaspheme & vn sacrilege, estant iceluy
vn object trop vile pour estre digne de
vostre formidable ressentiment. I'auois
depuis long temps sousmis aux pieds de
vostre Grandeur toutes les facultez
de mon ame, & sans l'apprehension de
souffrir vn rebut de ce sacrifice, indi-
gne d'estre offert à vne si haute Deïté,
i'aurois desia tesmoigné que la passion

la plus forte qui regne en mon cœur,
c'est de mourir aux bonnes graces du
plus genereux Sultan qui soit issu de la
race des Otthomans. Si vous ne des-
daignez de tourner vos yeux sur vn
zele si plein de respect, de veneration
& de ferueur, on vous applanira le
chemin pour monter non seulement au
faiste de vos desirs, mais qui vous liure-
ra la possession de Cazalie, la personne de cét insolent estranger, &
vous facilitera la victoire sur toute la
Chrestienté. Ce Gentil-homme vous
fera le fidelle recit de mes intentions,
& par le prix de sa teste, qui seruira
d'ostage, il asseurera que mes paroles
sont veritables, & qu'elles n'ont besoin
d'aucun secours pour estre mises à execution, que l'honneur des commandemens de vostre Majesté; à qui ie souhaitte autant de Sceptres, que sa vertu
a acquis d'obligations sur son esclaue
Fomanrino.

Amurath ayant examiné meurement le contenu de cette depesche, ne sçauoit à quoy se resoudre; il estoit combattu par des mouuemens qui se destruisoient les vns les autres, & par des raisons du tout contraires, & se voyoit exposé à vn peril infaillible, qui le iettoit dans les apprehensions de croire trop legerement, ou ne croire pas assez. En cette inquietude il embrassoit ardemment vne si auantageuse proposition, & neantmoins il auoit soupçon de quelque artifice, & se deffioit de quelque tour de souplesse. Pour s'en esclaircir, il fait appeller l'infidelle Quisroës, & s'enquiert soigneusement des expediens dont Fomanrino se vouloit seruir en cette negotiation: à quoy Quisroës satisfit si punctuellement, que le Sultan conceut

vne tres-grande esperance de venir
à bout de cette entreprise. Promettant doncques des recompenses &
des honneurs à tous les ministres
de cette cabale, il destina la princi-
pauté de Cazalie pour estre le loyer
de cét apostat, auquel d'abondant
il faisoit offre des plus honorables
charges de sa maison. Et pour
acheminer heureusement vne affaire de telle importance, & battre
le fer cependant qu'il estoit au feu,
de peur de dóner loisir aux traistres
de se repentir de leur perfidie, & à
Thorasmont le moyen de descouurir les circonstances de cette conjuration, il renuoye Quisroës en
la compagnie du Testerdar pour
receuoir les ostages de Fomantino,
& prendre l'ordre qu'il falloit tenir
pour conduire à bon port vn project si profitable à tous les Maho-

metans. Quiſroës laiſſe le Teſterdar & ſa trouppe vn peu à l'eſcart
& court au bord de la rade, où le
frere de Fomanrino & quelques
Officiers attendoient ſans faire aucun bruit, & leſquels ſe rangerent
incontinent au pouuoir de ce Baſſa, qui les amena dans ſon pauillon;
Quiſroës s'arreſta auec Fomanrino, pour luy rendre compte de ſon
voyage, & des promeſſes auanta-
geuſes de l'Empereur Amurath.

LES
TRIOMPHES
DE LA GVERRE
ET DE L'AMOVR.

HISTOIRE ADMIRABLE des sieges de Cazalie & de Lymphiree, places importantes, où s'est signalée la prodigieuse valeur de Thorasmont: & les chastes Amours de ce Prince, & de l'incomparable Martisie.

LIVRE QVATRIESME.

SVR le poinct du iour Fomanrino vogue vers la ville, cachant merueilleusement bien sa detestable perfidie, &

si subtilement, qu'il estoit du tout impossible de s'apperceuoir de sa dissimulation & de de sa feinte. Apres les complimens ordinaires en ces occasions, il met en auant au Conseil de guerre, que pour contraindre les Mussulmans de quitter ce siege honteusement, il estoit comme necessaire de donner vn combat naual, & que la victoire qui ne pouuoit estre seulement reuoquee en doute, ostoit le commerce de la mer aux ennemis, & par consequent les priuoit de toute sorte de rafraischissemens & de secours : adioustant que pour paruenir au gain de cette bataille, il ne faloit que quelques vaisseaux de la ville, sans employer le bras inuincible de Thorasmont, ny hazarder la personne de tant de braues guerriers qui deuoient reseruer leur

valeur pour quelque plus dangereux & plus glorieux exploict.
Thorafmont approuua les ouuertures que fit cet infidelle confeil-
ler, & fuiuit de poinct en poinct
ce qu'il auoit proietté touchant le
combat, excepté feulement en ce
qu'il vouloit eftre de la partie, &
auoir fa part du peril & de l'hon-
deur; dequoy Fomanrino faifant
vn eftime particuliere, pour ourdir
plus accortement la trame de fa
trahifon, il fe reputoit trop heureux de marcher fous les eftédarts,
& en la cópagnie d'vn tel guerrier,
fous les aufpices duquel il ne feroit
difficulté de choquer les forces de
toute l'Afie: Puis fe laiffát aller aux
remercimens, il proteftoit au nom
de cette affemblee, voire de la part
de l'Empire de Calomyre, vne eternelle recognoiffance aux foins con-
tinuels

tinuels & exacts que Thorasmont
rendoit à la conseruation de cet
Estat. De suitte il fait glisser insensiblement cette priere ; Qu'on luy
octroyast le chasteau de Mahomet
& les esclaues qui estoient au port,
& qu'auec ce renfort il pretendoit
se rendre maistre de la mer , &
d'empescher les ennemis de s'esloigner de la rade. Thorasmont l'embrasse & luy promet de faire vn fidelle rapport à l'inuincible Trebasombe du bon aduis qu'il auoit
donné, & du signalé seruice qu'il
rendoit à toute l'Europe ; & pour
faire voir la confiance qu'il auoit
en sa prudence & en sa vertu, il ne
luy accordoit pas seulement le
chasteau de Mahomet, auec tous
les esclaues , mais le supplioit
de prendre dans le port tels vaisseaux que bon luy sembleroit , &

V

tirer de la ville les munitions & les
gens de guerre qu'il iugeroit à propos, s'en remettant au furplus à
ce qu'il en ordonneroit. Kiromandre, Nicomar & Philacidas eurent
le commandement de fournir à ce
traiftre tout ce qu'il exigeroit du
port & de l'arfenac.

Fomanrino pourfuit fa pointe,
& couurant l'ardeur de fon action
precipitee du manteau fpecieux
d'vn boüillant defir de voir les ennemis en defroutte, il arrache de la
rade cette fatale machine, & quelques nauires auec vn nombre inf-
ny d'efclaues & de foldats, & les fit
couler à la faueur d'vn bon vent
iufques au lieu où eftoit fa flotte,
où les coniurez l'attendoient auec
impatience. D'abord il renuoye
Quifroës pour inftruire le Tefterdar, & le preffer de tenir tous les

nauires du Sultan en eftat de faire
leur deuoir fi toft qu'ils verroient
le fignal de fon Admirale : il depefche pareillement vn vaiſſeau leger
vers Thorafmont pour l'aduertir
que les barbares quittoient le riuage , & pour le prier de venir en diligence recognoiftre leur deffein
& pour ordonner de la bataille.
Et certes fans vne particuliere prouidence du Ciel c'eftoit fait à ce
coup de cette ville infortunee ,
& de tout le Royaume de Calomyre. Le Prince qui faifoit pro-
feffion de la franchife , & qui ne
pouuoit penetrer dans le fonds
d'vne fi brutale defloyauté, fe laiſſa
facilement perfuader par les fauffes
apparences de ce trompeur; & fans
faire reflection fur les inconftances
de la fortune , & fur les trauerſes
qui l'auoient affailly fans intermif-

sion durant le cours de toute sa vie,
il entra dans ce miserable nauire
sans permettre à Kiromandre ny à
l'Admiral de l'accompagner, ny
vouloir receuoir Nicomar, ny Philacidas. Vn esprit plus scrupuleux,
ou pour mieux dire, moins genereux que le sien, auroit differé ce
voyage par la côsideration de tant
de presages qui estoient les prono-
stiques infaillibles d'vn tel desastre:
car le feu consuma dans vn instant
le toict de la plus haute tour de
Cazalie; Le Palais où l'on entendoit proferer les Oracles de la Iustice fut bouleuersé sans dessus dessous; & quoy que la mer fust vnie
côme vne glace, & que dans vne si
douce bonnasse le Zephyre n'osast
presque souspirer, on n'entendoit
neantmoins que des mugissemens
& des bruicts espouuentables dans

les ondes, comme si les flots fussent agitez par quelque violent o-
rage.   Ces signes & ces prodiges
esbransloient la constance des plus
resolus, & Thorasmont qui auoit
le plus d'interest en ces rencontres
demeuroit inuincible sans se rendre à tant de menaces. Il vogue, &
dans peu de temps il fut poussé à la
coste où l'infidelle Fomanrino a-
uoit ses vaisseaux.

Ce monstre reçoit Thorasmont
auec mille demonstrations d'allegresse pour le pipper, & pour conduire sa trahison plus couuerte-
ment; afin de n'euenter cette mine
& n'effaroucher la ville, laquelle il
vouloit surprendre auant que la resolution fust cognuë par ceux qui
luy pouuoient resister, & qui e-
stoient capables d'arrester la furie
de ses desseins. Sous pretexte de

communiquer quelque chofe à ce Prince, il le fit entrer dans la chambre de fon Admirale:où changeant de fentiment & de couleur, il fit figne à douze foldats d'executer ce qu'il leur auoit enchargé : lefquels fondirent fur Thorafmont comme des efclairs ; & de peur de n'en venir pas à bout, Fomanrino auoit encore introduit dix Turcs d'vne grádeur defmefuree, lefquels finalement attacherét Thorafmont auec de groffes cordes fans luy donner feulément le moyen de refpirer. En mefme temps tous les efclaues du chafteau de Mahomet furent mis en liberté, & fe rendirent maiftres de la machine. Au fignal les vaiffeaux d'Amurath s'auançent & inueftiffent les nauires de Fomanrino,lequel fe prefentant fur le tillac l'efpee à la main mena-

çoit de mort quiconque feroit le
moindre semblant de bransler ou
de se deffendre. Voila vn grand
desordre, & vn desplaisir bien sensible à ceux qui n'estoient complices d'vne si execrable infidelité de
voir l'apostasie de leur general, qui
violoit les loix du deuoir & de la
nature, qui sacrifioit vn nombre
infiny de peuples à vne captiuité
perpetuelle, & qui rendoit leur
propre liberté esclaue de l'insolence des Otthomans. Ainsi les Chrestiens furent desarmez & liez aux
chaisnes qui seruoient auparauant
pour retenir les esclaues ; & ceux
qui firent quelque resistance furent precipitez dans les ondes.

Arsimonde, l'vn des coniurez, fut
saisi d'vn si grand regret d'auoir
presté son consentement à cette
execrable conspiration, qu'il con-

ceut vne haine mortelle contre
l'attentat de Fomanrino , & vne
repentance pleine de douleur, d'a-
uoir efté vn des inftrumens infames de cette defreglee & impie
confpiration. A fon iugement il eft
indigne que la terre le porte,& que
le Soleil luy donne fa lumiere; des
vifions le troublent, & des phantofmes plus efpouuentables que les
miniftres de la Iuftice de Dieu af-
faillent fon imagination ; voire les
objets les plus extrauagans & qui
n'eftoient que dans fa fantaifie,
eftoient pour luy des chofes reelles,
& felon qu'ils eftoient affreux &
pleins d'horreur, il les apprehendoit auec des faififfemens de cœur,
qui luy faifoient perdre la cognoiffance. En fin fe defueloppant quelque peu de ces labyrinthes de confufion,il profera ces paroles; Si i'ay

peu trouuer assez de temerité dans mon ame pour commettre vn crime qui va du pair auec les plus noires & plus sales actions de l'enfer, i'auray assez de courage de chercher la mort pour expier en quelque sorte l'enorme & l'horrible faute que i'ay commise; Ie tenteray la rigueur des flots, pour experimenter si dans la clairté des ondes ie laueray les taches de mon offence, ou si i'en amoindriray l'infamie par la declaration que ie pretens faire de tous les sacrileges de Fomanrino, ensemble des projets & des esperances du grand Seigneur; afin de garentir la ville du sac & du pillage, & tascher à recouurer ce ieune Hercule par l'eschange des prisonniers. Ayant finy ce discours, il se descharge de la pesanteur de ses habits, s'eslance dans la mer, fait fi bien qu'auec des trauaux & des efforts incroyables, il gaigne le port au mefme temps que Nico-mar & Philacidas eftoient fur le poinct de prendre la routte du quartier de Fomanrino, pour fe rendre prés de la perfonne de Tho-rafmont. Arfimonde les arrefte par fa venuë, & leur fait le recit de cette trifte auenture.

La premiere impreffion de dou-leur que la nouuelle de ce tragique accident fit en l'ame de Nicomar fut fi extraordinaire, qu'il ne peut ny parler ny fe remuër, ny faire au-cune demonftration de vie : puis apres qu'il eut recouuert fa force, il ietta vne infinité de fanglots, en s'efcriant : Cieux (dit-il) fi ce bra-ue Prince reçoit quelque mauuais traictement de ces barbares, ie veux feruir de but à toutes vos foudres, fi ie ne fais reffentir à tous les payens les rigoureux effects de mon indignation & de ma rage, & les prifonniers feront la premiere victime que ie facrifieray à la iufti-ce de ma fureur : On n'entendoit dans la ville que des gemiffemens & des lamentations ; on ne voyoit que des larmes, & la trifteffe paroif-foit en fa plus laide figure ; tout eftoit en dueil, & le peuple par fes pleurs & par fes foufpirs tefmoi-gnoit qu'il ne pouuoit eftre confo-lé. Kiromandre prie l'Admiral de s'affeurer des prifonniers, tant pour leur ofter tout moyen de fuitte dans ces tumultes, que pour empef-cher que dans les defordres d'vne fi dangereufe fedition, on ne les tail-laft en pieces, & que cela n'irritaft la furie des ennemis ; Puis fe tour-nant deuers Nicomar, il luy repre-

„ senta ces raisons. Ie n'ay que faire
„ de vous apporter des instructions
„ pour vous donner de nouuelles
„ forces contre la secousse que la
„ Chrestienté vient de receuoir par
„ la detention & captiuité du prote-
„ cteur du Royaume de Calomyre;
„ ce seroit faire vne injure à vostre
„ courage & à la nourriture que
„ vous auez prise de la main de ce
„ grand Heros, qui n'a iamais appris
„ le mestier de vaincu, ny de succom-
„ ber sous le faix de la mauuaise for-
„ tune; Et en cette occasion il n'est
„ pas question de sa perte, ce n'est
„ qu'vn tour des destinees pour ren-
„ dre sa constance plus illustre, &
„ nous faire cognoistre la valeur ine-
„ stimable d'vn thresor si rare par
„ cette priuation, qui ne sera qu'vne
„ legere nuë qui disparoistra, & ne
„ pourra faire eclypser vn si beau So-

leil. C'eſt le train ordinaire de la "
guerre. Et ce qui doit diminuër "
noſtre deſplaiſir, & qui augmente "
ſa gloire, c'eſt que l'artifice & la tra- "
hiſon ont deceu ſa franchiſe, mais "
perſonne n'a peu triompher de ſa "
vertu. Non, non, l'Empereur "
Amurath eſt trop jaloux de ſon "
honneur, pour ſoüiller le luſtre "
de ſes belles actions par quelque "
acte d'inhumanité ; & les Baſſas "
que nous auons en noſtre puiſſan- "
ce, tiendront cét Empereur en "
quelque conſideration, de peur de "
nous monſtrer l'exemple de la "
cruauté, & nous obliger de rompre "
le commerce de la guerre, & payer "
de meſme monnoye ceux que "
nous auons à noſtre pouuoir, ſpe- "
cialement le ieune Adargas qu'il "
ayme vniquement. Vengeons "
donc cét affront par nos armes, & "

„ non par nos larmes ; releuons les
„ courages abbatus de nos Ci-
„ toyens, en vn mot sauuons la ville
„ & l'Estat pour apporter la liberté à
„ celuy qui nous a si souuent garen-
„ tis des chaisnes ; & donnons loisir
„ au Roy Trebasombe de nous se-
„ courir auec les forces qu'il tirera du
„ Royaume de Gallocalie.

Ces discours calmerent quelque peu ce grand orage, qui troubloit les sens du fidele Nicomar : à l'instant on fait partir vn vaisseau pour voguer en diligence vers la ville de Mantinee, afin d'aduertir Trebasombe de la rebellion de Fomanrino, & de la prison de Thorasmont : & cependant tout le monde se prepare à contrecarrer les ruses du traistre, & à repousser les efforts de la flotte & de l'armee de terre de l'Empereur Amurath.

Sur le poinct du iour ensuiuant, Fomanrino se presente deuant la ville, ayant à ses aisles tous les vaisseaux du Sultan, qui cachoiét leurs estendarts, & faisoient ondoyer au gré des zephirs les bannieres de Calomyre. Le Chasteau de Mahomet, où estoit l'eslite des soldats d'Amurath, suiuoit pas à pas pour le soustenir, chargé de banderoles Chrestiennes pour deceuoir les assiegez ; & soudainement les Iannissaires paroissent aupres des fossez, & toute leur armee de terre s'auance pour donner vn assaut general, afin d'obliger la ville à receuoir Fomanrino dans le port; & de faict, cét apostat qui estimoit que sa trahison n'estoit point venuë à la cognoissance de l'Admiral & de Nicomar, depescha vn esquif, qui vint donner dans le riuage auec

commandement de dire aux affiegez, que Thorafmont auoit
changé d'aduis & differé le combat naual, pour fe trouuer à la
ville, fur les nouuelles qu'il auoit
receuës que le Sultan vouloit s'emparer des murailles, & effayer le
dernier hazard du cofté de la terre:
Auec ordre à Philacidas de fouftenir fur les murailles, à Nicomar de
luy amener les prifonniers, & à
l'Admiral & Kiromandre de monter promptement fur mer pour
commander l'auantgarde de la
flotte, en cas que les Turcs vouluf-
fent entreprendre quelque chofe
deffus les flots. Et fans mentir, fi le
Ciel n'euft miraculeufement fe-
couru la ville, par la declaration
d'Arfimonde, Fomanrino euft rencontré vn fauorable fuccés à fon
entreprife, & tous les chefs (fans
aucune

aucun referue) fe fuffent inno-
cemment precipitez dans la foffe
que ce defloyal leur auoit fi indu-
ftrieufement & fi malicieufement
preparee. Kiromandre, capable de
códuire vne telle negociation, eut
le foin de receuoir ce meffager.
Apres les proteftations d'amitié, il
le tire vn peu à l'efcart, & le conjure de retourner en diligence deuers
le valeureux Fomanrino , & l'inuincible Thorafmont , pour leur
perfuader de venir fans retardement efteindre le feu d'vne fedition que le peuple auoit fufcitee, &
qui menaçoit d'vne ruine entiere
les Capitaines & les gés de guerre,
s'ils n'entendoient à faire quelque
traiété de paix auec le Sultan, car les
habitás (difoit-il) aymét beaucoup
mieux fe foufmettre volontairement, pour meriter la mifericorde

de sa grace, que d'experimenter le
dernier arrest de sa Iustice, & d'estre
exposez à la furie d'vn sac &
d'vn pillage : & par l'horreur
d'vne sanglante desfaite seruir d'e-
xemple à toute l'Europe , pour
donner de la terreur aux peuples
qui ne flechissent sous la puissance
des Otthomans. Et monstrant les
ruës toutes remplies du bruict d'vn
tumulte confusement excité par
les citoyés & par les soldats, Voyés
(dit-il) de quelle furie se precipite
ce monstre à cent testes, lors qu'il a
perdu le respect & passé les bornes
de son deuoir ; le Palais est inuesty
par cette canaille , les prisonniers
sont en leur pouuoir, & ie crois que
si le Sultan nous accordoit quelque composition honorable, & li-
mitoit ses conquestes par la possession de cette place, il seroit beau-

coup pour nous & pour toute la
Chrestienté. Ce messager qui iugeoit par les apparences que ce
Gentil-homme estoit veritable,
s'en retourna incontinent à cét infame General, pour l'asseurer de
l'estat où estoit la ville, & luy faire
voir que facilement il la pouuoit
subjuguer dans le desordre de tant
de confusions, en vsant de celerité
& ioignant la peau du Lyon à celle
du Renard, auāt que leur attentat
fust manifesté. Fomanrino marche
lentement, il redoute quelque surprise ; son ambition luy donne des
aisles, & sa conscience sert de contrepoids pour arrester sa fougue &
n'entreprendre aucune chose legerement : ainsi balançant entre l'esperance & la crainte, estant saisi
esgalement de l'apprehension du
supplice & du desir de vengeance,

il flottoit en des incertitudes
estranges. Le Testerdar luy re-
monstre l'importance de cette descente, & luy fait glisser insensiblement ces paroles, Que le Sultan
seroit redeuable à sa valeur de la
prise de cette place, s'il se preualoit
de l'opportunité & de l'occasion,
en gaignant le port & faisant baisser les armes par son authorité &
par sa presence à ceux qui paroissoient aux vaisseaux ; où tout au
contraire il perdroit la bonne opinion qu'il auoit de sa personne, si
par laîcheté on laissoit imparfaite
vne execution si glorieuse. Fomanrino estoit en vne perplexité nompareille, & ne sçauoit comme cheminer droict entre deux precipices
si glissans ; Il enuoye deux nauires
pour tenter le premier hazard ; il
suit dans son Admirale, ayant à sa

queuë le reſte de tous les nauires,
eſtát ſouſtenu à quelque eſpace de
là par le chaſteau de Mahomet, qui
ne coſtoyoit que de loin le bord de
la rade. On laiſſe prendre terre à
ces deux vaiſſeaux, on permet à
l'Admirale de ietter les anchres; &
quand il fut temps de mener les
mains, dans vn inſtant les vaiſſeaux
furent accrochez, & l'on verſa ſur
les feints Chreſtiens vne ſi furieuſe
greſle de traicts, qu'ils furent tous
accablez, ou contrains de ſe cacher deſſous le dernier tillac. Le
ſeul Fomanrino s'eſlance dans vne
fregatte, & s'eſchappe dans le chaſteau de Mahomet, ayant laiſſé à la
diſcretion des aſſiegez la plus-part
de ſes nauires & de ſes gens; & cette machine euſt couru la meſme
fortune, ſans que les Ianniſſaires
diuertirent les armes des victo-

rieux par vn aſſaut qu'ils liurerent à la ville du coſté de la terre, d'où ils furent repouſſez auec vne perte notable de leurs ſoldats.

Cependant Thoraſmont eſtoit perſecuté par tous les tourmens qu'vne impitoyable furie pourroit exercer dans l'excés de ſa plus violente brutalité ; on l'applique au feu & à la geſne, & les douleurs que les Poëtes attribuent aux Siſiphes & aux Promethees, n'eſtoient que des ombres en comparaiſon de celles qu'on faiſoit ſouffrir à cét inuincible Cheualier ; ſans que ces iniques miniſtres, qui le traittoient ſi cruellement, euſſent pas vn de ces reſſentimens que la nature a imprimez aux cœurs les plus inhumains & les plus barbares ; & d'autant plus que le ſujet en eſtoit apparemment deſraiſonnable, & n'a-

uoit aucun pretexte pour appuyer
cette paſſion execrable, qui ne receuoit aucune excuſe, & choquoit
ouuertemét le cómerce de la guerre, & les loix meſme de la nature.
Et tout cela ne faiſoit commettre
la moindre action qui derogeaſt
tant ſoit peu à la cádeur d'vne ame
Chreſtienne, & à la conſtance d'vn
Cheualier ; Auſſi durant le cours
de toute ſa vie il auoit touſiours
eſté eſleué parmy les trauaux ; &
l'orage des trauerſes dont il auoit
eſté battu ſans intermiſſion & ſans
relaſche, luy auoit acquis vne habitude tres-parfaite pour tout en-
durer, & ne rien craindre. Son
cœur eſtoit invulnerable, & d'vne
meilleure trempe que le corps de ce
fabuleux Achille, puis qu'il n'eſtoit
ſuſceptible d'aucune atteinte. S'il
ouuroit la bouche durant la vehe-

mence de ses tourmés, c'estoit pour
loüer le Ciel, & pour implorer son
assistance, sans proferer vne seule
parole de celles que la rage fait dire à ceux qui souffrent de semblables gesnes : au contraire auec vn
visage asseuré, où se remarquoient
à trauers les nuages de la tristesse
ie ne sçay quels rayons de grandeur & de maiesté, il se moquoit
de son ennemy, qui manquoit
d'inuentions pour esgaler ses supplices à la violence de sa fureur,
quoy que cet inuincible Prince
n'eust iamais eu tant de raison de
desesperer de son salut. Fay tout ce
qu'il te plaira, (disoit-il à ce desloyal) sois plus cruel qu'vn Tygre,
plus sourd qu'vn Aspic, & plus inexorable que la cruauté mesme, iamais tu ne triompheras de ma perseuerance, & iamais tu n'esbran-

fleras ma fidelité. I'ay plus d'efgard «
à ce qui regarde l'vtilité des miens «
qu'à mes interefts, & quelques ty- «
rannies que tu puiffes inuenter & «
exercer contre ma perfonne, que tu «
retiens fous tes fers fi iniquement, «
tu ne pourras iamais tât foit peu al- «
terer les loüables intétions que i'ay «
pour le bien de ta patrie, & de l'E- «
ftat du Roy Trebafombe ton Prin- «
ce legitime, auquel tu as fi lafche- «
ment & fi vilainement fauffé la «
foy. Ie fçay bien qu'il eft en ton «
pouuoir de m'ofter la vie, tout «
ainfi que les pelerins font expofez «
dans vne foreft à la difcretion des «
brigands; mais auffi tu ne dois re- «
uoquer en doute, que la renómee «
ne noirciffe la memoire de ton «
nom execrable d'vne eternelle in- «
famie, & qu'elle ne comble d'hon- «
neur mes cendres & mon fepul- «

,, chre. Peut-eſtre que le bruict du
,, tonnerre ne frappe point tes oreil-
,, les. Peut-eſtre que tes yeux ne s'a-
,, perçoiuent pas des foudres qui te
,, menacent, & qui ſont ſur le poinct
,, de fondre ſur ta teſte criminelle
,, pour la briſer & pour la reduire en
,, poudre. Peut-eſtre que ton ambi-
,, tion s'imagine d'eſtre à l'abry de
,, ces tépeſtes & de ces orages : cóme
,, ſi le Ciel, qui fait éclatter mille feux
,, & mille flambeaux pour eſclairer
,, ta barbarie, n'auoit point de main
,, pour punir ta brutalité ? Non, non,
,, tes beaux iours feront rayez du
,, nombre de ceux qu'on compte
,, pour fortunez, ils feront marqués
,, de noir, & feront couuerts de tene-
,, bres, d'horreur & de confuſion,
,, Que ſi l'Empereur Amurath fait
,, ſemblant d'aggreer & de receuoir
,, à bras ouuerts les ouuertures de ta

perfidie, fçache qu'eſtant gene- "
reux comme il eſt, il maudit & de- "
teſte en ſon cœur ton impitoyable "
deſloyauté, & ne tolere tes artifi- "
ces que pour la neceſſité de ſes af- "
faires. Auſſi qui pourroit ſouffrir "
les approches d'vne ſi ſanglante "
vipere, qui s'efforce d'eſteindre la "
lumiere de ſa patrie. Fomanrino "
ne reſpondoit que par des effects
de rage & de deſeſpoir.

D'autre part le Baſſa Radiraman eſtoit agité par d'eſtranges
mouuemens. Il recognoiſſoit di-
ſtinctement l'erreur de l'idolatrie
Mahometane, & conçeuoit inſenſiblement vne haine mortelle contre le culte de l'Alcoran: il ouure
ſon cœur & eſleue ſes yeux au Ciel,
& ſe repute non ſeulement coulpable, mais digne de mille potan-
ces & de mille rouës d'auoir aban-

donné la Religion du Dieu viuant
par vne apoſtaſie ſi ſale & ſi puniſſable, & d'auoir quitté le ſeruice
de ſon Roy par vne ſi deſtable &
ſi malheureuſe rebellion. L'enfer ſe
fait voir à ſon imagination auec
tout ce qu'il contient de plus hideux & plus effroyable; il croit que
ces gouffres n'ont des abyſmes que
pour l'engloutir, & ces terreurs luy
liurent vne tres-cruelle guerre.
Tout à coup le demon de la vanité
eſtouffoit ces ſainctes inſpirations,
y allumant des feux bien contraires
& dont les flammes deuorantes
ne pouuoient que le conſommer.
Il repaſſe deuant ſa memoire les
honneurs qu'il auoit receus du Sultan, & les charges honorables qu'il
poſſedoit dans ſa maiſon, & dans
ſon Empire; il fait vne exacte re-
ueüe de tous les plaiſirs, & de tou-

tes les libertez qu'on goustoit dans les delices de cette loy ; il craint qu'on ne l'accuse de legereté; il apprehende esgalement, & la reconciliation de Trebasombe, & l'indignation d'Amurath ; il soupçonne qu'on n'interprete que sa conuersion procede, ou de timidité, ou de folie ; bref, il estoit cōbattu par tant & de si puissantes considerations qu'il ne sçauoit à quoy se resoudre. Cieux! que les iugemés de ce grand arbitre de l'Vniuers sont admirables , & comme par des moyens incognus aux hommes, il tire la vie de la mort , & la lumiere des tenebres, nous conduisant à vne fin desiree par des routtes qu'on iugeroit malaisees & impossibles ? Radiraman se retire d'vn labyrinthe remply d'espines, de serpens & de precipices, & Fomanrino quit-

te les parfums & les odeurs de la
Palestine pour humer les puanteurs de l'Auerne, & pour se plonger dans le bourbier de l'Idolatrie ;
Ainsi en mesme temps, pour contrecarrer la batterie de cet infame
deserteur, le Ciel suscite vn nouueau gendarme pour s'opposer à ce
monstre, & pour seruir de bouclier
à l'innocence de Thorasmont : A-
pres plusieurs combats ce Bassa e-
stant comme vaincu par vne puissance surnaturelle , s'addresse à
l'Admiral, à Nicomar , & à Kiromandre , & les entretint en parti-
,, culier de ce ces paroles. Le peu de
,, seiour que i'ay fait dans cette trop
,, heureuse captiuité, & le peu de co-
,, gnoissance que i'ay donné de ma
,, Conuersion au Christianisme ,
,, pourroient à bon droit faire soup-
,, çonner mon discours de quelque

artifice, & donner vne siniſtre in- "
terpretation à mes ſentimens : mais "
i'appelle le Ciel à teſmoin, & le con- "
jure de deſcocher tous les dards de "
ſon indignation deſſus ma teſte "
parjure, ſi ma langue profere la "
moindre choſe qui ſoit eſloignee "
de la verité, & de la ſincerité d'vne "
ame la plus franche & la plus fidel- "
le. Il eſt vray, i'abandonne la Re- "
ligion d'Amurath, & la haine que "
i'auois conceuë contre les peuples "
de Calomyre : mais cela ne peut "
eſtre imputé ny à deſloyauté ny à "
quelque crime, puis qu'au contrai- "
re c'eſt n'eſtre plus ny deſloyal ny "
criminel, c'eſt nettoyer les taches de "
ma rebellion, reparer les ruines de "
ma trahiſon, & effacer les caracte- "
res d'infamie que mon apoſtaſie "
auoit ſi auant imprimez dans "
mon honneur : c'eſt donç vne "

„ action qui ne peut eſtre que loüa-
„ ble de retourner à ce grand Dieu,
„ & de recourir à la bonté de mon
„ legitime Prince. Ie veux dire par
„ là, qu'on ne me peut blaſmer ny de
„ legereté ny d'inconſtance ſi i'em-
„ braſſe à preſent la Religion des
„ Chreſtiens, puis que c'eſt n'eſtre
„ plus ny inconſtant ny leger: ce n'eſt
„ pas que ie vueille aller directement
„ contre l'authorité d'Amurath; ſans
„ mentir ie n'y conſentiray iamais;
„ car il m'a ſi eſtroictement obligé
„ par vn nombre infiny de teſmoi-
„ gnagnes de bien-veillance, qu'à
„ moins que d'eſtre coulpable d'vne
„ monſtrueuſe ingratitude, ie ne puis
„ ouuertement luy faire la guerre : Ie
„ ne touche point à ce qui regarde
„ les maximes de ſon Empire; ie n'en-
„ treprens pas de m'oppoſer à ſes
conqueſtes, puis qu'il eſt en per-

ſonne

sonne en ce siege, ny troubler pa- «
reillement la serenité de ses plaisirs. «
Vous, dont la valeur est capable de «
triompher de tout l'Vniuers, pou- «
uez arrester le cours de ce torrent «
impetueux, & par des efforts au- «
tant heroïques que iustes, vous «
pouuez repousser ses armes & «
les renuoyer en Asie. Mais sans «
offencer les loix de la bien-seance, «
sans encourir le moindre reproche «
ny le moindre blasme, sans deso- «
bliger Amurath, & sans perdre le «
pouuoir que i'ay acquis sur tous les «
principaux officiers de l'armee ; ie «
puis rendre de tres-bons offices à «
l'incomparable Thorasmont & vn «
signalé seruice à tout le Royaume «
de Calomyre. Par ce moyen ie ga- «
rantiray de la mort les personnes «
d'Adargas & du grand Vizir, qui «
sont en tres-grande consideration «

Y

„ dans la Cour de cet Empereur,
„ comme les deux plus fermes co-
„ lomnes de son Empire, & qui se-
„ roient, & auec tres-iuste raison, ex-
„ posez aux mesmes supplices qu'on
„ feroit souffrir à Thorasmont. I'i-
„ ray donc au camp du Sultan, si vous
„ le iugez à propos, & si vous auez
„ quelque confiance sur la sidelité de
„ mes paroles : où ie remuëray le
„ Ciel & la terre, pour animer les a-
„ mis de ces deux Bassas, afin qu'ils
„ disposent l'Empereur & les Iannis-
„ saires à faire vn eschange des pri-
„ sonniers. La Sultane Arctie, qui
„ s'est tousiours monstree fauorable
„ aux Chrestiens, si les conjectures
„ ne me deçoiuent, n'espargnera
„ point en cette rencontre ses char-
„ mes & ses appas. Ce que i'estime le
„ plus important, & à quoy il faut
„ aduiser promptement, est, à mon

aduis, à retirer en diligence ce ge- "
nereux Lyon de la fosse où l'a preci- "
pité l'impitoyable & le desloyal "
Apostat. Les rigueurs d'Amurath "
ne luy seront pas à beaucoup prez "
si dommageables que les regards "
de ce Basilic, & les approches de "
ce Dragon : mais pour chasser tou- "
te sorte d'ombrages de l'esprit de "
mes compagnons, afin d'authori- "
ser l'eschange que vous pretendez "
faire de vos prisonniers & de Tho- "
rasmont, & pour ne donner de la "
messiance aux Officiers de la Porte "
& aux Iannissaires, il est expedient, "
voire necessaire, que personne ne "
penetre dans le fonds de nostre in- "
telligence, & ne puisse descouurir "
quelle est la visee de cette nego- "
tiation. De ma part, les autres Bas- "
sas n'en auront aucun esclaircisse- "
ment. De la vostre, proposez à no- "

» ſtre petite trouppe , que ſans for-
» mer aucune conteſtation , le Vizir
» & Adargas exceptés,il faut que l'vn
» d'entre nous s'achemine vers nos
» pauillons pour traicter ſans aucune
» remiſe auec le Sultan Amurath de
» la rançon du general des Calomy-
» riens & de la deliurance du Vizir.
» Et ie ne fais point de doute que la
» charge de cette deputation ne
» tombe entre les mains de Radira-
» man, puis que ie ſuis aſſez conſi-
» derable aupres d'Amurath , & que
» Bouquaan & Hemiamet ne feront
» point de brigue pour cette charge,
» attendu qu'ils apprehendent peut-
» eſtre la meſme aduenture de Za-
» baïm. Ie iure par la ſainčteté de la
» Diuinité que vous adorez , par le
» Diademe du Roy Trebaſombe,
» par l'authorité d'Amurath, que ie
» cheris & reuere infiniment , & par

l'ame de mes anceſtres, que ſans v- "
ſer d'aucune fraude ny d'aucun de- "
guiſement en mon proceder, i'em- "
ployeray mon ſang & ma vie pour "
la liberté de Thoraſmont. "

Nicomar & ces Cheualiers em-
braſſent mille fois le ſage Radiraman, & luy teſmoignent par des
complimens qui ne ſe peuuent ny
conceuoir ny exprimer, qu'il obligeoit le Roy Trebaſombe, & tout
l'Empire de Calomyre en vn point
qu'il auroit ſujet de benir toute ſa
vie le iour auquel il auroit rendu
vn ſeruice ſi ſignalé. Apres pluſieurs proteſtations d'vne eternelle
bien-veillance, Radiraman ſe retire ſans bruiſt au departement qui
luy eſtoit aſſigné. Sur le midy l'Admiral s'achemine dans la chambre
du grand Vizir, où il mande les
autres Baſſas ; D'abord auec vne

„ contenance graue & vne action
„ qui portoit les marques d'vn mef-
„ contentement extraordinaire, il les
„ entretint de cette forte. Vous n'i-
„ gnorez pas les conditions du com-
„ merce & des loix de la guerre, &
„ voftre qualité, pour eftre releuee &
„ eminente, vous oblige à fçauoir &
„ à pratiquer les maximes de la cour-
„ toifie. Peut-eftre que ce dernier
„ chef n'eft pas maintenant en voftre
„ difpofition, & que la rigueur de
„ voftre fortune vous ayant priué
„ de l'vfage de voftre propre liber-
„ té, il vous eft du tout impoffible
„ d'auoir quelque pouuoir fur la vo-
„ lonté des autres : en vn mot, ie re-
„ parts à ce que vous pouuez refpon-
„ dre, pour vous declarer qu'en ma-
„ tiere de ciuilité nous ne cederons
„ iamais à voftre nation, & en ce qui
„ regardera la cruauté de nos enne-
„ mis, s'il en faut venir à l'extremi-

té , nous esgalerons tousiours leur
violence & leur fureur. A la guerre,comme à la guerre; nous redons
des lauriers à ceux qui nous offrent
des palmes; & ceux qui nous menaſſent des tónerres & des esclairs,
nous les reduisós en pouſſiere auec
des foudres. Ie veux dire par là,que
ſi voſtreSultan,cótre le luſtre de ſes
belles qualitez & de ſa grandeur,
permet à ſes Miniſtres de violer le
droiƈt des gens en la perſonne de
Thoraſmont , il ne doit pas attendre de noſtre Iuſtice vn plus fauorable traiƈtement enuers ceux que
le ſort à ſouſmis ſous la puiſſance
de nos armes ; neantmoins que les
aſſiegés, pour faire voir à tout l'V-
niuers que leur proceder eſtoit e-
quitable, permettroient au Vizir &
à Adargas, pour l'honneur de leur
alliance auec la maiſon des Ortho-

Y iiij

» mans, d'enuoyer vn des trois Baſ-
» ſas à leur Maiſtre, pour luy perſua-
» der l'eſchange des priſonniers, &
» pour luy repreſenter que les ſiens
» ne deuoient pas attendre vne meil-
» leure fortune que celle qu'on fe-
» roit experimenter à Thoraſmont.
» Adjouſtant que le Cóſeil de guer-
» re auoit arreſté, que le Vizir & tous
» les Baſſas s'obligeroient par ſer-
» ment, que celuy qui ſeroit deſtiné à
» ce voyage, ſe remettroit volontai-
» rement à la diſcretion des aſſiegez,
» s'il ne pouuoit auancer aucune
» choſe vers Amurath. Le Vizir remercie l'Admiral de cette faueur, ſe
confeſſe redeuable à la generoſité
de Thoraſmont, & proteſte que ſa
perte luy ſeroit plus ſenſible que
celle de ſon propre frere, qu'il deſ-
peſcheroit le meſme iour le Baſſa
Radiraman, pour donner aduis à

son Prince du bon traictement qu'il auoit receu dans la Cité, & le supplier d'en vser de mesme enuers le Cheualier le plus accomply de tout l'Occident. Il met donc la main à la plume & baille son papier à Radiraman, lequel sortit de la ville sur vn bon cheual, & gaigna le quartier d'Amurath, auquel il fit presenter sa despesche par le Muphty & le Testerdar, où estoient ces mots.

A L'EMPEREVR DE toute l'Asie, le plus illustre Sultan de la race Otthomane, l'inuincible Amurath, le plus grand apres Mahomet.

AINSI *les Cieux comblent à iamais de felicité, la Majesté Royale du plus auguste Monarque de*

l'Orient ; Comme nous sommes obligez de confesser que les assiegez nous
ont fait vn traictement sortable à des
personnes de condition, & qu'il est au
pouuoir de vostre Majesté victorieuse
de briser les fers de nostre captiuité ;
laquelle, quoy que tres-libre & tres-
honorable, nous est neantmoins insupportable & ennuyeuse, puis qu'au
lieu où nous sommes il nous est impossible d'exposer nostre sang pour la gloire de son Empire.

Amurath ayant leu par trois fois
ces lignes, fit introduire Radiraman dans son pauillon, & s'en
soigneusement de l'estat de l'armée,
& particulierement des actions de
de la valeur de Thorasmont ; à
quoy ce Bassa satisfit de telle sorte,
que le Sultan prit enuie de le faire
amener dans la tente de Mustapha,

qui estoit la plus proche de celle de
la Sultane ; & de faict il commanda
au Testerdar & à Radiraman de le
faire conduire sur l'entree de la
nuict auec quantité de flambeaux,
afin qu'il le peust considerer à son
aise sans estre apperceu par cét
estranger, auquel il ne vouloit permettre la veuë de son visage, de
peur de rabaisser le lustre de sa
grandeur, & de faire tort à la gloire des Otthomans.

Le Testerdar & Radiraman, qui
par bonne fortune estoient liez ensemble par vne amitié tres-parfaite, arriuent au lieu où le cruel Fomanrino, ce monstre d'inhumanité, trauailloit sans cesse par de nouueaux tourmens & de nouuelles
gesnes l'incomparable Thorasmont. Mesmes dans les excés de sa
barbarie, il meditoit de donner la

mort à ce ieune Prince, pour oster le moyen aux assiegez de le desliurer. Fomanrino reçoit ces Bassas auec des complimens & des transports plutost de manie que d'allegresse ; Venez (dit-il) venez voir ce Damoiseau, cét Adonis, ce Mars foudroyant, qu'vne chaisne tient à la raison ; & les prenant par la main il les conduisit dans vne profonde caue, qu'il auoit fait creuser à dessein, & qui estoit pleine d'horreur, d'infection, & toute soüillee de sang. Le Testerdar fut esmeu par la consideration d'vn spectacle si cruel & si inoüy : & Radiraman eut bien de la peine à dissimuler son alteration, & à contenir ses larmes. Le Testerdar declare à ce traistre l'ordre qu'il auoit de faire conduire ce prisonnier dans le pauillon de Mustapha : & se tournant

vers Radiraman : Ie remets (dit-il)
cét esclaue sous vostre pouuoir,
vous auez autant de soldats, d'Eunuques & de Mores qu'il est necessaire pour respondre de sa personne ; taschez de sonder ces inclinations & ses sentimens, & luy per-
suadez de rendre la ville entre les
mains de l'Empereur Amurath,
pour se deliurer des supplices qui
l'enuironnent & qui l'accablent :
offrez-luy encore des recompenses
& des thresors s'il veut embrasser le
culte de Mahomet : Cependant le
courtois Fomanrino & moy pren-
drons la routte de la tente de l'Empereur, pour l'aduertir de l'arriuee
de l'estranger, & pour aduiser aux
moyens de garentir Adargas & le
grand Vizir : car pour Bouquaan
& Hemiamet, leur condition est
pour le moins en aussi bons termes

dans la place assiegee, que dans l'armee des assiegeans. Fomanrino fut
contraint de lascher sa proye, il ne
peut ny refuser ny resister à ces
deux Bassas : ainsi s'esloignant de
cette cauerne fatale, il donna le loisir à Radiraman de considerer
auec plus de liberté ce ieune Prince, & de l'entretenir à son aise. Il
descend doncques dans le creux de
cette fosse, plus hideuse & plus effroyable que les sepulchres ; là il
trouue quatre bourreaux, ou plutost quatre furies, plus affreuses
que celles de l'enfer, qui ne ces-
soient de donner de nouueaux
tourmens à ce Heros, & de redoubler ces gesnes à la clarté de quelques flambeaux ; Radiraman ne
peut souffrir dauantage cette
cruauté, ses yeux ne peurent retenir ses larmes, & son cœur fut viue-

ment touché de ce ressentimens
que la nature a imprimé dans les
ames genereuses. Il falloit neantmoins marcher lentement & auec
prudence parmy ces precipices, &
veiller auec vn industrieux artifice
pour surprendre la finesse de cent
Argus qui auoient continuellement leurs yeux attachez sur ses
actions,& qui pouuoient interpreter à son desauantage la communication qu'il auoit euë auecques les
assiegez. Sous pretexte d'examiner
les intentions de ce prisonnier, &
de l'exhorter à condescendre à la
volonté d'Amurath,il fit retirer les
quatre ministres de la rage de Fomanrino,& s'approchant de Thorasmont,il luy representa en peu de
paroles, Qu'il deuoit se resioüir &
attendre vne meilleure fortune,à
tout le moins vn plus fauorable

traictement de la Majesté d'Amurath, que de la brutalité de Fomanrino; Que non seulement la ville
de Cazalie, mais tout le Royaume
de Calomyre, voire que toute l'Europe se mettoit en armes pour disputer le prix de sa liberté, pour laquelle plusieurs Officiers de la Porte exposeroient encore leur propre
vie à mille dangers; Qu'en son particulier il en rendroit des preuues
indubitables, tant pour estre obligé tres-estroictement à sa clemence & à la courtoisie des assiegez,
que pour la part qu'il prenoit aux
interests du Christianisme, par l'abjuration qu'il pretendoit faire de
l'Alcoran. Que la Sultane Aretic
n'espargneroit en cette rencontre,
non plus qu'en plusieurs autres occasions de moindre importance, le
pouuoir qu'elle auoit sur l'esprit de
l'Empereur;

l'Empereur; & qu'en tout euenement les testes d'Adargas & du
grand Vizir seruiroient d'vne puissante digue pour arrester & contenir les flots & les vagues de l'indignation d'Amurath; Que la ville
estoit en estat de ne rien craindre,
ayant receu vn notable seruice par
la descouuerture d'Arsimonde ;
Auec tres-ardente priere de tempo-
riser constamment, & prendre de
bonne part les rigueurs qu'il seroit
contraint de luy faire en apparence, puis qu'en effect il luy rendoit
toute sorte d'obeyssance. Il rappel-
le aussi tost les Mores , & le fait
descharger de ces grosses chaisnes,
luy faisant lier les deux bras ensemble par maniere d'acquit; & en cet
equipage il le conduisit en la tente
de Mustapha.

Mais le Ciel auoit des ressorts

bien plus puiſſans pour la deliurance de ce Prince, que les forces & les
ſoins du charitable Radiraman. La
Sultane Aretie auoit appris que le
general des Chreſtiens eſtoit eſtrã-
ger, & portoit non ſeulement dans
ſon cœur & en ſes mains la vaillance & les foudres du Dieu de la
Thrace : auoit en ſes yeux les attraicts & les charmes de celuy qui
preſide ſur les beautez : & en ſon
port tout ce qu'on peut imaginer
d'auguſte & de releué : mais encore
auoit imprimez ſur ſon viſage les
meſmes traicts, les meſmes linea-
mens, en vn mot, qu'on y remarquoit les meſmes merueilles, que
tout l'Orient auoit ſi religieuſe-
ment adorees en Aretie. Cette reſ-
ſemblance luy donna vn extreme
deſir de le voir, & de iuger ſi les
aduantages que la renommée luy

attribuoit auec vn si grand esclat,
estoient conformes à la verité. Elle auoit vn empire absolu sur les
volontez d'Amurath, & l'auoit
suiuy en cette guerre pour se deliurer des attentats de l'insolente &
ialouse Marisanne, mere du successeur de l'Empire : & pour fauoriser
les Chrestiens, qu'elle protegeoit
ouuertement, quoy qu'auec vn extreme peril de sa personne, à cause
de la violence des Iannissaires, qui
estoient à chaque moment sur le
poinct de se mutiner & de luy faire
vn mauuais party.

Comme elle resuoit à chercher
des expediens pour paruenir à la fin
de ses intentions, & que de toutes
parts les difficultez s'opposoient à
son dessein, la perfidie de Fomanrino, qui d'abord sembloit luy en
retrancher l'esperance, luy fournit

les moyens de contenter sa curiofité ; car elle fut auffi-toft aduertie
de la captiuité de Thorafmont que
de la trahifon de ce defloyal, & le
prifonnier eftoit en la tente de Muftapha, lors qu'elle en receut le premier aduis. Ces nouuelles la troublent fur l'incertitude du fuccez où
aboutiroit cette deplorable tragedie : elle tremble, elle fremit, elle
fouhaitteroit que la fortune reti-
raft ce Cheualier des mains du Sultan, pour l'amour duquel, & pour
le voir feulement, elle auroit employé toutes les forces de l'Empereur. Elle meurt d'enuie de
luy parler, neantmoins elle craint
que cette ardeur ne porte quelque preiudice aux affaires du prifonnier & à fa propre reputation. Dans ces contraires mouuemens, & dans vn fi grand

nombre de contradictions & de
repugnances, elle ne ſçauoit quel
party elle deuoit prendre. Vne ſe-
cretté puiſſance la contraignoit à
ſe declarer en ſa faueur, mais les
dangers ineuitables qui l'enuiron-
noient, la forçoient à cheminer
lentement dans vn ſentier ſi ſcabreux & ſi remply de precipices &
d'horreur; En fin elle ralume ſon
courage & ſa reſolution, & fait
vœu, ou de perir en cette rencontre ou de ſauuer cet incomparable Thoraſmont.

Amurath eſtoit à cheual auec
quelques officiers de la Porte pour
viſiter les quartiers de ſon armee, &
pour prendre garde que les Ianniſſaires n'excitaſſent quelque tumulte ſur la trop grande longueur de ce ſiege, & ſur l'aduis de
l'entrepriſe deMariſanne, qui auoit

violé les loix de l'Empire, en for-
tant du Serail fans congé, pour ef-
mouuoir des feditions dans Conftantinople, & porter fon fils, qui
eftoit le fuccefleur de l'Empire, à
quelque reuolte contre l'Eftat. A
quoy il falloit adioufter le foufle-
uement du Baffa de Babylone, qui
auoit mis fus pied foixante mille
cheuaux & quatre vingts mille foldats, qui ne meditoit que la rebellion & le defordre, & prenoit ouuertement la qualité de Sultan.
D'ailleurs, le bruict couroit que le
Roy Trebafombe auoit deffait entierement la caualerie du Baffa
Hifpaim & les trouppes du Prince
d'Oriuane, & marchoit nuict &
iour auec vn notable renfort qu'il
auoit receu de Gallocalie pour fecourir les afliegez & decider par
vne bataille, & la poffeffion de

Cazalie , & la liberté de Thoraſmont.

Aretie le voyant à ſon retour
plus triſte & plus penſif que de
couſtume, prend occaſion de s'enquerir de cette perplexité, pour deſcouurir les mouuemens de ſon
cœur, touchant les affaires de Thoraſmont; ſans diſſimuler, le Sultan
luy dit frâchemét, qu'il auoit cóceu
vne hayne mortelle contre l'eſtranger; hayne qui ne ſe pouuoit eſteindre qu'auec du ſang ; haine qui alloit du pair auec l'infiny; hayne qui
le priueroit du repos iuſques à ce
qu'il euſt ſatisfaict à ſa vengeance,
& reduit en poudre l'autheur de
tous ſes deplaiſirs, de tous ſes malheurs, & de la hóte des Otthomãs.
Car (pourſuiuoit ce Monarque
outré de douleur) ſi ie n'emporte
par compoſition ou par aſſaut la

ville de Cazalie, ie ternis à iamais le
luftre de mes proüeffes ; & fi ie
m'opiniaftre dauantage pour me
rendre maiftre de cette place, ie fuis
en danger de confumer inutilement le temps, & ie cours rifque
d'experimenter quelque rigueur de
la mauuaife fortune dans la bataille que le Prince de Calomyre fe
prepare de me donner ; l'euenement de laquelle, s'il eft finiftre,
renuerfe de fonds en comble l'Empire des Otthomans & la religion
de Mahomet. D'autre part, le Baffa de Babylone a excité de furieufes
borrafques en fon Gouuernement,
a dreffé vne puiffante armee, & taf-
ché de foufleuer la Syrie, la Palefti-
ne & toute l'Egypte, & ie ne fçay
iufques à quel degré d'infolence
montera fa temerité, & quels rauages pourra faire vne fi formidable

conjuration. Marifanne 'de fon cofté, n'efpargne pas les piperies & les rufes pour troubler la ville de Conftantinople , infpirant dans l'ame de mon fucceffeur des fenti-mens contraires à l'obeïffance & au deuoir; de telle forte, que cette cabale a pris de fi profondes raci-nes, qu'il eft comme impoffible de les arracher fans caufer d'eftranges effects; Ie foupçonne d'infidelité les principaux Officiers de la Por-te, mes Ianniffaires branlent pour faire quelque fedition, & ie ne vois par tout que les marques de la rui-ne de mon authorité & de mon fceptre. Encore feroit-ce peu s'il m'eftoit loifible de contenter mon indignation aux defpens de ce pri-fonnier : La confideration de ma grandeur, le commerce de la guer-re, & la captiuité d'Adargas & de

mon Vizir s'opposent à la Iustice
de mes desirs. Aretie tesmoigne
au Sultã par vn desplaisir sensible,
que la tourmente qui troubloit le
calme de l'esprit du grand Seigneur
agitoit encore plus violemment les
facultez de son ame ; mais que
voyant qu'il n'y auoit aucun labyrinthe dont sa prudence ne se peut
deuelopper, ny rien de si dangereux
que son courage ne surmontast facilement, elle n'apprehendoit aucune disgrace, puisque sa vertu a-
uoit tousiours triomphé du destin
& de la fortune; Qu'elle ne s'eston-
noit point de voir les plus grands
personnages estre presque tousiours la visee des plus furieuses secousses du malheur , veu que les
plus hauts arbres estoient sousmis
d'ordinaire au choc des vens &
des foudres ; Qu'à la verité tant

de mauuaises influences qui menaçoient tout à coup & la personne
& les Estats de l'Empereur seroient
capables d'esbransler la constance
de tout autre Prince que d'Amurath : mais qu'ayant signalé ses
prouesses par des actions si genereuses durãt le cours de toute sa vie,
à moins que de cõmettre vn sacrilege, on ne pouuoit cõceuoir de luy
rien que d'auguste, & digne d'vne
majesté heroïque ; Que pour les
euenemens d'vn siege, l'on ne pouuoit en tirer de sinistres interpreta-
tions, ces accidens estans comme
inseparables des Generaux les plus
aguerris, de rencontrer quelquesfois de fascheux obstacles, qui ar-
restent le progrés de leurs conquestes ; Que les Alexandres, que les
Scipions, & que les Cesars auoient
souuent fait vn pareil essay sans se

rebutter, & que mesmes ses predeceſſeurs auoient eſté contrains souuent de quitter leurs entreprises auec de moindres pretextes ; Que ses Lieutenans auoient par leur desroute reduit les affaires en vn tel poinct, qu'il n'y auoit pas à la verité grande apparence d'en esperer quelque bonne iſſuë, puis que toute la fleur du Royaume de Calomyre s'auançoit pour tenter le hazard d'vne bataille, & que la ville eſtoit en eſtat de ſe bien deffendre, & de ne fleſchir de long temps ſous les efforts de cét inuincible Conquerant ; Qu'il falloit conseruer la reputation de la race des Otthomans, & n'encourir la moindre tache qui peut noircir la renommee de ſes hauts faicts : Mais d'autre coſté, de faire naufrage pour la consideration d'vne ſi chetiue

proye , & de perdre plusieurs
Royaumes pour s'acquerir vne petite ville, inutile, & dont l'acquisition estoit douteuse , c'estoit en
quelque façon choquer les maximes du sens commun : & notamment, puis que le Bassa de Babylone
bastissoit des projets sur les fondemens de son ambition & de l'esloignement du Sultan ; veu qu'on
voyoit apparemment ses intelligences auec les principaux Officiers de la Porte, qu'il pratiquoit
sous main les Tartares & les Persans, sollicitoit les autres Bassas, &
marchoit en campagne auec vne
armee capable de subjuguer toute
l'Asie , sans exagerer les attentats
de la Sultane Marisanne, qui iettoit
de l'huille dans ce feu pour embra-
ser de toutes parts les prouinces
de cét Empire, & engager le succes-

seur à s'emparer de l'Estat. Qu'elle auoit trop d'interest à ses contentemens pour se taire, & ne dire franchement son opinion, pour chercher quelque remede à cette maladie qui estoit ce semble desesperee, mais qui n'estoit pas capable d'esbranler l'authorité d'Amurath; Qu'il falloit despescher des Ambassadeurs en Perse & en Tartarie, pour les conuier d'entretenir inuiolablement les alliances qui estoient entre leurs Couronnes; Qu'il falloit ordonner à son successeur de se comporter modestement, & à Marisanne de se contenir en son deuoir, & de retourner dans le Serrail; Qu'il falloit promettre de grandes recompenses à tous les Bassas qui sont proches de Babylone, s'ils conseruoient leurs gouuernemens dans l'obeïssance iufques à la fin de cette fatale guerre. Et cependant pour côſeruer ſon armee en ſon entier, & s'aſſeurer du coſté de Trebaſombe & de toute la Chreſtienté, il deuoit vſer de courtoiſie à l'édroit de ce priſonnier, & procurer de cette ſorte la deliuráce d'Adargas & du grand Vizir ; voire la liberté de ſa Majeſté & de la perſonne de ſon Aretie, qui eſtoient tout à la fois eſclaues de la rage des Ianniſſaires, & de la paſſion deſreglee de ceux qui ſe plaiſoiét à ſemer le deſordre dedás ſon Camp. Ie louë (repart Amurath) la franchiſe de voſtre diſcours, & remets le reſte à la diſpoſition des deſtinees, ſans me reſoudre à ſuiure les voyes que la prudence me dictera, iuſques à ce que i'aye taſté le poux à ce priſonnier.

A l'inſtant meſme le Sultan ſort

de son pauillon, & s'achemine sans flambeau & en petite compagnie contre la tente de Mustapha ; où sans estre apperceu par Thorasmont, il le considera l'espace d'vne heure sans bouger d'vn lieu, & sans proferer vn seul mot ; Puis reprenant la routte du departement où la Sultane l'attendoit auec impatience, il marchoit lentemét, estant plongé dans vne profonde resuerie , & dans des rauissemens si grands, qu'il ne pouuoit presque ny respirer ny remuër les organes de sa langue, ny faire les autres fonctions naturelles. Si tost qu'il veit Aretie, il redouble ses admirations; & feignant de se trouuer mal , il donna congé à toute la trouppe, ne reseruant dans son pauillon que la diuine Aretie , à laquelle il fit incontinent le recit de cette visite:

Cieux

Cieux (dit-il) qu'ay-ie veu? mes
yeux sont-ils enchantez à present,
ou pour lors estoient-ils charmez
par quelque illusion? I'ay veu vne
autre Aretie, vn autre Soleil, vn
chef-d'œuure du Ciel, & le miracle
de l'Vniuers; de qui le port, la grace, la douceur & la majesté surpassent tout ce qu'il y a de plus illustre
dans la nature. Ses yeux sont deux
lumieres brillantes, & les nuages,
dont la tristesse les a voilez, ne ser-
uent que pour donner vn relief admirable à leur esclat. Ses mains en-
richies de mille lauriers, mesprisent
desdaigneusemét ces foibles chaisnes, & semblent plutost traisner
ceux qui sont les autheurs d'vne
cruauté si desraisonnable, que d'e-
stre captiues, tant leur force paroist
vigoureuse & redoutable. Il n'y a
point d'estonnement sur ce visage;

au contraire vne affeurance guerriere, qui porte le commandement,
& contraint toutes les volontez,
quoy que fuperbes & altieres, de
flefchir au moindre de fes mouuemens. Aretie, l'ame de mon ame,
quel prodige! qu'vne autre Aretie
m'aye caufé tant de defplaifirs; &
que vous, par vne contraire influence, m'ayez comblé de tant de
profperitez? Qui le croira aux fiecles à venir, qu'vn Empereur de
la maifon Otthomane, qui ne
refpiroit que le feu, le fang & les
fupplices, foit vaincu par le feul regard de fon capital ennemy, & dans
vn inftant ait conuerty fon courroux en vne amitié plus fincere &
plus zelee que ne peut eftre celle
que i'ay eu pour Adargas, & qui va
du pair auec celle que ie dois auoir
pour mon fucceffeur; & fans la

bien-seance de ma grandeur, i'en
donnerois des preuues si remarquables, que Thorasmont auroit
raison de benir à iamais la ressem-
blance de son visage auec les diuines perfections de ma Sultane? Les
Bassas luy faisoient mille reproches
& mille menaces ; & ce Heros re-
partoit à toutes ces inuectiues auec
vne modestie accompagnee d'vne
constance inuincible, d'vn mespris
de la mort, & d'vne grace si pleine
de charmes, que les oracles seroient
muets aupres de cette bouche fa-
conde. Tantost il flattoit sa misere
par l'exemple de tant de guerriers, à
qui le sort des armes auoit procuré
vne semblable auenture ; tantost il
protestoit que les furies n'auoient
pas assez de tourmens pour arracher la moindre plainte de son
cœur, ny le moindre consentement

A a ij

qui peuſt tant ſoit peu ternir la pureté d'vn Chreſtien, & d'vn bon amy : Maintenant il diſoit, qu'il auoit embraſſé la querelle du Roy Trebaſombe, pour l'auoir recognuë tres-equitable, puis que le plus grand Monarque de l'Occident l'auoit ainſi ordonné pour le bien commun de toute la Chreſtienté : A quoy il adjouſtoit, qu'il auoit fait la guerre en ſoldat, & non pas en picoureur, & n'auoit iamais abuſé de la victoire lors que le Ciel l'auoit octroyce à ſes vœux & à la valeur de ſes bataillons; Qu'il auoit en eſtime la generoſité d'Amurath, lequel ayant acquis vne tres-grande experience dans les affaires de la milice, ſçauroit diſtinguer iuſques où ſe peuuent eſten-dre les limites du droict des gens; droict qu'on auoit violé en ſa per-

sonne par la plus infame brutalité
dont l'enfer se seroit peu aduiser, &
de laquelle il reputoit la conscience du Sultan entierement exempte,
ces laschetez ne pouuans estre pro-
duites que par des apostats & des
esclaues. Qu'il ne redoutoit les approches de la mort , ains l'auoit
souuent reclamee à son secours, &
ne l'auoit iamais apperceuë que sur
la pointe de son espee , & par tout
ailleurs l'auoit experimentee sourde & impuissante ; Que la mort est
vne hostesse familiere, principalement à ceux qui suiuent les armes ;
que pour l'effaroucher il faut aller
à sa rencontre , veu qu'elle n'exerce
sa rage que contre ceux qui la crai-
gnent & qui la fuyent, attendu que
ceux qui la cherchent s'en essloi-
gnent & ne la trouuent qu'auec
vne grande difficulté : Et finissant

ſa repartie par mille belles raiſons propres à ſa condition & à ſon diſcours, il nous donnoit à cognoiſtre que les choſes les plus aſſeurees, n'eſtoient appuyees que ſur les freſles colomnes de l'inconſtance. Aduiſez-donc, belle Aretie, aux moyens qu'il faudra tenir pour deſliurer ce priſonnier, ſans troubler l'Eſtat, & ſans ſemer de la diuiſion dans mon armee, & notamment parmy les Officiers de la Porte & les Ianniſſaires, qui pourroient ſe ietter dans quelque partialité. Et quoy que cela repugne à l'auguſte Royauté des Otthomans, de permettre à vn priſonnier de iouïr d'vne ſi haute felicité, que de regarder leur viſage, neantmoins pour l'amour de vous ie luy permettray cette faueur, afin que vous le puiſſiez conſiderer à voſtre

aiſe, & iuger par les rapports qui ſe
trouuent en vos perſonnes , de la
verité de mes paroles, & de l'eſtime
que ie fais de vos eminentes qualitez : puis qu'en cette conſideration, i'ay conceu vne bonne volonté pour mon capital ennemy, qui
deuoit ſeruir de blanc à mon indignation & à ma fureur.

Le iour enſuiuant le Sultan fait
aſſembler les premiers Baſſas, pour
auoir leur aduis touchant l'eſchange d'Adargas, du Vizir, & de Thoraſmont, & pour mettre en deliberation ce qu'il eſt expedient de faire ſur la reuolte du Gouuerneur de
Babylone, ſur la rebellion de Mariſanne, & ſur les approches du Monarque de Calomyre. Aretie de ſon
coſté ne s'endormoit pas, elle mande à Fomanrino de venir en ſon
pauillon, afin de penetrer dans le

fonds de sa cabale, esuenter sa mine, & fonder entierement la suitte
de ses mouuemens, pour puis apres
se conduire selon l'occurrence, &
contrecarrer auec plus de facilité la
violence, de ses efforts. Fomanrino
entre dans la tente de la Sultane
auec mille soufmissions & mille
respects ; Aretie descend de son
thrône pour le receuoir, contraignant son humeur, & rabaissant la
grandeur de sa Majesté, & luy fait
beaucoup de caresses pour les seruices qu'il auoit rendus à l'Empire
des Otthomans. Ce traistre se laisse
surprendre à ces feintes demonstrations de bien-veillance, & raconte
de poinct en poinct sans rien oublier les particularitez de son entreprise, & ce qu'il pretendoit faire
contre Thorasmont. Bref la Sultane, qui estoit attentiue à tout son

discours, l'examina si punctuellement, qu'elle s'esclaircit, non seulement des choses qui dependoient
de la cognoissance de Fomanrino,
mais encore de ce que Fomanrino
ne sçauoit pas , voire de ce que
Thorasmont ignoroit, & qui surpassoit la croyance mesme de la
Sultane. Car Fomanrino ayant fait
mention de quelques ioyaux &
d'vn brasselet dont estoit saisi
Thorasmont lors qu'il fut arresté
prisonnier , la Sultane fit si bien,
qu'elle les tira des mains de cet
apostat. A l'instant elle gaigne son
cabinet pour satisfaire à cette curiosité qui l'agitoit,& qui estoit autant nouuelle qu'extraordinaire :
Elle ouure la boëte où ces choses
estoient enfermees, estant assaillie
par ie ne sçay quels frisons & quels
tremblemens : Cieux ! qu'est-ce

que deuint cette Princeſſe infortunee, lors qu’elle ietta les yeux ſur
ces merueilles & ſur ces prodiges?
elle demeure interdite & immobile, & cette deſcouuerture fit en elle
les meſmes effects que faiſoient autresfois les cheueux de ce Meduſe
des Poëtes. Auec vn profond
eſtonnement elle conſidere vn
braſſelet, enrichy de quantité de
perles, dont la diſpoſition formoit
de certaines lettres, auec des chiffres
& des figures, qui ne ſe pouuoient
ny lire ny diſtinguer, pour n’eſtre le
tout paracheué qu’a demy. Elle
voit la moitié d’vne medaille d’argent, qui auoit eſté ſeparee à deſſein de l’autre moitié : Elle regarde
vn diamant taillé en façon d’vn
demy globe ; & ce qui augmenta
ſon admiration, elle trouue vn petit tableau, où eſtoient peints deux

enfans, veſtus à la mode de Gallocalie, auec le bras droiɛt deſcouuert iuſques au coude, où ſe remarquoit à chacun d'eux vne roſe auſſi
belle que celles qui croiſſent aux
iardins de Conſtantinople. Elle tire de ſon coffre vne peinture de pareille eſtoffe, & partie de la main
d'vn meſme Apelle, & ſi ſemblable, qu'elle n'en pouuoit recognoiſtre la difference; Elle apporte vn meſme diamant, & le ioignát
auec l'autre, le globe eſtoit parfait;
De ſuitte elle applique vne moitié
de medaille à cette piece rompuë,
& la medaille ſe trouuoit entiere:
& ce qui eſtoit plus conſiderable,
c'eſt que le braſſelet eſtant vny auec
vn autre braſſelet de la Sultane, les
caraɛteres eſtoient formez, & les
lettres ſe pouuoient lire diſtinɛte-
ment, où eſtoient ces mots, *Ari-*

stogene & Vranie vous ont donné la naissance. Dans ces esmotions l'esprit de la Sultane estoit en des peines nompareilles: ces marques sont des tesmoins irreprochables pour ne douter plus qu'il n'y ait quelque haut mystere en cette récótre: Mais quel moyen de demesler ces fusees, puis qu'Aretie n'auoit iamais veu Thorasmont, & qu'elle ignoroit sa naissance, & le nom de ses parens, & presque le lieu de sa patrie: Mais (disoit-elle) le tableau que i'auois representoit Aretie, puis que la rose de son bras n'est pas differente de celle qui est emprainte dessus le mien; pourquoy cét autre visage ne designera-t'il pas le visage de Thorasmont, puis qu'il est de mon aage, & que l'Empereur m'asseure qu'il est tout semblable à moy: mes songes ne sont

pas des illusions, ils sont presque
tousiours des predictions infaillibles : Or i'ay songé cette nuict
que le Ciel m'auoit rendu vn
frere tout couuert d'honneur, de
palmes & de lauriers. Mais quoy,
Veltiste m'a prophetisé dans son
hermitage d'Amphrise, que ie re-
uerrois quelque iour ma patrie &
mes parés, apres auoir deliuré mon
frere de la tyránie d'vn Apostat, &
m'enchargea tres - expressément
pour cette raisó de ne reietter point
les nopces & les recherches d'Amurath. Mais qui sçait si mes sens
sont desceus, & si ie prens des apparences pour des realitez, & si mes
yeux sont enchátez & se laissent piper par des fantosmes & des chime-
res ? Grand arbitre de l'Vniuers, ne
souffrez point que ie fasse naufrage
dans vne mer si orageuse & pleine

d'escueils, calmez de grace ces tourmentes & ces bourrasques, & faites surgir mon entreprise heureusement au port, en me dessiurant des tenebres qui m'enuironnent.

Cependant les Bassas, le Muphty & Fomanrino estoient assemblez dans la tente de l'Empereur, pour donner leur aduis sur l'eschange des prisonniers, & touchant les autres sujets qui menaçoient l'Empire des Otthomans; on ne s'arresta que sur le siege de Cazalie & sur la prison de Thorasmont. Le plus grand nombre opinoit à faire empaller le prisonnier, sans mettre en consideration les personnes d'Adargas & du grand Vzir, qu'on pouuoit recouurer par quelque autre voye plus facile & plus profitable & qu'en tout eue-

nement leur perte ne feroit iamais
fi ruineufe à l'Eftat , que la conferuation de Thorafmont luy feroit honteufe & preiudiciable ; **Le**
Tefterdar & Muftapha eftoient
dans vne indifference affectee fans
pencher du cofté du prifonnier, ny
s'oppofer à fa liberté. Mais Radiraman qui auoit vn notable intereft en la conclufion de l'efchange,
fouftint genereufement ; Que de
refufer les côditions propofees par
les affiegez, c'eftoit expofer teme-
rairemét les deux premiers officiers
de l'Empire à la mercy d'vn peuple
mutin, ennemy & puiffant, qui n'a-
uoit autres regles que celles qu'il
empruntoit de fa manie & de fa fureur; Que c'eftoit facrifier à la mort
tout autant de Baffas que le fort des
armes mettroit fous le pouuoir des
barbares (c'eft ainfi qu'il parloit

des Chrestiens pour ne manifester
son dessein,) qui n'estoient pas o-
bligez d'obseruer les maximes de
la guerre si on violoit le droict des
gens en la personne de Thorasmont ; Que ce seroit reduire les
affaires au desespoir que de preferer la vengeance à la raison, & irriter de telle sorte le ressentiment de
Trebasombe , qui s'enseueliroit
dans les cendres de son Royaume,
ou tireroit raison d'vn si grand affront, en renuersant de fond en
comble l'Empire des Otthomans.
Que d'ailleurs cette cruauté terni-
roit entierement la gloire des belles
actions du Sultan, & imprimeroit
des taches de honte & d'infamie
sur le front de tous les guerriers qui
combattoient sous les estendarts
d'Amurath, puis qu'on leur impu-
teroit que leurs destinees ne dependoient

pendoiét que des chaiſnes de Thoraſmont ; Qu'au contraire, cette
captiuité auoit ralumé l'ardeur de
la ville de Cazalie, & l'auoit preparee à vne reſiſtance plus obſti-
nee ; auoit reſueillé les armes de
Trebaſombe, & fait souſleuer toute l'Europe ; Que ce ſeroit eriger
des trophees trop glorieux à la memoire de Thoraſmont, que de rendre tributaire de ſa valeur la plus
floriſſante armee qui aye iamais
paru dans la Grece, & qui eſt capable de triompher de toute la terre.
Non, non, la vie d'vn ſeul Cheualier ne peut pas tenir en eſchec
vne puiſſance ſi redoutable que
celle des Muſſulmans, & nous doit
pluſtoſt apporter de la compaſſion
que de l'enuie & de la terreur. D'ailleurs les Monarques ne precipitent
iamais leurs reſolutions, de peur

de commettre quelque chose indigne de la moderation de leur grandeur : Espargnons doncques le sang de nos Citoyens ; sauuons Adargas & le Vizir, & faisons voir à nos aduersaires, que nous combattons en vrays gendarmes , & que nous vainquons tout le monde par nostre courtoisie & par la valeur. Fomanrino vouloit repartir, mais Amurath luy imposa silence & ordonna au Testerdar & à Mustapha de luy amener Thorasmont. Le Testerdar & Mustapha satisfont au commandement d'Amurath, & contraignent ce ieune Prince de se mettre à genoux à l'entree de la tente du Sultan, le faisant tenir par des archers en cette posture, veu que Thorasmont ne vouloit rendre vn tel hommage à l'ennemy de la Chrestienté. Puis apres

on le traiſne iuſques au pied du
throſne de l'Empereur, le ventre
contre la terre ſans luy permettre
ſeulement de leuer les yeux en haut
iuſques à ce qu'Amurath, pour cő-
tenter la curioſité d'Aretie, luy fit
quelques demandes touchant la
ville, & le ſujet qui l'auoit obligé
de ſuiure les bannieres de Calomyre : A quoy le priſonnier reſpondoit auec tant d'aſſeurance & de
bonne grace, que le Sultan demeuroit comme interdit, & n'o-
ſoit le preſſer dauantage ny l'interroger. Mais Aretie eſtoit plongee dans des confuſions bien
differentes, & aſſaillie par des deſplaiſirs ſans comparaiſon plus ſenſibles & plus ſanglans. Ce viſage
luy trouble les ſens, & cette reſſem-
blance ſi parfaite, ſi naturelle & ſi
abſoluë de toutes parts faiſoit con-

ceuoir à son imagination, que c'e-
stoit vne autre Aretie, que quelque
puissance-incognuë auoit reduitte
en ce miserable estat. Comme elle
estoit agitee par ces inquietudes,
Thorasmont ietta vn regard sur le
visage de la Sultane : lors son admiration fut aussi grande que son e-
stonnement, & son estonnement
fut si extraordinaire, qu'il ne peut
de long-temps retirer ses yeux de
dessus vn obiect si aymable. Dans
l'esblouyssement de cette clarté, il
s'escria, se tournant vers le Sultan,
O que mes chaisnes sont douces ! ô
que signalée est l'obligation dont
ie vous suis redeuable, grand Amurath, de m'auoir fait voir l'image
viuante de celle à qui ie dois ma
naissance ! O Vranie ! & comme il
vouloit poursuiure, ses playes s'ou-
urirent, & le sang commença à de-

couler en ruisseaux de toutes les
parties de son corps. A ce mot A-
retie se ressouuenant de ce qui e-
stoit escrit dans le brasselet tomba
dás vne letargie si profonde qu'on
croyoit qu'elle eust rendu l'ame.
Le Sultan fait ramener Thorasmont en la tente de Mustapha, &
fait traicter la Sultane par ses Medecins, qui la rappellerent de cet
assoupissement auec des prises cordiales & autres remedes.

Fomanrino escumant de rage,
& iettant le feu par les yeux ne meditoit que la vengeance pour punir
l'outrage qu'il auoit receu de Radiraman, lors qu'il auoit soustenu la
deffence du prisonnier ; Et n'ayant
autre but que d'assouuir sa cruelle passion aux despens de la vie
de Thorasmont, & de ce fidele
Bassa, il s'eslança l'espee à la main

fur le prifonnier pour le renuerfer fur le carreau ; mais Thorafmont fe feruant de fa difpofition & de fon addreffe fe retira à quartier & ne receut qu'vne fort legere attainte ; Radiraman fe prefente pour terraffer ce monftre enragé, & luy euft enfoncé fon coutelas dans le corps, fi le Tefterdar n'euft arrefté fon ardeur. Sur ce bruict tout le monde accourt, & dans ce tumulte fans faillir Thorafmont eut reffenty les derniers efforts de ces defefperez, fi le Sultan n'y fuft venu en perfonne pour calmer cette bourrafque par fon authorité & par fa prefence. Durant ces vacarmes Fomanrino eftoit paruenu iufques à vn fi haut degré de temerité, qu'il perdoit le refpect, & crioit hautement, que la fplendeur de l'Empire des Otthomans eftoit entierement

esteinte, si lon ne sacrifioit aux puissances infernales cet impie mini-
stre de tous les malheurs qui auoiéc
acablé leur armee en ce siege si preiudiciable & si honteux : A quoy il
adioustoit, qu'il falloit aduoüer ingenuëment que sans vne aide particuliere des Demons iamais cet
insolent magicien ne seroit venu
au dessus de Bouquaan, de Hemiamet & du grand Vizir, qu'il auoit
si bien offusquez par ses charmes
qu'ils n'auoient peu donner aucune preuue de leur valeur. Qu'il n'a-
uoit pas mesme espargné l'incomparable Sultane, laquelle par le seul
regard de ce Basilic auoit perdu le
mouuement & la cognoissance :
bref, que pour expier tant de prodiges il falloit promptement descharger la terre d'vn Dragon si
cruel & si malheureux. Amurath

diſſimule & ſupporte ſagemét l'extrauagance de ce mutin, recognoiſſant l'humeur volage de ſes Ianniſſaires; & ſe tournant vers Fomanrino. Ce n'eſt pas (dit-il) que ie ne
vous ſçache gré de l'affection que
vous auez teſmoignee à mon ſeruice & au bien de la Sultane & de
mó armee, & que ie ne cófeſſe que
ce zele eſt trop genereux pour n'o-
bliger ma bien-veillance à vous en
donner de tres-grandes recom-
pences: Mais ce qui nous importe
le plus, c'eſt de conduire nos reſolutions auec la dignité conuenable
au Prince le plus releué de tout l'O-
rient, & à tenir la moderation qui
eſt deuë aux deportemens d'vn
Monarque ſur qui toute l'Aſie iette les yeux. Thoraſmont eſt entre
nos mains, il faut qu'il ſe prepare à
ſouffrir les iuſtes ſupplices qui ſont

deſtinez à ceux qui oſent temerairement s'attaquer à la puiſſance des
Otthomans : mais il ne ſeroit pas
ſeant à vne ſi equitable Majeſté
comme la noſtre de prononcer vn
Arreſt de mort ſans auoir meurement conſideré ſi les loix de
la guerre & de l'Eſtat ſont offencees, & ſi la conſequence eſt perni-
cieuſe à nos ſujets. Muſtapha & le
Teſterdar auront la charge de ce
priſonnier, & empeſcheront qu'il
ne s'eſchappe & qu'il ne meure, &
i'ordonne au valeureux Fomanrino & au Baſſa Radiraman de ſe
contenir modeſtement en leur deuoir, & n'exciter aucun deſordre,
& à l'Aga de faire retirer mes Iāniſ-
ſaires en leur quartier : & ſans s'arreſter aux autres officiers, il reprit le
le chemin de ſon pauillon, où il
trouua que la Sultane auoit recou-

uert ſes forces & ſa ſanté.

D'autre part Nicomar, Kiromandre & l'Admiral eſtoient en
des peines nompareilles ſur le long
ſejour de Radimaran, ne ſçachant
quel party prendre en vne affaire ſi
eſpineuſe. La conuerſion de ce
Baſſa eſtoit encore bien foible,
pour y appuyer des aſſeurances, &
l'apoſtaſie & la trahiſon de Fomanrino ſeruoient d'vn prejugé infaillible pour apprehender quelque
ſurpriſe. En fin apres vne longue
conteſtation, il fut reſolu qu'vn
Trompette conduiroit vn Herault
vers le quartier du Sultan, pour demander l'eſchange des priſonniers,
& ſçauoir la derniere concluſion
ſur cette matiere : enſemble pour
voir Thoraſmont s'il eſtoit poſſible, & ſommer Radiraman de reuenir en la ville, & ne manquer laſ-

chement à ſa parole & à ſes ſermens. Et finalement pour declarer au Sultan, que dans l'eſpace d'v-
ne heure on luy enuoyeroit les
teſtes d'Adargas & de ſon Vizir, s'il
ne monſtroit le General des Chreſtiens en bonne ſanté, & ſans qu'on
luy euſt procuré aucun deſplaiſir.
On donne aduis à l'Empereur
Amurath, que les aſſiegez auoient
deputé quelques Meſſagers qui de-
mandoient d'auoir la reſponſe de
quelques articles de conſequence
qu'ils auoient à propoſer, & dont
les Chreſtiens deſiroient d'eſtre
eſclaircis ſans retardement. Le Sultan ordonne à Radiraman de s'inſtruire des poincts principaux de
cette deputation, & de venir en diligence luy en rendre compte dans
ſon pauillon. Ce Prince auoit plutoſt employé Radiraman qu'au-

cun autre de ſes Officiers, à cauſe de
la bonne volonté que ce Baſſa
auroit teſmoignee pour la deſli-
urance du priſonnier, pour lequel
ce Monarque auroit entrepris l'impoſſible meſme. Dequoy le deſloyal Fomanrino conceut vne ſi
ſanglante ialouſie, que deſlors il fit
vne determinee reſolution de renuerſer les loix de la nature, & de
remuër les puiſſances de l'enfer;
bref, de violer toute ſorte de droict
pourueu que Thoraſmont & Radiraman fuſſent accablez promptement ſous les ruines d'vne mort
auſſi violente & ſoudaine, que ſa
fureur eſtoit vehemente & preoc-
cupee.

Radiraman donne audience à
ce Heraut, & le renuoye dans la
ville ſans autre reſponſe, ſinon,
qu'on auroit de ſes nouuelles auant

la nuict. Et sans perdre le temps il
s'achemine au lieu où le Sultan
auoit assemblé les premiers Bassas
de son armee , pour examiner le
rapport qu'il attendoit de Radiraman, lequel ayant representé auec
vne grande dexterité, que les assiegez persistás tousiours en la poursuitte de cét eschange, il les auoit
renuoyez auec des esperances pour
les endormir,& pour les cótenir en
leur respect touchant Adargas & le
grand Vizir,& leur auoit donné sa
parole que le prisonnier n'auoit aucun mal , & que luy mesme se remettroit en leur puissance sur le
commencement de la nuict : afin
de faire cognoistre à tout le monde, que les esclaues des Empereurs
d'Orient sont d'vne foy inuiolable, mesmes à l'esgard de leurs ennemis. Fomanrino ne mit aucun

obstacle au retour de Radiraman dans la ville, tant pour ne voir à ses talons vn object si peu agreable à ses yeux, que pour auoir plus de liberté de dresser des embusches à Thorasmont, & par la mort de cestui-cy sacrifier à la rage des assiegez, & Radiraman & les autres qui estoiét ou seroiét en leur pouuoir. C'est pourquoy cét apostat & ses partisans ne s'opposerent point au voyage de ce Bassa, qui partit du pauillon d'Amurath, apres l'auoir supplié d'encharger au Testerdar & à Mustapha d'auoir l'œil sur la conseruation de Thorasmont, qui estoit celle de tous les Mahometans, que les Chrestiens enfermoiét dans l'enceinte de leurs murailles.

Radiraman par son arriuee, dissipe en partie les nuages qui obscurcissoient l'esperance des assie-

gez ; il leur raconte la temerité de
Fomanrino , le tumulte des Ianniffaires , la conftance de Thorafmont, & les inclinations de la Sultane qui panchoit entierement à fa
faueur : Et fans manifefter tous ces
myfteres à vos prifonniers , il eft
expedient (pourfuiuit-il) voire neceffaire , que vous permettiez le
paffage libre à Adargas iufques
dans le camp, afin que de fon cofté
il rallume le courage de fes amis, &
qu'il agiffe puiffamment pour la
liberté de fon frere, c'eft à dire pour
r'auoir de cette forte l'inuincible
Thorafmont; Que fi vous reuo-
quez en doute cette veritable &
fructueufe propofition , chargez
mon corps d'vn million de chaifnes infupportables, & defchargez
voftre indignation fur ma tefte criminelle. Vous tenez tout de ce

cofté-là en retenant le Vizir ; &
Adargas eft trop ialoux de fon
honneur & de fa parole, pour en-
feindre les loix que vous luy aurez
prefcrites. Que fi vous defirez de
l'obliger dauantage à ne s'efloigner de mes fentimens, vous luy
donnerez à cognoiftre que la fidelité de Radiraman luy a procuré
cette permiffion : Tellement que
pour bannir toute forte d'ombrages de leur efprit , ie me retireray
comme prifonnier auec eux , leur
raconteray les circonftances qui
font à noftre deffein, afin de les animer à faire la guerre à cét execrable
bourreau, qui cherche le contentement de fon ambition auffi bien
dans leur ruine, que dans celle de
Thorafmont.

Ainfi le fage Radiraman s'achemine au departement des prifonniers,

niers, qui trouuerent de mauuais
goust les remifes & les difficultez
de l'efcháge, veu que leur códition
& leurs feruices ne meritoient pas
fi peu de foing & vn tel mefpris.
Sur tous Adargas fulmine contre
Fomanrino, il le deftine à mille
tourmens, & protefte fur la perte
de fa vie de le vendre cherement
au Muphty & à l'Aga. Kiromádre
furuient là deffus, & louë la franchife de Radiraman d'auoir rap-
porté fa tefte au pouuoir de fes ennemis, n'ayant peu executer ce qu'il
auoit proietté pour la commune
fatisfaction des deux partis ; Que
le Confeil de guerre ayant vne femblable confiance en la generofité
d'Adargas, on luy donnoit vne pareille licence qu'à Radiraman,
pourueu que dans quatre iours il
retournaft à la ville, ou qu'il y ren-

uoyaſt ſon Eunuque auec quelque lettre eſcrite de la main de
Thoraſmont, & qu'il diſpoſaſt le
Sultan à quelque traicté fauorable
pour les priſonniers. Adargas s'excuſe de vouloir participer à ce grád
bon-heur, & prie le fidele Kiromandre de conuertir cette grace au
profit du grand Vizir, tant pour
luy defferer cette ioye de reuoir ſon
Maiſtre & ſes amis, que pour eſtre
d'vne authorité plus conſiderable
parmy les officiers de l'armee. Kiromandre luy declare que le Vizir ne
pouuoit obtenir cette permiſſion
pour beaucoup d'importátes conſiderations, & qu'il falloit ſe reſoudre ſans delay & ſans remiſe, ou
d'accepter ces offres, ou de les refu-
ſer ſans eſperance d'y reuenir. Puiſque le Vizir ne peut eſtre employé
pour vne telle negotiation, repart

Adargas, & que vous tenez sa personne comme en depost pour seruir d'ostage pour l'asseurance de
Thorasmont: I'iray sous les aus-
pices de ma fidelité, & reuiendray
dans vostre ville auec les marques
d'vn homme d'honneur dont la
parole est inuiolable, & sans artifice, & dont la foy est exempte de
pefidie. I'iray pour la ruine de cet
infame deserteur, qui veut sacrifier
à son ambition desreglee, & au iuste ressentiment des assiegez le premier officier de l'Empire des Otthomans. I'iray pour le secours &
pour le seruice du plus auguste
Prince & plus courtois Cheualier
qui aye iamais paru deuant mes
yeux; bref, ie porteray le feu & la
foudre dans l'armee de l'Empereur,
pour reduire en poudre tous ceux
qui s'opposeront à l'eschange des

prisonniers. Kiromandre luy repartit, qu'il pourroit partir quãd il luy plairoit, & qu'on s'en remettoit à sa prudence, puis qu'en cette rencontre il s'agiſſoit de sa gloire & des intereſts de son propre frere; Qu'il pouuoit conſulter auec le Vizir & les autres Baſſas des moyés qu'il deuoit tenir, & des routtes qu'il deuoit prendre pour acheminer heureuſement son voyage; & que Radiraman pouuoit eſtre de la partie, ſi bon luy ſembloit, puiſque le teſmoignage qu'il auoit rendu à l'integrité de sa foy luy auoit fait vn paſſage libre de la ville iuſques au camp.

En fin Adargas & Radiraman prennét la routte du quartier d'Amurath, lequel fut cõblé d'vne ioye ſi demeſuree lors qu'il apperceut Adargas, qu'il ne peut de long-

téps proferer vne parole. D'abord
il embraſſe ce fauory, & luy rend les
meſmes careſſes qu'il auroit peu
faire à ſon ſucceſſeur, auec des rauiſſemens & des tranſports ſi extraordinaires, qu'il ſeroit impoſſible de
les exprimer. Puis ſe tournant à
Radiraman, il releuoit ſa prudence
& ſon affection auec des termes ſi
puiſſans pour auoir gaigné cet
auantage ſur l'opiniaſtreté des
Chreſtiens, que de conſentir à la
liberté d'Adargas, que Radiraman
demeuroit immobile ſans reſpondre à ces belles & courtoiſes proteſtations. Fomanrino & le Muphty
ne peurent ſouffrir ces demonſtrations de bien-veillance qu'auec vn
extreme regret & vne ialouſie ſanglante & deſeſperee. Adargas &
Radiraman leur eſtoient eſgalement odieux & ſuſpects, & leur

presence, qui ne tendoit qu'à la liberté de Thorasmont par l'eschange du grand Vizir, ne donnoit pas de moindres attaintes à l'ame de ce Talisman, que de craintes à la desloyauté de Fomanrino. Car le Muphty qui aspiroit à la charge de grand Vizir pour son frere, & qui ne pouuoit atteindre à son but que par la deffaite de ce vieillard, n'espargnoit ny son credit ny ses ruses pour establir la fortune de son frere, & pour acheminer son dessein. Et Fomanrino qui estoit assailly continuellement par mille terreurs & par l'apprehension des gesnes & des supplices, se figuroit ne pouuoir rencontrer aucun azile que dans le sepulchre de Thorasmont. Doncques pour preuenir les intelligences d'Adargas & de Radiraman ils sortirent du pauillon d'Amurath,

& viſiterent le Colonel des Ianniſſaires, les Beglierbeis & les autres
officiers de la Porte, pour les nour-
rir dans les factions & partialitez,
& les entretenir dans leur cabale.
A quoy Radiraman ayant pris garde, il en aduertit le Sultan, lequel
monta incontinent à cheual pour
contenir tout le monde en ſon deuoir, & pour empeſcher quelque
ſedition : ayant mandé au Teſterdar & à Muſtapha de conduire Radiraman & Adargas vers le priſonnier pour luy perſuader de mettre
la ville entre ſes mains.

Ie laiſſe à penſer, que de violétes
ſecouſſes furent alors donnees à l'a-
me de la diuine Aretie ! que de deſſeins en la penſee de ce ieune cœur !
que de coleres en ſon courage ! en
vn mot, que de reſueries agiterét ſa
fantaiſie ! Certes, en cette extremi-

ré il ne luy euſt pas eſté ſi faſcheux
de mourir que de ſe voir expoſee à
la mercy de tant d'impitoyables
deſplaiſirs. Sous quelle couleur (diſoit elle) puis-ie conſentir que mon
frere gemiſſe captif ſous les chaiſnes de mes ennemis , & dans vn
Empire où i'ay deliuré vn nombre
infiny d'eſclaues ? Mais pourquoy,
infortunee Aretie, veux-tu aigrir
ton reſſentiment par le nom de
frere que tu attribues à cet eſtranger, qui peut-eſtre ne cognoiſt pas
ny tes parens ny ta patrie, tant s'en
faut qu'il t'appartienne par aucune
proximité? Mais pourquoy les deux
tableaux où les deux enfans portent vne roſe emprainte deſſus le
bras, puiſque cette marque eſt gra-
uee ſur ma perſonne? Pourquoy les
deux Diamans qui rendent la figure d'vn globe parfait? & pourquoy

la medaille paroift-elle entiere par
la reünion de ces deux pieces ? &
finalement pourquoy cet Hercule
a proferé le nom d'Vranie iettant
les yeux deffus mon vifage, puif-
que c'eft le nom qui eft tracé dans
le bracelet , & que cette Dame
nous a donné la naiffance ? Ah !
Veltifte, ie ne pouuois penetrer
dãs l'obfcurité de vos Oracles, lors
que vous predifiez à l'infortunee
Aretie dans voftre hermitage
d'Amphryfe, que ie defliurerois
mon frere de la tyrannie d'vn apo-
ftat ? Mais d'où procedent ces illu-
fions & ces fantofmes qui me per-
fecutent ? Ie vois ce me femble cette Vranie en dormant, i'entends fa
voix qui me charge de mille reproches , d'auoir fi peu de foing de
mó fang, & de laiffer ce Heros fous
les fers d'vne telle captiuité. Tan-

tost cette figure ne daigne pas seulement ietter vn regard sur moy, me repute indigne de iouïr de la lumiere du Soleil, & m'accuse d'vne incredulité tropobstinee & trop grossiere, de flotter encor dans les vagues de l'incertitude, apres estre conuaincuë par tant de tesmoins irreprochables. Ne doute plus, Aretie, la nature a signalé nostre recognoissance par le sang qu'il a versé, & par l'assoupissement de la lethargie qui m'a priué de sentiment en la presence de l'Empereur. Cependant est-il quelque supplice qui puisse estre comparé aux angoisses & aux detresses où est mon ame? Fomanrino tient comme en eschec la vie d'Amurath & des principaux de l'armee ; & quelque inclination que le Sultan puisse auoir pour fauoriser mes vœux,

l'infolence de mes aduerfaires en
retranche le progrés, & me fait dire, que tout ce qui eft de loüable &
de bon en cette miferable vie, a fes
contrepoids, & n'eft iamais fans vn
reflux de calamité & de difgrace.
N'importe, il faut vaincre ces im-
portunes difficultez, & fe reffouue-
nir, que le danger augmente le luftre de la gloire, & que le Soleil eft
plus reluifant apres qu'il a diffipé
vn grand orage.

L'arriuee d'Adargas & de Radiraman la combla d'vn contentement incroyable ; elle flatte leur
ambition, elle loüe leur franchife,
& protefte d'employer fes peines
& fes veilles pour le fecours du
Vizir, qu'elle defiroit obliger. Puis
fe laiffant comme par mefgarde &
infenfiblement emporter fur le
difcours de Thorafmont, elle leur

donnoit enuie de trauailler à sa deliurance, & fortifioit leur courage
pour repousser les attentats du
Muphty & de Fomárino : De suitte elle ordonna au ieune Adargas
d'aller iusques à la tente de Mustapha, & d'amener le prisonnier dans
son pauillon, pour l'interroger (disoit-elle) sur les Coustumes des
peuples & des Dames de son païs.
A quoy Adargas satisfit incontinent ; & durant l'absence de ce
Bassa, Aretie qui auoit des preuues
infaillibles de la vertu de Radiraman, s'approchant de luy, & ver-
sant vn ruisseau de larmes, elle l'entretint en ces termes. Le temps &
le lieu ne permettent pas (cher Radiraman) que i'abuse par des pro-
lixitez ennuyeuses de ce peu de loisir que la fortune nous a donné:en
deux mots ie proteste à Radiraman

qu'il a fi eftroitement obligé cette
miferable Sultane & l'Empire des
Otthomans, que iamais ie n'en feray mefcognoiffante, & qu'Amurath recompenfera auec vfure la fidelité que vous auez fignalee par
tant de feruices pour le bien de fa
Couronne & de fon Eftat. A prefent ie paffe plus outre, & la confiance que i'ay en voftre valeur &
en voftre bonté incomparable, me
contraint de m'expliquer clairement, & de dire, que ie ne puis
fouffrir dauantage la temerité de
Fomanrino, l'extrauagance des
Ianniffaires, les attentats du Muphty, & les entreprifes des Talifmans:
mais fur tout que ie tremble, & que
ie fremis pour la confideration de
ce prifonnier inuincible, pour qui
vous auez fi vtilement expofé voftre vie en plufieurs hazards. Quel-

que puiſſance incognuë m'attire à
cette iuſte deffenſe, & les deſtinees
par ie ne ſçay quelle fatalité m'in-
ſpirent vne volonté determinee à
tout entreprendre : mon cœur eſt
neantmoins exempt de tout artifice, & ne cherche d'autre adueu
pour iuſtifier ſa reſolution auſſi
ſincere que ſaincte, que le ſacré
nom de frere. Secondez-donc en
cecy mon project honorable &
glorieux, il s'agiſt pareillement de
la conſeruation de l'Empire, que la
rage de Fomanrino veut combler
d'vne deſolation pleine de miſere
& d'horreur. Adargas, ſelon mon
aduis, ſe ioindra à nos intentions,
leſquelles eſtans conformes à ce
que le Sultan en veut ordonner, il
eſt probable qu'vne bonne iſſuë
accompagnera nos ſouhaits. Vous
eſtes le ſeul à qui i'ay fait vne ſi pe-

rilleuse descouuerture, & que i'ay
choisi & reputé capable d'vn tel
employ, dans lequel ie trouueray
mon sepulchre, ou i'arriueray à la
fin que ie me suis proposee. Et lors
que ce prisonnier sera introduit
dans ma chambre, faites en sorte
auec les autres Bassas, que sans estre
esclairee ie puisse m'esclaircir de sa
propre bouche de l'estat de sa condition. Ie rends graces au Ciel
grande & admirable Sultane (respond Radiraman en mettant le
genoüil en terre) de ce que ie suis
preuenu par vostre sagesse en ce
haut dessein, que ie desire poursuiure malgré les efforts de l'enfer
& de la fortune, & que i'espere faire reüssir, puis que vous daignez
l'authoriser par vos commandemens & par le support de vostre
credit. Et quoy que les apparences

nous menaſſent de toutes parts, il
faut tenir la victoire pour aſſeuree,
pourueu que la moderation ſoit la
regle de noſtre conduite, & que
nous marchions lentement dans
ce ſentier ſi difficile & ſi ſcabreux;
Adargas eſt à nous, mais de telle
ſorte qu'il eſt raiſonnable qu'il ne
penetre tout à fait dans le fonds de
noſtre reſolution. Le ſeul Fomanrino peut faire iouër les reſſorts qui
font mouuoir les machines de nos
ennemis: pour y remedier & deſcouurir ſes intelligences, il faudroit
feindre d'eſtre dans les meſmes paſſions que luy, & de reſpirer la perte
de Thoraſmont. Vn ſeul regard,
vn ſeul ſigne de vos yeux le pipera,
de telle ſorte que ſans conſideration il ſe portera à tout entreprendre pour vous obeïr & pour vous
complaire, ſous la creance que vous
ſerez

ferez complice de ſes infames deſ-
loyautez ; & temporiſant durant
quelques iours , nous deſtruirons
ſous main ces menees & cette cabale,& garentirons le priſonnier des
griffes de ce demon.

Adargas & le Teſterdar condui-
ſent le priſonnier dans la chambre
de la Sultane ; d'abord cette Dame
fut ſaiſie d'eſtonnement ; mais
ayant repris ſes eſprits, elle fit abbatre la tapiſſerie qui banniſſoit vne
partie de la clairté de ce lieu. Radiraman fait auancer Thoraſmont
tout contre le throſne de la Sultane , & ſous pretexte de railler auec
Adargas & le Teſterdar , il les fit
reculer iuſques à la porte. Lors
Aretie tendant la main à ce priſonnier ; l'aduouë (dit-elle) que iamais de pareilles inquietudes n'ont
excité de ſi furieux tourbillons

dans mon ame, comme ceux que
voftre injufte captiuité a caufés
dans mon cœur depuis l'apoftafie
de Fomanrino ; & fans mentir j'aurois trouué la fin de mes trauaux
dans celle de ma vie, fi le Ciel n'a-
uoit embraffé voftre protection
par vne affiftance particuliere ;
Amurath eft pour nous ; Adargas
s'y comporte en homme de bien ;
mais Radiraman eft la piece principale qui doit produire au iour voftre liberté, & me deffiurer des
trifteffes qui m'enuironnent. Thorafmont demeuroit infenfible, fans
poux & fans mouuement ; ce filen-
ce fait approcher la Sultane, laquelle luy paffant la main fur le vifage pour le refueiller, fe plaignoit
de ce qu'il eftoit muët en cette rencontre, luy que les menaces de la
mort n'auoient peu efbranler, ny

tant soit peu alterer sa constance. Thorasmont pousse vn profond souspir, & d'vne voix à demy mourante ; Grande Reyne
(dit-il) ie ne sçay si quelque songe enchante mes oreilles, pour me
faire ouïr la voix agreable de celle
qui m'a mis au monde ; voyez
comme ie rencontre en cette occurrence , vous prenez la peine
d'enfanter ma liberté auec des dangers plus formidables que ceux qui
accompagnent les accouchemens
ordinaires. Ce n'est pas assez (repart la Sultane) contentez ma curiosité par la declaratiou de vostre
patrie & de vos parens. Ma patrie
(poursuit Thorasmont) est dans le
Royaume de Gallocalie ; Lymphi-
Ree est le sejour d'Aristogene &
d'Vranie, qui ont donné la naissance à quatorze enfans, le plus grand

nombre defquels a fatisfait à cette rigoureufe loy que la nature a impofee à tous les mortels ; le Comte de Maufonee & Clarindor mes ieunes freres ont efchappé iufques à prefent les pointes & les trauerfes de la mort : & quoy que pour mon regard i'aye fouuent recherché les occafions où les Parques exercent leur pouuoir & leur violence, ie n'ay iamais peu rencontrer la fin de mes defplaifirs & de mes douleurs. Il ne refte que ma fœur Califmene, qu'Vranie mit au monde auec moy par vn mefme enfantement, dont mes parens ignorent les deftinees ; & quelques foings & quelques diligences que nos amis ayent fceu rapporter, iamais on n'a peu defcouurir l'eftat de fa condition. Elle eftoit encore dans le berceau lors qu'elle fut tiree d'entre les

bras de la Princeſſe Vranie: laquelle quelques heures auant cette deplorable ſeparation, auoit enfermé
dans le meſme berceau auec elle
quelques ioyaux pour ſeruir de
marque pour la faire recognoiſtre
à ſes parens. Ie fus garenty de ce
deſaſtre par vne merueille digne
d'admiration. Sur mon depart de
Gallocalie, la Princeſſe ma mere
m'a fait preſent d'vne boëte, dans
laquelle eſtoient reſeruees de ſemblables pieces à celles qui auoient
eſté cachees dans le berceau de ma
ſœur: & ces fatales beſongnes ſont
tombees entre les mains des miniſtres de la cruauté de Fomanrino.
Ceſſe, ceſſe, mon cher frere (reſpód
Aretie en l'interrompant) ceſſe
mon cher frere, voicy ta ſœur Caliſmene, que le hazard a perſecutee
ſi long temps, & que le ſort a eſle-

uee au throfne Royal. Et difant ces
mots, elle ietta les deux bras au col
de ce prifonnier; & en cette recognoiffance fut veu manifeftement
tout ce que la nature peut produire pour faire voir la grandeur d'v-
ne amitié fraternelle; & leurs careffes, qui auroient graué de la pitié
dans les cœurs les plus inhumains
& defnaturez, auroient continué
dauantage leur duree, fi le fage Radiraman, qui defcouurit le retour
de l'Empereur & des Baffas, n'eut
calmé leur ardeur, & arrefté ces
mouuemens, en ramenant Thorafmont dans la tente de Muftapha. Auquel il enchargea tres-
expreffément de prendre garde
aux entreprifes du Muphty & de
Fomanrino, & ne laiffer aborder les
Talifmans & les Ianniffaires, qui
auoient confpiré la ruine du Vizir

& de Thorafmont.   Adargas ne
s'endormoit point, il vifitoit les
anciens Baffàs, il follicitoit les Be-
lierbeis & les Cadilefquers, & follicitoit Amurath d'entendre à l'efchange des prifonniers. Le iour
enfuiuant la Sultane ayant mandé
Radiraman dans fon pauillon, elle
luy raconta l'hiftoire de fes auantures, pour en faire part à Thorafmont, & l'obliger par vne telle defcouuerture & vne affiftance fi puiffante, à tout efperer, & à ne rien
craindre. Elle commença en ces
termes.

LES TRIOMPHES DE LA GVERRE ET DE L'AMOVR.

HISTOIRE ADMIRABLE des sieges de Cazalie & de Lymphiree, places importantes, où s'est signalée la prodigieuse valeur de Thorasmont : & les chastes Amours de ce Prince, & de l'incomparable Martisie.

LIVRE CINQVIESME.

IE n'aurois iamais fait, si ie voulois representer la suitte de mes calamitez passees, dont le souuenir me tra-

uaille infiniment : car la memoire
en cecy nous rend presque vn aussi
mauuais office, que sçauroit faire la
presence des objects ; Et quoy que
mon aage ne me permist pas de remarquer les accidens, & les disgraces qui me suruenoient à chasque
moment, i'ay neantmoins si souuent repassé deuant mes yeux les
trauerses qui m'ont si diuersement
agitee, & l'idee de mes disgraces est
si viuement emprainte dedans
mon cœur, qu'il me semble d'estre
encore plongee dans ces malheurs.
Et afin que Radiraman puisse iuger quel est l'interest qu'Aretie
doit prendre en la cause du prisonnier, & combien est grande l'obligation dont Thorasmont & moy
sommes redeuables à vostre franchise, Sçachez, que cét incomparable Cheualier est mon propre fre-

re. Le Prince Aristogene & la diuine Vranie nous ont donné la
naiſſance dans le Royaume de Gallocalie, où regne heureuſement le
grand & l'inuincible Ludouicandre, qui tient les reſnes de ce floriſ-
ſant Empire pour la felicité de tant
de peuples qui iouïſſent de toute
ſorte de proſperité & de bon-heur
ſous vne ſi douce & ſi legitime domination. A ce que ie vois, mes parens m'auoient donné le nom de
Caliſmene, & ie fus arrachee d'entre leurs bras comme i'eſtois encore dans le berceau ; mais ie ne puis
ſçauoir le commencement de cette
tragique hiſtoire, ny deuiner les
ſuccés qui auoient precedé mon
enleuement ; Il eſt vray que le Sultan m'a fait le recit des proüeſſes &
des vertus de l'incomparable Ludouicandre, auec des rauiſſemens

indicibles, & a confeſſé ingenuëment, que nul homme n'eſtoit
plus iuſte que ce Monarque, & nul
Monarque plus digne de poſſeder
le Sceptre de l'Vniuers. Laiſſant
doncques à Thoraſmont à dedui-
re les particularitez qui regardent
la Gallocalie, ie toucheray ſuccin-
ctement les circonſtances qui ſeruent à l'hiſtoire de la miſerable
Aretie.

I'auois atteint la dixieſme annee
de mon aage, lors que ramenant
les brebis de Corylas dans vn hameau, qui eſtoit aux extremitez du
Royaume de Gallocalie, ie fus ren-
contree par des gendarmes. Cet
abord me troubla les ſens, & dans
cette confuſion i'eſtois eſperduë
de telle ſorte, que ie ne pouuois ny
ſuiure ma routte, ny reculer. Ces
tremblemens leur donnent enuie

de me considerer de plus prés, & ie
ne sçay par quelle maligne influence,le Capitaine voyant mon visage
iugea tout aussi tost quel estoit l'e-
stat de ma condition. Voicy (dit-il)
vne belle proye, voicy vne autre
Vranie, car cette bergere, si ie ne
me trompe, est l'image viuante de
la femme d'Aristogene. Ie n'auois
garde d'interpreter cet enigme,
veu que ie tenois Corylas & Phylis pour mes parens : & Lippogene
sans me donner loisir ny de respirer
ny de respondre,me fit attacher sur
vn cheual de bagage. Corylas suruient & conjure par ses prieres &
par ses larmes l'impitoyable Lippogene de ne luy rauir vne fille
qu'il auoit esleuee auec tant de peines & & de trauaux. Ce barbare se
moque de ce berger,& commande
à ses compagnons d'entrer dans ce

miserable hameau, de le piller, &
de le reduire en cendre : & comme
ces iniques ministres executoient
le commandement de cet infame
general, Corylas pour les appaiser
arracha du sein de Phylis vne petite boëte, dans laquelle estoient enfermees les fatales marques de ma
naissance, & qui sont semblables à
celles que Fomanrino m'a remises
entre les mains, & qui appartien-
nent à Thorasmont. Lippogene
augmente son indignation & sa
fureur, & me destine à mille supplices pour assouuir la brutalité de sa
végeance & de sa passion: Aussi cet
infame Demon suiuoit les factions
& les partialitez des rebelles , &
portoit honteusement les armes
contre le seruice de son Roy & de
sa patrie. Toutefois il dissimule son
ardeur pour apprendre de Corylas

par quelle voye il auoit recouuert,
& la fille,& les ioyaux. A quoy ce
pauure berger satisfit autant que sa
cognoissance le pouuoit permettre, & declara en peu de paroles,
comme vn vieux Cheualier, qui e-
estoit poursuiuy par quelques soldats, s'estoit retiré dans vne forest,
comme dans vn azile sacré,portant
entre ses bras cette ieune fille , qui
pour lors n'auoit que trois mois,
& qu'vn Hermite s'en estant chargé, il auoit esté contraint de la laiffer en depost sous la charge de Corylas , auquel il auoit pareillement
donné cette boëte , auec promesse
de reuenir dans peu de temps,& de
recompenser par dessus ses esperances la courtoisie de Corylas, qui
du depuis n'auoit eu aucunes nouuelles ny de la recompense ny de
l'Hermite , ny du Cheualier. Ie

porte dequoy te payer (repart
Lippogene en l'interrompant)
& finiſſant ces mots, il le ren-
uerſe ſur le carreau, luy paſſant l'eſpee à trauers le corps. Phylis ex-
perimenta les effects de la meſme
cruauté, voire Lippogene auant
que de partir de ce lieu, fit reduire en cendres les brebis, les meu-
bles, & le hameau de Corylas. Sur
le ſoir Lippogene gaigne ſon logis, où ſans auoir aucune compaſſion de mes larmes & de mes prieres, il me deſpoüilla de tous mes
habits, m'oſta la chemiſe pour
m'expoſer à la veuë de tous ces impies miniſtres de la plus infame barbarie qui fut iamais : & ſans l'arriuee de quelques coureurs, qui les
aduertirent qu'Ariſtogene battoit
la campagne, & que le Roy marchoit ſur ſes pas, mõ corps euſt ſouf-

fert l'affront de la plus noire fouïl-
leure qui ait iamais esté practiquee
par de semblables furies. Ils furent
donc obligez de songer à leur retraicte, & de conduire en cet equipage cette innocéte victime, qu'ils
chargeoient d'opprobres, d'indi-
gnitez & de coups, en haine de celuy que ie ne cognoissois point, &
me destinoient pour estre le butin
de leurs saletez : & pour rendre ma
desroutte plus remarquable , on
vouloit liurer ma pudicité à la violence de tous les soldats. D'ailleurs,
pour combler Aristogene d'vn regret eternel, on se preparoit à me
coupper le bras gauche, où i'ay vne
rose si belle & tellement approchante du naturel, qu'il est impossible de la distinguer de celles
qu'on apporte des enuirons de
Constantinople. Ils vouloient
afliger

affliger l'esprit de ce Prince par la
consideration d'vn si funeste present. Ils remontent donc à cheual,
auec dessein de s'esloigner le plutost qu'il leur seroit possible de ce
departement, & de la rencontre des
trouppes de sa Majesté. Car Aristogene les suiuoit auec trois escadrons de Caualerie, & les contraignit de prendre vn autre destour.
Lippogene me fait prendre la casaque de son valet, & m'attache
sur vn cheual, & à toute bride,
cheminant iour & nuict, il se rendit
au quartier de son general, de ce
prodige de l'enfer, & le plus scelerat
de tous les hommes, l'inexorable
Ophisandre. La nuict estoit desia
fort auancee, & le long chemin
qu'on auoit fait, auoit de beaucoup
allenty les forces & la rage de ce
bourreau, qui me tenoit sous ses

chaifnes. Les ennuys m'afliegoient
de toutes parts, & les apprehenfions qui me figuroient mille fupplices me faifoiét reclamer la mort
pour mettre fin à mes miferes. Ie
fouhaittois que la terre euft ouuert
fes abyfmes pour m'engloutir, &
rien ne fe pouuoit offrir de fi effroyable à mes yeux que les approches de ce barbare.

Quelque temps apres Lippogene me fit amener en fa chambre
pour affouuir fa paffion aux defpens de ma pudicité & de ma vie;
& comme il m'arrachoit cette ca-
faque qui couuroit la nudité de
mon corps, & que mes larmes &
ma refiftance ne pouuoient me garentir de cet attentat, le Ciel eut
compaffion de mon innocence &
me deliura de ce danger par vn miracle autant extraordinaire que re-

marquable pour ceux qui com-
mettent de ſi execrables crimes.
Tout à coup vne eſpouuentable
obſcurité déſrobe la clarté des
Aſtres, l'horreur de cette obſcurité
augméte les tenebres de la nuict; &
dans ce deſordre de tous les elemés
enſemble, on auroit iugé apparé-
ment que la nature deuoit perir,
les nuës ſe creuent auec vn bruit
qui fait mugir les vallees & les mó-
tagnes : l'air eſt entierement alteré
par des odeurs enſoulphrees, & inſupportables; & dans cette region
ſe voyoit vn tel meſlange des eaux
qui tomboient en abondance, &
des flammes que les tonnerres eſ-
pandoient de tous coſtez, que les
courages les plus reſolus fremiſſoient d'horreur, & perdoient l'eſperance de ſe ſauuer. Lippogene
changea bien de viſage & de ſen-

timent en voyant ces merueilles si
peu attenduës, & qu'il recognois-
foit eftre conduites par la Iuftice du
Ciel ; L'excez de la frayeur le priue
de iugement, & il ne luy refte autre fonction naturelle que celle de
crier & fe tourmenter. Il voit des
fpectres, il entend des hurlemens,
il reffent des gefnes : & de quelque
endroit qu'il tourne les yeux il ne
trouue que des objects qui le perfe-
cutent. Son defefpoir s'aigriffoit
encore par la confideration de ma
conftance, & du foin tres-particu-
lier que cette fouueraine puiffance
tefmoignoit auoir pour la conferuation de mon honneur : car i'e-
ftois comblee d'vne telle ioye durant la violéce de cette bourrafque,
que iamais dans le plus affeuré repos ie n'en ay goufté de pareille.
En fin la foudre tombe dans la

chambre, & reduit en poudre le
corps de Lippogene & de ses valets, & excite de si grandes puanteurs, que ceux qui s'en appro-
choient de trop prez estoient soudainement estouffez. Ie reprends
ma casaque, & quelques hardes,
auec la boëte de mes ioyaux, que ie
vis distinctemét sur la table, & sors
de ce lieu fatal pour chercher quelque retraicte asseuree; & toutesfois
ie rencótre sur mon chemin le frere
de Lippogene, lequel sans marchá-
der s'addressant à moy. Soit que tes
charmes, (dit-il) execrable Megere, soit que la force de tes enchantemens, ou les prestiges de ta magie,
ayent causé vn si notable desastre :
soit que l'orage soit cause naturel-
lemét d'vn si grád degast, i'empes-
cheray pour le moins tes sortileges
de troubler à l'aduenir la serenité

de nos plaisirs. Meurs, & rapporte aux esprits de l'Enfer, que l'on punit en ce monde ceux qui se laissent piper à leurs illusions; & disant ces mots, il m'eslança dans vne riuiere impetueuse qui moüilloit les murailles du bourg où ces rebelles estoient logez.

Quelques mariniers qui dormoient le long du riuage, s'eueillent au bruict de ma cheutte, ils font auancer leur batteau & me retirent du courant rapide de ce fleuue, non sans de grandes difficultez, & sans vn extreme danger de me donner la mort auec leurs crochets de fer, dont i'eus le corps offencé de plusieurs blessures. Mais ces matelots se trouuás desceus de l'esperance de la proye qu'ils s'estoient imaginee, furent sur le poinct de me repousser dans les flots. Ils me

visitent neantmoins à la clarté de
plusieurs flambeaux, & cette auenture leur fut vn sujet de risee, & vne
matiere assez riche pour s'entretenir iusques au iour. Ils m'attachent
en leur esquif les pieds contremont
pour me faire vuider l'eau qui en-
sloit mon ventre, & qui m'empes-
choit la respiration, sans que ces
peu courtois hostes se missent en
deuoir de me dóner quelque autre
soulagement. L'vn d'entr'eux e-
stoit trauaillé d'vne pleuresie : sur
le poinct du iour le Chirurgien du
bourg luy tira du sang pour moderer quelque peu la violence de sa
maladie : ce Chirurgien fait quelque seiour dans ce batteau, & m'a-
uise en vn coin en la posture que
ces mariniers m'auoient mise pour
me faire rejetter l'eau. Cette nouueauté le toucha d'estonnement

Ee iiij

& luy fit venir l'enuie de s'informer à l'heure mesme des causes d'vn
si estrange sujet. Mais il n'en peut
apprendre aucune chose de la
bouche de ces matthelots, pour
auoir quelque esclaircissement do
ma condition, & de mon desastre. Il s'approche en mettant
la main sur moy; & iugea au bat-
tement de mon cœur que ie n'e-
stois pas encores au nombre des
morts; il couppe les cordes qui
lioient mes pieds; il rompt les
agraffes de ma casaque; il iette
du vin dessus mon visage, & supplie ces Batteliers de me remettre entre ses mains; pour experimenter sur ma personne la vertu
de quelque remede, ou pour me
dóner l'honneur de la sepulture; à
quoy la pureté de mon corps, mon
sexe, & mon aage le disposoient,

& quelque ſecrette compaſſion le
contraignoit. Il obtient finalement ſa demande, & ſans s'amuſer
m'emporte dans ſa maiſon, où il
me traicta ſi ſoigneuſement, qu'il
me fit reuenir à moy. Neantmoins
i'auois ſouffert des chaleurs vehementes dans le logis de ce charitable Cyrurgien auant que de reprendre tout à fait l'vſage de la raiſon, & dans mes reſueries extrauagantes i'auois dit beaucoup de
choſes de Philis, de Corylas, du hameau, de Lippogene, de ma boëte
& de mes ioyaux, adjouſtât confu-
ſemét, ce que Corylas auoit racóté
à Lippogene, touchant le Gentil-
hóme qui m'auoit laiſſee entre les
mains de l'Hermite. La curioſité
oblige Clozaque (c'eſt le nom du
Chirurgien) de foüiller ma caſaque
pour voir s'il pourroit trouuer cet-

te boëte ; il la defcouure dans vn grand reply, & l'ayant ouuerte, il fut efbloüy par l'efclat de ces richeffes, & demeura comme immobile par la confideration de ces merueilles pleines d'obfcurités & de myfteres. Il remet auffi toft la boëte dans le mefme lieu, de peur de prophaner ces reliques par vn facrilege puniffable. Il reuient à moy auec vne refolution determinee de mourir ou de me feruir : Car lifant deffus mon vifage quelques caracteres de grandeur que ma naiffance y auoit grauez, & faifant le rapport de ma phyfionomie auec celle de beaucoup de Dames de qualité qu'il auoit veuës à la Cour, en fe remettant deuant les yeux la punition de l'attentat de Lippogene, il fe perfuada que i'eftois de quelque maifon illuftre, &

que le Ciel l'auoit choisi pour estre
mon pilote durant les orages & les
tourmentes qui m'accabloient.
Ainsi vne secrette crainte se glisse
insensiblement dans son ame, il
n'ose m'aborder qu'auec respect, &
se comporte auec le mesme deuoir,
qu'il auroit sceu faire en la presence de mes parens.

I'auois bien de la peine de r'asseurer mon esprit esgaré, veu que chasque pensee me troubloit l'imagination ; & sans mentir, ie n'eusse
iamais surmonté ces confuses alterations, sans l'incomparable courtoisie que ie remarquay en ce fidele
Chirurgien, lequel me ramena à
force d'exhortations & de remonstrances, & calma entierement cette bourrasque auec des discours d'a-
doucissement. Puis quand il vid
que sans importunité il me pou-

uoit demander ce qui eſtoit de ma
fortune, il me pria de luy en declarer les particularitez, à quoy ie ſa-
tisfis le mieux qu'il me fut poſſible;
& pourſuiuant mon diſcours, ie luy
repreſentay l'eſtime que tout le
Royaume feroit de ſa gloire & de
ſa vertu, s'il abandonnoit les paſſions de la partialité des rebelles, &
ſe retiroit d'vne ſi noire & infame
brutalité; outre les faueurs, les richeſſes & les honneurs dont la liberalité Royale recompenſeroit ce
bon ſeruice. Là deſſus Clozaque
proteſta par mille ſermens que iamais il n'auoit conſenty à cette
deſloyale & monſtrueuſe faction;
qu'il deteſtoit les armes d'Ophiſandre & de ſes complices, qui deſtruiſoient les villes & les prouinces auec le fer & le feu, & n'entrete-
noient leurs trouppes criminelles

que de rapines ; que pour luy il
eſtoit d'vne fidelité inuiolable enuers le Roy , & n'auoit ſejourné
auec les ennemis de ce grand Monarque , que pour n'auoir eu le
moyen de s'en deſliurer , & pour
deſcouurir leurs menees & leurs
embuſches ; qu'à preſent il s'eſtoit
preparé à rompre toute ſorte d'ob-
ſtacles , & à tenter toute ſorte de
perils pour ſe deſgager du labyrinthe où l'auoit precipité la rage de
Lippogene ; que pour ne perdre le
fruiƐt de ſon entrepriſe , & pour ne
laiſſer paſſer inutilement l'occaſion de l'abſence d'Ophiſandre,
qui eſtoit au departement du chef
des rebelles, il faiſoit eſtat de partir
dés le meſme iour, ſi ie le trouuois à
propos. I'accepte de bon cœur vne
ſi agreable propoſition ; & le deſir
que i'auois de m'eſloigner de ce

mal-heureux riuage, me faisoit oublier ma foiblesse & la douleur de
mes blesseures.

Clozaque me donne l'habit
d'vn ieune valet, & m'instruit de
ce que i'auois à faire, si durant le
chemin il nous arriuoit quelque
accident : & en cet equipage nous
suiuismes la routte de Drapisan, ville maritime, en intention de nous
y embarquer pour abandonner
plus promptement cette plage, &
nous deliurer de ces monstres & de
ces corsaires. Il me sembloit desia
que mes trauaux estoient sur le
point de receuoir quelque relasche,
& que ma personne ne deuoit plus
seruir de visee aux furieuses secousses de l'infortune : Mais helas ! comme ie commençois de respirer il
me fallut espreuuer de nouuelles
calamitez plus sanglantes que les

premieres, & si violentes, qu'elles
estoient capables de surmonter
vne vigueur plus robuste que la
mienne. Nous voila sur la mer, &
comme nostre vaisseau auoit co-
stoyé quelques Isles, il ne voulut
iamais mouiller l'encre au lieu où
Clozaque luy declara qu'il auoit
desir de prendre terre. Soit que nostre malheur en eut ainsi ordonné,
soit que le Patron du nauire eust
quelque sinistre dessein, ou soit
que la tourmente le repoussast du
riuage, Clozaque, qui esperoit
de se pouuoir rendre dans quelque
port fidele à sa Majesté, ne sçauoit
comme interpreter la course de ce
Patron; & n'osant se manifester, il
fut assailly pour la crainte & pour
le regret qu'il auoit de moy par de
si puissantes inquietudes, qu'il en
perdit la santé & l'vsage de la rai-

son. Durant l'accez de sa fievre il
disoit murueilles ; & n'oublioit pas
à publier que sous la faueur d'vn
vestement emprunté il conduisoit
vne Damoiselle de bonne maison,
& qui appartenoit à quelque per-
sonnage de qualité de ceux qui
suiuoient les armes pour le seruice
de sa Majesté. Ie tremblois de peur,
& ne sçauois à quoy me resoudre;
la verité me rendoit en cette rencontre vn mauuais office ou plustost cette maladie trahissoit le peu
d'esperance qui m'estoit restee par
la descouuerture de ma condition,
& de mon sexe. On s'esclaircit sur
le champ sur les doutes que la resuerie de Clozaque auoit imprimés
dans l'ame de ces barbares, & ie ne
peus nier vn tesmoignage si bien
appuyé, de peur d'estre conuaincuë de mensonge & de les irriter à
mal

mal faire. Cette côfeſſion ingenuë
augmente de plus en plus la furie
de ce Pilote, il abandonne le gouuernail, & s'eſlançant ſur le pauure
Clozaque, il luy rauit la vie à coups
de poignard. Comme i'apperçois
vne cruauté ſi deſeſperee, ie ne peus
m'empeſcher de faire voir par mes
larmes & par mes ſanglots combien cette perte m'eſtoit ſenſible.
Le Pyrate ne borne pas les limites
de ſon inhumanité par la mort de
mon protecteur, il le fait deſpoüiller tout nud, & le porte ſous
le dernier tillac, où l'on alluma
quelques flambeaux, & ſoudaine-
ment il m'y fait deſcédre, m'oſte rudement mes habits & ma chemiſe,
& m'attache auec de petites chaiſnes de fer contre le corps mort
tout ſanglant & percé de coups,
ſans que ie peuſſe remuer aucun

membre que la teste, pour voir
plus aisément l'horreur de ce spectacle plein d'effroy. Encore ce Demon n'auoit pas contenté sa manie & sa fureur, il fait chauffer dans
vn brasier ardant le bout d'vne
pique pour l'appliquer sur toutes
les parties de ma personne & rappeller par cette voye mes esprits,
qu'vn grand assoupissement auoit
esgarez.

Et lors qu'il estoit prest d'executer son project, le vaisseau fut inuesty par des corsaires, qui s'en rendirent les maistres apres vn dangereux combat. Ces Pyrates foüil-
lent tous les endroicts du nauire,
& descouurent les flambeaux, le
corps de Clozaque, & vne ieune
fille enueloppee dans vn labyrinthe si estrange & si inouy. Cette
aduenture les estonne, & leur ad-

miration n'estoit pas moindre que
s'ils eussent trouué quelque Sabat
de Sorciers. Le bruict de la meslee
m'auoit fait quitter cette profonde
letargie : mais ne rencontrant par
tout que des objects hydeux & espouuentables , ie tenois les yeux
fermez en attendant la derniere ré-
solution de mon destin. Les Pyrates s'approchent finalement, &
iugent par le mouuement de ma
teste que i'estois viuante , & que
la rigueur de quelque sort impitoyable m'auoit reduitte en ce deplorable estat. Ils me dechargent
de ces dures chaisnes & me separent de ce corps mort, auec lequel
i'auois esté iointe estroictement &
comme collee durant mon eua-
nouyssement. Ils me traisnent sur
vn strapontin, & me donnent loisir
de gouster la douceur de l'air & de

reuenir à moy, m'ayant auparauant plongee dans les flots pour me nettoyer. Le choc furieux de tant de cuisantes aduersitez auoit si fort abbatu ma constance, que ie ne pouuois seulement desirer quelque soulagement, tant s'en faut que ie peusse esperer le moindre secours. I'estois toute nuë à la veuë de ces mariniers, qui n'auoiér ny ciuilité, ny courtoisie, ny compassion de mon infortune; l'estois neantmoins redeuable de l'honneur & de la vie à leur assistance, qu'ils m'auoient plustost renduë par vne certaine curiosité, que par aucune volonté de me gratifier. Et de faict, si tost que ie fus vn peu rasseuree, ils s'approcherét de moy, & firent dessein de buriner ma pudicité, iettans au sort à qui d'entr'eux il escherroit le premier de

téter vn si pernicieux essay. Cieux !
de combien de terreurs fut assaillie
mon imagination, & de combien
de troubles fut agitee ma fantaisie?
Ie lisois en leur contenance la temerité de leur attentat : & quoy
que leur iargon me fust incognu,
ie ne doutois nullement de leur deliberation. Que pouuois-ie deuenir en cette dure extremité? la terre
& la mer m'estoient esgalement
interdits, & toutes les creatures
conspiroient ma perte en ce lieu
fatal, où la mort mesme se rendoit
sourde & inexorable à mes plaintes
& à mes larmes. Dans la perplexité
de mes inquietudes ie regardois
le Ciel, i'implorois son assistance,
& sans beaucoup tarder il se prepa-
ra à mon secours, & me garentit
de ce desastre. Car s'estant esleué
vn orage & vn vent du costé de

Nord, noftre vaiffeau fut pouffé
auec violence contre des efcueils
qui paroiffoient le long d'vn riuage, & fut brifé en mille pieces, en
nous expofant tous à la mercy des
vagues qui nous renuoyerent contre la terre pour la plufpart. Ie ne
perds pas le iugement en vne fi
preffante neceffité, & ce que ie
reputois auparauant à difgrace &
à infamie me feruit d'inftrument
pour la conferuation de ma vie :
car me trouuant toute nuë, les flots
me porterent doucement contre le
riuage, & les mathelots pour eftre
furchargez d'habits furent fufmer-
gez auant que d'eftre portez à la
rade. Iamais on n'a veu vn debris
fi foudain & fi remarquable, &
peut eftre iamais nauire n'auoit fait
nauffrage en cet endroiĉt, où les
tempeftes & les tourmentes n'a-

uoient encore agité, ny les flots, ny
troublé le calme perpetuel de cette
coste tranquille. I'amasse ma casaque où estoit ma boëte, auec quelques autres hardes qui flottoient
pareillement le long de la rade; &
ne me pouuant presque remuer à
cause des apprehēsions, des peines
& des fatigues que i'auois souffer-
tes, ie me couchay sur le sable, où
tous mes sens se laisserent posseder à vn profond assoupissement.

Desia le Soleil auoit caché la
plus grande partie de ses rayons,
& les ombres commençoient de
se respandre sur toute l'Isle, quand
vn bruict extraordinaire interrompit la douceur de mon sommeil,
& me rauit ce peu de repos qui
charmoit la rigueur de tant de trauaux. Les sauuages qui habitoient

cette contree accourent en cette plage, attirez par la nouueauté de de cet abord, & pour voir dans le naufrage de noftre vaiffeau s'il fe rencontreroit quelque proye. Et quoy que cette Ifle ne fuft pas des moins fertiles, & que les vens ny les orages n'y fiffent aucun degaft, neantmoins elle eftoit deferte à caufe d'vn nombre infiny de ferpés & de monftres qui rauageoient tous les enuirons; & par ce moyen cette Ifle n'eftoit habitee que par des fauuages, gens fans loy, fans raifon, & fans auoir ny police ny aucune forte de gouuernement. Auffi parmy eux ne fe rencontre aucune diftinction, ny de proximité ny de fang; tout y eft en commun, & ces barbares ne different en rien d'auec les animaux, fi ce n'eft par la feule forme exterieure. Car ils

font nuds tout à fait, & ne man-
gent que des fruicts que la nature
produict ; fans que leur foin leur
acquiere aucun aliment, que celuy
qu'ils trouuent par le moyen de la
chaffe ; & encore n'ont-ils point
l'vfage du feu, ny d'aucune chofe
pour apprefter leur manger. Les
voyla tous autour de moy autant
eftonnez de confiderer mon vifage, que i'eftois furprife de regarder de fi hideufes figures. Leur
defmarche eftoit brufque, & leur
ris eftoit accompagné d'vne gri-
mace ridicule : ils fautoient comme
des cheureuls, & leurs femmes toutes veluës comme des brebis les
exhortoient par ie ne fçay quels fi-
gnes à me traifner dans leurs grot-
tes.

Comme ie remarque leur timidité, ie r'affeure mon courage, &

leur fais des soufmiſsions pour les adoucir; ils ſe reculent, & ma preſence leur donnoit d'auſsi grandes alarmes, que leur poſture me cauſoit d'eſmotions & de tremblemens. Ils ſe retirent, ie les ſuis; mais ie n'auois garde de les atteindre, eux qui prenoient les biches & les chamois à la courſe. Ie paſſe la nuiĉt ſous vn grand arbre, accablee de tous les deſplaiſirs qui ſe peuuent imaginer, n'attendant que la mort, ou que quelque beſte farouche me vint deſchirer, pour m'emporter par morceaux dans ſa cauerne, ou dans ſon repaire. Le lendemain ie trouue quelques herbes & quelques racines, & ſubſiſte l'eſpace d'vn mois dans ces effroyables ſolitudes, ſans aucune conſolation. Touſiours i'auois les yeux ouuerts à regarder cette infinie eſtenduë de mer qui eſtoit deuant moy , & touſiours de la bouche me ſortoient des ſouſpirs & des regrets, en blaſmant & deteſtant la barbarie de Lippogene, qui eſtoit le principal autheur de tous mes malheurs.

En fin ie deſcouuris quatorze nauires qui moüillerent l'encre en cette Iſle pour s'y rafraiſchir quelque peu, & pour y faire nouuelle aiguade. A la deſcente d'vn eſquif vn mathelot m'aduiſa de loin ; il rebrouſſe chemin pour en aduertir ſon General, qui luy commanda de prendre quatre de ſes compagnons pour s'auancer iuſques à moy , afin de s'eſclaircir de la doute où cette viſion l'auoit mis. Ie n'auois plus ny force ny vigueur pour reſiſter, & n'auois plus de vie que pour languir; on me porte dans l'Admirale, où ie ne receus pas le traictement que ie m'eſtois figuré. Ie vois vn homme noir, laid, & qui auoit ſes habits tous couuerts de ſang, de qui les yeux eſpouuentables eſtoiét plus funeſtes que les regards d'vn Baſilic & d'vne Megere. Auec vn ton bizarre & bruyant il me demanda en ſon langage pluſieurs choſes, ſans tirer aucune reſponſe; Sa voix eſtoit aſſez mal articulee, ſon diſcours m'eſtoit incogneu, & ſon proceder m'auoit tellement eſtonnee, que ie ne pouuois reſpirer. Au mouuement de ſa main & au clein de ſon œil, tous les Offi-ciers agiſſoient ſelon ſon deſir; il ne fait que marquer vn lieu auec le doigt, & tout à l'inſtant on me deſcend dans le fonds du nauire, pour me deſpoüiller & m'at-tacher auec quatre Dames & ſix

Cheualiers , qui eſtoient tous
nuds à la veuë les vns des autres , & qui eſtoient eſclairez de
pluſieurs flambeaux , pour auoir
plus d'horreur de leur ſang, qui
couloit en ruiſſeaux de leurs bleſſu-
res, & pour auoir plus de honte de
leur nudité; ſans ſe pouuoir apporter aucune aſſiſtance , ayans les
pieds & les bras liez eſtroittement
contre des piliers. Ce triſte ſpecta-
cle augmenta la grandeur de mon
effroy, & r'alluma l'excez de la douleur de ces priſonniers par la conſideration de ma captiuité, & des ſu-
plices qu'on me preparoit.

Comme ces cruels miniſtres
m'arrachoient ma caſaque & mes
autres hardes, & qu'ils eſtendoient
mes mains pour les attacher, le
tonnerre & la foudre tomberent
ſur ce mal-heureux vaiſſeau, qui

fut embrasé d'vn feu si actif & si penetrât, que dans vn moment les cordages, les voiles, voire les principales pieces, & toutes les deffenses de ce nauire furent consommees, sans que les mariniers y peussent dònner le moindre remede, ny tant soit peu arrester la furie de cét element, qui ne laissoit pas de faire son effect dans les ondes & dans les flots. Le Corsaire & ses compagnons sont deuorez par les flammes, ou perissent dans les abysmes; le reste de la flotte est accablee d'vn mesme nauffrage, & tous ceux qui ne sont enseuelis dans ces effroyables gouffres, sont reduits en poudre par le tónerre. Si bien que l'Ocean se vid desliuré du plus insigne brigand, & des plus fameux pyrates qui ayent iamais escumé les mers. Ceux qui estoient destinez pour

charger mes membres de coups &
de chaiſnes, quittent la partie pour
gaigner le premier tillac ; mais
auant que d'y paruenir, ils furent
tous ſuffoquez par le feu ou par la
fumee. Si toſt que l'impieté de ces
ſacrileges fut eſteinte auec leur vie,
noſtre vaiſſeau fut deſliuré de ces
alarmes par vn miracle autant viſible que remarquable. Auſſi durant ces vacarmes i'eſtois enuiron-
nee d'vne certaine lumiere, laquelle pour eſtre plus eſclattante que le
Soleil, me combloit de contentement, & me rendoit inſenſiblement la vigueur de ma premiere
ſanté. Tous les priſonniers furent
comme eſblouïs par l'eſclat de cette viſion, & iugerent que cette
merueille eſtoit arriuee pour l'a-
mour de mon innocence & de ma
vertu. I'eſleue mon cœur au Ciel

pour luy rendre graces d'vn tel secours & d'vne assistance si fauorable ; en me releuant i'apperceus
quelques robbes à la Persanne, i'en
choisis vne qui me sembloit proportionnee à ma taille ; ie m'en ac-
commoday, sous la croyance que
peut-estre le mal-heur cesseroit de
me persecuter & de me poursuiure,
lors que i'aurois vn habit conforme à ma condition & à mon sexe.
Ie laisse donc ma casaque, apres que
i'eus retiré la petite boëte, & me
mets en deuoir de coupper les cordes dont ces Dames estoient attachees, dequoy ie vins finalement à
bout, apres de grandes difficultez.
Ces Dames rompirent les chaisnes
des Cheualiers : car ie n'osois regarder des hommes en vne telle posture, que ie reputois indecente, & qui
repugnoit à la pudeur d'vne ieune
fille.

fille. Par bonne fortune, le plus
aagé de ces Cheualiers entendoit le
langage de mon païs, & parloit fa-
milierement auec tous les autres,
quoy que de diuerses nations; car
ces prisonniers estoient Mahometans, pour la plus-part, & les femmes estoient Chrestiennes. Assa-
maël (c'est le nom du pyrate) les
auoit surpris en plusieurs rencontres, escumant toutes ces mers ; &
ses pillages ne s'exerçoient pas seulement sur les vaisseaux des Chrestiens & des Persans, mais aussi sur
les Tartares & sur les nauires du
grand Seigneur.

Nous sortons de cette prison
pour gaigner la terre, de laquelle ie
ne faisois que de partir ; ie declare à
mes compagnons les particularités
de cette Isle infortunee, & sur toutes choses ie les exhorte de n'essa-

roucher les ſauuages : car il falloit bon-gré mal-gré ſejourner en ce lieu pour attendre l'arriuee de quelque flotte, autrement il nous eſtoit impoſſible de pouuoir voguer. Ie ne ſçauois ſi i'auois plus de ſujet de me plaindre de ma diſgrace, que lors que i'eſtois toute ſeule à la mercy de mes deſplaiſirs & des Barbares ; & la preſence de ces pauures Dames, qui d'vn coſté amoindriſſoit l'horreur de cette ſolitude pleine d'effroy, aigriſſoit mon reſſentiment par la compaſſion que ie conceuois de leur miſere. Les Sauuages ne paroiſſent plus, ſoit que la multitude de noſtre trouppe leur cauſaſt de l'apprehenſion , ſoit qu'ils euſſent pris quelqu'autre chemin ; il eſt vray que durant l'obſcurité de la nuiɛt nous entendions des voix lugubres autour de

nous, & defcouurions quelques figures , fans pouuoir recognoiftre
diftinctement fi c'eftoient des
phantofmes, ou des creatures vi-
uantes. Le cinquiefme iour nous
defcouurons deux nauires que la
tourméte auoit feparez de l'arméc
de Tartarie , qui trauerfoit cette
eftenduë de mer, fous la charge de
l'Admiral des Tartares ; nous-nous
faifons voir le long du riuage, &
les obligeons par nos cris & les bat-
temens de nos mains à donner
fonds en cette cofte , & d'autant
plus diligemment qu'ils nous prenoient pour quelques Tartares, &
que nous pourrions les inftruire
des accidens qui eftoient furuenus
à toute leur flotte. La trifteffe, qui
eftoit peinte fur noftre vifage de
fes plus languiffantes couleurs, leur
imprima ie ne fçay quelle pitié au

delà de la courtoisie de cette nation. Ils nous reçoiuent dans leurs
vaisseaux, nous donnent à manger,
& par ce doux accueil nous font
esperer vne meilleure fortune ; spe-
cialemét en ce que le Capitaine, qui
entendoit la langue de mon païs,
traita genereusement les Cheualiers, & fit me conduire auec les
Dames dans vne chambre separe-
ment ; auec promesse de nous mettre entre les mains de la niepce de
son Empereur, qui estoit espouse
de l'Admiral, si tost qu'il auroit peu
ioindre l'armee, en laquelle estoit
cette Princesse en la compagnie de
son mary. Ce commancement
estoit ce sembloit le presage de
quelque felicité, & ne fut que l'a-
uantcoureur d'vne tempeste plus
perilleuse que celle qui m'auoit
battuë depuis la perte de Corylas,

Car soit que le proceder d'Elorkan
(c'est le nom du Capitaine) fist en
quelque façon refleurir mes esperances, soit que mon visage reprist
la clairté de son teint naturel, soit
que ie fusse reseruee à d'autres perils plus illustres que ceux que ma
constance auoit surmontez, le destin me suscita des aduersaires, qui
firent vn pernicieux dessein sur ma
vie & sur mon honneur. Elorkan
ne bouge de nostre departement,
il me considere auec respect & veneration, ses yeux estoient attachez
inseparablement sur ma personne,
& sa langue ne s'occupoit qu'à me
faire des protestations & des complimens. Ie n'osois & ne pouuois
le bannir de mon cabinet, ie luy
estois redeuable de ma conseruation, & d'autre costé il tenoit ma
fortune en son pouuoir. Ie faisois

la guerre à l'œil, me tenant dans
vne mediocrité affectee pour le
contenir en son deuoir, & ne le rebutter tout à fait, de peur d'irriter
dauantage la violence de sa passion. Elorkan r'allume l'ardeur de
ses flammes par l'opposition de
mes froideurs, il outrepasse les bornes de la bien-seance par ses difcours, & me fait iuger, que ces esclairs seront suiuis de quelque tonnerre. Personne ne pouuoit apporter remede à mon desplaisir, & ie
n'auois recours qu'à mes souspirs &
à mes larmes. Les Dames n'auoient
plus la permission de parler à moy,
& ie ne pouuois vn seul moment
estre exempte des importunitez de
cét estourdy; lequel estant deuenu
furieux, protesta de recourir à la
force, si ie ne consentois volontairement à l'accomplissement de ses

defirs. Ie conjure le Ciel de me proteger & me defliurer de ce labyrinthe. Elorkan fe mocque de mes
foufmiffions & de mes prieres; &
mettant la main fur fon coutelas,
le iure (dit-il) que i'enfonceray ce
fer dans tes entrailles, ou que ie te
liureray à la mercy de tous mes foldats pour affouuir leur lubricité, fi
tu fais le moindre refus d'obeïr
tout prefentement : & difant ces
mots, il s'eflança comme vn tourbillon, & fondit fur moy auec la
mefme impetuofité que fait l'aigle
fur quelque debile proye. Et fans
mentir ma refiftance euft efté vaine, fi vne main plus puiffante que
la mienne n'eut repouffé cét attentat. Elorkan auoit fon coutelas à la
main, & fa paffion defmefuree luy
auoit preoccupé le iugement de
telle forte lors qu'il s'approcha de

G g iiij

moy, qu'il ne le remit en son lieu. En cette precipitation il choqua si brusquement vne statuë de bronze, qui estoit esleuee sur vn pillier, que la statuë fut renuersee, & la lame du coutelas brisee en mille pieces; dont les esclats estans rejallis sur luy, il fut percé en diuers endroits, & tellement abbattu, qu'il demeura immobile sans mouuement, & sans aucune action de vie, comme s'il eust rendu les derniers abbois. Ie me releue sans auoir receu aucune atteinte, ny aucun mal que celuy de mes apprehensions & de mes terreurs : Elorkan perdoit grande quantité de sang, & ie ne sçauois à quoy me resoudre ; en fin i'appelle ses gens, qui accourent incontinent, & tout à coup auec des hurlemens effroyables, frapperent leur poictrine, mirét le ventre con-

tre la terre, & firent tant d'autres
grimaces & d'extrauagantes ceremonies, fans ietter vn feul regard
fur Elorkan, que i'eftimois d'eftre
en quelque fabath, ou voir le meflange de quelques Luttins. Toutesfois ie recogneus que ces impietez s'adreffoient à la ftatuë, qui
eftoit celle de Iupiter, le Dieu tutelaire de ce vaiffeau : Apres ils allument plufieurs flambeaux, ils dreffent vne forme d'autel, ils font vn
facrifice de laict, de miel & de chofes aromatiques, pour appaifer cette idole, que finalemét ils remettét
fur le pilier, auec des venerations
autant inouyes que ridicules. Cependant Elorkan, faute d'affiftance, auoit payé le dernier tribut que
nous deuous à la nature ; on le precipite dedans les flots, comme indigne de la fepulture, d'auoir com-

mis vn sacrilege si punissable, pour auoir frappé la statuë, & l'auoir renuersec sur le carreau : Ie fus reseruee pour expier par ma mort la temerité d'Elorkan, & mes compagnons deuoient pareillement estre immolez à la statuë si tost que nous aborderions à la premiere Isle.

Le iour ensuiuant les mariniers descouurent Amphryse, vne haute montagne, qui occuppe presque toute l'Isle, qui porte le mesme nom. Le Pilote donne fonds, & nous fait traisner au riuage où l'on dressoit des Autels pour nous sacrifier. Nous estions tous chargez de chaisnes, & liez ensemble deux à deux ; & le bourreau n'attendoit que le signal pour commécer vne si sanglante tragedie : veu que nous estions desia estendus sur le bois, & nos yeux estoiét voilez d'vn

bandeau : mais la catastrophe se
passa d'autre façon qu'elle n'auoit
esté projettee par les barbares. Car
trois Lyons vomissans des feux &
des flammes par les narines, & lan-
çans des esclairs par les yeux auec
des rugissemens espouuentables &
capables de semer l'effroy dans les
courages les plus hardis, sortirent
d'vne cauerne, & se meslerent de
telle furie parmy les Tartares, qu'en
moins d'vn tourne-main la plus
grande partie fut deschiree par
morceaux : & le reste contrainct
de se precipiter dans les flots, ou de
fuir dans les precipices de ces rochers auec vn si grand desordre,
que ceux-là mesme qui estoient
demeurez dans le vaisseau leuerent
les ancres, mirent les voiles au vent
& cinglerent en pleine mer, sans
Pilote, sans dessein, & sans se sou-

cier de la routte qu'ils deuoient tenir. Ces animaux ne firent aucun
effort fur nous, parce qu'ils n'offen-
cent iamais ceux qui ne leur font
point de refiftance, & que le Maiftre qui les conduifoit les fit retirer
a l'efcart, lequel rompit nos chaifnes auffi facilement qu'il auroit
brifé du verre. Nous voyons vn
venerable vieillard, dont la barbe,
qui luy defcendoit iufques aux genoux, eftoit auffi blanche que le
laict; fon corps eftoit couuert d'v-
ne peau veluë, & qui reffembloit
à celle d'vn Ours; il portoit en fa
main vn petit bafton, au feul mouuement duquel les Lyons fe rangerent auprez de luy & fe couche-
rent à fes pieds; il auoit vn petit fac
fous le bras, duquel il tira quelques
fruicts & quelque venaifon, dont
il nous fit goufter, & par ce moyen

nous rendit noſtre premiere vigueur ; il parloit à chacun de nous
le langage de ſon pays, & adoucif-
ſant noſtre miſere auec des diſcours
de conſolation, il nous mena dans
ſon hermitage, qui eſtoit bien a-
uant en cette montagne. Nous
trouuons vne grande voûte fabri-
quee dans le rocher par les mains
induſtrieuſes de la nature ; Là ſe
voyent diuers cabinets diſtinguez
les vns des autres, au milieu deſquels eſtoit vne tres-belle Chappelle garnie de ſon Autel, de ſes
Croix & de tous les ameublemens
neceſſaires à vne demeure ſi fain-
éte & ſi ſacree. A coſté s'eſleuoit
vne plateforme, ſur laquelle eſtoit
vn petit iardin embelly de ſes ber-
ceaux & de ſes parterres, orné de
quantité de fleurs & de ſimples exquis & rares, & arrouſé d'vne fon-

taine tres-claire; ce vieillard laiſſe
mes compagnós dans ce iardin, en
la cópagnie de deux hermites qui
dreſſoiét pour lors les allecs au ni-
ueau, & qui eſtoient les ſeuls hoſtes
qui habitóient en ce lieu ſolitaire
auec l'incomparable Veltiſte, (c'eſt
le nom de ce vieillard) qui les enchargea d'enfermer les Lyons dans
leur grotte, & de ne bouger de là
iuſqu'à ſon retour; & me comman-
dant de le ſuiure, il s'achemina dans
la Chappelle, où il fit ſes deuotions
durant quelque temps : A ſon e-
xemple ie mis les genóux en terre
pour remercier le Ciel de la grace
qu'il m'auoit faité, ie prenois garde
que Veltiſte verſoit vn torrent de
larmes, eſtant preſque ſuffoqué par
la violence de ſes ſouſpirs & de ſes
ſanglots; ie me leue, & comme
i'ouurois la bouche pour ſçauoir la

cause de ses alterations & de ses transports, Veltiste me regarda fixement, me fit signe de m'asseoir sur vne pierre taillee en forme de chaize, & puis ayant pris place il profera ces paroles. Tu sçais, Ca- " lismene, que Phylis & Corylas ont " perdu la vie par la barbarie de Lip- " pogene; tu sçais que ces deux ber- " gers t'ont donné la nourriture en " tes ieunes ans, mais ils ne t'ont pas " donné la naissance. Le nom de tes " parens est graué dans le brasselet " qui est enfermé dans ta boëte, & tu " liras clairement dans ces obscures " tenebres lors que les lettres seront " rejointes par les mesmes marques " qui seront rauies à ton frere par vn " apostat, & que tu sauueras de la " prison. Tu as surmonté de grandes " tourmentes, mais tu ne surgiras pas " encores au port du repos. Tu per- "

„ dras heureufement le nom de Ca-
„ lifmene en faifant vn efchange au-
„ tant honorable que glorieux : Et
„ pour des raifons incognuës aux
„ mortels, ne refufe point les nopces
„ d'vn Empereur, pourueu que tu
„ ne flechiffes le cœur au culte de
„ l'Alcoran. L'Admiral de Tartarie
„ aborde à prefent à noftre riuage,
„ embraffe le feruice de l'Admirale,
„ & t'efloigne de fon mary comme
„ d'vne vipere ou d'vn bafilic. Il eft
„ temps de defcendre pour ioindre
„ fa flotte. Et finiffant ce difcours il
me ramene dans le iardin, où il ordonna à mes compagnons de ne
faire aucune mention ny d'Elorkan ny de l'accident qui eftoit fur-
uenu à ces deux vaiffeaux ; & nous
difant Adieu auec vn extreme
regret, il nous exhorta de faire diligence, & nous fuiuit de
l'œil

l'œil autant qu'il luy fut poſſible.

Nous arriuons ſur le midy au
bord de la rade, comme l'Admiral vouloit reprendre ſa courſe &
faiſoit mettre les voiles au vent ; Sa
curioſité l'oblige à faire auancer vn
eſquif pour nous enleuer en ſes
vaiſſeaux : & ſoit que mon viſage
eut quelque choſe d'aymable, ou
que ma mauuaiſe fortune me prepare de nouueaux ſupplices : auſſi toſt que ce general m'eut conſideree, il fit reſolution de contenter
ſa brutalité aux deſpens de mon
honneur. Sa femme qui eſtoit au
meſme nauire fut touchee de compaſſion : elle ſe de libere de me gua-
rantir, car elle fut aduertie par vn
valet du deſſein de ſon mary : A
cet effect elle mande ſon truche-
man, & me fait dire de ne ſortir

de son admirale, où sa presence
contiendroit le Tartare en son deuoir, & l'empescheroit d'executer
son project. Puis se tournant vers
vne autre Dame. Peut-estre (disoit
cette Princesse) peut-estre que la
naissance de cette pauure estran-
gere est aussi illustre que sa disgrace est deplorable, & que sa beauté
est digne d'admiration. Ce port &
cette majesté remplie d'appas me
font excuser en quelque forte les
pensees de mon mary, & rien ne le
peut rendre coulpable en cela que
le sacrilege, puisque c'est prophaner les choses Diuines, que d'oser
seulement esleuer son esperance à la
possession d'vn si sacré & si adorable suject. C'est vne faute trop
glorieuse que de seruir d'heliotro-
pe à ce nouueau Soleil, qui respand
des feux par tout , & qui neant-

moins est de glace & n'a aucun degré de chaleur en soy. Voyez combien est singuliere la modestie qui
reluit en tous ses deportemens, &
comme cette humeur altiere &
imperieuse imprime des respects
& des craintes, que nulle hardiesse qu'on puisse prendre ne
peut surmonter. Ces mains qui
surpassent les plus excellentes œu-
ures de la nature tiennent comme
en leur pouuoir l'Empire de l'A-
mour, & ces yeux qui sont deux
Astres brillans ou deux fatales
comettes, sont comme deux Ar-
senacs, d'où le Dieu de Cythere
tire ses foudres & ses tonnerres. Et
sans mentir ie ne puis nier, que cette Deesse ne soit incomparablement plus signalee que toutes les
Nymphes à qui la fabuleuse antiquité a attribué tant de merueilles;

H h ij

A quoy elle adiousta, que l'iniusti-
ce de son mary ne pouuoit estre
approuuee ny soufferte que par
des personnes à qui les affaires
de cette innocente seroient indif-
fferentes ; & que pour elle, l'a-
mitié dont elle cherissoit son repos & sa fortune ne permettoit pas
de n'en dire mot, tant il luy seroit
insupportable de consentir à la
moindre supercherie : & finalement que de toutes ses affections il
n'en estoit point qui luy fut si sensible à beaucoup prés de celle qu'elle auoit pour la cóseruation de cet-
tebeauté. Aussi de ne repousser par
sa vertu vn attentat si desraisonnable, & si infame comme celuy-là,
seroit estre complice du plus enorme crime que pourroit commettre
la plus meschante de tout le sexe.
Qu'il est bien veritable qu'vne fil-

Ie ne doit iamais s'arrester aux paroles trompeuses des amans, qui
ressemblent à de fausses glaces, en
representant les obiects autrement
qu'ils ne sont. Ie me prosterne à ses
pieds, & luy fais cognoistre que
cette grace surpassoit tout moyen
de l'exprimer, & qu'vne telle faueur ne se pouuoit manifester que
par le silence & l'admiration; que
ie la conjurois d'auoir pitié d'vne
miserable affligee, à qui toutes les
influences malignes auoient fait
gouster tout ce qui est de plus amer
& de plus sanglant; qu'ayant eschappé les dangers d'vn nombre
infiny d'escueils, d'orages & de
bourrasques, ie ne craignois plus
que ma pudicité courust la moindre fortune.

Dakan (ainsi s'appelloit ce Tartare) entre dans la chambre d'A-

retie (c'est le nom de cette Dame)
la trouue en larmes, & m'avoit prefque couchée contre fes pieds ; il
diffimule fon alteration en dete-
ftant en fon courage la fottife de
fes valets qui m'auoiét permis l'entree dans le departement de fa
femme. Laquelle pour venir accortement au deffus de ce qu'elle fe
propofoit, & manier auec dexterité fon entreprife, qu'on n'y apperceut rien qui peuft eftre foup-
çonné d'artifice, embraffa fon mary, & pour le preuenir de toutes
parts en le careffant, elle luy parla
de cette forte. Ainfi les Dieux continuent la profperité de l'inuincible
Dakan, & conferuent à la trop
heureufe Aretie la poffeffion de
fon cher efpoux, comme le feul defir qui m'anime eft de vous obeyr
& de vous complaire ? Que le con-

tentement de mon Seigneur s'e-
stende iusques à la perte de ma vie,
ie la sacrifieray plus librement pour
rendre ce tesmoignage glorieux à
mon amour, que pour m'acquerir
le Diademe de Tartarie ? Aussi vos
affections si sainctes, si ardentes, &
si zelees enuers moy ne peuuent
estre recompensees que par des
vœux & des seruices, tels qui se
doiuent exiger de la plus fidele a-
mante de l'Vniuers. Il est vray que
vostre bonté rend excusable la temerité de mes demandes, & me
donne la hardiesse de requerir de
vostre franchise tout ce qui peut
donner quelque satisfaction à mes
desirs. En continuant ces mesmes
libertez ie suis asseuree que vous
m'octroyerez le don d'vne chose
qui ne peut seruir que d'empeschement à vous & à vostre armee, &

H h iiij

qui peut combler de ioye voſtre Aretie. Cette ieune captiue eſt vn riche threſor & vn depoſt ſacré que les Dieux ont remis entre nos mains pour le conſeruer à quelque fortune incognuë aux hommes, & qui ne peut eſtre qu'illuſtre & que glorieuſe. I'ay veu en dormant le Dieu tutetelaire de noſtre patrie & de mes anceſtres, qui m'a preſcrit cette loy d'auoir ſoin de cette eſtrangere, de la vie de laquelle depend la gloire du genereux Daĸan, & la felicité de ſa grandeur, & que ie mettray au móde vne fille qui ira du pair auec les qualitez emerueillables de cette beauté. C'eſt pourquoy ce butin ne peut eſtre deſnié à voſtre Aretie, laquelle par les maximes, & par le droiƈt de la guerre doit auoir ſon partage aux deſpoüilles & aux conqueſtes, puis

qu'elle participe aux hazards qui
accompagnent les soldats & les
mariniers ; & d'autant plus en cette rencontre où l'on n'a point versé de sang. Les armes, les machines,
les banderoles & les trophees sont
la proye des braues guerriers : mais
les Dames sont pour les Dames, &
ne sont iamais reputees de bonne
prise ; aussi sous quelque climat
que puissent naistre les hommes, ils
ne doiuent viure qu'auec cette fatalité de rendre toute sorte de deuoir & de seruice à nostre sexe.
Mes songes seront des predictions
de bon-heur ou d'aduersité ; & ces
presages ne peuuent estre qu'indubitables, puisque les Dieux qui
president sur la Tartarie me les ins-
pirent, & que leurs Oracles sont
infaillibles. C'est doncques à ces
hautes Diuinitez que vous accor-

derez cette captiue.

Quoy que le tourbillon impetueux d'vne paſſion deſreglee euſt
emporté l'ame de Dakan hors des
bornes de la modeſtie; neantmoins
pour n'irriter la patience de ſon eſpouſe, qui eſtoit Princeſſe & niepce de ſon Empereur, il fit tous ſes
efforts pour deſguiſer ſon alteration : Et afin de trahir plus facilement la croyance de cette Dame,
& bannir de ſon eſprit toute ſorte
d'ombrages, de ſcrupules & de ia-
louſies, il feignit d'aggreer vne ſi
raiſonnable propoſition ; Loüant
donc la pieté & le bon naturel de
cette Princeſſe, il luy permit de diſpoſer abſolument des deſtinees de
tous les captifs, & d'en ordonner
ainſi qu'elle iugeroit à propos ;
mais ſe retirant dans vne autre
chambre, il meditoit d'eſtranges

resolutions. Iamais homme ne fut plus couuert que celuy-là ; ses intentions sembloient n'auoir aucun fondement ny aucun but ; on ne pouuoit deuiner ce qu'il desiroit, & ne falloit s'asseurer par trop en son amitié. Cét obstacle r'allume l'ardeur de ses affections, & sa passion, qui s'imagine des routtes aisees, luy rendoit facile la mesme impossibilité ; Ainsi il flatte ses esperances, & hume à long traiéts ce dangereux venin, aussi aisé à aualler, qu'il est difficile à vomir ; ne prenant pas garde que le naufrage est ineuitable, si le pilote fait expressement bailler le vaisseau à trauers des bancs, s'il le tourne vers les escueils, s'il le conduit vers les gouffres. Voicy à peu prés de quelles paroles s'entretenoit cet Amant. Qui ne seroit surmonté par la puis-

fance de cét objeſt rauiſſant, dont
l’eſclat peut non ſeulement amoin-
drir ma faute, mais la rendre glorieuſe? Quicóque ne s’enflamme-
roit aux rayons d’vn ſi grand Soleil, ſeroit plus froid que la neige de
Scythie; & qui ne s’efforceroit de
poſſeder vn ſujet ſi rare, ſeroit indigne de iouïr de la lumiere du
iour? Aretie, de qui les charmes &
les appas demeurent ſans effeſt aupres des auantages de cette Deeſſe,
veut arreſter le cours de mes pretentions ; & pour authoriſer ſa
cruelle ialouſie, elle met en auant
des viſions, des ſonges & des reſueries, comme ſi ces vaines illuſions
eſtoient autant de predictions veritables? Non, non, le plus puiſſant
demon qui m’inſpire ces ardeurs &
ces mouuemens, me promet vn
ſuccez heureux en cette recherche,

de laquelle ie ne pretens defmor-
dre, quand toute la nature deuroit
perir. Et de cette forte ce Barbare
trouuoit des apparences d'efpoir,
où n'y auoit point d'apparence de
raifon. Il eft de la piqueure de la
mauuaife amour, comme de celle
des Scorpions: la bleffure, quoy
que mortelle, en eft imperceptible,
& le mal fe gliffe tant infenfiblement dedans les veines, qu'on eft
bien auancé dans la mort, auant
que d'en reffentir les atteintes.

Aretie m'embraffe, me careffe,
& me fait le mefme traictement
que i'aurois fceu receuoir de ma
propre mere ; à mon occafion tous
les autres eftoient participans de
cette bonne fortune ; elle encharge à mes truchemens de m'inftruire promptement en la cognoiffance de la langue Arabefque, afin

qu’elle peuſt communiquer auec moy ſans le miniſtere d’vn tiers; & quelques ſoins & quelques artifices dont Dakan ſe peuſt aduiſer, iamais il ne peut accomplir ſon execrable projet. Nous arriuons finalement au port de Hediaguin, aux frontieres de l’Empire de Tartarie, où la Princeſſe voulut ſe rafraiſchir, & où l’Admiral fut contraint de nous laiſſer, pour aller rendre compte de ſon voyage à la Cour de ſon Prince, d’où il ne peut reuenir de plus de deux ans.

I’auois ſi bien profité auec mes truchemens, que la langue Arabeſque m’eſtoit auſſi familiere qu’à ceux de cette nation: & ie poſſedois entierement toutes les inclinations d’Aretie, à laquelle i’auois raconté les accidens de mes auentüres, fait voir les raretez de ma boë-

te, & expliqué les maximes de ma
Religion , qu'elle trouuoit mer-
ueilleufement à fon gouſt; vne maladie dangereufe qui l'accueillit
apres le defpart de fon mary, &
dont elle ne releua que peu de
temps auant fon retour, m'acquit
cét afcendant deffus l'efprit de cet-
re Princeffe, à laquelle ie rendis des
foins fi exacts & fi affidus,qu'elle fe
confeffoit ingenuëment redeuable
de fa vie à ma bonté. Et lors que ie
commençay de me faire entendre
en fon idiome,noftre communication augmenta fi puiffamment noftre bien-vueillance,qu'il eſtoit impoffible d'y pouuoir adjouſter le
moindre degré. Parmy nos difcours,ie la voulois induire à fe defuelopper des erreurs où la fauffe
doctrine l'auoit engagee: ie luy
faifois voir dextrement fon idola-

trie, & la verité de la loy & du culte
du Dieu viuant; Et cette ame, qui
se laissoit doucement traisner à mes
salutaires persuasions, & dont l'ob-
stination, ou plustost l'habitude, se
laissoit vaincre aux douces violences du Ciel, balançoit entre la resolution de desister, ou de poursuiure, & sentoit de grandes esmotions dans son cœur. En fin, apres
vne longue contestation, elle me
promet d'abjurer la croyance de
ses ayeuls, pourueu que ie la bapti-
se, que ie luy donne le nom de Calismene, & que d'oresnauant ie
quitte le mien pour prendre celuy
d'Aretie. I'accepte librement vne
si agreable proposition; ie le iure:
& luy fais les mysteres pour le
Baptesme, autant que mon sexe,
mon aage, & l'occasion le pouuoient permettre. Toutes mes
compagnes

compagnes estoient decedees ; Dakan, quoy qu'esloigné de Hediaguin, auoit donné ordre qu'on les
fist mourir auec du poison, pour
empescher qu'elles n'esclairassent
ses actions, lors qu'il seroit de retour, & auoit mis des Argus aupres
d'Aretie, pour espier ses deportemens.

Cependant le cruel Dakan
souspiroit nuict & iour, & n'auoit
ny paix ny treues, ny mesmes aucun
repos, qui ne fust trauersé par des
inquietudes ; ny aucun sommeil
qui ne fust troublé par de mauuais
songes : Voire la violence de sa
passion, qui seule luy seruoit de
guide , luy faisoit retarder son
cours, lors qu'il pensoit aller viste,
& sa propre confusion seruoit
d'obstacle à l'auancement de ses
desirs. Si tost que mon malheur eut

ramené cet esprit tenebreux à Hediaguin, ie fus faifie d'vn grand
tremblement ; & la fage Aretie, ou
la nouuelle Califmene, fut efprife
d'vn fignalé defplaifir, eftant deuë-
ment aduertie que fon mary auoit
cóuerty fes affections en des haines
mortelles pour elle, & en des flammes autant ardentes qu'illegitimes
pour l'eftrangere, qu'elle cheriffoit
plus tendrèment que la prunelle de
fes yeux. Elle fçauoit tres-bien que
les mefchans ne manquent iamais
de complices pour executer leurs
attentats; & que les interefts eftans
le reffort le plus puiffant qui fait
mouuoir les ames lafches, il y auoit
danger que tous les domeftiques
fuffent corrompus & difpofez aux
intentions de ce rauiffeur, la maladie duquel eftoit incurable : puis
que fa fiévre s'eftoit changee en

frenesie. Il cache pourtant son feu
& son ieu, & essaye d'obtenir de
gré ce qu'il estimoit ne pouuoir eschapper à la force de sa rigueur; Ie
le rebutte, ie le fuis, & chasse de ma
compagnie tous ceux qui me por-
toient quelque message de ce co-
sté-là ; & la prudente Aretie, qui
n'ignoroit pas ces cabales & ces
menees, auoit plutost l'œil sur la
deffense de mon honneur, que sur
sa vie, qui estoit menacée de toutes
parts.

Cette contradiction allume de
telle sorte la rage & le desespoir de
Daxan, qu'il se deslibere d'accomplir sa brutalité par la mort mesme
de cette incomparable Princesse;
il ferme donc les yeux à toute consideration, & s'achemine sans marchander au cabinet de l'Admirale,
où pour lors nous estions toutes

deux seules, & à genoux, implorans
l'assistance du Ciel , afin qu'il de-
stournast loin de nos testes l'orage
qui estoit prest de nous accabler. Il
faut tout presentement (dit ce Barbare se tournant vers cette Dame)
que tu mettes cette captiue dans ce
lict pour receuoir mes embrasse-
mens, ou que tu souffres le dernier
Arrest de ton destin. Ie desire beaucoup mieux de perdre la vie (respond la Princesse) que de commettre vne action si desraisonnable & si infame, & qui me rendroit
indigne des bonnes graces du valeureux Dakan : Non, non, (replique ce monstre en l'interrompant)
il n'est plus question de faire la fine;
& disant cela, il estendit Aretie dessus le carreau , & luy perça le corps
de plusieurs coups de son coutelas,
sans que le cœur de ce bourreau

fuſt touché d'aucune ſorte d'humanité. L'horreur de ce funeſte accident me rauit le mouuement auec
la parole, & comme i'eſtois tombee dans vne profonde lethargie,
ce cruël dragon ſe vouloit mettre
en deuoir de triompher de ma pudicité, ſans que le ſang de ſa femme, qui ruiſſeloit en abondance,
ny que la Iuſtice du Ciel, ny l'eſtat
de mon eſuanouïſſement luy im-
primaſſent le moindre reſpect. Et
ſur le poinct qu'il venoit à moy,
Clidozee, frere de cette pauure
Princeſſe, entra dans cette fatale
chambre, Dakan demeure ſurpris,
& ſi eſtonné qu'il ne pouuoit, ny
parler, ny reculer, ny s'excuſer, ny
ſortir : & ce ieune Cheualier tout
tranſporté de colere, de rage & de
deſeſpoir, regardoit fixement, tantoſt la ſage Aretie, & tantoſt Da-

kan, ne sçachant comme se conduire en vne si importante necessité. Mon resueil fut l'eclypse de cét
astre malheureux & infortuné : car
estant reuenuë à moy, ie dis, & ie fis
contre Daká tout ce que pourroit
dire & faire la plus insensee & la
plus desolee creature de l'Vniuers.
Donques ma chere Aretie (dit ce
ieune Prince en iettant les yeux
dessus l'homicide) doncques ma
fœur a receu vn si inique traictement de ta frenesie ; doncques la
vertu n'a peu se desliurer des effects
de ta cruauté, & les Dieux m'ont
fait voir vn si tragique prodige !
Meurs, meurs, pour estre sacrifié
aux gesnes & aux rouës des Ixions,
& pour estre compagnon du supplice eternel des Siziphes & des
Promethees. Et sans luy donner
aucun loisir, ny de repliquer, ny de

se deffendre, il luy enfonça son
espee dans le cœur, & chassa de ce
corps execrable cette ame plus noire & plus criminelle que les furies.

Cela fait il m'ordonne de prendre les plus precieuses besongnes
de cette Dame, & de le suiure dans
son vaisseau, où il emportoit le
corps de sa sœur, pour luy rendre
l'honneur de la sepulture, sans s'a-
muser dauantage en cette contree,
de peur que les habitans, ou les
amis de Dakan ne nous fissent vn
mauuais party. Nous gaignons ce
nauire, & Clidozee commande à
ses gens de remonter promptement sur mer, & ne perdre le
temps à reprendre les hardes &
les coffres qui estoient le long
du riuage. Cette diligence nous
garentit: car vne heure apres no-

ftre embarquement tout le port
eftoit en armes, & la ville eftoit
agitee d'vne fedition nompareille.
On nous fuiuit, mais trop tard,
& iamais on ne fceut attaindre noftre vaiffeau, qui auoit tourné fa
poincte vers la capitale de Tartarie. Clidozee fe rendoit incon fo-
lable pour la perte de fa chere fœur,
& ie n'eftois pas capable, ny de raifon ny d'aucun remede pour adoucir vne fi fanglante douleur : dans
cette commune affliction nous
moüillons l'ancre à vne Ifle deferte, où l'on baftit vn tombeau à cette vertueufe Princeffe, pour l'a-
mour de laquelle ce frere me rendoit de fi grands deuoirs, & des
tefmoignages d'vne fi grande
bien-veillance, que i'auois fujet de
benir le bon naturel de ce courtois
Cheualier. Mais ie ne tarday gueres

à espreuuer tout de nouueau les
attaintes de la mauuaise fortune,
& à me voir exposee à des perils
aussi dangereux que ceux desquels
le Ciel m'auoit miraculeusement
deliuree.

Le Pylote manque sa routte, &
au lieu de cingler droit au port qui
luy estoit designé, il s'en escarta
bien loing, & se laissa emporter
par les vagues & la tourmente, sans
pouuoir, ny recognoistre la plage
à cause de l'obscurité des brouïl-
lards, ny tenir son premier chemin. Nous voyla dans les mers sujettes au grand Seigneur; ains plustost nous voyla à la mercy de tous
les Pyrates qui escumoient toutes
ces costes. D'abord on nous inuestit, & le Corsaire Hismaël nous
pressa de telle furie, qu'il falut enfin
succomber. Clidozee mourut à

mes pieds en me deffendant genereusement, & ie ne peus estre la
proye de la mort, quoy que ie fusse
blessee, que i'eusse tenté le hazard
dans le combat, & que i'eusse fait
la fonction d'vn braue soldat. On
despouille les morts, on les precipite dans les ondes, les blessez estoiét
traictez de la mesme sorte, & ceux
qui n'auoient aucune playe, estoiét
reseruez pour estre forçats. Mon
sexe, mon habit, & quelque peu de
beauté qui se lisoit dessus mon visage flechirent le cœur du fils
d'Hismaël, & l'attirerent à mon
party. Il fait retirer ces harpies qui
m'arrachoient les cheueux & les
habits, & proteste assez gratieuse-
ment, que si ma douceur estoit en
son endroit aussi remarquable que
ma vaillance, il procureroit ma
liberté aupres de son pere, qui

commandoit cette belle flotte.
Pour ne l'irriter, ie fains d'aggreer
vne si auantageuse proposition ; &
me contraignant, ie luy repliquay
auec vn sousris, que iamais l'ingratitude ne me feroit perdre la memoire d'vn tel bien-fait. De ce pas
il court à son pere, & le prie de luy
octroyer vne ieune Tartare , qui
estoit au nombre des prisonniers.
Hismaël, sans faire reponse, se fait
mener promptemét en la chambre
où l'on m'auoit enfermee, il me
cósidere attentiuemét, & puis tout
à coup il me tend la main & m'attire contre sa bouche pour me desrober vn baiser. Ie tremblois de
crainte au seul regard de cet enorme geant, dont les mains estoient
plus dures que les pates d'vn Ours,
les yeux plus estincelans que deux
charbons allumez, la voix plus es-

pouuentable que le bruict du tonnerre, & la contenance plus effroyable que celle du nautonnier infernal. Ie patiente neantmoins, & ne
me rebute tout à fait pour la puan-
teur de cette vilaine bouche ; afin
de temporifer, en cette ferme efperance que ie ferois infailliblement
deueloppee de ce labirinthe cóme
ie l'auois efté de tous les autres. Et
mes pretenfions ne furent point
fruftrees de leur attente; Car le fils
d'Hifmaël, qui brufloit d'Amour
pour moy, & de haine contre fon
pere, fut plongé dans vn fi fenfible
defefpoir fe voyát defcheu de cette
conquefte, qu'il fit vne ferme refolution de venger ceft affront, ou
de perir en cette pourfuitte. Il en-
rage de me voir entre les mains de
ce rauiffeur, qu'il repute fon capital ennemy, & fa ialoufie luy fait

conceuoir tant de chymeres qu'il estoit sur le poinct de deuenir furieux. Le Pyrate se mocquoit des fougues de cet estourdy, qu'il menaçoit de la corde ou de la prison; & rien ne sembloit assez puissant pour arrester le cours impetueux de la temerité d'Hismaël.

Cependant nous abordons la terre pour rafraischir cette malheureuse flotte. En ce port les Pyrates pouuoient faire quelque sejour en payant vn certain tribut; Que si quelqu'vn des sujets du Sultan auoit formé quelque plainte, & que cela se peust aucunement iustifier, le Corsaire estoit condamné à quelque notable somme de deniers, & à restituer le larcin : tous les autres peuples estoient brigandés impunement par ces escumeurs de mer. Le ieune pyrate estant à terre s'adreſſe au Baſſa de cette contree, & luy remonſtre que ſon propre pere, par vne entrepriſe deſnaturee, luy rauiſſoit la plus belle captiue de l'Vniuers, & qui ſe pouuoit reputer digne du Serrail de l'Empereur Amurath : en luy preſentant vn collier de perles Orientales d'vne valeur ineſtimable, il le ſupplia de luy reſtituër cette ieune Dame, & de garder ce ioyau comme vn gage precieux de ſa volonté à le ſeruir, & de ſa fidelité à tout ce qu'il luy plairoit ordonner. Le Baſſa fut touché de ie ne ſçay quelles eſmotions & de quelles flammes ; ſans reſpondre il deſcend au port, & entre dans le vaiſſeau d'Hiſmaël comme ce pyrate ſe leuoit de ſon ſiege, & vouloit ioindre la force pour venir à bout d'vne pauure fille, qui à deux

genoux le conjuroit d'auoir compassion de sa misere. Hysmaël demeura confus, & au lieu de faire des
complimens à ce Gouuerneur, il
tourna le dos & se sauua dans vn
cabinet. Alors le Bassa me prenant
la main, Venez la belle (dit-il) le
Sultan Amurath vous donne la liberté, & vous ne pouuez estre esclaue que de son Serrail. C'estoit
vne desfaite pour se desliurer des
importunitez du ieune pyrate : lequel se voyant deceu, sans contes-
ter dauantage, s'achemina en diligence à Constantinople, & se plai-
gnit aux Officiers de la Porte de la
trahison de Firgamant (c'est le
nom du Bassa) qui detenoit contre tout droict la captiue, qu'il
auoit conquise sur vn Tartare, &
qui estoit la merueille de la beauté. Amurath en est aduerty, il man-

de le Bassa de venir rendre compte
de cette action, & d'emmener l'e-
strangere; à quoy ce Gouuerneur
satisfit incontinent, & me tira d'v-
ne tour où il m'auoit confinee,
auec quelques femmes & quelques
eunuques, pour me cajoller : car il
n'osoit venir à la force de peur de
m'effaroucher, & de crainte d'offencer le Sultan, vers lequel il auoit
eu aduis que le ieune pyrate s'en
estoit allé.

Doncques Firgamant me conduit à Constantinople, me remet à la Chadun, & cette vieille me baille au Chislar Agassi,
Maistre des Eunuques, lequel me
conduisit au lieu destiné pour abjurer la loy Chrestienne & embrasser le culte de l'Alcoran ; mais ie
n'auois garde de consentir à cette
apostasie, me comporter comme
les

les autres Sultanes , ny paroiftre
toute nuë dans les bains du Serrail comme font ordinairement
ces fauorites. Amurath ne pouuant venir à bout de fon entreprife, & ma vertu ne pouuant eftre
furmontee par fon obftination &
par fes menaces, il fut contrainct
de recourir aux voyes de la douceur, & de me tirer du Serrail pour
me rendre compagne de fon Empire , quoy que cela repugnaft directement aux loix fondamentales
de fon Eftat ; Il fait en public les
ceremonies de noftre mariage &
les magnificences, à la façon de fa
Religion ; & en particulier il m'ef-
poufa felon les regles de la mienne
auant que d'auoir aucune puiffance dedans mon lict. Tellement
que l'Amour à foufmis cette Majefté redoutable fous le pouuoir d'v-

ne Damoiselle, qui a conserué inuiolablement la pureté du nom Chrestien, qui l'a comme contraint d'en celebrer les mysteres, & qui a fait rendre la liberté à vn nombre infiny d'esclaues. I'ay mis au monde vne seule fille, qui a perdu la vie, à ce que ie croy par l'artifice de Matisanne mere de Bajazet successeur de l'Empire des Otthomans. Voyla, cher Radiraman, les particularitez des auantures de Calismene ou d'Aretie; Voyla la sœur de cet inuincible Cheualier, & voyla le notable interest que i'ay à le desgager des pieges que luy a dressez la desloyauté de Fomanrino. Allez donc à luy, ie vous en conjure, pour l'asseurer, qu'Aretie le deliurera de ses ennemis, ou qu'elle perdra la vie en cette poursuitte.

Ainsi finit la Sultane, & Radi-

raman s'en alla de ce pas en la
tente de Muſtapha, pour faire le
recit à Thoraſimont de tout ce qu'il
auoit appris de la bouche de la
Princeſſe, & des moyens deſquels
on ſe pretendoit ſeruir pour re-
pouſſer la temerité de Fomanrino,
l'inſolence des Ianniſſaires, la cabale du Muphty, & les intelligences des Baſſas, qui ſuiuoient la
paſſion de cet apoſtat.

Kk ij

LES
TRIOMPHES
DE LA GVERRE
ET DE L'AMOVR.

HISTOIRE ADMIRABLE
*des sieges de Cazalie & de Lymphiree,
places importantes, où s'est signalée la
prodigieuse valeur de Thorasmont : &
les chastes Amours de ce Prince, & de
l'incomparable Martisie.*

LIVRE SIXIESME.

LE iour ensuiuant Fe-
manrino fait tout son
possible de se faciliter vn
abord libre aupres d'Aretie pour

l'entretenir en particulier, afin de penetrer dans le secret des pensees de l'Empereur, de sonder les inclinations de cette Dame, & descouurir les ressorts que Radiraman faisoit ioüer : pour se conduire selon la descouuerture qu'il auroit faite, ou en homme de moderation, ou bien en desesperé ; attendu qu'il estoit en peine de ce que la Sultane prestoit si fauorablement l'oreille à tous les partisans de Thorasmont; La Sultane contraint son humeur, & reçoit Fomantrino auec des complimens, qu'on auroit interpreté proceder de la plus entiere & plus parfaite bien-veillance qui fut iamais. En continuant ces protestatiós elle le tire à quartier, & luy mettant la main sur le bras, Il faut ad- “ uoüer (dit-elle) braue Fomantrino, “ que l'Empire des Otthomás est in- “

,, finiment redeuable à voſtre valeur
,, & à la prudence incomparable a-
,, uec laquelle vous agiſſez en toute
,, ſorte d'affaires. Car c'eſt vous qui
,, auez calmé les orages & les tour-
,, mentes qui agitoiét nos vaiſſeaux ;
,, C'eſt vous qui auez raffermy les
,, courages de nos ſoldats ; En vn
,, mot, c'eſt vous qui auez deſtourné
,, les ſiniſtres preſages & les mauuai-
,, ſes influances qui menaçoient nos
,, armes, & qui s'oppoſoient à nos
,, conqueſtes. Auſſi le fondement ſur
,, lequel eſtoient appuyees les eſpe-
,, rances de nos ennemis a eſté ren-
,, uerſé par voſtre vertu, & voſtre
,, dexterité a reconquis dans vn mo-
,, ment les pertes que nous auions
,, faites par la deffaicte du Vizir, &
,, de ces autres Baſſas, qui auoient
,, trahi la gloire de cette armee par
,, leur deſroutte auſſi reprochable &

honteuſe, que voſtre preuoyance "
guerriere a eſté fatalemẽt honora- "
ble & pleine d'vtilité. Et ſoit que "
l'on iette les yeux ſur Hemiamet, "
ſur Bouquaan & ſur le Vizir, cieux! "
on ne voit que cõfuſion, que deſor- "
dre, que diſgrace, & que le naufrage "
de la fleur de toute l'Aſie ; & ſi l'on "
conſidere l'eſclat & le luſtre de vos "
exploicts, on ne rencontre que des "
ſuccez heureux, que des miracles, "
& que des trophees. Nos eſclaues "
ſont remis en liberté, nos Machi- "
nes & nos Chaſteaux de Maho- "
met ſont reduits ſous noſtre puiſ- "
ſance, que l'imprudence d'Adar- "
gas auoit laiſſez au pouuoir de "
Thoraſinont ; Thoraſmont, qui "
auoit triomphé du deſtin & de la "
fortune, & qui n'a trouué aucun "
genie plus releué que le voſtre, qui "
l'a vaincu. Mais ce n'eſt rien de "

K k iiij

,, iuger du commencement des cho-
,, ses, si l'on ne considere à quoy elles
,, peuuent aboutir. C'est pourquoy
,, ie ne declare pas la guerre ouuerte-
,, ment à ce prisonnier & à ceux qui
,, procurent sa liberté pour l'eschan-
,, ge du Vizir, ny ne desire pas faire
,, perdre si tost la vie à cet estranger;
,, de peur de ternir la reputation de
,, l'Empire par vn acte qui seroit en
,, quelque sorte reprehensible en ró-
,, pât le cómerce de la guerre, de peur
,, d'irriter les amis de ceux qui sont
,, entre les mains des assiegez; de peur
,, encore de mettre au desespoir le
,, Prince de Calomyre, qui est sur le
,, poinct de nous ioindre pour vne
,, bataille : mais principalement de
,, peur d'exposer indiscrettement la
,, personne de Fomanrino à mille
,, dangers, qui naistroient d'vne pre-
,, cipitation temeraire. Voyez com-

me nuëment ie vous explique mes "
fentimens , lefquels ie change en "
mille manieres pour paruenir à la "
fin que ie me fuis propofee, & qui "
eft l'vnique but de tous vos tra- "
uaux ; Sçauoir eft, de pouuoir affu- "
jettir cette rebelle cité, qui tient en "
efchec nos efperances, & qui nous "
couftera peut-eftre des millions "
d'hommes. A cét effect ie tente "
toutes les voyes dont ie me puis ad- "
uifer, i'employe tous mes foins, & "
fi i'ofe dire, ie rabaiffe ma Majefté "
pour inftruire ceux qui ont accés "
vers cét eftráger, afin de le difpofer "
à rendre la ville ; & de cette façon "
i'entretiens mes intelligences, & de "
mon cofté ie trauaille à l'auance- "
ment de ce fiege. A prefent ie defire "
vne faueur de voftre franchife, que "
vous preniez garde que ce prifon- "
nier ne s'efchappe, & qu'il ne meu- "

„ re : car sa captiuité tient en bride
„ nos ennemis, & les empeschera
„ d'entreprendre mal à propos con-
„ tre le Vizir & ses compagnons, &
„ de se plaindre qu'on ait violé en
„ leur endroit les loix qui se prati-
„ quent entre les nations les plus
„ barbares. Et laissant à part les ti-
„ tres glorieux que tout l'Vniuers
„ erigera à vostre memoire, & les re-
„ compenses que le Sultan prepare à
„ vostre vertu : Ie diray seulement,
„ que s'il ne falloit adjouster que les
„ vœux d'Aretie, pour establir la
„ grandeur de vostre fortune: souue-
„ nez-vous, qu'elle seroit si releuee,
„ que tous les Monarques la regar-
„ deroient de l'œil de l'admiration
„ & de l'enuie.

Aretie accompagnoit son discours de quelques souspirs, &
eslançoit par fois des regards qui

euſſent fait mourir les plus inſenſibles ; & ces regards eſtans remplis
de charmes & d'appas, & d'vne majeſté autant puiſſante qu'eſloignee
de ces affeteries vulgaires, eſbloüi-
rent entierement les yeux de cét
apoſtat, troublerent ſes ſens, & eurent dans vn moment les meſmes
effects que les eſclairs, le tonnerre
& la foudre. Car cét eſprit leger,
volage & ſuſceptible de toute ſorte de paſſion, fut embraſé d'vn feu
ſi violent par les rayons de ce diuin
Soleil, & fut tellement confus &
eſperdu dans les careſſes qu'il auoit
receuës, qu'il demeuroit immobile
& interdit, ſans ſouſpirer, ſans parler, & ſans faire la moindre fonction pour teſmoigner qu'il eſtoit
en vie, ſinon par quelques friçons.
Aretie redouble ſes coups pour
l'engager à vn poinct dont il ne ſe

peut facilemét retirer ; Elle luy proteſte que la grandeur d'Amurath
exceptee, elle n'auoit de deſirs que
pour l'agrandiſſement de Fomanrino , entre les mains duquel elle
remettoit le ſort de ſes deſtinees, &
à qui elle ſouhaittoit des ſceptres &
des diademes; Que Cazalie ne pouuoit euiter de ſubir le ioug , & que
cette conqueſte ne ſeroit que les
premices des honorables loyers
qui ſeroient offerts à ſon courage ;
Que pour y paruenir auec plus de
facilité, & moins de danger, il eſtoit
neceſſaire de marcher lentement,
de preuoir les inconueniens , &
dreſſer ſi bien cette partie , qu'il
n'en arriuaſt aucun deſplaiſir au iudicieux Fomanrino, aucune honte
à l'Empire, ny aucune matiere de
meſcontentement aux Ianniſſaires
& aux Baſſas ; Qu'il falloit tout à

loiſir faire tomber la tempeſte ſur
les aſſiegez, ſur le Royaume de Ca-
lomyré, & ſur l'eſtranger, dont elle
n'oſoit proferer le nom en ſa preſence, pour ne commettre vn ſacrilege.

Fomanrino, qui auoit quitté
quelque peu ſon eſtonnement &
ſa reſuerie, reſpondit à la Sultane:
Que ſi la terre & tous les elemens
enſemble ne luy fourniſſoient pas
de moyens aſſez propres pour de-
ſtruire Thoraſmont, il deſcendroit
dans les abyſmes & auroit recours
aux enfers & aux furies pour executer ſon project: à quoy le Muphty, les Ianniſſaires, & les principaux
de l'armee deuoient mettre la main
dés le meſme iour, & puis tous enſemble le faire agreer à l'Empereur, qui ſeroit cótraint d'aduoüer
vne choſe faite, où n'y reſtoit au-

cun remede, & qui tournoit à l'auã-
tage de son Estat; neantmoins que
pour deferer aux salutaires aduis
d'vne Princesse si clair-voyante, il
arresteroit l'ardeur de ses compagnons, & differeroit cette execution iusqu'au temps qu'il plairoit à
sa prudence d'en ordonner. Ainsi
l'aueuglement silla les yeux de cét
insensé, luy offusqua l'esprit, & luy
osta les mesfiances que la secrette
communication de cette Dame
& de Radiraman auoit imprimees
dans cette ame ombrageuse &
desloyale. Ainsi ce cruel Sysiphe
traisne luy-mesme la punition que
la Iustice du Ciel luy prepare : Ainsi
ce capital ennemy s'oppose à l'insolence de ses complices, & contre-
carre la conspiration que sa perfidie auoit fait naistre, que sa rage auoit fomentee, & que ses artifi-

ces auoient portee dans la derniere
determination : Ainſi ce perfide,
contre ſa propre croyance, au delà
de ſon intention & contre les apparences , retarde l'execution de
l'Arreſt ardemment pourſuiuy par
ſon deſeſpoir , injuſtement pro-
noncé par le tumulte & la rebellion, & qui deuóit eſtre executé par
la furie du Muphty & des Ianniſſaires contre la vie de Thoraſmont. Aretie louë ſa franchiſe, &
ſe conſeſſe ſa redeuable ; le conjure
de plus en plus d'vſer de prudence
& de remiſe, afin (diſoit-elle) que
l'incomparable Fomantino ne ſoit
accablé ſous les meſmes ruines qui
accableront Thoraſmont. Car ie
cheris la conſeruation de Fomantino plus tendrement que la prunelle de mes yeux.

Ces paroles emmiellees, ſous leſ-

quelles l'amour cachoit le venin de
ſes dards, de ſes appas & de ſes charmes, firent vn tel effort ſur l'eſprit
eſgaré de cét eſperdu, qu'il perdit la
cognoiſſance de ſa condition, & le
reſpect qu'il deuoit à la Majeſté de
l'Empereur, & à la vertueuſe candeur de la Sultane. Il vomit doncques ſur le champ la noire vapeur
de ſon infamie, en ces termes.
„ I'ay touſiours eſtimé (ô l'vnique
„ entre les plus belles) que voſtre iu-
„ gement vous repreſenteroit quel-
„ que iour, qu'il eſt neceſſaire de pen-
„ ſer à vos contentemens; puis que
„ vous n'eſtes aucunement obligee à
„ conſeruer l'honneur de voſtre ami-
„ tié pour vn mary, qui ne penſe à
„ vous que dans les confuſions des
„ armees où il vous traiſne comme
„ vne eſclaue, & qu'il meſpriſe deſ-
„ daigneuſement lors qu'il eſt dans
l'affluence

l'affluence de ſes plaiſirs, & au milieu d'vne infinité de Courtiſanes,
qu'il entretient dans ſon Serrail, &
qu'il change à chaque moment;
tant il eſt eſtroictement attaché à
ces delices, & que des liens plus
forts & plus ſenſibles que ceux de
la vraye & legitime amour qu'il eſt
tenu de vous porter, le tiennent
enchaiſné à vne ſale & honteuſe
volupté. Non, non, vn màry ſi
brutal s'eſt rendu indigne de vous
poſſeder, & vous auez au deuant
de vous vne perſonne, qui pour ce
qui eſt d'aimer ſans diſſimulation
& ſans changement, ne le cede à
homme qui viue; Auſſi ie ſuis venu
en ce monde auec cette fatalité de
rendre aux Dames tous les deuoirs
qu'elles deſirent; & i'ay vne ſi ardente inclination à cette gloire,
que c'eſt la ſeule choſe qui me peut

L l

,, faire soupçonner de presomption
,, pour me reputer le plus fidele. Et
,, quoy que vous puissiez dire de la
,, façon hardie dont ie vous declare
,, ma passion, elle ne sçauroit estre
,, moins loüable que le sujet qui me
,, l'a fait prendre ; & en cette seule
,, rencontre, si i'allois plus modeste-
,, ment, cette modestie ou bien-sean-
,, ce ne seroit pas vne consideration
,, de sagesse, ains vne stupidité inju-
,, rieuse aux merites dont vous estes
,, pleine. Et comme les douceurs de
,, l'amour sont incomparablement
,, plus exquises que tout ce que l'on
,, se presuppose de charmes dans les
,, autres plaisirs : aussi les merueilles
,, de vos attraits sont sans comparai-
,, son plus triomphantes que tous les
,, miracles qu'on nous a vainement
,, figurez dans les perfections des
,, Nymphes & des Deesses. Voyez

comme l'exemple de ces Deesses "
vous doit seruir de prejugé, pour "
vous dispenser de cette seuerité ri- "
dicule, dont les moins aduisees pal- "
lient leur erreur, leur ignorance, & "
l'injustice dont elles persecutent "
leurs propres inclinations & tra- "
hissent leur liberté. Venus ne s'est "
point comportee autrement à la "
face de tout le monde, & le grossier "
respect de Vulcan n'a point arresté "
ses caresses enuers le Dieu de la "
guerre, & enuers le pere d'Ænee. "
L'Aurore, Flore, & Diane mesme, "
ont maintesfois brisé ces foibles "
deffenses, que le vulgaire met en "
auant pour gesner les ames insen- "
sees, & qui sont ennemies de leur "
felicité & de leur bon-heur. Doncq- "
ques que tardez-vous de me rendre "
le plus heureux de tous les mortels "
par l'octroy de vos bonnes graces, "

,, & à vous rendre la plus fortunee
,, par la poſſeſſion d'vn amant qui
,, bruſle pour vous, & qui peut don-
,, ner vn ſolide contentement à tou-
,, tes les paſſions les plus ſecrettes
,, que celles de voſtre aage & de vo-
,, ſtre ſexe ont d'ordinaire pour les
,, Cheualiers : ô que de ſatisfactions
,, dans nos cœurs, que de ſenſibles
,, ioyes dans nos ames, & que de vo-
,, luptez dans nos corps ! Certes on
,, n'en exprimeroit pas ſeulement
,, les ombres & les images. La con-
,, dition la plus ſouhaitable ne ſera
,, rien au prix des delices où nous ſe-
,, rons abyſinez dans la ioye de noſ
,, embraſſemens amoureux, dans leſ
,, quels nous gouſterons à noſtre ai-
,, ſe la varieté de mille plaiſirs. Et durant la ſuitte d'vne harangue ſi peu
reſpectueuſe & ſi importune, cet
extrauagant baiſoit la main de la

Sultane, qu'elle retiroit doucemét,
en le repoussant, pour l'empescher
de mettre les doigts dans son sein.
Que fera-t'elle dans ces tenebres?
quel chemin tiendra-t'elle dans ces
precipices ? & comment se deue-
loppera t'elle de tant de pieges
& de filets ? L'insolence de ce
traistre, son effronterie & son attentat ne peuuent estre expiez que
par son sang ; La vertu & la majesté d'Aretie ne peuuent estre satisfaites que par la mort de l'Autheur;
& le sepulchre de cet infame est le
seul arbitre qui doit decider vne si
desraisonnable proposition, & reparer vne faute si graue & si punissable. Mais la cabale de cet Apostat qui manioit les volontez de
toute l'armee, ses intelligences, la
conseruation de l'Empire & d'A-
murath, & les dangers qui pen-

choient fur la tefte de Thorafmot, feruoiét d'vne digue impenetrable pour arrefter le cours impetueux du iufte reffentiment de cette vertueu- fe Dame ; laquelle auroit fait ef- clatter la vehemence de fon cour- roux & de fon indignation auec plus de bruict & d'effect que ne pourroit faire la foudre, fi ces equi- tables raifons n'euffent apporté quelque moderation à fon ef- prit outré de defplaifir & de rage. Elle flotte dans vne mer ora- geufe ; elle eft battuë de mille bourrafques ; elle eft prefque pri- uee de l'vfage du fens commun. En fin confiderant que la demon- ftration vifible de fa colere appor- teroit vn notable intereft à fes af- faires, & donneroit de plus per- nicieux deffeins à ce defefperé ; elle contraignit fon humeur, & rabaif-

ſa iuſques à vn certain poinct la
grandeur de cette Majeſté incomparable, & de cette grauité nompareille qui imprimoient, des reſpects & des craintes dansl'ame de
tous ceux qui la regardoient; afin
de paroiſtre ny trop libre ny trop
retenuë, pour ne le rebuter & né
l'effaroucher entierement, ny luy
donner matiere d'vne licence in-
conſideree : en ſouſriant & ſe recu-
lant elle luy fit cette reſponſe. Que
le temps & le lieu ne luy permettoient pas de poſſeder dauantage
le bon-heur deſon entretien, qu'elle preferoit à tout ce que l'Vniuers
a de plus aymable ; Que pour le
ſurplus de ſes pretenſions, elle ne
s'y pouuoit rendre ſenſible ſans
auoir eſpreuué plus amplement
i uſques à quel degré monteroient
ſa perſeuerance & ſa diſcretion,

dont le tefmoignage le plus important feroit de tenir la main à ce
que le prifonnier fuft foigneufement conferué iufques à la fin de
ce fiege ou de la bataille que le
Prince de Calomyre fe preparoit
de donner auant douze iours; pour
faire voir à toute l'Europe, que le
genereux Fomanrino mefprifoit
les forces d'vn fi foible ennemy,
pluftoft digne de la rifee & de fa
pitié, que d'eftre l'object de fon
indignation & de fa hayne; Que
les affections d'vn fi courtois Cheualier luy touchoient viuement le
cœur, & qu'à moins d'encourir le
blafme de l'ingratitude elle n'en
pouuoit eftre mefcognoiffante; &
que pour cette confideration l'inuincible Fomanrino difpoferoit
des inclinations d'Aretie autant
que les loix de la bien-feance le

pourroient permettre , & qu'vne
parfaite & fincere amitié l'exigeroit
d'vne perfonne de fa qualité. Apres
quelques proteftations d'vne foy
inuiolable , & d'vne perpetuelle
obeyffance, Fomanrino fortit du
pauillon de la Sultane, eftant chargé de plus d'efperances que de defirs ; & de ce pas il arrefta le cours
de l'entreprife qu'on auoit faite
contre la vie de Thorafmont,& fit
trouuer bon au Muphty, aux Ianniffaires & à l'Aga, de retarder l'execution de ce fupplice iufques apres
la bataille & la defroutte du Prince de Calomyre.

D'autre cofté le Roy Trebafombe ayant appris la difgrace furue-
nuë à Thorafmont , & la rebellion
de Fomanrino, fut faifi par l'excez
d'vn fi cuifant & fi fanglát defplaifir, qu'il demeura immobile & in-

terdit, & ne luy resta aucune fonction naturelle, que celle de se tourmenter, de s'affliger & de se plaindre. Puis ayant poussé quelques
souspirs entre-coupez de mille sanglots, il fit tenir ce langage à sa
douleur : Si le Turc a rompu le
commerce de la guerre en la personne de ce braue Prince, ie proteste deuant le Ciel sur la conseruation de mon honneur & de ma
Couronne, que i'en auray bien-
tost la raison ; & que iamais la race
des Otthomans n'aura ny trefues
ny paix auec l'Empire de Calomyre, qui s'enseuelira plustost dans ses
propres ruines que de laisser impunie vne cruauté si barbare,
& si contraire au droict des gens.
Ah ! lasche, ah ! traistre Fomanrino, ah ! malheureux Apostat, combien toute l'Europe doit

auoir en horreur ton infame defloyauté, qui nous couſte plus dans
vn inſtant que tous les exploicts
d'Amurath & de ſes anceſtres, voire
de tous les infideles n'ont peu faire
durant tant d'annees. Ah ! perfide,
tes conſpirations ont ſurpris la
franchiſe & l'innocence de ce grád
Heros, que tu n'as point attaqué
à la force ouuerte, mais que tu as
circonuenu par tes artifices & par
ta fraude ! Cieux ! que dira le plus
Auguſte de tous les Roys, le Monarque de Gallocalie ? Cieux ! que
diront les Princes Chreſtiens, lors
qu'ils auront cognoiſſance qu'on
leur arrache d'entre les bras le con-
ſeruateur de la Religion, & qu'on
leur fait perdre le ſupport & le rempart ineſbranlable de leurs diademes ? Ce dard nous perce le cœur,
ce coup fait mourir auec nos eſpe-

rances la ioye & la gloire de nos Eſtats; & cette tourméte briſe mes deſſeins, & leur fait faire nauffragé lors que i'eſtois ſur le poinct de ſur-gir au port d'vn ſuccés le plus ho-norable qui fut iamais. O l'hon-neur de tous les Princes! ô le mira-cle de tous les guerriers! quel de-mon a eſté ſi oſé & ſi temeraire d'attenter à ta liberté, & de com-mettre vn tel ſacrilege? Soleil eſ-clattant, ſe peut-il bien faire que quelques tenebres vueillent faire eclypſer vne ſi brillante lumiere, à qui toutes les puiſſances de la for-tune, du deſtin, de la guerre & de la mort, n'ont peu donner la moin-dre atteinte? Ie iure par ta courtoi-ſie & par ta valeur, par noſtre ami-tié, & par l'obligation que tu as ac-quiſe ſur moy & ſur mon Royau-me, que ie n'auray ny repos ny con-

solation, iusques à ce que i'aye sacrifié ces impies & execrables victi-
mes à mon iuste ressentiment ; Ie
tapisseray la terre de leurs charongnes, ie teindray les flots de la mer
de leur sang, & i'armeray toutes les
creatures pour la destruction de
l'Asie, & principalement de l'Empire des Otthomans. Et pour ne
consommer inutilement le temps
à ces vaines plaintes, il assembla
tous ses esquadrons & toutes ses
trouppes, & les fit auancer à grandes iournees vers la ville de Carin-
de, distante des retranchemens du
Sultan d'enuiron douze lieuës, où
le Prince de Mantinee, fils du Roy
Trebasombe, auoit ordre de s'a-
cheminer nuict & iour, & de re-
cueillir toutes les forces des enuirons. Là, sans aucune remise, l'a-
uantgarde fut donnee au Prince de

Mantinee ; le braue Cyramonde
auoit le foing de l'arrieregarde;
Trebafombe menoit la bataille,
& voulut fe trouuer en perfonne en ce combat general, fans
fe laiffer vaincre, ny par les prieres de fon fils, ny par les fuppli-
cations de fes Officiers, voulant
courir la mefme fortune que fes
compagnons, & auoir la mefme
part en cette gloire, puis qu'il s'a-
giffoit non feulement du fiege d'v-
ne place; ains de l'intereft de la Religion, de la liberté de fon Royaume, & de la cóferuation de Thorafmont; neantmoins auant que de
marcher plus auant contre l'ennemy, il enuoya vn Heraut vers Amurath, pour luy demander le prifonnier, luy declarer qu'il eut à fe retirer à Conftantinople auec fes
trouppes, à payer les frais de la

guerre, & à luy rendre le criminel
Fomanrino, pour eftre puny felon
la rigueur des loix: ou qu'il fe pre-
parat à la bataille, & que pour cet
effect les Chreftiens feroient à luy
le cinquiefme iour.

Amurath eftoit en des inquietudes nompareilles, il ne pouuoit
contenter le Prince de Calomyre fans encourir le blafme de lafcheté, & fans exciter des tumultes
& des feditions dans fon camp: De
tenter le hazard de cette bataille,
l'euenement ne luy pouuoit eftre
que ruineux & prejudiciable ; auffi
d'abandonner honteufement fon
entreprife, c'eftoit chofe à laquelle
fon ambition ne pouuoit aucunement confentir. Du cofté de l'Afie
tout eftoit en combuftion & en
defarroy, & Marifanne auoit fi bien
meflé les fufees, qu'il eftoit comme

impossible d'y remedier. D'autre
part Bajazet succeffeur de l'Empire donnoit d'eftranges ialoufies, &
de violétes apprehenfions à l'efprit
de ce pere, trauaillé de mille foup-
çons ; & les partialitez qui diui-
foient les cœurs de fes Officiers, luy
caufoient vn fanglant defpit : Mais
ce qui luy gefnoit l'ame auec plus
de furie, eftoit l'infolence des Ianniffaires, la temerité du Muphty,
& la fuperbe altiere de Fomanrino,
qu'il ne pouuoit fouffrir en façon
quelconque, tant fon humeur luy
eftoit infupportable. Sur l'aduis
qu'il reçoit de l'arriuee de ce Heraut, il fe retire dans le cabinet d'A-
retie, afin d'aduifer aux moyens
qu'il falloit tenir pour refpondre à
ce Meffager. La Sultane fans rien
defguifer, luy fait le recit de l'imprudence, de la brutale paffion, &

des

des discours de Fomanrino, luy en
demande raison , & proteste de
vouloir mourir si vn affront si in-
iurieux n'estoit puny exemplairement. Là dessus l'Empereur conçoit vne haine immortelle contre
ce traistre; & n'a plus de raison que
pour la tourner aux inuentions de
trouuer vn cruel supplice pour expier ces impietez, ces sacrileges &
ces prodiges. A son iugement il
est indigne que la terre le porte, &
que le Soleil luy donne sa lumiere,
s'il ne passe au trauers de mille es-
pées & de mille feux, & s'il ne va
esgorger de sa propre main vn
monstre si sale & si malheureux.
Puis tout à coup il reuient à soy, &
conclud de se comporter en cette
vengeance ainsi que l'estat des affaires le permettroit ; adioustant
qu'il seroit tres-aise que le prison-

nier fut en liberté, & de faire vne
paix honorable auec les Chreſtiés,
afin de n'eſtre diuerty par leurs armes de la punition rigoureuſe qu'il
pretendoit faire de l'inſolence de
Fomanrino, de la temerité de l'Aga
& de quelques Officiers de la Porte : enſemble du souſleuement de
Mariſanne, & de la rebellion du
Gouuerneur de Babylone, qui vouloient secoüer le ioug & eſbranſler
l'authorité de ſon ſceptre. Et ſor-
tant de la tente de la Sultane, il l'exhorta de tenir bonne mine en la
recherche de cet amoureux infen-
ſé ; & ſous main, comme de ſa part
& en ſecret, de donner l'opportunité à Thoraſmont d'eſcrire aux
Princes Chreſtiens de ne precipiter
vne bataille ſous l'eſperance de
quelque traicté vtile & profitable
aux deux partis.

Aretie inſtruit Radiraman de tout ce qui eſtoit neceſſaire pour l'acheminement de ce deſſein; lequel ayant communiqué auec Thoraſmont, & pris de luy vne lettre de confidence, retourna deuers la Sultane, qui le chargea d'attendre le retour d'Amurath, qui ſans doute luy donneroit la commiſſion d'accompagner le Heraut de Trebaſombe iuſques au camp des Chreſtiens; & que ſous couleur de porter la reſponſe de l'Empereur, il feroit voir à ce Prince le papier de ſon amy, & les inclinations de la Sultane. Et de faict, le grand Seigneur ayant rencontré le Muphty, & quelques Officiers de l'Empire, il leur fit commādement de ſe rendre dans ſon pauillon, & de conuoquer Fomanrino & l'Aga pour deliberer enſemblement de ce qu'il falloit respondre sur les articles enuoyez par Trebasombe, & sur le reste de la despesche de son messager. Où, sans mettre cette matiere en plus grande deliberation, il fut arresté du commun consentement de tous ces infideles Conseillers; Qu'on feroit sommer le Prince de Calomyre de demander pardon au Sultan de la trop grande hardiesse qu'il auoit prise d'auoir offert à vn Empereur Otthoman des propositions si desrogeantes à la splendeur d'vne Majesté si releuee; Qu'on luy ordonneroit de liurer la ville, de payer tribut, de baisser les armes, & amener son armee, pour le seruice d'Amurath; & sur le moindre refus, qu'on luy denonceroit le feu, le sac, le pillage & la ruine entiere de tout son Royaume, sans esperance

d'aucune misericorde. Cela concerté, le Sultan, qui auoit des pensees bien differentes de cette resolution, pour couurir plus accortement l'ambassade de Radiramã. Ie
suis d'aduis, (dit-il, se tournant vers
Fomanrino) que Radiraman fasse
le voyage, il cognoist l'esprit volage de nos ennemis, il est à demy
leur prisonnier, & l'esperance de
sa rançon allentira peut-estre leur
barbarie. Car il est à craindre que
leur desespoir ne se porte à quelque
violence, & la personne de Radi-
man n'est à beaucoup prez si consi-
derable que celle de mes autres
Bassas, que ie ne veux hazarder si
legerement.

Ainsi Radiraman prit la routte
du quartier de Trebasombe, auquel
il bailla le billet de Thorasmont,
luy fit le recit des bonnes inten-

tions de la Sultane, & de la proximité qui l'vniſſoit auecques ce
priſonnier ; l'inſtruit des inquietudes du Sultan, des remuëmens
de l'Aſie, de la cabale des Ianniſſaires, des artifices de Fomanrino,
& de ſes infames amours ; bref, il
luy fait toucher au doigt les auantages que la Religion & le Royaume de Calomyre tireroient de la
paix que le grand Seigneur pretendoit faire, & dont le but eſtoit conforme aux deſirs des vns & des
autres ; ſçauoir la deliurance de
Thoraſmont , & la punition de
Fomanrino , & de ceux qui fo-
mentoient ſa faction. Finalement
il luy propoſa de faire les ouuertures d'vne trefue de quinze iours ;
pour auoir plus de commodité
d'examiner la conſequence de ſes
aduis ſalutaires, & s'en eſclaircir par

la bouche de Thorasmont , de
l'Admiral ou de Kiromandre , par
personnes dignes de foy qu'il
pourroit deleguer à la ville ou dans
la tente de Mustapha : afin de marcher hardiment en cette negotiation, & ne redouter aucune surprise. Et finissant son discours par
la confession de sa conuersion, &
par la grace qu'il esperoit de luy,
qui estoit son Prince legitime , il
remettoit aux pieds de sa Majesté
toutes ses inclinations & ses volontez, & le supplioit par la valeur de
Thorasmont & par la vie du Prince de Mantinee d'auoir pluftost esgard à sa repétance qu'à son offence. Trebasombe fait mille remercimens à Radiraman , & luy iure
qu'il le cheriroit aussi tendrement
que son propre fils, si les choses
qu'il auoit dites touchant la liber-

té de Thorasmont estoient conformes à la verité; que neantmoins
il tenoit ses paroles pour des Oracles, & ne feroit point scrupule
d'engager sa personne sur les seules
apparences de leur franchise : mais
qu'en cette rencontre il le conjuroit de ne reputer à inciuilité, s'il
n'auoit d'abord vne entiere confiance à son discours; veu qu'il s'a-
gissoit de tout son Royaume, & de
la liberté de Thorasmont, où toute
l'Europe auoit interest : Qu'il de-
puteroit vn Ambassadeur au camp
d'Amurath, pour conclure les trefues durant quinze iours, & demander la permission de parler au genereux Thorasmont : Et que sans
faillir, apres vne asseurance essloi-
gnée de tout soupçon, & de tout
ombrage, il se comporteroit entierement selon les sentimens de Ra-

diraman, & selon les defirs d’Amurath ; Que fi Radiraman pouuoit
faire fejour dedans fon armee iufqu’au lendemain, il ne partiroit pas
de fon quartier fans receuoir toute
forte de contentement , puis que
Kiromandre deuoit venir de Cazalie pour luy rédre compte de l’eftat
de la ville, & qu’il feroit ceffer toute forte de mesfiances. Toutesfois
pour ietter de la poudre aux yeux
des plus clairs-voyans, & pour furprendre ceux qui ne font meftier
que de piper les plus aduifez, il per-
fuadoit à ce Baffa de retourner le
mefme foir fur fes brifees, afin que
les Argus qui le veillét ne peuffent
interpreter à leur auantage fon retardement. Ainfi Radiraman s’en
retourna vers le grand Seigneur,
auquel il raconta pour toute ref-
ponfe, que les Chreftiens eftoient

gens de compofition, & que la vie du prifonnier conferuee, tout le refte ne les touchoit que de bien loin, & leur eftoit en indifference : Qu'vn Cheualier de leur part auoit charge de propofer quelques trefues, & de les iurer, en promettant qu'elles feroient entretenuës inuiolablement par le Monarque de Calomyre. De fuitte Radiraman entretint la Sultane de tout ce qu'il auoit negocié auec Trebafombe, & de la bonne volonté de ce Prince enuers elle & Amurath.

Le Sultan affemble fon Confeil, & luy fait cognoiftre qu'il defiroit accorder à fes ennemis vne trefue de quinze iours, tant parce que les nouuelles de Babylone luy donnoient le principal motif de pancher à quelque accommodement ;

que les ennemis eſtoient en leur
païs, en pareil ou plus grand nombre, & fauoriſez de pluſieurs villes;
qu'vn finiſtre euenement renuerſe-
roit de fond en comble les colomnes de ſon Empire; Que parce que
les Chreſtiens requeroient de courtoiſie cette faueur, l'octroy de laquelle n'amoindriſſoit point l'eſclat de la Majeſté Otthomane,
mais la rendoit plus illuſtre : puis
que ſa ſplendeur auoit eſbloüy les
yeux d'vne armee ſi puiſſante, &
qui n'eſtoit point fatiguee ny par
le trauail ny par le chemin, & de laquelle on triompheroit plus aiſément apres que ſa premiere ardeur ſeroit allentie. L'Aga n'eſtoit
pas de cette opinion; le Muphty
ne conteſtoit point, il apprehendoit vn mauuais ſuccés : Fomanrino ne diſoit mot, il reſuoit ſur les

perfections de la Sultane, laquelle
vn peu auparauant auoit conjuré
ce desloyal, de chercher les plus
douces voyes, & n'exposer sa personne à aucun peril, s'il faisoit
quelque estat de son amitié; &
Adargas soustenant que la trefue
apporteroit vne bonne issuë aux
affaires de l'Empereur: Cette suspé-
sion d'armes fut octroyee, & iuree
par le Tefterdar de la part d'Amurath, & par le Gentil-homme de
Trebasombe, pour ceux qui l'a-
uoient delegué: & sous pretexte de
voir Thorasmont, pour auoir vn
mot de sa main pour la ville, afin
de luy deffendre de faire aucun
acte d'hostilité, il eut la permission
de parler à ce ieune Prince, & de
suitte de faire son voyage par terre
vers Cazalie, d'où il se rendit en diligence au camp du Roy Treba-

fombe, auquel il ofta tous les foup-
çons & les ombrages qu'il pouuoit
auoir apprehendez en la declaration du fage Radiraman.

Cependant Fomanrino n'auoit
plus aucune péfee ny aucune inué-
tion pour perfecuter Thorafmont;
fes foings & fes veilles ne trauaillét
plus à former des diuifions & des
tumultes, & fon ambition ne luy
donne plus des aifles pour fe guin-
der au faifte de cette grandeur ima-
ginaire, que fa vanité fe figuroit
eftre le loyer de fa prudence & de fa
valeur. Il ne tient plus compte
de fes partifans, & cette negligence
qui paroiffoit eftre vn defdain de
mefpris, luy defroboit tantoft vn
amy, & tantoft vn confident : il
n'aimoit plus que la folitude, ban-
niffant par ie ne fçay quel rebut
tous ceux qui tafchoient de le di-

uertir de ſes reſueries. Que ſi ſes
penſees amoureuſes luy donnoient
quelque relaſche, c'eſtoit pour le
plonger dans des conſiderations
plus tragiques & deſeſperees : car
durant ces refleƈtions il n'auoit aucun repos, ſon entendement eſtoit
ſi perclus, & ſa memoire ſi pleine
d'horreur, qu'il n'auoit rien de ſain
en luy que la langue pour ſe plaindre, & pour vomir mille injures
contre le Ciel ; il fremiſſoit, il trembloit d'effroy au ſeul ſouuenir d'A-
murath, il ne ſe pouuoit aſſeurer
que la Sultane gardaſt le ſilence,
ſon ombre luy faiſoit peur, & les
approches de ſon Prince legitime,
qu'il auoit ſi cruellement offencé,
l'accabloient de mille terreurs, qui
le faiſoient mourir à chaque moment : l'image de Thoraſmont luy
imprimoit de nouuelles craintes,

luy glaçoit le fang, & le perfecutoit
fans intermiffion, & les iuftes pratiques d'Adargas & de Radiraman
agitoient merucilleufement tous
fes fens. Dans ces confufions, l'i-
dee de cette beauté fe prefentoit
tout à coup à fon imagination, &
l'enchantoit de telle forte, qu'il fe
deliberoit de perir en cette pourfuitte, de laquelle dependoient fes
contentemens, fes deftinees & fa
fortune.

Et pour y paruenir auec plus de
facilité, il pratiqua le principal Eunuque de la Sultane, qu'il eftima
capable de tous les deuoirs qu'il
voudroit exiger de luy; en luy faifant des offres capables d'efbranler
la foibleffe d'vn tel efprit, il gliffa
infenfiblement cette auantageufe
propofition ; que s'il l'affiftoit fidelement en cette rencontre, il luy

donneroit le moyen d'establir si
auantageusement sa fortune, qu'il
n'auroit point à regretter les espe-
ráces du costé de cette Princesse ny
d'Amurath. Ce traistre valet luy
promet de tenir la main si exactemét à tout ce qu'il iugeroit impor-
ter à son seruice, qu'il auroit sujet de
se loüer de sa fidelité, & d'estre satisfait de sa diligence. Là dessus Fomanrino le prie d'accepter vn Dia-
mát d'vne valeur inestimable, & de
luy donner sa foy de ne descouurir
à personne le secret qu'il auoit à
luy communiquer, & duquel deuoit naistre sa felicité ou sa ruine.
Ce More luy proteste par mille sermens de ne declarer les desseins.
Alors cet esperdu luy fait nuëment
la descouuerture de son ardeur &
de sa passion; adioustant que la Sultane ne desdaignoit pas sa recherche,

che , & feroit toufious, à tout le
moins, la moitié du chemin pour
donner quelque allegement à leurs
amoureufes flammes. L'Eunuque
promet de s'employer puiſſam-
ment pour luy procurer vne ſi belle victoire, qui eſtoit d'autant plus
glorieuſe & aſſeuree, que cette belle ennemie luy quittoit les armes,
n'oppoſoit plus ſes feintes rigueurs
& dreſſoit elle-meſme l'aymable
trophee qui le deuoit rendre plus
heureux que tous les guerriers. De
ce pas cet Eunuque s'achemine
dans la chambre de la Sultane.
L'Empereur ſuruient & s'enferme
dans vn cabinet auec Aretie. Adraſte (c'eſt le nom de cet Eunuque)
ne ſçait que penſer du courroux &
de l'emotion qu'il remarque ſur le
viſage du grand Seigneur. Ces al-
teratiós luy cauſent quelque ſoup-

çon, & ce ſoupçon l'oblige de s'approcher , & de preſter attentiuement les oreilles aux paroles de
l'Empereur; auquel il entendit proferer ces mots en rehauſſant le ton
de ſa voix auec vehemence. *Ie iure*
(dit-il) ſur l'Alcoran, ſur l'ame de
mon pere , & ſur la beauté de mon
Aretie, que l'inſolent & le temerai-
re Fomanrino ira dans peu de iours fai-
re l'amour à Proſerpine dans les En-
fers, & qu'il n'aura point attenté im-
punement contre le reſpect qui eſt deu
à la femme d'vn Empereur. Adraſte
demeure ſurpris; il voit clairement
& iuge apparemment que la mine
eſtoit eſuentee, & que cette Dame
cachoit auec vne merueilleuſe dexterité le venin de ſon indignation
ſous les fauſſes apparences d'vne
amitié diſſimulee; & traiſnoit cet
amant inſenſé dans le gouffre de

la plus sanglante & plus honteuse
desroutte qui fut iamais. D'abord
sa raison luy persuada de ne soüiller
sa reputation d'vn crime si sale
comme celuy-là dont Fomanrino
le vouloit rendre l'instrument, d'es-
touffer cette hydre dés sa naissance, & rompre ces tenebreuses intelligences auant que le mal eut
pris vn plus grand accroissement:
mais sa raison fut surmótee par son
aueuglemét & par son inclination
deprauee, & par les presens qu'il
auoit receus de cet apostat. Tellement que sans cósiderer le danger
qui le menaçoit, & qu'il s'enuelop-
poit dans les mesmes rets, en mani-
festant le secret de son Maistre, il
courut au pauillon de Fomanrino,
& luy donna cognoissance des resolutions d'Aretie & d'Amurath.

La premiere impression de dou-

leur que fit en l'ame de Fomanrino
le trifte meffage de cet Eunuque
ne fut pas moindre que fi on luy
eut porté vn coup de poignard
dans le cœur. Peu apres il vomit
mille blafphemes, & appelle à fon
fecours les Furies qui prefident au
defefpoir. Il fe voit perdu, & le
naufrage luy eft infaillible entre
tant de bancs, de fyrtes, & d'efcueils ; fon ombre luy fait peur, &
tant de puiffances conjurees contre fa tefte luy oftent l'efperance de
tout falut. En cette extremité il ne
fçait que faire, ny que dire, ny que
péfer. Et la fuitte euft efté l'vnique
remede qu'il eut appliqué à fa maladie fans les perfuafions de l'Eunuque, qui l'exhorta de tenir bon,
de faire l'abjuration du Chriftianifme pour fe conferuer les inclinations des Baffas, du Muphty, des

Talifmans & des Ianniffaires; d'ac-
cufer Radiraman & la Sultane de
trahifon; de defpefcher en diligence à Conftantinople , où Bajazet
fucceffeur de l'Empire auoit taillé
de la befongne à Amurath par les
menees de Marifanne; & de moyenner des alliances auec le Baffa de
Babylone, les Tartares & les Per-
fans, pour ioindre leurs forces enfemble, & côtrecarrer le party d'A-
retie & du Sultan : Et à cét effect
d'enuoyer Quifroës à la Princeffe
Marifanne qui eftoit fortie du Serrail, & fe difpofoit de fe mettre en
campagne : pour luy offrir fes armes, fes amis, & fon induftrie, pour
ofter du monde tous les Officiers
qui eftoient en l'armee d'Amurath,
& qui feruoient d'obftacle à fa fu-
ture grandeur, & à l'eftabliffement
de la Monarchie de fon fils, fans au-

N n iij

cune reserue, non pas mesmes du Muphty, de l'Aga, & du Testerdar. Fomantino gouste ces aduis sans les examiner, met la main à la plume, & fait partir à l'instãt Quisroës pour porter ces despesches à Marisanne. Puis sans perdre vn seul moment, il conuoque le Muphty & les Prestres de Mahomet, & fait les mysteres requis pour l'abjuration de la loy Chrestienne, & pour la profession de celle de l'Alcoran. Apres ces impies ceremonies, il implore l'assistance de Mahomet, & commence de faire des vœux pour la prosperité de l'Empire, & pour le bien de la Religion & du College des Talismans; & tombe insensiblement sur l'accusation de Radiraman & de la Sultane, qui tramoient, disoit-il, la ruine de l'armee & de l'Estat, pour fauoriser les

armes de Calomyre & les entreprises de Thorasmont. Et cét apostat
sceut si dextrement appuyer ses impostures & ses artifices, que tous les
Talismans se mutinerent, esmeu-
rent les Iannissaires & les Bassas, &
exciterent vne sedition si furieuse,
que iamais Amurath ne pensa appaiser vne si estrange bourrasque.
Car ces enragez hurloient & grin-
çoient les dents, & disoient tout
haut, que la Religion estoit au pen-
chant de sa ruine, si l'on n'expioit
les attentats de Radiraman & d'A-
retie, & si vne telle injure n'estoit
reparee par le supplice le plus cruel
qu'on sçauroit imaginer.

Amurath qui auoit vn esprit
clair-voyant, & qui ne se troubloit
point dans l'euenement des choses
moins esperees, n'irrite point les
courages desesperez de ces estour-

dis, au contraire il louë leur franchise & leur ardeur; & sous couleur de vouloir donner des gesnes & des tourmens à Radiraman pour sa desloyauté, & à la Sultane pour sa perfidie, il modera quelque peu ces vacarmes & ces tumultes impetueux. Et pour mettre la Sultane en seureté, & piper le cœur de Fomanrino, Vous (luy dit-il) aurez le soing d'examiner les circonstances de cette conjuration, & le pouuoir de prononcer le dernier Arrest contre la Sultane & contre Radiraman, dont les destinees sont remises entre vos mains : car le Testerdar se saisira de la personne de ce Bassa, & le Muphty gardera estroictement la Sultane, pour empescher qu'ils ne s'eschappent, & qu'ils ne meurent, afin de les faire mourir exemplairement si vous les declarez coulpables ; & pour recompenſe d'vn tel ſeruice, ie vous donne le gouuernement de Conſtantinople. Et vous (ſe tournant au Muphty) ayez vn meſme deſir que ce nouueau Mahometan, voila ma bague que ie vous offre ; acceptez encore la charge de grand Vizir pour l'aiſné de vos freres ; & pour l'autre, ie luy donne le gouuernement de Balzare : car le Vizir qui eſt priſonnier eſt indigne de poſſeder vn ſi grand honneur. Et vous (dit-il à l'Aga) receuez en don le Palais Royal, qui eſt à deux lieuës de Conſtantinople, & le tribut que les Chreſtiens doiuent fournir dans mes threſors l'eſpace de deux annees, & prenez toute la vaiſſelle de ma maiſon & la partagez à mes Ianniſſaires. Et pour côtenter les Baſſas les plus factieux, il leur fit liurer quantité d'argent monnoyé, leur donna des Gouuernemens & des offices dans son Palais. Ainsi ce grand orage fut calmé; & le Sultan fit secrettement aduertir Aretie & Radiraman, de ne se mettre en peine de leur captiuité, de laquelle ils se verroient bien tost desliurez à la honte de leurs ennemis.

Adargas qui eut le vent de cette sedition, & qui recognoissoit l'humeur volage des Iannissaires, & l'insolence des Talismans, preuoyãt aussi que cette furieuse tempeste n'estoit excitee que pour opprimer les partisans de Thorasmont : se saisit du premier cheual qu'il rencontra dans l'escurie du grand Seigneur, & sortit à toute bride des retranchemens des Payens : mais ne pouuant gaigner la ville de Ca-

zalie pour ſe mettre à couuert durant la vehemence de ces deſordres, il fut contraint de prendre le
premier chemin qui ſe preſenta à
ſes yeux, ſans autre deſſein que de
tirer pays & s'eſloigner de la rage
de ces barbares. Par hazard il de-
couure l'infidele Quiſroës, lequel
ſe voyant apperceu voulut prendre vn autre deſtour. Adargas le
ſuit & le preſſe viuement pour ſçauoir à quelles fins cet inſtrument
infame des conjurations de Fomanrino prenoit vne telle routte;
& ſe treuuant mieux monté que
Quiſroës, il l'atteignit, le foüilla, &
luy prit tous les papiers qu'il portoit à Mariſanne, & pour le Baſſa
de Babylone & les Perſans. Il l'arreſte, le deſarme, l'attache ſur ſon
cheual: & tournant viſage vers le
camp de Trebaſombe, il fit ſi bien

qu'il l'entraiſna bon-gré mal-gré
iuſques au quartier du Prince de
Mantinee ; lequel ayant donné aduis au Roy Trebaſombe de l'arriuee du genereux Adargas, & de la
capture de l'infidele Quiſroës, qui
eſtoit chargé de deſpeches : Trebaſombe vint en diligence au departement de ſon fils, fit mille careſſes
à Adargas, & enuoya incontinent
au Sultan par vn Heraut toutes les
inſtructions & tous les memoires
de Quiſroës. Amurath redouble ſa
haine contre Fomanrino, & ne
cherche que les voyes de ſe venger
de tant de crimes & d'attentats
dont ce monſtre s'eſtoit ſouillé : il
eſcrit vn mot de ſa main au ieune
Adargas, & luy mande de remercier Trebaſombe de la peine qu'il
auoit priſe de luy faire tenir les de-
peſches de Quiſroës, & de le prier

de conclure vne paix auec la race
Otthomane, qui fuſt honorable aux deux nations, & qui euſt
pour ſa principale fin, la deliurance d'Aretie, de Thoraſmont, de
Radiraman, & du grand Vizir, &
le ſupplice de Fomanrino & de ſes
complices ; Que neantmoins les
articles fuſſent ſecrets durant quelques iours, promettant en parole
de Roy d'obſeruer inuiolablement
tout ce qui ſeroit conclud & arreſté
par Adargas.

Le Sultan cachette luy-meſme
cette miſſiue, & la fait tomber ſans
bruict entre les mains du Heraut
par le moyen d'vn Eunuque; & ſi
toſt que le Prince de Mantinee &
Adargas eurent receu ce papier, ils
dreſſerent les articles de ce traicté
en ces termes.

Que pour le reſpect & l'obeyſſan-

ce que tous les Roys de la terre deuoient
au Monarque de Gallocalie, l'inuincible Ludouicandre, le plus illuſtre, le
plus grand & le plus iuſte Prince de
tout l'Vniuers, le Sultan *Amurath*,
& le Roy *Trebaſombe* ſe departoient
de la hayne & des querelles qui eſtoiĕt
entre les deux nations, renonçoient à
toutes intelligences contraires aux
deux Couronnes, & vniſſoient leurs
perſonnes, leurs peuples & leurs
Diademes par vne paix inuiolable,
& telle qui doit regner entre deux
freres.

Que le Sultan rendroit les villes de
Heliouſte & de Hiraam qu'il auoit
conquiſes ſur Trebaſombe, & donneroit quatre millions d'or pour le deſ-
greuement du Royaume de Calomyre.

Que le Sultan rendroit tous les priſonniers Chreſtiens, & le Roy Tre-

basombe tous les esclaues Mahometans.

Qu'on feroit la guerre aux rebelles
de part & d'autre. Et qu'en baillant
des oftages, les Chreftiens feroient te-
nus de fournir cinquante mille hommes
au Sultan, ou le Sultan de bailler
pareil nombre aux Chreftiens pour
les employer où bon leur sembleroit,
pourueu que la Religion ne fuft
offencee, que le grand Ludouicandre n'y euft point d'intereft,
& qu'il l'euft aggreable, & qu'on
auançaft la solde pour quinze
mois.

Que les Chreftiens fourniroient
soixante vaisseaux & quantité de
munitions au Sultan à prix raifonnable.

Que le commerce feroit libre, tant
par mer que par terre, & specialement
aux pelerins de la terre fainte,

Ce traicté concerté par le Prince de Mantinee & par Adargas fut ratifié secretement par Trebasombe & par Amurath ; Et le Sultan ayant asseuré ses affaires du costé de Calomyre, il fit vne ferme resolution de remettre sur pied son authorité, & de ne se laisser dauantage maistriser par l'insolence de ses esclaues.

Fomanrino ne sçauoit pas que son Messager auoit esté surpris, & que ses memoires estoient au pou-d'Amurath : il estimoit s'estre mis suffisamment à couuert contre les attaques de la fortune ; il tient à present comme en son pouuoir la beauté qui l'auoit sousmis, & ne redoute plus aucun rebut. En cette opinion il s'achemine dans le pauillon où estoit cette vertueuse Dame pour tascher d'obtenir les

faueurs

faueurs que sa lubricité s'estoit fi-
gurees, & qu'il reputoit d'vn facile octroy, en vne saison où la Sultane ne le voudroit pas fascher.
Desia le Muphty estoit auec Aretie
& l'entretenoit sur le merite de cette guerre, & sur le pouuoir absolu
qu'il auoit sur les Talismans, sur les
Iannissaires & sur les Bassas ; & sur
la fin il luy tesmoignoit que son
regret estoit extreme de la voir reduitte sous la garde de Fomanrino
& sous la sienne, elle qui auoit
tousiours eu l'empire souuerain
sur toutes les plus genereuses ames;
Qu'il employeroit son credit pour
luy procurer sa liberté, & la grandeur qu'elle auoit possedee pour la
remettre dans le trosne, & pour dissiper tous les nuages qui voudroiét
troubler la serenité de ses contentemens & de son repos. Toutes-

fois qu'il importoit de beaucoup
de punir la perfidie de Radiraman,
& la temerité de Thorafmont, &
de recompencer la fidelité de l'incomparable Fomanrino, dont
le mouuement ne tendoit qu'à la
gloire de la Religion qu'à l'agran-
diffement de l'Empire, & qu'à la
ruine de Calomyre. Et comme il
vouloit pourfuiure pour declarer
fon amour à cette beauté, & que
l'alteration de fon vifage & le
mouuement de fes yeux tefmoignoient ouuertement fa paffion:
Aretie pour le preuenir, l'interrompit, luy difant; Que fi les intentions de Fomanrino eftoient fi
fainctes & fi raifonnables que
le grand Talifman les venoit de reprefenter, il n'y auoit point de doute qu'elles meritoient vne grande
recompence, & que Radiraman &

Aretie estoient coulpables : Mais si
les artifices de cet imposteur n'a-
uoient autre visee que celle de la
honte de l'Empereur, de la desroute de l'armee, de la subuersion de
l'Estat, & de la perte de la Religion, du Muphty, de l'Aga & de
tous les Bassas, pour assouuir son
ambition desmesuree & sa brutale
passion, c'est sans difficulté que
Fomanrino deuoit mourir. Le
Muphty ne peut s'imaginer que ce
traistre ait formé le moindre dessein ; & quoy que la Sultane luy
en fasse toucher au doigt les circonstances, il ne veut condamner l'innocence de ce Cheualier s'il n'appuye son iugement sur des preuues
plus certaines, & qui soient irreprochables de toutes parts. Aretie ne
veut mettre en auant aucun autre
tesmoignage pour le conuaincre

que sa propre main, que sa langue, & que son action. A quoy le Muphty replique, que ces demonstrations estoient trop visibles pour ne decider entierement cette espineuse question. Et pour lors Fomanrino estoit sur le poinct d'entrer dans la chambre de la Sultane; Aretie eut le loisir de faire cacher le Muphty derriere la tapisserie, d'où sans estre apperceu il pouuoit aisément entendre le discours de cet extrauagant, & voir tout son proceder.

Lors Fomanrino, qui croyoit n'estre esclairé par personne, s'approcha de cette Princesse, & luy prenant la main pour la baiser auec vne hardiesse pleine de temerité & d'imprudence, il vomissoit „ ces paroles. Faut-il, ô belle cause „ de mon martyre, que ie sois le pri-

sonnier de celle que la fortune a "
reduitte deſſous mes chaiſnes ? "
Cruelle, tu renuerſes l'eſclat de ta "
condition en te monſtrant ſourde "
& inexorable à mes vœux ; & "
pour paroiſtre farouche en mon "
endroiĉt tu deſtruis les fondemens "
de ta grandeur ; tu vois quels effets "
ont produit tes injuſtes refus, & "
combien ont eſté dommageables "
tes meſpris, tes deſdains, & ton "
infidelité : n'importe, ta vie ou ta "
mort eſt entre mes mains, & le Ciel "
ne ſçauroit diſpoſer de tes deſtinees "
que ſelon l'arreſt de ma volonté. "
Le Sultan meſme n'oſeroit ouurir "
la bouche pour ta faueur, les Ian- "
niſſaires, & les Baſſas ſont les mi- "
niſtres de mes penſees, & le Mu- "
phty & les Taliſmans ſeruiront "
d'organe pour l'accompliſſement "
de mes projeĉts. Conſidere ma "

,, misericorde, iette les yeux sur ma
,, puiſſance redoutable, & eſlis plu-
,, ſtoſt de me poſſeder dans ton lict
,, pour amant, que de m'experimen-
,, ter en ma colere pour ton ennemy
,, capital. Si tu condeſcens à mes a-
,, moureux deſirs, i'executeray de
,, poinct en poinct tout ce que ta
,, vengeance pourra conceuoir; tout
,, ce que ta paſſion pourra ſouhaiter;
,, tout ce que ton imagination ſe
,, pourra repreſenter; voire ie renuer-
,, ſeray les loix de l'Empire & de la
,, nature pourueu que ie iouyſſe de
,, ton amour. Ie bruſle; ie meurs; ie
,, ſuis capable de tout, & ne me puis
,, guerir de rien, ſi ce n'eſt par tes em-
,, braſſemens & par tes baiſers. Non,
non, reſpond la Sultane en ſe recu-
lant, ie ne puis croire que la malheureuſe Aretie vous puiſſe toucher en quelque façon, puiſque

vous l'auez accusee aupres du Sultan & des Talismans, & que vous
la tenez refferree dans cette tente
comme dans vne eftroitte prifon,
fous le pouuoir du Muphty & des
Ianniffaires : de la main defquels
vous ne fçauriez m'arracher quand
i'aurois accordé le contenu de tous
vos difcours; attendu que le Muphty vous feroit vn mauuais party. Ie
iure par vos beaux yeux (replique
le traiftre) que pour vous ofter
tout ombrage de ce cofté-là, ie feray plutoft mourir le Muphty; &
fi l'Aga vous eft vne efpine, ie l'ar-
racheray de ce monde, & brieray
en tout & par tout les obftacles
qui retarderont voftre liberté & la
fuitte de nos amours : Quifroës
vous en dira des nouuelles à fon retour. Il fuffit (repart Aretie) fon-
gez-donc à faire la guerre au

Muphty & aux Talismans, & ie
trauailleray à surmonter les considerations qui me reculent de ce
chemin, que vous me figurez plein
de roses, de delices & de felicité, &
qui est vn accident inseparable de
vos promesses. Ie iure derechef par
vostre beauté plus adorable que
l'Alcoran (poursuit Fomanrino)
que le Muphty sera le premier object de ma fureur, & le premier tesmoignage de ma fidelité & de
mon amour. Et sortant de la chambre de la Princesse, il prit le chemin
du departement du Muphty, & es-
saya de corrompre son cuisinier
pour mettre du poison dans la
viande qu'il appresteroit pour le
souper de son maistre. Ce cuisinier
tient bonne mine, & promet d'e-
xecuter ce qui luy estoit enchargé,
& reçoit pour sa recópense vne ri-

che bague ; & à mefme temps il en
donne aduis à vn Talifman , lequel
en aduertit le grand Preftre à
l'heure mefme qu'il alloit au pauillon d'Amurath , pour luy raconter
l'infolence de ce mutin.

Cette nouuelle renflamme de
plus en plus le courroux du Muphty ; le defir de vengeance anime
fon indignation , & la crainte de
fouffrir quelque fupercherie de la
cabale de ce traiftre, le contraint de
chercher toute forte d'expediens
pour trouuer la feureté de fa vie
dans la mort de ce defloyal. Il fe
iette aux pieds du Sultan, il implore
fa Iuftice, il reclame fon authorité,
il fremit, il tremble, & la prefence
de l'Empereur eft bien à peine capable de raffermir ce cœur efbranlé, qui peu auparauant choquoit la
grandeur de l'Empire, & ne redou-

toit les forces de son Seigneur. Amurath pour redoubler son estonnement, luy fait voir les despesches de Quisroës, où Fomantino promettoit à Marisanne de donner à son fauorit l'office de grand Talisman, & de disposer à son bon plaisir de la teste des principaux de toute l'armee. A l'instant il ordonne au Muphty de conuoquer secrettement les principaux Officiers de la Porte, quelques Talismans, trois Beglierbeïs, deux Cadilesquers, & quelques Bassas, pour les instruire des menees & des attentats de Fomantino, & pour donner ordre que sans aucun tumulte des Iannissaires on se saisisse de sa personne; afin de le punir selon les loix de l'Empire; & que pour leur faciliter cette capture, il feroit en sorte que Fomantino ne bougeroit de la compagnie du Tefterdar.

Le Muphty affemble dans fon pauillon les Talifmans, & les autres Officiers, & leur reprefente auec des paroles graues les enormes crimes de cét infigne bourreau, fans laiffer en arriere fes conjurations, fes intelligences, fes hypocrifies, fes memoires, fes defpefches, fes amours defreglees enuers la Sultane, fa fauffe accufation contre Radiraman, fa conjuration contre la vie de l'Aga, du Tefterdar & du Muphty : & la declaration du Talifman touchant le poifon eftant iointe, il ne reftoit aucune matiere de deffiance, que ce miferable ne fuft entierement conuaincu : A quoy il fut adjoufté, que certains fantofmes communiquoient durant la nuiƈt auec Fomanrino, le-

quel dreſſoit quelque malefice qui
ne pouuoit tourner qu'à la confuſion de l'armee : Bref, qu'vn tel
monſtre ne pouuoit ſubſiſter dauantage ſans cauſer d'eſtranges
malheurs Et rapportant mille belles raiſons ſur ce ſujet, pour rendre
plus odieuſe la faute de ce deſloyal,
il perſuada ſi bien ſes ſentimens à
toute cette aſſemblee, qu'il fut conclud d'vn commun conſentement,
que Fomanrino ſeroit arreſté priſonnier, & qu'on demanderoit la
liberté d'Aretie & de Radiraman,
& l'eſchange des priſonniers : tant
pour moyenner quelque paix auec
le Prince de Calomyre, que pour
reprendre promptement la routte
de Conſtantinople, afin de s'oppoſer à Mariſanne, qui ſe mettoit en
campagne, pour s'emparer de l'E-
ſtat au nom de ſon fils. Et pour y

proceder auec prudence, on deputa
deux Baſſas, l'Aga, & trois Taliſmans, pour demander au Sultan la
permiſſion d'arreſter ce criminel:
A quoy l'Empereur conſentit facilement ; & de ce pas Fomanrino
fut mis ſous la charge de cent Archers, & Aretie & Radiraman re-
couurerent leur liberté.

Tous les Baſſas, tous les Ianniſſaires, tous les Taliſmans condui-
ſent la ſage Sultane & l'inuincible
Radiraman, auec mille cris d'allegreſſe, & mille fanfares de trompettes pour les honorer ; & l'Empereur les reçoit auec des demonſtrations d'vne ioye ſi viſible, que
iamais en ſa vie il n'auoit eſté comblé d'vn ſi extraordinaire contentement. Il careſſe le Muphty & les
Taliſmás, il embraſſe l'Aga, il louë
les Baſſas, il flatte les Ianniſſaires,

aufquels il donne en prefent toutes les defpoüilles de Fomanrino,
qu'il fait mettre entre les mains des
Cadis pour le iuger. Et voyez
l'inconftance de la fortune : Ceux
qui n'auoient des yeux que pour
contempler la grandeur de cét
eftourdy, qui n'auoient des vœux
& des penfees que pour l'eftabliffement de fon ambition, n'ont à prefent que des defirs pour fa perte &
fon infamie, & n'ont autre but que
d'inuenter des fupplices & des
tourmens pour le perfecuter &
pour le deftruire. Radiraman fe
monftre victorieux ; il n'abufe pas
pourtant de cette profperité : mais
en remerciant les Baffas & les Ianniffaires, il leur fait naiftre l'enuie
de traicter auec les Chreftiens pour
fecourir l'Empire qui eftoit fur le
poinct d'eclypfer, tant par la rebel-

lion du Gouuerneur de Babylone,
que par le moyen des tenebres que
la partialité de Marisanne faisoit
naistre de toutes parts, abusant de
la facilité de Bajazet : lequel pour
estre de bon naturel, n'authorise-
roit iamais ces tumultes, s'il voyoit
que le Sultan eust accommodé ses
affaires auec le Monarque de Calomyre ; veu que la place assiegee
tiendroit bon encore plus de deux
ans, specialement ayant à ses portes vne armee florissante, & capable de subjuguer vn Royaume; &
que la saison contraindroit Amurath de se retirer, & de faire vne retraicte precipitee : & qu'ayant à ses
talons des ennemis vigoureux, & à
sa teste des peuples mutinez, sou-
leuez & temeraires, l'issuë ne pouuoit estre que malheureuse. Ces
persuasions calment l'ardeur in-

confideree de ces guerriers ; ils de-
mádent la paix, & peu leur importe la qualité des articles, pourueu
que les Princes Chreſtiens ne leur
courent ſus, & ne retardent leur
retour à Conſtantinople. Ils ſup-
plient Radiraman d'en faire les ouuertures à l'Empereur ; il y ſatisfait,
& le Sultan depute le meſme Baſſa pour aller au camp des Chreſtiens faire publiquement le traicté
dont les conuentions auoient eſté
dreſſees en particulier.

Le lendemain Adargas & Radiraman reuiennent au pauillon d'A-
murath , pour luy preſenter vn
Gentil-homme de la part du Roy
Trebaſombe, lequel auoit charge
de luy faire les proteſtations d'amitié de la part de ſon Maiſtre, pour
luy offrir ſon armee & ſes vaiſſeaux;
auec priere de mettre en liberté
l'incomparable

l'incomparable Thorasmont : &
que pour le conuier à cette courtoisie, il luy enuoyeroit premierement son Vizir & les autres prisonniers. Amurath tesmoigne à
ce Gentil-homme que sa visite luy
est agreable, & commande à son
Testerdar & à Mustapha d'aller au
departement du Roy Trebasombe
pour l'asseurer de sa bien-veillâce,
& qu'il accompliroit de poinct en
poinct le traicté ; adioustant qu'il
cherissoit Thorasmont d'vn pareil ressentiment qu'il deuoit faire celuy qui estoit le frere de la Sultane. Et pour faire voir sa franchise à ce Gentil-homme, il fit amener à l'instant ce prisonnier dans
son pauillon, luy fit oster ses chaisnes, & luy fit toutes les caresses
qu'vn fils pourroit exiger de son
propre pere. Mais l'abord de Tho-

rasmont & de la Sultane leur causa vne ioye si demesuree, que peu s'en falut que l'excez ne les sit mourir.

Amurath supplie le Prince de prendre la peine de donner iusques à la ville pour rendre les Citoyens participans de ces heureuses nouuelles, & de renuoyer son Vizir & ses deux Bassas. Thorasinont choisit le meilleur cheual dans les escuries du grand Seigneur, & pren d la routte de Cazalie, n'ayant à sa suitte que Radiraman & quelques Eunuques. Desia le peuple estoit aduerty que leur protecteur estoit deliuré de sa prison & de ses chaisnes; tout le monde accourt à son arriuee; & l'on n'entend que de publiques acclamations : l'on ne voit que des feux de ioye, & le siecle d'or auoit changé tout à coup la

tristesse en resiouyssance, & dissipé
tous les broüillards qui troubloiét
la serenité des contentemens de
cette Cité fidelle. Chacun occuppe ses yeux à le regarder : on n'a
point de cœur que pour faire des
vœux pour l'accroissement de sa
prosperité & de sa grandeur, ny de
langue que pour luy donner mille
& mille benedictions. Thorasmont de son costé tesmoignoit ouuertement à ce peuple, que la conseruation de la ville luy estoit infiniment plus agreable que sa liberté, ny que sa vie : puis apres il entretenoit ses amys, & receuoit leurs
complimés : Tantost il embrassoit
l'Admiral, & tantost il embrassoit
Kiromandre, Nicomar & les autres
chefs : Et pour ne tenir en suspens
l'esprit d'Amurath, il fit venir les
Bassas & le grand Vizir, & les ra-

mena le foir mefme dans la tente
de l'Empereur, qui les vit de tres-
bon œil, & principalement le
Vizir.

Sybiran n'auoit voulu tant foit
peu s'efloigner de la chambre de
l'Admiral depuis la fuprife faite à
Thorafmont, & fon iugement e-
ftoit fi troublé, & fa memoire fi
pleine d'horreur, qu'il eftoit comme trauaillé d'vne frenefie, & priué de l'vfage de la raifon, & du fens
commun. Mais fi toft qu'il apperceut Thorafmont, ces orages furent calmez, & la fanté luy fut miraculeufement reftituee dans vn
moment. Cieux! que ne dit-il pas
contre les Payens? de quelles injures ne chargea-t'il pas Fomanrino? & de quelles inuectiues ne fe
feruit-il pas contre les Iániffaires &
les Talifmans? Et ce qui eft plus

confiderable, c'eſt qu'il ne vouloit permettre aux Eunuques ny aux Baſſas de s'approcher de ce Prince, ny ſouffrir qu'il ſortiſt de la ville pour retourner aux retranchemens d'Amurath.

Le iour enſuiuant Thoraſmont ſe rend au quartier des Princes Chreſtiens. Pour exprimer le contentement des vns & des autres, c'eſt trop peu de dire, que la victoire eſt douce apres vn long & faſcheux combat ; que le port eſt agreable apres les perils du naufrage ; que le retour du Soleil eſt plaiſant apres les obſcuritez d'vne nuit affreuſe, & que la ſanté eſt pleine de charmes, apres les incommoditez d'vne maladie languiſſante & inſupportable.

La paix eſtant tout à fait concluë, & les conditions executees de part & d'autre, on choisit vn lieu pour l'entreueuë du Sultan & de Trebasombe : & pour ne desroger à leurs Majestez, & ne tirer à conse-quence cette visite, il fut arresté que le Prince de Mantinee vien-droit le premier au departement de la Sultane pour rendre ce deuoir à cette Princesse, non seulement comme à la femme du grand Sei-gneur, mais aussi comme à la sœur de Thorasmont : & que Treba-sombe & Amurath se rencontre-roient à la chasse & se feroient les protestations reciproquement d'v-ne parfaite amitié, sans descendre de cheual. Ce qui fut fait auec vne entiere satisfaction des vns & des autres. Et la diuine Aretie auec la plus grande partie des Officiers de l'armee s'achemina dans la ville en la compagnie de Thorasmont &

du Prince de Mantinee, où le Roy
Trebasombe fit paroiftre sa magnificence pour la receuoir & pour la
traicter

Si la reconciliation de ces deux
Monarques combla de ioye les
peuples de Calomyre, lors que les
nouuelles arriuerent à Mantinee,
cette paix eut vn effect bien contraire & bien different à l'esgard de
Marisanne & de ses complices: Car
on n'eut pas si toft aduis du traicté
& du secours que le Sultan tiroit de
l'armee des Chreftiens; & la renommee n'eut si toft publié, que l'Empereur Amurath pouuoit difposer
de toute l'armee Chreftienne, & de
l'inuincible Thorafmont, & que la
vertueufe Aretie auoit vn pouuoir
abfolu fur les volontez de tous les
guerriers, que Marisanne s'efpou-
uanta, ne voyant par tout que les

marques de sa desfaite : Aussi les Bassas de sa faction l'abádonnent, son fils ne protege plus ses passions, ses partisans prennent la fuitte, & son crime luy oste l'esperance d'aucune grace. Elle est sortie du Serrail sans la permission du Sultan, elle a enfraint les loix de l'Empire, elle a troublé la tranquilité publique, elle a communiqué auec le Tartare : bref, elle s'est mis ouuertement en deuoir d'establir Bajazet au siege des Sultans, & en debouter Amurath. Toute son industrie n'auoit fait qu'alterer les affaires sans aucun progrez, & ceux qui fauorisoient son entreprise ne s'estoient point encore declarez, sur l'incertitude de la guerre que le Sultan auoit auec Trebasombe, & sur la maladie qui estoit suruenuë au Bassa de Babylone, le principal

autheur de cette efmotion. A prefent chacun s'efloignoit de ce precipice, & celuy qui eftoit le plus ze-
lé, n'auoit plus de difcours que
pour detefter l'injuftice de Marifanne, & fouftenir le party de leur
fouuerain Seigneur : de telle forte,
que cette mefchante femme fe
voyant fruftree de fes iniques deffeins, elle fe fit apporter du poifon,
& finit ainfi fa malheureufe vie
pour fe garentir du fupplice. Apres
la mort de cette defefperee, Bajazet
fe departit de ces intelligences &
de ces pratiques ; Il efcriuit à fon
pere, le fupplia de pardonner à la
memoire de cette Dame, & de luy
permettre de s'aller ietter à fes
pieds, pour fe iuftifier des accufa-
tions que fes ennemis pourroient
faire aupres de fa Majefté ; & par
mefme moyen il fit vne defpefche

à la Sultane Aretie, auec tres-humble priere de luy procurer la bienvueillance de l'Empereur : à quoy cette Princesse s'employa si vtilement, que Bajazet fut bien receu par son pere, & eut la place & l'authorité dans le Camp, que sa qualité & sa naissance luy auoient acquises. Ce Prince demeure surpris & rauy d'estonnement en voyant le genereux Thorasmont, il conçoit pour luy vne amitié singuliere, & en sa compagnie il visite la ville ; & Trebasombe, le Prince de Mantinee, en faisoit de mesme enuers le Sultan.

Cependant Fomanrino estoit sous la garde de plusieurs Archers, & son procez luy estant fait par les Cadis, il fut condamné à estre empallé tout vif. Aretie, ny les Princes Chrestiens, ne s'opposerent point à cette sentence, qui fut executee publiquement proche la porte de la cité, dans laquelle à mesme temps le desloyal Quisroës receut vn semblable traictement.

Amurath, qui estoit fort cassé, faisoit resolution de passer le reste de ses iours dans vne Mosquee, & laisser son Empire à Bajazet : & comme il resuoit sur ce qu'il auoit à faire touchant Aretie, & que d'autre costé cette Princesse songeoit aux moyens pour auoir permission de faire vn voyage en Gallocalie, le Sultan fut surpris tout à coup d'vne fiéure si violente, que tous les Medecins des deux armees perdirent l'esperance de le sauuer. Aretie, Bajazet, Thorasmont, & le Prince de Mantinee ne bougerent d'aupres de son lict. Durát le cours de la maladie de ce Monarque, lequel ne receuoit autre confolation dans l'excés de fa douleur, que de voir l'amitié reciproque de ces deux ieunes Princes, & les foufmiffions qu'ils rendoient à l'incomparable Sultane, les Talifmans ne permettoient pas à perfonne de l'entretenir d'autre Religion que de celle de l'Alcoran : & l'habitude qu'il auoit au culte de cette loy, oftoit les moyens aux Chreftiens de le difpofer à fe defuelopper des erreurs de l'idolatrie. Comme il recognut que la fin de fa vie eftoit à fon dernier poinct, il fit venir fon fils, & l'enchargea de feruir & d'honorer Aretie, de luy donner toute forte de liberté, & d'entretenir l'alliance inuiolablemét auec le grand Ludouicandre Monarque de Gallocalie, & auec le Roy Trebafombe, fans iamais faire aucunes trefues auec le Tartare, veu que la Tartarie estoit vne nation infidele & artificieuse, qui ne gardoit point ses promesses & ses sermens. Et auant qu'exhaler le dernier souspir, il profera mille belles paroles pour consoler Aretie & les autres qui estoiét autour de son lict. Apres tous ces discours, qui ne partoient que d'vn iugement sain & solide, il rendit son ame, au grand regret de toute l'assistance & de toute son armee. Et sans mentir, aux rares qualitez qui estoient en ce Prince, & à vne infinité de bonnes parties qui le faisoient aimer, il n'est pas mal-aisé de iuger que son trespas remplit d'vn extreme desplaisir tous ceux qui estoient autour de luy. Mais, helas! qu'est-ce que deuint l'infortunee Aretie? elle s'abysma dans des douleurs inconsolables; & d'abord à la considerer on eust dit, que tout ce que le dueil & la mauuaise fortune ont de fascheux & de triste, s'estoit retiré sur son visage, pour le priuer de sa naturelle beauté. Thorasmont r'appelle les esprits de cette Dame affligee, & luy fait cognoistre par ses persuasions, qu'en ces euenemens irreparables, le seul remede se tire de la constance.

Bajazet est declaré Empereur ; il caresse tous les Officiers de l'armee & leur fait de riches presens ; il renouuelle les alliances auec les Monarques Chrestiens ; il dresse vn superbe conuoy pour conduire le corps de son pere au sepulchre de ses predecesseurs : Et auant que de se mettre en chemin, il fait mille remerciemens à Trebasombe, au Prince de Mantinee, & à Thoras.

mont, du foin & de l'amitié qu'ils
tefmoignoient pour Aretie, laquelle il fupplia d'accepter en don toutes les pierreries & tous les ioyaux
qui fe trouuerent dans le cabinet
d'Amurath : à quoy il adjoufta
grande quantité de vaiffelle d'or &
d'argent, luy permettant d'emmener auec elle toutes les captiues, tels
Eunuques & tels Officiers que bon
luy fembleroit. Puis prenant congé de cette Princeffe, & des Princes Chreftiens auec vn ruiffeau de
larmes, il fuiuit la routte de Conftantinople ; & les Chreftiens
fe repoferent à Cazalie durant
quelques iours , attendant que la
flotte fuft efquippee pour monter
en mer, & gaigner la capitale de
Calomyre. En fin les Princes
Chreftiens dreffent leur nauigation vers Mantinee, r'amenant

auec eux la ioye, l'abondance, la felicité & la gloire : & les vens & le calme fauorisans cette course, dans fort peu de iours cette flotte vint moüiller l'ancre au lieu où la Reyne Phylisie l'attendoit auec vn million de desirs, & vne impatience extraordinaire. Iamais des applaudissemens si vniuersellement faits, iamais des acclamations si reïterees, iamais vne resiouyssance si generale, iamais vne ioye si remarquable : La Reyne estoit auec toutes ses Dames le long du riuage, lors que les Princes descendirent de leurs vaisseaux, & que la Sultane quitta la mer : Et personne n'est capable de representer le moindre de ces complimens qui furent faits en cet abbord ; On ne parla toutesfois ny de bals ny de festins, de courses de bague ny de balets. Car la playe

que

que le trespas d'Amurath auoit faite dans l'ame de la Sultane, estoit
encore trop fraische, pour permettre ces recreatiós & ces gayetez, qui
en autre saison auroiét esté receuës
de bonne part; On trauaille neantmoins à faire paroistre aux yeux de
cette Princesse & de Thorasmont
la magnificence de Calomyre, sous
couleur d'honorer la conuersion
de Radiraman, & de celebrer le
baptesme des Eunuques & des
Dames de la Sultane; & le tout
auec vn si grand esclat, qu'aux
siecles passez on n'a point ouy
parler de si superbes pompes, &
de si magnifiques ceremonies.
Que si Trebasombe estoit inseparablement auec Thorasmont,
la Reyne ne pouuoit s'esloigner
vn seul moment de la compagnie de la Sultane; sans pouuo[ir]

respirer si tant soit peu elle estoit
priuee de l'aspect de ce beau Soleil;
dont la Majesté se rabaissoit quelquesfois pour entendre les conten-
tions de Sybiran & de Kiromádre,
lequel persecutoit sans cesse ce timide marchand, pour donner du
plaisir à ceux qui les escoutoient.

Trebasombe , qui cherissoit
Thorasmont auec passion , luy
voulut donner le plaisir de voir vn
combat de quatre taureaux auec
des chiens, & de quelques Ours
auec des Lions; A cette intention
il fit dresser des eschaffaux dans vne
grande place, pour y loger les Dames & les Cheualiers; afin que sans
danger on peut contempler à son
aise l'addresse naturelle & la force
de ces animaux, qui estoient enfer-
mez entre des barrieres. Thorasmont s'y laissoit comme traisner,

plutoſt pour entretenir ſes triſtes
penſees que pour trouuer des di-
uertiſſemens à ſes inquietudes ,
ayant pour lors ie ne ſçay quel profond deplaiſir plus qu'à l'ordinaire, & dont luy-meſme ignoroit la
cauſe. Il apperçoit de loing deux
hommes de cheual, les habits deſquels luy ſembloient n'eſtre point
differents à ceux dont ſe ſeruent
les Gentils-hommes de Gallocalie,
& principalement en la ville de
Lymphi-Ree. Cette nouueauté le
rend plus curieux ; & ſa curioſité
l'oblige à les conſiderer plus particulierement. Cieux ! combien fut
grand l'eſtonnement de ce Prince
quand il recognut Cleodonte, l'eſcuyer de Phyriman ſon ennemy capital, & qu'il vit deuant ſes yeux
l'inſtrument des noires deſloyau-
tez de ſon riual ? Sa creance dement

le tesmoignage de ses yeux, & ses
yeux luy font reuoquer en doute
la verité de sa croyance. En cette perplexité il ne sçauoit à quoy
se deliberer; De croire que sa memoire luy rendoit vn mauuais office, ou de s'imaginer que sa veuë e-
stoit enchantee, la raison n'y pouuoit aucunement consentir; de
prendre aussi des illusions pour des
realitez, ou de reputer que des demonstrations si visibles, & des choses si palpables estoient des chymeres, son iugement ne s'y pouuoit
accorder. Il voit Cleodonte, &
neantmoins il l'auoit laissé entre les
mains de la Iustice, & sur le poinct
de perdre la vie par la main du
bourreau sur vne potence ou sur
vne roüe pour vn nombre infiny
de crimes dont il estoit suffisamment conuaincu. Dans cette alte-

ration ce Prince s'imagine que cette rencontre est vn sinistre presage
de quelque malheur suruenu à sa
Martisie, ou de quelque disgrace
qui ait accueilly Aristogene & Vranie, ou quelqu'autre de ses amys.
Sur toutes choses, les interests de
l'inuincible Ludouicandre le tou-
chent plus viuement & le trauail-
lent auec plus de vehemence. Ces
apprehensions luy impriment des
meffiances, & ces meffiances luy
font apprehender, que quelques
nouueaux brouillards n'ayent troublé la tranquillité du florissant
Empire de Gallocalie. Trebasoin-
be prenant garde aux inquietudes
de Thorasmont, & aux changemens de sa couleur, luy en demanda le sujet : à quoy Thorasmont
respondit sans deguisement. Grand
Monarque (luy dit-il en monstrant

Q q iij

l'endroit où Cleodonte s'estoit arresté) voyla l'Escuyer de l'infidele Phyriman : s'il vous plaist Kiromandre s'asseurera de sa personne de l'authorité de vostre Majesté, & l'emmenera dans vne chambre : où sans estre descouuert par ce desloyal ie pourray entendre le recit de ce qui est arriué en la Còur de Gallocalie, & dans la ville de Lymphi-Ree depuis mon despart , & pour quelle cause il a pris la routte de Mantinee & abandonné Phyriman. Trebasombe ordonne à Kiromandre de conduire ces deux Gentils-hommes dans le Palais ; il y satisfait : & sur la fin du iour Trebasombe les ayant fait introduire dans son cabinet, leur commanda de declarer franchement & sans artifice quelle estoit la condition de leur qualité & de leur fortune, &

pour quelle raiſon ils auoient dreſ-
ſé leur chemin vers Mantinee ; adjouſtant, que les menſonges & les
feintes leur ſeroient dommageables, & que la verité leur procureroit vne entiere ſatisfaction. Lors
Cleodonte, apres auoir pouſſé vn
profond ſouſpir, commança à de-
duire les principales circonſtances
de cette fameuſe hiſtoire, en ces termes.

Le deſir de viure à l'aduenir plus
honorablement que ie n'auois fait
par le paſſé ; vn regret indicible d'a-
uoir ſi mal employé mon courage :
bref, vne volonté determinee de
lauer la noirceur de mes deteſtables crimes dans mon propre
ſang, & reparer les enormes fautes que i'ay commiſes, m'ont conduit en ce Royaume, tant pour me
trouuer en cette guerre fatale que

vous auez si heureusement termi-
nee contre le Sultan, que pour reuoir cét inuincible Thorasmont,
dont l'Orient redoute & reuere la
prodigieuse valeur : Afin que ie
puisse contenter ma curiosité , &
rendre vn signalé seruice à vn
nombre infiny de personnes que
i'ay mortellement offencees, & qui
seront satisfaites de ma repentance
& de mon deuoir, si ie puis rencontrer cét incomparable guerrier,
pour l'aduertir que ses amis & sa
patrie ont besoin de son assistance
& de son retour. Et sans tenir plus
longuement voftre esprit en suf-
pens, ie vous diray en peu de paroles, que i'ay tiré ma naissance de la
ville de Lymphi-Ree , sujette au
grand Ludouicandre, Monarque
de Gallocalie, le plus sage de tous
les hommes, & la merueille de tous

les Rois ; lequel par ſes vertus plus
qu'heroïques a dompté la plus
monſtrueuſe faction qui ait iamais
aſſailly Royaume, & a remis par ſa
clemence ſon Empire au plus haut
degré de felicité & de gloire, dont
aye iamais ioüy l'Eſtat le plus fortuné de tout l'Vniuers. Et comme
toutes choſes commancerent de
reſpirer, & d'experimenter la douceur d'vne meilleure fortune, chacun s'eſtudia à rechercher ſa ſatisfaction particuliere, ſpecialement
les Cheualiers qui ſe mirent à bon
eſcient à faire l'amour. Martiſie,
dont les attraits & les charmes ſur-
paſſent tout ce qu'il y a de parfait
en la nature, & dont la valeur va
du pair auec tout ce qu'il y a de plus
illuſtre & plus genereux, fut l'object de la recherche de deux amans,
& la pierre de touche pour eſ-

prouuer la difference de leurs efprits, de leurs inclinations, & de
leur vie. Que fi le vifage de ces
deux riuaux eft fort different, leurs
mœurs font encor plus diffembla-
bles : Car Phyriman (c'eft le nom
du traiftre que i'ay fuiuy) eft d'vne
humeur infolente , defloyale &
foupçonneufe ; & le braue Thorafmont (c'eft ainfi qu'on appelle
ce ieune Prince) eft doüé d'vne
finguliere douceur, & d'vne modeftie & d'vne majefté recommandables : Et fi la beauté de ceftui-cy
paroift auec tant d'efclat, & eft plus
brillante que celle de l'aftre du
iour ; la laideur de celuy-là eft fi
fort vifible, qu'elle fe fait voir plus
hideufe & plus effroyable que celle
d'vn monftre, d'vn Satyre, ou d'vn
Demon. Auffi Thorafmont eft
preferable en perfections & en

merites à ce fameux Achille des
Grecs; & Phyriman furmonte de
toutes parts la defformité de cét infame Therfite. Ces deux Cheualiers fe propofent la conquefte de
Martifie ; Phyriman eftant appuyé fur les artifices & le defefpoir;
où tout au contraire Thorafmont
eftabliffoit fes pretentions fur le
fondement de la vertu, & fur les efperances & les maximes de la raifon. Toutesfois Martifie, qui n'e-
ftoit pas moins iudicieufe que belle, ne fut pas beaucoup en peine à
faire de profondes & ferieufes re-
flexions pour eflire le plus accomply de ces deux pourfuiuans ; puis
que les aduantages de Thorafmót
eftoient autant dignes d'eftre cheris par les Dames, & d'eftre en bonne eftime parmy les guerriers, comme les deffauts de Phyriman meri-

toient de seruir de matiere de risee aux Damoiselles, & de moquerie aux Cheualiers. Et laissant à part les obstacles qui s'opposoient aux desirs de l'incomparable Thorasmont, les trauerses que Lindamie luy a si industrieusement suscitees, celles qui partoient de la rigueur de Martisie & des destinees, les tours de soupless & les attaques de Phyriman, ie toucheray seulement & succinctement ce qui est arriué de plus remarquable à Thorasmont, qui a mis à fin des choses si prodigieuses, que mes yeux & ma memoire ont de la peine de se persuader vne verité si certaine & si apparente.

LES
TRIOMPHES
DE LA GVERRE
ET DE L'AMOVR.

HISTOIRE ADMIRABLE des sieges de Cazalie & de Lymphiree, places importantes ; où s'est signalie la prodigieuse valeur de Thorasmont : & les chastes Amours de ce Prince, & de l'incomparable Martisie.

LIVRE SEPTIESME.

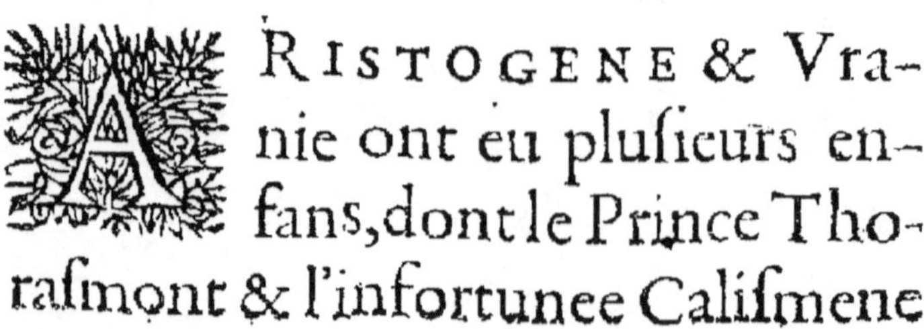

RISTOGENE & Vranie ont eu plusieurs enfans, dont le Prince Thorasmont & l'infortunee Calismene

font les aifnez, & qui font venus au
monde par vn mefme accouche-
ment de cette prudente Dame, lors
que le Royaume de Gallocalie
eftoit embrafé du feu des guerres
ciuiles, que le grand Ludouicandre
a depuis fi heureufement efteintes.
Durant ces vacarmes & ces confufions, les rebelles firent deffein d'af-
fieger vne forterefle où la Princeffe Vranie faifoit fon fejour. Sur cét
aduis, cette fage mere fe difpofe dô
mettre ces deux petits Anges en
quelque lieu de feureté; A cet effect
elle les met chacun dedans vn berceau, où elle cache des portraicts,
des braffelets, & d'autres befongnes pour feruir de marques pour
les faire recognoiftre par leur pere,
fi par malheur ils tomboient en
main eftrangere, ou fi le Chafteau
eftoit forcé par les ennemis, qui

paſſoient tout par le trenchant de
l'eſpee, ſans meſme pardonner aux
choſes inanimees. Lucidor, ſur la
fidelité duquel Vranie ſe repoſoit,
eut la charge de porter le berceau
de Caliſmene dans la ville de Meſ-
ſarine, diſtante de cette place d'enuiron ſix lieuës, auec ordre exprés
de reüenir en diligence, pour rendre le meſme ſeruice à Thoraſmont. Lucidor rencontre trente
coureurs ; les reputant aduerſaires,
il fut obligé de prendre la fuitte : ce
qu'il fit ſi promptement & ſi à propos, qu'il ſe rendit dans le fonds
d'vne tres-grande & tres-eſpaiſſe
foreſt, auant que ces barbares fuſſent à luy. Neantmoins ce petit enfant eſtoit en piteux eſtat, cette agitation l'auoit reduit aux derniers
abbois, & la mort eſtoit l'vnique
remede qui pouuoit apporter ſe-

cours à la maladie de Califmene &
à la triftefle de Lucidor.   Sur le mi-
nuiçt vn Hermite fe prefente à luy,
& cette vifion iointe à l'horreur
des tenebres & à la folitude de cette affreufe demeure, furprit de telle
forte ce Gentil-homme, qu'il perdit le mouuement & tomba dans
vne profonde lethargie.   Durant
cét affoupiffement l'Hermite fe
faifit de Califmene , & l'emporte
dans vne cauerne ; & reuenant à
Lucidor, il ietta de l'eau froide fur
fon vifage, rappella fes efprits de
cét efuanouïffement ; & fans luy
donner loifir, ny de l'entretenir, ny
de le fuiure, luy monftra vn petit
fentier, en luy difant ces paroles ;
Lucidor, il eft temps de gaigner païs,
les rebelles marchent fur tes pas, & te
feront perdre la vie fi tu n'abandonne
cette foreft; hafte ton defpart, Calif-
mene

mene est en seureté, le Ciel est protecteur de ses destinees. Les marques
de son bras *&* de son berceau la remet-
tront au pouuoir de Thorasmont, *&*
quelque iour *Aristogene & Vranie*
reuerront cette Calismene apres qu'elle aura porté vn Diademe, *&* perdu
son nom. Pour toy, Lucidor, dispose
de ton ame, car dans quatre iours tu
seras au nombre des morts, neantmoins
cette Calismene subira le ioug de Phylis *&* de Corylas. Ayant finy ce discours cet hermite disparoist, & laisse le pauure Lucidor dans des craintes si fortes, qu'il n'estoit capable
ny de monter à cheual, ny de marcher, ny de reculer; en fin oyant vn
grand bruict il se iette dans le sentier, & courut à bride abbatuë iusques dans la ville de Messarine, où
il rendit l'ame six heures apres son
retour. Vranie ayant appris l'ac-

cident qui eſtoit ſuruenu à ſa fille
Caliſmene, ayma beaucoup mieux
garder ſon fils dans la fortereſſe, &
ſouſtenir la rigueur du ſiege que
d'expoſer cet enfant à vne ſemblable fortune; Auſſi Ariſtogene defit
les trouppes de l'ennemy & deliura ce Chaſteau & toute la contree
des attaques & des attaintes de ces
bourreaux: car ce Prince, qui eſtoit
vn parfait modele de vertu, & qui a
le plus vtilement & le plus honorablement employé ſon ſang pour le
ſeruice du Roy & pour le bien de la
patrie, eſtoit d'vne foy inuiolable
enuers l'inuincible Ludouicandre,
& reueroit comme des loix ſacrees
& des oracles ſes commandemens
& ſes volontez. Thoraſinont fut
donc eſleué ſous la conduitte de ſa
mere, iuſques à ce qu'il eut attaint
deux luſtres, & depuis ce temps il

fut tousiours nourry dans les armees pour aprendre le meftier des
guerriers, & pour voir les occafions honorables, où il vaquoit à
fes heures, pour faire fes exercices,
apprendre les langues, & fe rendre
capable de tout ce qui peut rendre
recommandable vn Cheualier le
plus accomply ; & en cette profef-
fion Thorafmót acquit tant de reputation, tant de palmes & tant de
lauriers, que fa renommee obfcur-
fit la gloire de tous ceux qui eftoiét
en eftime pour la gentilleffe ou
pour la valeur.

Phyriman eftoit fils d'Arcidas
& de Thorinde, trop heureux s'ils
n'euffent mis au monde vne telle
vipere que Phyriman : & foit que
leur foin ne fuft à beaucoup prez fi
exact que la mauuaife inclination
de ce monftre eftoit vitieufe, ou

soit que leur tollerance laschaſt la bride aux deſbauches de cet eſtourdy, iamais ne s'eſt treuué vne habitude ſi deprauee & ſi encline à toute ſorte de vices & de crimes, que celle de Phyriman. Si toſt que ſa Majeſté euſt r'affermy ſon Eſtat, r'amené le calme & la bonaſſe par la fin des deſordres & des tumultes : les parens de Thoraſmont & de Phyriman retournerentà LymphiRee pour y faire leur reſidence, tantà cauſe de la bonté de l'air, de la beauté du payſage, de la fertilité du terroir, que pour les bonnes compagnies, qui s'y voyoient ordinairement. Phyriman auoit vne ſœur doüee d'vne mediocre beauté, mais qui ne cedoit gueres à la malice & aux artifices de ſon frere. Sans contredit Vranie, Argenie & Thorinde tenoient les premiers

rangs en cette Cité ; il eſt vray que
ces deux cedoient la preeminence
à la mere de Thoraſmont : mais
comme le feu & l'eau ſont contraires & incompatibles, l'humeur altiere de la fille d'Argenie, & l'inſolence de la fille de Thorinde ne
peurent iamais ſubſiſter enſemble, & d'autant plus, que chacu-
ne s'eſtudioit à deſobliger ſa compagne.

Thoraſmont n'auoit point de
cognoiſſance des Dames de LymphiRee, il auoit touſiours eſté dans
les armees ou dans la Cour ; Le
Roy luy donne le Gouuernement
de la Prouince d'Onixce, & de la
ville de LymphiRee ; il s'y rend
& accompagne ſa mere dans le
bal, où il demeura eſblouy à l'aſpect de tant de Soleils dont la lumiere eſblouïſſäte auoit ſans com-

R r iij

paraison plus d'esclat que n'ont les rayons de l'Astre du iour. Ce mauuais Demon que nous appel'ons Amour n'auoit encore donné aucune atteinte à son cœur exempt de toutes ces passions, & insensible aux attraicts & aux charmes de toutes celles qui auoient paru auec tant d'aduantage deuant ses yeux. Mais lors que cette incomparable Martisie se fit voir dans le bal, & que Thorasmont fit vne exacte reueuë des graces & des merueilles qui la releuoient sur toutes les autres beautez, il perdit incontinent le pouuoir absolu qu'il auoit sur ses pensees, & se vit reduit sous les chaisnes d'vne perpetuelle, mais souhaitable seruitude. Ce n'est pas que cette majesté imperieuse, cette grauité, ce port, ces desdains & ces froideurs n'im-

primaffent des craintes dans l'ame
de Thoralmont, & que l'abord de
ce throfne de vertu ne l'obligeaft
à des refpeéts pleins de veneration;
mais comme vn torrent impetueux il refolut de rompre toute
forte d'obftacles pour paruenir à
la fin de fes defirs, quoy qu'il s'ima-
ginaft que peut-eftre elle ne feroit
point touchee par fes plaintes,
qu'elle ne feroit flechie par fes
foufpirs, & qu'elle feroit la four-
de à fes proteftations & à fes
vœux.

Lindamie (c'eft le nom de la
fœur de Phyriman) n'eut fi toft
ietté fon regard fur le vifage de
Thoralmont, que cette lumiere,
comme celle des ardens, l'entraifna
dans les precipices d'vne infupportable captiuité : Cette paffion luy
donne la curiofité de le confiderer

attentiuement, & cette consideration le luy represente comme l'esclaue de Martisie, à laquelle comme à l'idole de son ame, elle iugeoit
apparemment par ses transports,
qu'il faisoit vn sacrifice de toutes
les facultez de son cœur. Tout à
coup elle est possedee par la ialousie, & plongee dans des inquietudes si profondes, que l'Ocean n'a
point de semblables abysmes, ny
l'air de si violens orages. Phyriman d'autre part, qui mouroit
apres les rigueurs de Martisie, redouble ses flammes par la concur-
rence de ce puissant aduersaire, &
se resoult de tout entreprendre
pour s'opposer à la recherche de
Thorasmont. Ainsi voila trois
personnes bien empeschees; Thorasmont à rendre mille deuoirs à
Martisie, sans rien auancer; Phy-

riman à chercher des expediens
pour s'acquerir la bien-veillance
de cette belle farouche, & pour rui-
ner Thorafmont; & Lindamie à
trouuer des voyes pour perdre la
fage Martifie, & pour triompher
de la conquefte de Thorafmont,
fans que l'inuincible Martifie fe
laiffaft vaincre par l'obftinee pourfuitte des vns, ny par les artifices des
autres; & de telle forte s'efcoule-
rent plufieurs mois. Il falloit bien
que le miferable Cleodonte euft fa
part de ces tempeftes; il falloit bien
que ie fuffe battu de ces tourmentes, & que ie fuffe expofé à la cruauté du fort qui pourfuiuoit les autres
auec tant de rigueur. L'efperance
de faire quelque auancement pour
ma fortune, m'auoit fait rechercher auec beaucoup de trauail la
charge d'Efcuyer de Phyriman

D’abord Lindamie vſe d’vne franchiſe tres-libre enuers moy. La
voyant en ſi belle humeur, ie luy
rend ſon change, & fais ſi bien (ou
plutoſt ſi mal) que dans peu de
iours i’acquis vn pouuoir abſolu
ſur ſes volontez, en perdant neantmoins la liberté de mes penſees,
que ie reſignay abſolument entre
les mains de cette belle. Ie maniois
mes affaires auec tant de dexterité,
qu’on n’y pouuoit ſoupçonner aucun artifice; & eſtois ſi ingenieux
pour venir accortement au deſſus
de ce que ie me propoſois, qu’il ne
tomba iamais aucun ombrage
dans l’eſprit des parens de Lindamie, leſquels i’eſperois en fin attirer
à ma faueur: puis que ie poſſedois
ma maiſtreſſe, & les inclinations de
Phyriman, & qu’en tout euenement i’emprunterois de ma ruſe ce

qui me sembloit estre desnié par
la grandeur des ancestres de leur
maison. Et c'est là le sujet qui m'a
fait embrasser toutes les passions,
quoy qu'injustes, de Phyriman,
pour ne le rebutter de mon party.
Mais l'arriuee de Thorasmont fit
mourir tout à la fois les esperances
de Phyriman & de Cleodonte, &
estouffa entierement les flammes
dont Lindamie auoit bruslé pour
moy, pour y allumer des feux qui
ne se pouuoient esteindre que par
sa mort. Toutesfois elle dissimule
pour me piper, pour me surprendre & pour se seruir de moy, & conçoit pour le moins autant de ialousie qui irrite sa vengeance contre
Martisie, que i'en eus contre Thorasmont, voyant qu'à son occasion
i'estois deboutté de mes pretentions : Mais ce Prince ne se sou-

cioit gueres des offres & des careffes de Lindamie, encore moins de
l'inimitié de Phyriman & de Cleodonte : car nous luy faifions plus
de pitié que de peur, & noftre haine luy eftoit auffi peu redoutable,
que noftre amitié neceffaire ; Il
portoit fes foins à de plus hautes &
plus ferieufes penfees ; Martifie
eftoit l'vnique centre ou aboutif-
foient toutes les lignes de fes defirs. Lindamie n'aimoit plus que
la folitude, lors qu'elle eftoit dans
la maifon de fes parens ; & par tout
ailleurs, contre la bien-feance de
fon fexe, elle couroit à perte d'haleine apres Thorafmont, & ap-
preftoit dequoy rire à Martifie ; laquelle à deffein de forger de nouueaux dards pour percer le cœur de
cette fille efperduë, faifoit en fa prefence toutes les demonftrations d

bien-veillance à Thorafmont, que
la modeftie pouuoit permettre:
Pour Phyriman, il eftoit fi odieux
& fi defagreable à cette Princeffe,
qu'elle ne le pouuoit feulement
fouffrir en fa compagnie, & luy tefmoignoit ouuertement, fans paffer
les bornes de la difcretion, que fon
entretien luy eftoit importun & à
contre-cœur.

Phyriman auoit le iugement fi
preoccupé, qu'il ne s'apperceut iamais des intelligences que i'auois
euës auec Lindamie ; c'eft pourquoy il luy defcouuroit fes entreprifes & regloit fes actions felon
fon confeil. Il luy declare qu'il def-
pefchoit Cleodonte vers Amulazar, ce grand Aftrologue, pour apprendre le fuccés de fes deftinees &
de fes amours, & pour trouuer
quelque voye pour changer les in-

clinations de Martifie, & ofter l.
vie à Thorafmont. Lindamie qu'
apprehendoit quelque fupercheri
contre fon amant, & qui d'ailleurs
vouloit m'ofter la cognoiffance de
fes nouuelles flammes, dont ie me
pourrois efclaircir fi ie parlois à ce
Magicien, fit trouuer bon à fon
frere que Cleodonte ne feroit
point le voyage, mais qu'eux deux
iroient enfemble & defguifez en
la maifon de ce grand deuin, pour
l'interroger & tirer quelque fecours. Sur le minuict ils prennent
la routte du logis de ce Sorcier, &
l'importunent de telle forte, qu'il
fut côtraint de leur ouurir la porte,
& de contenter leur curiofité. Lindamie luy gliffe infenfiblemét vne
piece d'or dans la main, & luy fait
figne de parler à elle en particulier;
Il y fatisfait, & ordonne à Phyri-

man de passer dans vne autre
chambre, de peur de troubler ces
nocturnes mysteres par sa presence.
Puis il conduit Lindamie dans vne
profonde caue, où estoient quelques chandeliers qui esclairoient
cette cauerne effroyable, auec six
chandelles de cire vierge; il y auoit
vn grand chauderon de cuiure do-
ré sur vn brasier de charbon ; ce
qui bouïlloit dedans iettoit des
odeurs & des puanteurs insupportables ; on voyoit dessus vne table
couuerte d'vn tapis noir, deux plats
de terre remplis de sang humain,
fraischement espandu, & dans vn
bassin quantité de graisse fonduë
& meslangee auec des poudres, des
herbes, des huyles, & autres li-
queurs ; Six baguettes estoient
estenduës sur cette table, auec quelques ciseaux, quelques cousteaux,

& quelques efguilles ; Six teftes
de morts pendoientt à la voûte
de cét antre, qui eftoit tapiffé
de fuaires qu'Amulazar auoit ar-
rachez des fepulchres. Lindamie
fremiffoit d'horreur : mais il fallut
acheuer vne entreprife fi perilleufe,
& fuiure les mouuemens du Sorcier ; lequel luy fit coupper du poil
de toutes les parties de fon corps
auec ces cifeaux, luy fit defchirer vn
morceau de fa chemife, & luy fit
picquer les deux poulces pour
auoir du fang ; & mettant ces chofes dans vn refchaut, il les fit con-
fommer, en faifant diffiper la fumee contre les narines d'vne petite
ftatuë, qui eftoit au milieu de cette
table fatale. Soudain Amulazar
fait vn cerne, & affigne vne place à
cette miferable fille, auec commandement de n'en point fortir, &
inuoquant

inuoquant les esprits auec des conjurations & des charmes, & proferant des paroles barbares, vn Demon se presenta à Lindamie en
la figure d'vn Satyre, & s'address-
sant à elle. *Tu veux* (dit-il) *passer
tes beaux iours en la compagnie de
Thorasmont, mais sçache que tu mour-
ras entre ses bras.* Puis se tournant
vers Amulazar, *Ramene cette fille
dans ton cabinet, & fais descēdre Phyriman sans autre ceremonie, car l'heure
me presse de te quitter.* Lindamie se
laisse traisner en la châbre d'Amulazar, & son frere se laisse conduire
dans la cauerne; Le Satyre s'approche de luy, luy disant d'vne voix
aussi esclatante que le tonnerre. *Tu
cherches de brusler par les flammes de
Martisie, mais vn iour viendra que
tu seras noyé dans ton propre sang.*
Ce demon disparoist, & le Sorcier

fait monter Phyriman au lieu où e-
ftoit fa fœur, qu'ils trouuerent fi
pleine d'effroy & de confufion
qu'ils demeurerent iufques au iour
auant que de la remettre. Sur leur
depart Amulazar leur ordonne de
luy apporter deux oyfeaux de ceux
qui ont le ramage approchant de
la voix humaine : & que les ayant
gardez fix fepmaines dedans cette
caue, leurs premiers difcours feroient des Oracles, pourueu qu'ils
fuffent portez à Martifie en la prefence de Thorafmont, & qu'elle les
achetaft tous les deux pour le prix
de vingt pieces d'or. La nuict enfuiuant ces deux amans portent
deux oyfeaux à Amulazar, qui les
enchargea tres-expreffément de
ne reuenir à fon logis, de peur que
le Magiftrat ne vint à defcouurir
ces impietez, fur la promeffe qu'il

leur renuöyeroit ces oyſeaux en
tres-bon eſtat alors qu'il ſeroit
beſoin.

Par hazard Nicomar (c'eſt le
nom de l'eſcuyer de Thoraſmont)
trauerſoit la ruë lors que Phyriman
& Lindamie ſortoient de leur maiſon pour aller au lieu où le Magicien les attendoit; Il ſoupçóne que
c'eſt Lindamie & Phyriman, & que
leur voyage en vne heure ſi peu
ſortable à des gens de leur qualité,
n'eſtoit pas entrepris que pour
quelque grand deſſein. Pour s'en
eſclaircir il les ſuit de loing, marchant deſſus leurs briſees ſans ſe deſtourner de leur routte, quoy que
la clarté n'euſt point de commerce
auec les obſcuritez de ces eſpaiſſes
tenebres. Ils s'arreſtent à la porte
d'Amulazar; & Nicomar ſe gliſſe
doucement le long d'vne vieille

muraille, & si proche de la porte,
qu'il entendit distinctement la plus
grande partie de leur entretien. Il
remarque tous les endroicts , &
sans faire bruict se rend au logis de
Thorasmont, auquel il raconte la
visite de son riual & de Lindamie;
adioustant que le commun peuple
tenoit Amulazar pour vn Magicien. Ainsi le Ciel ne soit fauorable (repart Thorasmont) vn si
detestable crime ne sera plus long-
temps impuny, si ce vieillard est
conuaincu de magie. Et finissant
ces mots il mande le Magistrat &
quelques Archers, qui s'acheminerent chez Amulazar, entrerent auec
vne eschelle par vne fenestre, & sur-
pfirent le Sorcier dans cette cauerne, où il dressoit des breuuages &
des enchantemens, où il inuoquoit
les esprits, & apprenoit separément

ces paroles à ces oyseaux. *Martisie
chasse Thorasmont, & reçoy le fidele
Phyriman. Thorasmont laisse Martisie, & sers la prudente Lindamie.*
On se saisit d'Amulazar, on fouille
dans vne autre caue où l'on trouua
plusieurs corps morts, à qui ce miserable auoit diuersement osté la
vie. Nicomar prend les deux oyseaux, & le Magistrat fait conduire
le criminel dedans les cachots, & si
secretement que personne n'en eut
aduis, laissant trois Archers dans
ces fatales masures pour auoir l'œil
sur ces impies besongnes, & prendre garde à ceux qui auoient fami-
liarité auec le Magicien: lequel quatre mois apres fut consommé par
les flammes, & ses cendres iettees
aux vents par le bourreau en la place publique de Lymphi-Ree: pour
donner à cognoistre à tout le mon-

de, que finalement la Iuſtice du
grand Arbitre de l'Vniuers punit
rigoureuſement les crimes ſi enormes & ſi execrables comme ceux-
là : & que ceux qui par vne curioſité deſreglee ſe laiſſent piper par
ces deteſtables illuſions, ſortileges
& enchantemens, ſont d'ordinaire
l'obiect infortuné de l'indignation du Ciel, & n'eſchappent iamais les effects de ſa foudre & de
ſon courroux.

Cependant Phyriman & Lin-
damie, qui ignoroient la diſgrace
d'Amulazar attendoient auec impatience leurs oyſeaux & les promeſſes du Magicien. Le temps arriué, Nicomar, qui auoit appris vn
autre ramage à ces petits animaux,
les enuoye ſur le midy par vn confident à l'hoſtel de Phyriman, auec
charge expreſſe de les mettre entre

les mains du portier, & luy commander de dire à son Maistre de ne
descouurir les cages, & de les faire porter à l'heure mesme, sous pretexte de les vendre à la Princesse
Martisie. Phyriman communique
auec sa sœur, & de ce pas s'ache-
minent chez Martisie, où desia
Thorasmont estoit arriué, qui a-
uoit fait le recit de toute cette me-
nee à cette beauté & à ses parés, qui
tenoient bonne mine pour voir la
fin de cette auéture, autát plaisante
que ridicule. Lindamie auoit les
yeux attachez dessus Thorasmont,
& eslançoit des regards qui auroiét
donné de la compassion à la pitié
mesme. Phyriman estoit esblouy
& confus par la splendeur de la
beauté de Martisie : & cette Princesse rabaissoit quelque peu la
majesté de son port & la seueri-
Sf iiij

té de son humeur, de peur d'effaroucher cet Amant insensé,
& oster le plaisir qu'Vranie &
Aristogene s'estoient promis.
Vn Oiseleur instruit par Phyriman & par Lindamie entre dans la
salle & cherche marchand pour
vendre ces deux oiseaux : Thorasmont s'auance feignant de les mettre à prix ; mais la sage Martisie en
l'interrompant, Monsieur (dit-elle) ie vous prie de ne mettre enche-
re dessus mon marché ; car ie desire
en donner l'argent si leur langue
est aussi gentile que leur cage &
que leur plumage. C'est bien autre
chose (repart cet oiseleur desguisé)
car ces animaux se meslét de deuiner & de cognoistre les noms & les
destinees des amoureux. Tant
mieux (respond la Princesse) s'ils
sont veritables. Veritables (repli-

que cét homme) ie les veux perdre, & encore vingt pieces d'or, s'ils ne difent la verité tout prefentement. Auant que faire cét effay (pourfuit Martific) ie les veux payer, & fur voftre parole ie vous en donne vingt pieces d'or. Ils font à vous, repart le marchand: Et comme il tenoit ces pieces d'or en fa main, Thorafmont luy demanda s'il faudroit adjoufter foy à ces animaux, & s'il fe voudroit foufmettre à perdre le prix fi les oifeaux ne refpondoient rien. I'en fuis d'accord, refpond le Marchand, à condition que vous vous obligerez par ferment d'executer leur ordonnance, s'ils vous prefcriuent quelque loy pour voftre regard & en voftre particulier. I'y confens, pourfuit Thorafmont, fi la compagnie veut faire de mefme, Phyriman qui fe voyoit au poinct desiré, prit la parole, & protesta que de son chef il ne s'opposeroit aucunement à la prediction des oiseaux, & fallut que les Damoiselles donnassent vn pareil consentement. Lors cét Oiseleur ayant frappé dessus la premiere cage, cét oiseau profera distinctement ces paroles, *Lindamie ne pretens le fidele Thorasmont, car il est pour Martisie.* Voila qui va bien, dit Thorasmont, entendons ce que l'autre nous veut enseigner. On vient au second, qui desgoisa ainsi son petit ramage. *Martisie chasse Phyriman, & reçoy le fidele Thorasmont.* Si le contentement de Thorasmont fut extreme, la confusion de Lindamie & de Phyriman ne fut pas moindre, specialement quand ils descouurirent le tour de souplesse que Nicomar leur auoit

ioüé. Lindamie diſſimule ſon alteration ; mais Phyriman deſcou-
urit en ſe retirant toutes les marques d'inſolence & de laſcheté
qu'on ſçauroit eſperer d'vn foible
mutin. Au ſortir de là, ie fus de ſa
part à l'hoſtel de Thoraſmont,
pour luy dire que Phyriman eſtoit
en campagne ſur vn bon cheual,
n'ayant pour toutes armes que la
lance & le coutelas. Ce Prince me
ſuit, amenant auec ſoy Nicomar
pour auoir affaire à moy. Nous
voila aux mains, & dans vn moment Phyriman fut porté par terre, & ſi eſtourdy de ſa cheute, qu'il
ne pouuoit ny reſpirer ny ſe releuer. I'eſtois bleſſé en la main lors
que Thoraſmont mit fin à noſtre
combat. En me monſtrant Phyriman, Allez (dit-il) à ce Rodomont,
qui a plus de vaillance ſur la langue

que dans le bras, qu'il deuienne sage pour vn bon coup, & qu'il fasse
vn meilleur mestier que d'apprendre les oiseaux à prophetiser. Il fallut nous resoudre à la patience, &
nous en retourner auec autant de
honte & de regret, que Thorasmont emportoit de gloire de nous
auoir surmontez par sa courtoisie
& par sa valeur. Phyriman qui se
voyoit rebutté de toutes ses pretentions,& qui seruoit de but à la
mesdisance & au blasme, se porta
en vne telle fureur, qu'il fut plusieurs fois sur le poinct de s'enfoncer vn poignard dans le sein. Il ne
medite que la vengeance, le fer, le
feu, & le sang; mais se deffiant de
sa vertu,& redoutant la generosité
inuincible de Thorasmont, il conclud de perdre la vie, ou de la rauir
à ce Prince par quelque voye que

ce fuſt, quand il deuroit deſcendre dans les abyſmes, & emprunter des enfers les Furies, & tout ce qu'il y a de plus funeſte & de plus cruel. Nous faiſons l'impoſſible de corrompre le cuiſinier de Thoraſmont pour empoiſonner ſon maiſtre ; Il l'entreprend, mais eſtant deſcouuert, il receut le iuſte ſupplice de ſa trahiſon. Nous verſons ſur les bras de ce grand Heros, vingt couppe-jarrets lorſqu'il ſortoit de la maiſon de Chryſandre ; & cét Hercule terraſſa ces monſtres & les eſcraſa tous dans vn tourne-main. Nous cherchons de toutes parts des Sorciers & des Magiciens, mais la fin tragique d'Amulazar leur oſtoit l'enuie de rien entreprendre & de ſe monſtrer. Nous courons par tout le Royaume pour rencontrer quelque Cheualier pour opposer à ce victorieux : & tous ceux qui viennent aux prises, y laissent la vie ; ou s'ils la conservent, ce n'est que pour eriger de nouueaux trophees à la vertu & à la clemence de ce Prince. Bref, toutes nos inuentions n'aboutissoient qu'au centre de nostre ruine, de nostre desespoir, & de nostre perte. Lindamie trauailloit de son costé contre Martisie aussi ardemment, mais aussi inutilement que son miserable frere.

Martisie auoit esté esleuee dés ses ieunes ans aux exercices de la guerre par son pere le venerable Chrysandre ; & en cette profession elle auoit si bien reüssi en quatre batailles & en diuerses rencontres, qu'elle auoit acquis dans la prouince d'Onixee autant de reputation, que les Cheualiers les plus renom-

mez : si bien que la Camille des
Romains, la Pallas d'Athenes, la
Diane des forests , & la Bellonne
des Poëtes, cedoient la gloire de la
valeur, la merueille de la beauté, la
splendeur de la prudence, & l'esclat
de la chasteté à ce miracle de l'Vniuers. Quelque temps que Thorasmont eut employé à la seruir, quelques souspirs qu'il eut exhalez,
quelques protestations qu'il eut
sceu faire, il n'auoit point encore
donné la moindre atteinte à ce
cœur de glace, de marbre & de diamant, & n'auoit aucun accez auec
cette belle farouche, que celuy que
sa naissance, sa valeur & sa qualité
luy auoient acquis aupres d'elle:
Il est bien vray que l'entretien de
tout autre que de Thorasmont luy
estoit insupportable, & que ses dee-
dnias, ses repugnances & ses mes-

pris n'exerçoient point leur rigueur si absolument sur ce Prince comme sur tous ses autres amans, specialement sur Phyriman. Elle fait dessein d'aller à la chasse, pour desliurer les forests voisines de la rage d'vn sanglier furieux qui mettoit en pieces les hommes & les animaux. Lindamie, qui n'auoit aucun repos; & qui comme vn Dragon auoit tousiours les yeux ouuerts sur les inuentions de tramer la perte de cette Princesse, estima à ce coup d'auoir trouué le moyen d'assouuir la rage de sa fureur. Elle sort sur l'entree de la nuit de la ville de LymphiRee, & s'en va dans la cauerne proche de laquelle le lendemain Martifie deuoit chasser. Elle auoit en sa compagnie trente-six assassins, hommes auides de sang & de proye, qu'elle

qu'elle auoit practiquez de longue main, & qui estoient capables
d'executer les plus noires meschan-
cetez. Ils estoient fournis de carquois & de flesches, de coutelas &
de massuës : tous desguisez en forme de Satyres, mais Lindamie ne
portoit qu'vn petit poignard à la
main pour se faire distinguer des
autres. Cette malheureuse vouloit mourir, pourueu qu'elle en-
seuelist sa riuale dans les ruines de son desastre & de sa disgrace : elle se tehoit sur l'emboucheure de la cauerne, & ces harpies
estoient aux escoutes pour se saisir
de Martisie, & la traisner morte ou
viuante à cette tygresse, qui luy
vouloit arracher les entrailles pour
les deuorer. Voyez, ie vous prie,
iusques à quel degré de manie
monte l'insolence & la temerité

d'vne femme defefperée? Martifie ce iour là n'auoit voulu receuoir en fa trouppe aucun Cheualier:elle vouloit que les Damoifelles euffent la gloire de combattre & de vaincre le fanglier : elle part auec fes quatre compagnes & douze autres filles des maifons les plus apparentes de la Cité, & en cet equipage elle prend la routte de la cauerne. Thorafmont, qui apprehendoit que la valeur de cette Diane ne l'engageaft trop auant dans le peril, attendu la ferocité de cet animal, qui renuerfoit tout ce qui fe rencontroit deuant luy, fit aggreer à la mere de Martifie que Lucinde (c'eft le nom d'vne fuiuante) luy prefteroit fes veftemens, le coifferoit à la mode des filles de la contree, & qu'en cette pofture il fuiuroit la pifte de ces chafferefles

pour se trouuer à la mort de cet
animal : & de cette sorte il n'en-
frainderoit point les ordonnances
de Martisie, puis qu'il passeroit ce
iour là pour fille en sa modestie &
en ses habits. Les Dames eurent
vn plaisir extresme en voyant
Thorasmót si bien desguisé, & n'y
auoit aucune d'entr'elles qui n'eut
iugé que c'estoit vne Damoiselle,
dont l'esclat alloit du pair auec les
merueilles de Martisie, & obscur-
cissoit la splendeur de toutes les autres beautez. Vranie estant suruc-
nuë, Thorasmont luy fit les offres
de son seruice. D'abord Vranie
demeura surprise, mais en fin le
recognoissant, il y eut dequoy
rire durant vn long-temps ; il
fallut que Chrysandre & Aristogene eussent le contentement de voir
Thorasmont en cette posture, au-

T t ij

quel on donna vn page habillé de
mefme façon que luy pour l'accompagner. Tous deux auoient
vn carquois, vn poignard, vne
bonne efpee, & vne petite lance :
Et comme ils eftoient fur le poinct
de monter à cheual, Chryfandre
demanda à Vranie quel eftoit le
nom de cette belle Amazonne.
C'eft Madame (refpond la Princeffe monftrant Argenie) qui a
changé fon fexe & fa condition, il
eft raifonnable qu'elle la baptife.
Ie le veux (repart Argenie) Lucinde fera fon nom, & la vraye Lucinde fera Thorafmont, fi elle veut
prendre les habits de ce Cheualier.
Lucinde rougit ; & comme chacun luy faifoit la guerre, Thorafmont fans s'amufer dauantage
prend congé, & court à perte d'haleine, & à toute bride vers la foreft ;

d'abord il rencôtre quelques cheuaux sans guide & sans côducteur;
il entend des bruits, des gemisse-
mens, des cris & des plaintes, & ne
voit encore personne pour apprendre la verité de ces tumultes & de
ces vacarmes; il pousse l'espce à la
main & descouure quelques cheuaux morts, & quatre Satyres qui
attachoient auec des cordes deux
pauures Damoiselles, qui estoient
estenduës sur l'herbe sans resistáce
& sans mouuement. Il recognoist
Callioppe & Dejoppee (c'est le
nom des compagnes de Martifie)
il apperçoit que la lance de cette
Deesse estoit par terre, & que son
cheual estoit percé de plusieurs
coups de coutelas & de iauelot.
Cieux ! qu'est-ce que deuint ce
Prince infortuné à la veuë de ce
tragique spectacle? Il part aussi vi-
T t iij

stement comme vn esclair, & s'eslance sur ces Satyres aussi promptement qu'vn tourbillon. Iamais Lyon n'a esté plus eschauffé dans l'ardeur de sa fureur & dás le carnage, comme cet Hercule estoit animé côtre ces monstres;il renuerse le premier d'vn coup de lance, il porte par terre le second, & auant que la lance volast en esclats le troisiesme receut vn semblable traictement : le dernier gaigne la cauerne; mais Thorasmôt qui mit pied à terre marchoit sur ses pas, & le pressoit de la mesme sorte que fait l'Aigle les autres oyseaux, ou quelque debile proye: Au cry de ce fuyart tous les Satyres reprennent leurs armes, & entourent ce Prince de toutes parts, croyant que ce fust vne Damoiselle. Thorasmont s'eslance à trauers ces Ciclopes & ces De-

mons, ces coups s'entre suiuoient
pesle-mesle sans intermission &
sans relasche, & ces coups faisoient
autant de playes, & ces playes autant de morts. Quisamar (c'est
ainsi que s'appelloit le Capitaine
de cette bande) fut la premiere
victime que Thorasmont sacrifia
à son iuste ressentiment. Iamais
chesne ne fit si grand bruict en sa
cheute comme cet enorme colosse,
lors qu'il mesura la terre tout de
son long. Ses compagnons se
mettent en deuoir de repousser ces
assauts, mais le Prince les chargea
auec tant de bonne conduitte &
de valeur, & les mena si rudement
sans leur donner loisir de former
aucun dessein, que vingt d'entr'eux
perdirent la vie, & les autres blessez
pour la pluspart quitterent la partie, & s'eschapperent dans la fo-

T t iiij

rest. Le sang ruisseloit en ruisseaux dans cette cauerne, dás laquelle on voyoit distinctemét toutes choses à la faueur d'vne grande ouuerture qui separoit les deux poinctes du rocher, par où le Soleil dardoit vne tres-grande clarté. Ce Prince voit toutes les filles, exceptées Calliope & Dejoppee, attachees les vnes aux autres, à demy nuës, le visage couuert d'vn linge, & leurs cheueux esparsement espandus. Martisie estoit separee de ses compagnes ; elle auoit aux pieds & aux mains de pesantes chaisnes ; sa bouche estoit occuppee & oppressee par le fer d'vn jauelot, qui luy ostoit la respiration : & de toutes ses facultez elle n'en auoit aucune libre que celle des yeux & des oreilles, pour voir & pour entendre les blasphemes & les cruautez de Lindamie & de ses

bourreaux, Il ne restoit plus à cette
Princesse que sa chemise de tous ses
habits, & desia elle auoit senty deux
furieuses atteintes dans les deux
bras, que cette Megere luy auoit
faites auec des tenailles & des ciseaux. Thorasmont estoit tout
couuert du sang de ses ennemis, &
de celuy qui ruisseloit de ses blessures ; il s'approche de son Soleil, qui
estoit enueloppé de tant de nuages, & qui estoit menassé d'vn
eclypse si funeste & si desplorable ;
il luy tire ce fer de la bouche, alors
Martisie commança de respirer &
de se plaindre ; il la descharge de ses
chaisnes, la releue, & luy fait esperer
vne meilleure fortune. De suitte il
couppe les liens de ces autres Nymphes, leur redonne la liberté, &
s'achemine vers la porte de la cauerne pour leur permettre de cher-

cher plus commodement leurs befongnes, & pour fe tenir fur fes gardes, & voir où eftoit le Page, afin
de bander fes playes, & de ramener
Callioppe & Dejoppee. Ces Damoifelles ayans repris leurs efprits
& leurs habits, eftoient autât efton-
nees de ce fecours, comme elles l'a-
uoient efté de l'entreprife de ces
voleurs; pas vne d'entr'elles n'auoit
recognu Thorafmont. Dejoppee
vient, à laquelle le Page auoit raconté le fuccés de cette auenture, &
fait le recit à Martifie de l'affiftance
qu'elle auoit receuë de ce Cheualier, qui s'entretenoit auec le Page
& Callioppe fur l'entree de la cauerne. C'eft donc Thorafmont,
refpond Martifie, fans mentir ie
fuis redeuable à fa bonté & à fa valeur de ma liberté, de mon honneur & de ma vie. Lindamie s'e-

stoit couchee sur la terre parmy les morts, quoy qu'elle n'eust receu aucune blesseure ; sa passion & sa ialousie eurent vn tel pouuoir sur son desespoir, entendant proferer ce nom, qu'elle se leua tenant son poignard en la main, & courut contre Martisie, qui eut de la peine à se garentir de cét attentat. L'effroy saisit derechef toutes les compagnes de cette beauté : car elles s'imaginerent que tous les autres Satyres en feroient de mesme ; Thorasmont accourt à ce bruit, & rasseure ces filles qui trembloient d'horreur : Lindamie s'efforce de pousser ce fer dans le cœur du Prince, lequel se seruant de son addresse euita le coup, & arracha le poignard à cét insensé Satyre. Cesse, cesse (dit Lindamie) cesse de persecuter vne personne qui veut mourir ; tu as re-

jetté les vœux & les flámes de Lindamie,& i'ay aſſez de vigueur pour
ne ſouffrir dauantage tes haines,tes
deſdains & la gloire de ta ſuperbe
Martiſie,qui eſt l'idole de tes yeux.
Finiſſant ces mots , elle enfonça
dans ſon ſein vn petit couſteau;
Thoraſmont s'auance pour l'empeſcher de pourſuiure le project
de ſon deſeſpoir, & retire ce fer de
la playe de Lindamie,laquelle rendit les derniers ſouſpirs à l'inſtant
meſme entre les bras de ce cheualier. Cette ſorte de treſpas eſtoit
eſgalement odieuſe & execrable :
neantmoins pour le repect de ſon
ſexe & de ſa condition, les Damoi-
ſelles luy oſterent les deſpoüilles
de ces Satyres pour luy donner vn
habillement plus ſortable à ſa qualité. Thoraſmont ayant ramené
ces chaſſereſſes dans LymphiRee,

les Magiſtrats furent au lieu où
eſtoient ces monſtres , qui furent reduits en cendre en la place publique de la Cité , la ſeule
Lindamie ayant eſté renduë à ſes
parens.

Depuis ce iour le cœur de la rigoureuſe Martiſie, quelque difficile qu'il fuſt à dompter, cómença de
fleſchir ſous les chaſtes recherches
de Thoraſmont , & ce d'autát plus
volótiers que cette eſlection eſtoit
en ſon pouuoir & au gré de ſes parens. Elle luy proteſte doncques
d'auoir ſes ſeruices agreables, pourueu qu'elle ne bleſſaſt les loix de la
modeſtie, & ne choquaſt tant ſoit
peu la bien-ſeance , & routes les
plus eſtroittes maximes d'vne fille ialouſe du poinct d'honneur.
Elle proteſte de choiſir pluroſt le
tombeau, que d'accepter aucun au-

tre amant pour son espoux ; & ce
Prince fait mille sermens de se precipiter dans les abysmes , plutost
que de regarder seulement vne autre beauté. Bref, Martisie & Thorasmont se donnent reciproquement la foy de mariage , sous les
conditions du consentement de
leurs parens, & qu'à leur refus, ils
embrasseroient l'austerité d'vne
vie Religieuse. Ainsi voila ce Prince dans vne entiere possession des
bonnes graces de ce diuin Soleil, &
sa felicité si bien affermie, que rien
n'estoit capable de la renuerser.
Martisie n'auoit des yeux, des pensees, & des desirs que pour Thorasmont, & cette Princesse estoit le
centre fatal où aboutissoient toutes les lignes des affections & des
flammes de cét amant.

Cependant me voyant frustré

de l'esperance de posseder Lindamie, ie remplissois l'air de cris, de
plaintes, d'imprecations, d'injures
& de menaces ; ie souhaittois que
quelque malheur insigne comblast
d'autant d'afflictions les maisons
de Martisie & de Thorasmont, que
i'y voyois de prosperité. Auec cét
excés de rage qui me deuoroit le
cœur, ie fis resolution de perir &
d'abbatre les esperances de Martisie par la mort de ce braue Prince,
sçachant bien qu'elle ne pourroit
suruiure à cette perte. Ie communique mon dessein à l'infame Phyriman, lequel voulant auoir sa part
en cette sanglante tragedie, se ioignit à moy ; & de ce pas, sur l'entree de la nuict, nous prismes la
routte de l'hostel d'Aristogene, &
nous cachasmes derriere la tapisserie de la chambre de Thorasmont.

Phyriman estoit desguisé, & ie portois vne fausse barbe. Thorasmont se met finalement dans le lict. Durant l'assoupissement de son premier sommeil nous sortons de nostre embuscade, & nous iettons furieusement sur ce pauure Prince pour luy percer le corps à coups de poignard. Thorasmont s'esueille en sursaut, & se rend maistre de mon bras & de mes armes, & me les passe trois fois au trauers du corps : puis il appelle ses gens pour apporter des flambeaux, afin de cognoistre qui estoient ces impitoyables homicides. Phyriman s'estimant perdu, & croyant auoir à ses talons toute la maison de Thorasmont, saute de la fenestre en bas, quoy qu'elle fust d'vne hauteur desmesuree, & paruient en son logis sans que personne le recogneust. Les
Officiers

Officiers de Thorasmont estans
suruenus, on manda le Magistrat,
qui me fit emporter dans la prison
pour trauailler à l'instruction de
mon procez. En peu de iours Thorasmont fut guery de ses blesseures:
la peur & les tenebres auoient empesché le progrez de nostre fureur,
& les atteintes n'auoient porté que
sur l'espaule & sur le bras. Aristogene pour coupper chemin à toutes ces supercheries, voulut mettre
la derniere main au mariage de
Thorasmont; il en fait la proposition à Chrysandre & Argenie, qui
receurent à bras ouuerts ces ouuertures si auantageuses pour leur fille,
& si honorables pour leur maison.
Ces amans n'auoient garde de refuser leur consentement à vne chose qui les deuoit rendre pour iamais
heureux; on se met en deuoir de

V u

donner ordre pour cette celebre ceremonie, & pour dresser de magnifiques preparatifs. On despesche vn courrier à sa Majesté, qui apporte la permission de ce grand Monarque, auec de riches presens. On assemble chez Argenie les principaux de tout le païs, & lors on fit la lecture des articles du contract, & on les signa. I'estois entre les mains de la Iustice, & Phyriman n'osoit paroistre en public, & rien ce sembloit ne pouuoit s'opposer à la parfaite consommation des nopces de ces deux mrueilles de la nature. Nopces destinees au quinziesme iour ensuiuant ; mais le Ciel en a arresté le cours durant quelque temps, pour en augmenter les delices & les plaisirs.

Le plus Auguste de tous les Roys, l'incomparable Ludouican-

dre , mande à Thorasmont de
monter sur mer sans remise & sans
delay , & secourir en diligence le
Royaume de Calomyre, qui estoit
sous la protection de Gallocalie,&
lequel le Sultan Amurath vouloit
enuahir. Ce Prince obeït, prend
congé de ses parens & de sa mai-
stresse, quoy qu'auec vn regret extreme, & tourne la poincte de ses
vaisseaux vers la coste de Mantinee, ayant laissé sous la prudence
d'Aristogene la conduite du Gouuernement de la prouince d'Onixee, & la charge de Lymphi-Ree à
Clarindor. D'abord il donne bataille à Iotemont, qui rauageoit
toutes les costes des enuirons, pil-
loit les marchands, & rompoit la
liberté du commerce. De suitte il
a deffait Bouquaan, & fait tant de
miracles, si la renommee est verita-

ble, que ses proüesses surpassent de
bien loin tout ce qui est arriué aux
siecles passez. Mais reuenons à ce
qui est suruenu de plus remarquable depuis son depart. I'estois dans
la prison , où par l'assistance des
Medecins i'auois recouuert ma santé. Le Geollier auoit vne fille, qui
fut touchee de compassion pour
mes playes & pour ma disgrace, & plus encore d'amour , quand
ie fus releué de cette maladie si dangereuse ; Sa charité se redouble,
lors qu'elle eut appris que les Iuges
m'auoient condamné de perdre la
vie sur vne roüe ; Sur le minuict
elle desrobbe les clefs, vient à mon
cachot, & m'exhorte de prendre la
fuitte si ie voulois esuiter le dernier
supplice, me priant de conseruer la
memoire de ce bien-fait. Ie la remercie de cette faueur, & la conju-

re de croire que ie ne ferois iamais
ingrat. Ie fors de cét enfer, & me
iette dans l'hoftel du pere de Phyriman. Cette fille remet les clefs en
leur lieu, & comme les miniftres
de la Iuftice ne me trouuerent dans
cette foffe, ils fe perfuaderent que
les efprits m'auoient enleué. Chacun en parloit felon fon fens, & la
plus commune opinion chargeoit
le Geolier d'auoir efté corrompu à
prix d'argent. Thorinde & Arcidas n'ofoient proteger les impru-
dences de Phyriman, ils craignoiét
d'encourir l'indignation de fa Majefté : & tafchoient felon leur pouuoir de contenir cét infolent dans
les termes de l'honneur, de la moderation & de la vertu, pour ne luy
voir arriuer vne difgrace plus fanglante que celle de Lindamie.

Mais ce defloyal n'auoit pas en-

V u iij

core affouuy fes impietez; il fe fournit d'vn venin fi violent & fi penetrant, qu'à moins d'en mourir on
ne le pouuoit approcher des narines, ny le goufter ; il en met dans du
fruict, & fi dextrement, qu'on ne
pouuoir s'en apperceuoir. Ie luy
mets en main vn homme capable
de conduire vne telle negociation.
Ce marchand fuppofé portoit ce
fruict fous pretexte de le vendre ;
fruict tres-agreable à la veuë, &
tres exquis pour eftre en parfaite maturité auant la faifon. Argenie eftoit fur la porte de fon hoftel :
ce meffager luy prefente le pannier ;
cette Dame luy en fait deliurer l'argent, & commande à vn ieune Page d'apporter ce beau fruict à Martifie. Ce Page voulut faire l'effay
de la bonté de ce fruict : mais fi toft
qu'il eut mis dans fa bouche le pre-

mier morceau, il perdit la vie dans
vn moment. On imputa cette perfidie à Phyriman , & Thorinde
mesme, qui rougissoit pour son infamie, le tançoit aigrement, & protestoit qu'elle seroit contrainte de
recourir aux voyes extraordinaires
pour le ramener à la raison. Mais
tout cela estoit trop foible pour
moderer cét esprit desreglé, cette
vipere, ce monstre & ce dragon. Et
certes ie ne puis nier que iusques à
ce iour infortuné, ie n'aye fomenté
le brasier des desordres de ce barbare ; que ie n'aye soüillé mon ame
de toutes les noirceurs qui peuuent
charger d'opprobre la conscience
la plus inique : & que ie n'aye esté le
sale instrument de toutes les con-
spirations de ce detestable bourreau. Mais depuis ce iour là, ie n'ay
iamais, non pas mesme de la pen-

V u iiij

fee, fuiuy ny les violences, ny les mouuemens, ny les inclinations de Phyriman; Au contraire, comme il fe plaignoit à moy de la rigueur de fes parens, & qu'il vfoit de menaces, ie luy fis quelques difcours pour allentir fa fougue, & luy reprefenter fon deuoir. En m'interrompant, Tu as peur (dit-il) mais ie ne puis eftre efclaue de la volonté de ces deux refueurs. Il me quitte en branflant la tefte, & ie ne fçauois comme interpreter ces obfcuritez. Le iour enfuiuant Phyriman entre dans ma chambre: à voir fa defmarche ie iugeay qu'il auoit commis quelque infigne mefchanceté. Courage (dit-il) ces Argus ne font plus au monde, mon breuuage les a rauis au nombre des Dieux; compofons noftre vifage à vne feinte trifteffe. Ie demeure infenfible au recit d'vne fi haute inhumanité ; & comme ie regardois ce parricide, vn grand bruit qui fe fit entendre du departement de ces deux vieillards, obligea Phyriman de fortir de ma chábre & me laiffer dans l'accez d'vne fievre qui me perfecutoit à l'extremité. Ce déloyal entre dans le lieu où ces deux corps ne faifoient que d'exhaler le dernier foufpir. Il tefmoignoit par fes pleurs & par fes regrets ne pouuoir iamais eftre confolé. A voir fes actions de rage & fon defefpoir on euft eu pitié de fon defaftre. Ses larmes, fes cris, fes gemiffemens auroient efmeu les chofes les plus infenfibles. Les Medecins fe difpofent à ouurir ces deux corps pour cognoiftre la caufe d'vne mort fi precipitee : veu que la qualité de la maladie n'eftoit pas à beaucoup

prés si maligne pour auoir vn succez si funeste & si contraire à leur
opinion: neátmoins Phyriman n'y
voulut iamais consentir, prenant
son pretexte d'vne feinte pieté,qui
ne pouuoit permettre qu'on fouïl-
last dans les entrailles de ses paren;
& qu'on exposast à la veuë de tant
de personnes les choses qui durant
leur vie auoient esté si soigneusement conseruees, & modestement
cachees à tout le monde.

Chacun expliquoit ce procedé
selon son sens : mais ie ne pouuois
seulement ietter les yeux sur ce detestable parricide, tant l'horreur
de cet enorme attentat me troubloit l'esprit. En cette perplexité ie
fais resolution de me retirer , de
peur que ce perfide ne me fit vn
pareil traictement qu'à ces deux
vieillards,& que l'apprehension de

la defcouuerture que i'en pourrois
faire ne l'obligeaft à me faire vn
mauuais party. Car quelle affeurance en la compagnie de ce tygre? ny
quelle focieté pouuoit-on auoir
auec ce loup rauiffant? Et pour ne
rompre tout à faict auec cet eftourdy, i'efpiay l'occafion propre pour
auoir mon congé, lequel finalement i'obtins, apres plufieurs remifes; mais ce fut à condition de
ne l'abandonner de fix mois.

Quelque temps apres Phyriman
fe met à faire l'homme d'Eftat; il
fait le ferieux; il fait femblant de
n'auoir autre but que le bien du
public; il careffe l'vn, il gaigne l'a-
mitié d'vn autre, il fait largeffe de
fes threfors; & dans l'excez de fa
prodigalité, il s'acquiert la bien-
veillence de tous ceux qui eftoient
fans adueu & fans moyens, & qui

trouuoient du contentement dans
vne despence si superfluë. Et pour
ne donner aucun ombrage aux
maisons illustres d'Aristogene &
de Chrysandre, il dissimuloit accortement & cachoit ses inclinations,
sans faire la moindre demonstra-
tion de son artifice & de sa detestable conjuration.

Pour lors l'inuincible Ludouicã-
dre estoit occupé au siege de Calezambre, ville maritime, & qui estoit
assise aux confins du Royaume de
Gallocalie, laquelle auoit esté surprise par le Prince d'vne Isle voisi-
ne, qui auoit fait enuahyr cette
place contre tout droict, & sans
mesme auoir denoncé la guerre.
Le Roy prend la routte de cette
place pour en chasser cet injuste
vsurpateur, & luy oster le moyen
de s'y fortifier. Bouquaman (c'est le

nom du general des ennemis) auoit
si bien donné ordre à ses affaires, &
si bien muny cette ville, que sa Majesté n'en peut si facilement venir à
bout, comme les apparences le luy
auoient fait esperer. Les Gentils-
hommes, & les gens de bien se ioi-
gnent à Ludouicandre : Les mal-
contens, les desesperez, les rebelles;
en vn mot, les criminels dignes de
mille supplices, se rendent à Bouquaman. Quelques Princes voi-
sins redoutans la valeur de sa Majesté luy font offre de leur secours,
& sous main prestent toute sorte
d'assistance à son ennemy. Ludouicandre inuestit la place, & trauaille sans intermission à ce siege, ayát
iuré sur son sceptre & sur sa couronne, qu'il ne demordroit de son
entreprise, & n'abandonneroit cette poursuitte iusques à ce qu'il eust

reconquis Calezambre, mis à la raison le desloyal Bouquaman, & fait la vengeance de la perfidie des Ministres de cette partialité.

Et soit que le Roy de Lindare fauorisast les armes de Bouquaman : soit que la grandeur de la gloire de Ludouicandre luy donnast de la crainte & de l'enuie : soit qu'il estimast d'estre plus heureux que ces ancestres, qui auoiét si souuent aspiré & respiré à l'vsurpation d'vne si florissante Monarchie, il comméça de bastir des desseins, au preiudice de la foy publique & de l'equité, & mit sus pied vne puissante armee pour la verser sur la premiere Prouince qui seroit exposee à sa fureur ; en cette croyance que sa Majesté ne voulant se diuertir de Calezambre, il n'y auoit aucune difficulté que son project reüssiroit fauorablement.

Phyriman embrasse cette occasion pour contanter sa brutalité : il
despeche vn confident au Roy de
Lindare pour le conuier à venir
cueillir les palmes & les lauriers,
que la fortune presentoit à sa generosité, luy faisant offre de sa vie,
de son credit & de ses amys, & luy
protestant sur la perte de son honneur de mettre en son pouuoir la
fameuse ville de Lymphi-Ree, dont
l'Arsenac & les munitions estoient
suffisantes de subjuguer l'Empire
de l'Vniuers ; & que pour asseurance de ses promesses, il luy enuoyoit les clefs de Guildemine, petite ville, mais tres-forte, dont le
port estoit le plus asseuré & le plus
commode de tout le pays ; où il
auoit, comme Gouuerneur, vne
authorité absoluë, cette place n'e-

ſtant eſloignee de Lymphi-Ree
que de ſix lieuës. Caribante (c’eſt
le nom du Roy de Lindare) preſte
l’oreille à la propoſition de Phyriman. Cette ouuerture luy facili-
te, ce ſemble, le chemin pour l’ac-
quiſition d’vn Royaume, qu’il deuoroit deſia en eſperance, & qu’il
s’imaginoit ne pouuoir eſchapper
de ſes mains, ſans conſiderer qu’il
auoit à faire au plus genereux Monarque de la terre, au peuple le plus
aguerry, & à ceux-là meſme qui
l’auroient deſpoüillé luy & ſes
deuanciers, s’ils n’euſſent eu eſ-
gard à leur incóparable courtoiſie
& à la miſere des Lindariens. Caribante veut profiter de l’occaſion;il
monte ſur mer auec ſon armee, & à
toutes voilles vint fondre au port
de Guildemine, où le Lieutenant
de Phyriman le receut ainſi qu’il
auoit

auoit esté concerté par Phyriman.
On n'auroit iamais soupçonné les
Lindariens d'vne si honteuse lascheté : car le bruict couroit que
ces forces innombrables estoient
destinées pour le secours de Cazalie, & pour repousser les Otthomans ennemis de la liberté de l'Europe & des Chrestiens. Ainsi ce
pretexte ietta de la poudre aux
yeux des plus clair-voyans. Lymphi-Ree mesme ignoroit que ces
estrangers fussent à ses portes, & le
gentil Clarindor deuoit partir dans
peu de iours auec quelque infanterie pour gaigner à grandes iournees les retranchemens du Roy.

Et sans mentir les familles de
Chrysandre & d'Aristogene eussent rencontré leur ruine dans le
sac, le pillage & l'embrasement de
Lymphi-Ree, si le Ciel n'eust eu

X x

compaſſion de la calamité de tant de perſonnes innocentes : & ne m'euſt fait ſeruir d'vn inſtrument ſalutaire, pour deſtourner vn deſaſtre ſi ſanglant & ſi prejudiciable à l'Eſtat. Car auſſi-toſt que Caribante eut pris terre à Guildemine , il choiſit quinze mille ſoldats, & les remit ſous la charge du Lieutenant de Phyriman pour les conduire iuſques à vne foreſt diſtante de Lymphi-Ree ſeulemét de dix mille pas, afin d'attendre les nouuelles & l'ordre de ce traiſtre , qui les deuoit introduire dans la Cité durant l'obſcurité des tenebres, à la faueur du Capitaine d'vne porte qui auoit eſté corrompu à prix d'argent. Phyriman ne manque pas à vne ſi deſraiſonnable aſſignation ; Il aſſemble ſes amis , & ſort de la ville ſous couleur d'aller à la chaſſe auec grád

nombre de cheuaux, de chiens &
d'oiseaux. Ie cómençois de prédre
l'air, & de monter à cheual pour recouurer peu à peu ma santé; Phyriman me commande de l'accompagner : i'obeys; & comme nous e-
stions à deux cens pas de la ville,
quelques païsans esperdus cour-
roient à perte d'haleine pour venir
aduertir Clarindor que toutes les
forests voisines estoient remplies
de gens de guerre. Phyriman les
fait attacher, & les ramene vers la
forest pour leur oster le moyen de
donner l'alarme.

Ce monstre auoit vne contenance plus altiere qu'à l'ordinaire;
& comme il remarqua que ma vigueur n'estoit pas assez robuste
pour suiure la trouppe, il marcha
plus lentement, & m'entretint de
ces infames paroles. *Cher amy, ie*

cours à la gloire & à la poſſeſſion d'vn
riche Diademe. Demain ie ſeray le
Prince de cette Cité, où ie feray paſſer
tous les Citoyens au fil de l'eſpee, pour
la repeupler d'vne autre nation qui me
ſoit fidelle & qui ſouffre ma iuſte domination. Martiſie cette chetiue, ſer-
uira de blãc à mon amoureuſe paſſion,
& puis ie la liureray pour eſtre la
proye de tous les valets de l'armee.
Vranie & Argenie n'auront pas vne
fortune plus gratieuſe. Ludouicandre
eſt bien loing de nous, & qui a plus de
fuſées à demeſler que ne ſçauroit faire
vn autre Alcide. Caribante nous
ſuiura de prez : il eſt en perſonne dans
Guildemine auec cent mille bons com-
battans. Ladilon, qui commande la
porte du Nord, nous receura dans la
ville ſur le minuiƈt. Iamais les Grecs
n'exercerent le pouuoir d'vne victoire
ſur les Troyens auec des effeƈts de fu-

reur si remarquables que seront ceux-cy. Ie feus touché viuement par le discours de ce malheureux Demon. Pour le destourner d'vne si pernicieuse mence, ie luy repartis en ces termes. *Et quoy , mon maistre, ne redoutez-vous point l'indignation du Ciel , & ignorez-vous la puissance de ses tõnerres & de ses foudres ? Violerez-vous ainsi les loix du Royaume & de la Nature, pour trahir vostre Roy, & liurer honteusemẽt la liberté de vostre patrie sous les fers d'vn estranger insolent, qui detestera le premier la saleté d'vn si execrable crime ?* Ce monstre enragé mit fin à ma harangue par vn coup d'espee qu'il me donna au trauers du corps, me renuersant pour mort dessus le carreau ; & non content de cette cruauté, il fit passer son cheual dessus moy par plusieurs fois, me fit

donner encore plusieurs coups &
me fit traisner hors du chemin
dans vn grand creux, afin d'oster
la cognoissance de cet assassinat
à ceux qui sortiroient de la ville.

Mon valet auoit fait vn plus
long seiour dans Lymphi-Ree
pour chercher vn chien, que i'ay-
mois grandement, & qui estoit
merueilleusement fort & propre
pour la grosse chasse. Comme cet
animal fut arriué au lieu où l'impitoyable Phyriman m'auoit traicté si cruellement, il ne voulut iamais passer outre, quelque effort
& quelque deuoir que peust faire
ce pauure valet. Les cris effroyables
& les hurlemés de cet animal donnerent quelque sinistre impression
dans l'ame de ce valet : & ce qui
augmenta son estonnement, fut de

voir des ruiſſeaux de ſang qui cou-
loient le long du chemin, dont la
trace s'addreſſoit au lieu meſme où
l'on m'auoit emporté. Cet homme
laiſſe la liberté à ce chien, lequel
s'eſlança dans le creux, & par ſa
deſmarche & par ſes poſtures auroit imprimé du reſſentiment aux
choſes les plus inſenſibles. Mon
valet voyant vn ſi piteux ſpecta-
cle demeure ſurpris, & ſe laiſſe
choir à mes pieds ſans poux & ſans
mouuement : & quoy que mon
corps fuſt percé de part en part en
pluſieurs endroits, & que le moindre de ces coups fut ſuffiſant de rauir la vie au plus robuſte de tous
les hommes ; neantmoins ie reuins
à moy, ie recogneus mon chien, &
appellay mon valet, lequel finalement ſe releua de ſon aſſoupiſſe-
ment. Ie fais mettre du linge pour

X x iiij

arrester quelque peu le sang qui sortoit en abondance de mes blef-seûres : & me sentant assez vigou-reux pour gaigner la maison d'vn Gentil-homme, qui n'estoit gue-res esloignee de ce lieu fatal, en fin auec des peines nompareilles ie m'y rendis deux heures auant la nuict. D'abord ie prens du papier, & des-pesche mon valet au Prince Cla-rindor, sans que ce messager pene-trast dans le fonds de la lettre dont ie le rendois porteur : car il estimoit que son voyage n'auoit autre but, que l'octroy d'vne litiere pour me faire porter en la maison de ma sœur, distante d'enuiron douze mille pas. Ce valet court dans la ville à perte d'haleine, & par bon heur rencontre Clarindor à mesure qu'il trauersoit vne grande place pour venir en l'hostel d'Aristoge-

ne ; il prend cette lettre & y trouue
ces paroles.

IE suis dans le lict de la mort, *&*
dans le regret d'auoir si souuent
offencé le genereux Thorasmont, par
les artifices du plus infame demon qui
soit en tout l'Vniuers. Mes playes
ne sont que les presages des malheurs
qu'il prepare cette nuict à vostre Cité, qui doit seruir de proye à l'ambition de Caribante, *&* à l'auarice
insatiable de ses soldats : dont la meilleure part est triomphante de l'infidelité de Guildemine, *&* le reste est aux
embusches dans les prochaines forests,
pour s'emparer de Lymphi-Ree à la
faueur des tenebres *&* de la perfidie
de Ladilon.

Clarindor ne sçauoit à quoy se
resoudre : de mespriser cet aduis, ç'e-

ſtoit vne ſtupidité ridicule ; & de
faire auſſi quelque choſe legerement, c'eſtoit vne honteuſe temerité. Il ſoupçonne quelque ſurpriſe : & craint que Phyriman ne faſſe
ioüer ce perſonnage à ce valet.
D'autre coſté ce ſeruiteur preſſé
par ces larmes & par ſon importunité ce ieune Prince, & le conjure
d'enuoyer en diligence vne littiere
au pauure bleſſé. Clarindor communique cette deſpeſche à ſon pere & à Chryſandre, leſquels ap-
puyans leur croyance ſur grand
nombre de conjectures, furent d'o-
pinion (pour eſtre entierement eſclaircis) que ce valet ſeroit arreſté,
& qu'vn Gentil-homme donne-
roit au grand galop iuſques en la
maiſon où ie m'eſtois acheminé.
Ce meſſager me rencontre ſur les
degrez, entre les mains de quelques

païfans qui auoient pris la charge de m'emporter chez ma fœur ; Ie luy confirme de bouche & par ferment la verité de mon papier, & le prie de me r'enuoyer mon feruiteur : car ie defirois de m'efloigner le plus qu'il me feroit poffible de Lymphi-Ree, que ie preuoyois deuoir eftre trauaillee par vn long & dangereux fiege. Ce Gentil-homme rebrouffe chemin, & va rendre compte à ces Princes de fa commiffion. Sans tarder, Clarindor, qui eftoit comme Gouuerneur de la ville, & qui deferoit à fon pere & à Chryfandre tout ce qu'il leur plaifoit ordonner, fit fermer toutes les portes, affembla le Confeil de guerre & les Magiftrats, & mit en bataille dans la place tous les foldats de la garnifon, & tous les citoyens les plus aguerris. Ladilon faute les murailles pour se garentir du suplice, on le prend & on le traisne dans la prison.

Le lendemain mon valet s'en reuient à moy, & me fait le recit de la capture de Ladilon, ensemble de la desroutte des Lindariens qui auoient voulu surprendre la place, & qui auoient receu vn eschec estrange en la porte du Nord, où ils s'estoient auancez en desordre, croyans de trouuer l'infidele Ladilon ; A quoy ce valet adjousta, que la ville seroit inuestie le mesme iour. Ie me fais porter en la ville de Clippe, où ie sejournay durant quelques mois pour recouurer ma santé, & dont nous entendions par bruit commun les merueilles qui arriuoient de iour en iour en ce memorable siege. Ne pouuât seruir à ma patrie, ie n'ay pas voulu demeu-

rer inutile dans mon païs ; Et ne
trouuant point d'occasion plus reuenante à mon humeur, que celle
qui rédoit si fameux le siege de Cazalie, & faisoit briller auec tant d'esclat la renommee de Thorasmont,
i'ay entrepris cette course pour
contenter ma curiosité, & voir si ie
serois assez fortuné de rencontrer
cet Hercule, qui a vn si notable interest de sçauoir l'estat de Lymphi-
Ree, & de secourir ses amis.

Thorasmont ne peut souffrir
dauantage le discours de ce Gentil-
homme sans se descouurir à luy. Il
se fait donc voir auec vn visage où
l'indignation auoit marqué ses
plus effroyables traicts: & luy mettant la main sur le bras ; Si Cleodonte (dit-il) a rendu vn si bon
office à Clarindor, ou plustost vn
seruice si signalé à tout l'Estat, ie

protefte que Cleodonte participera au bon-heur de ma fortune, & fera en la mefme confideration dans mon cœur, comme s'il eftoit mon propre frere : Mais fi dans voftre procedé fe peut remarquer le moindre artifice, ie iure qu'aux defpens de voftre vie ie fatisferay pour vn bon coup mon iufte reffentiment. Cleodonte fe iette aux pieds de Thorafmont, & luy repart en ces termes. Ainfi le Ciel puniffe feuerement ma langue parjure, fi les armes de Caribante ne font les inftrumens des paffions & de la rage de Phyriman. Le compagnon de Cleodonte rend le mefme tefmoignage, & fait voir des papiers qui faifoient mention de ce fiege : & les playes de Cleodonte, qui n'eftoient tout à fait confolidees, feruoient d'vne preuue trop authentique pour obliger le Prince à cette croyance. Cieux! quel desplaisir! quelle bourrasque! quel orage! Thorasmont est inconsolable, à peine peut-il ouurir la bouche pour souspirer & pour se plaindre; Tantost il se desfie de la fortune, & craint qu'elle ne luy ait appresté quelque nouueau sujet de calamité & de disgrace: Tantost il est sur les apprehensions pour sa Martisie; & maintenant la consideration de ses parens & de ses amis luy donne de furieuses allarmes: Mais la tourmente qui l'agite auec plus d'impetuosité, c'est de ne pouuoir estre aupres de l'inuincible Ludouicandre, pour le seruir en cette occasion, où tout à coup il auoit à dompter vne ville rebelle, & à repousser les entreprises de quatre diuerses nations, qui auoient assailly la

Gallocalie par quatre diuers endroits.

La Sultane calma quelque peu
l'ardeur de ce braue Prince; & Trebafombe luy offrant fes armees &
fon Royaume, il receut vn merueilleux allegement à fa douleur.
Sans tarder il fut refolu, que Thorafmont monteroit fur mer auec
tous les nauires de Calomyre, qui
eftoient prefts, & cingleroit vers
Lymphi-Rece pour la fecourir, &
que le Prince de Mantinee equip-
peroit vne autre flotte pour fe ietter dans le Royaume de Lindare
afin de faire le degaft & faire vne
diuerfion des armes de Caribante.

Thorafmont eftant en eftat de
faire voile, les Princes & les Prin-
cefles fe firent reciproquement vn
million de proteftations d'vne e-
ternelle bien-veillance. Auant que
de fe

de se separer, il estoit ordonné à
Cleodonte & à Sybiran d'auoir
l'œil dessus les viures & les munitions : à Nicomar de prendre garde
sur les Officiers : à Polemon & Philacidas de se tenir proche la personne de la Sultane : l'auant-garde
estoit remise à Radiraman ; la bataille à l'Admiral, & l'arriere-garde
à Kiromandre ; le Prince s'estant
reserué pour auoir le soing de tous
les vaisseaux, & donner les commandemens.

Il falloit necessairement costoyer
le Royaume de Lindare : Thorasmont y pouuoit faire le degast
en faisant chemin, & c'estoit
l'intention des Capitaines & des
soldats. Mais pour ne perdre le
temps inutilement ce Prince n'y
voulut iamais consentir ; il est vray
qu'il fit mettre à terre quelques

Y y

Gentils-hommes pour prendre
langue de ceux du pays & s'instruire des particularitez de l'armee de
Caribante. Ils rapportent que le
siege continuoit auec plus de fureur & plus d'opiniastreté qu'au
commencement ; & que sur le
bruict commun que le grand Ludouicandre seroit bien tost à bout
de la ville de Calezambre, & viendroit au secours de Lymphi-Ree,
Caribante auoit enuoyé à son ieune frere le genereux Cloridan,
de luy amener vne flotte garnie de
tout ce qui seroit necessaire pour
vn sujet de telle importance; &
qu'à cét effect, Cloridan auoit fait
vn grand amas de nauires, de gens
de guerre & de munitions, & estoit
party de ce riuage depuis la pointe
du iour, en resolution de faire quelque sejour en l'Isle de Siluerine,

tant pour y puiſer de l'eau douce,
pour y attédre quelques vaiſſeaux,
que pour auoir des nouuelles de
Caribante auant que paſſer plus
outre. Thoraſmont ne laiſſe point
eſchapper vne ſi belle occaſion ; il
prie ſa ſœur de ſe ranger en l'arrieregarde, & ordonne à Radiraman
d'auancer auec ſes gens ; Nicomar
& Cleodonte prennent vn vaiſſeau
leger, & vont recognoiſtre l'Iſle &
la diſpoſition de l'armee de Cloridan ; ce qu'ils executerent ſans retardement, & ſans que les ennemis
s'en apperceuſſent, pour n'eſtre ſur
leurs gardes, ny en lieu qui leur ap-
portaſt le moindre ſoupçon. Thoraſmont eſtant arriué, commande à
l'auantgarde de commencer le
combat, & fait eſcarter trois nauires bien auant en mer ſous la charge d'Elimador, pour empeſcher la

fuitte à ceux qui chercheroient le passage libre pour porter les nouuelles de cette desroutte aux assiegeans. Cloridan se prepare pour repousser cét assaut, ayant rangé sa flotte le long de la rade, afin d'estre fauorisé de ses archers qui estoient en grand nombre sur ce riuage, ne sçachant que penser de cette auenture, ny deuiner quels pouuoient estre ces guerriers qui l'attaquoient si soudainement, & comme au despourueu. Et certes sans l'arriuee de Thorasmont, Radiraman n'eust pas eu du bon : car les ennemis ayant assemblé toutes leurs forces en vn corps, les assaillans furent si mal receus en ce premier choc, que peu s'en fallut que l'auantgarde ne fut deffaite. Le Prince suruient, qui arreste la fureur des Lindariens : & donnant loisir à Radiraman de

rallier ſes gens, de reprendre haleine,& de rager ſes nauires, il enfonça de telle furie les premiers vaiſſeaux qui s'oppoſerent à ſa valeur :
que l'Admirale de Cloridan fut ſur
le poinct de faire naufrage,& cauſa
par ſa retraicte confuſe vn deſordre general dans toute la diſpoſition de leur bataille. Iamais les
eſclairs,les tourbillons & la foudre
n'ont eu des effects plus ſoudains,
plus prodigieux & plus funeſtes
que ceux qui partoient de la main
de cet inuincible guerrier;lequel ſe
trouuoit par tout, renuerſoit tout,
& diſſipoit dans vn inſtant tous ces
foibles aduerſaires, ainſi que le Soleil reduit au neant les tenebres de
la nuict. Cloridan ne ſçauoit quel
party prendre dans vne ſi preſſante
neceſſité, ny comme ſe deſuelop-
per des perilleux dangers qui l'en-

uironnoient de toutes parts; Il void des nauires en pleine mer, qui ne daignoient pas seulement s'approcher pour soustenir l'assaut de ces incognus; il remarque que l'arrieregarde n'auoit pas encore branlé; il fremit par les cris des siens, qui estoient sur la terre, lesquels ne pouuoient resister aux efforts de partie de la bataille, qui estoit descenduë de ses vaisseaux, & auoit gaigné les deux testes de toute la rade: il entend les clameurs des victorieux, & les plaintes des Lindariens, dont le sang auoit souïllé la pureté des flots de la mer, & empourpré tout le riuage: Et ce qui augmentoit son estonnement & sa terreur, estoit la consideration de la vaillance esmerueillable du General, auquel finalement il fut contraint de se rendre pour garen-

tir les miserables restes de son armee.

Thorasmont traitte le vaincu a-
uec toute sorte de courtoisie, & fait
cesser le combat à ceux qui estoient
sur la terre, qui menoiét main-bas-
se, sans en prendre vn seul à mercy.
Il fait neátmoins desarmer les Lindariens, leur promettant la liberté
apres cette guerre, & les asseurant
qu'il ne les retenoit que pour les
empescher de nuire aux Gallocaliens, ou pour les rendre à Caribante en eschange des prisonniers qu'il
auroit conquis au siege qu'il auoit
entrepris auec si peu de iustice & de
raison. De suitte Thorasmont fait
adjouster toutes ces munitions à
ses magasins, & fait couler à fonds
tous les nauires, exceptez quatorze
vaisseaux qu'il reserua pour les employer à bastir vn stratageme. Si

Y y iiij

Cloridan eſtoit dans les rauiſſemens par la conſideration de tant
de merueilles qu'il remarquoit en
la perſonne de Thoraſmont, il eut
bien des atteintes plus furieuſes
lorſqu'il eut la permiſſion de voir
& de viſiter la Sultane : Car en ce
premier abord ſa raiſon fut troublee, ſes ſens furent eſblouïs, & ne
luy reſta aucune fonction que celle
de trembler & de ſouſpirer. Aretic
reçoit cette viſite, ainſi que la bien-
ſeance & la qualité de Cloridan
exigeoient de ſa diſcretion; & dans
les complimens qu'elle rendoit à ce
ieune Prince encore tout interdit,
elle meſloit ie ne ſçay quel reſſentiment altier auec les graces pleines
de charmes & d'appas, qui teſmoignoit apparemment à cét eſtranger, que le projet des Lindariens
auoit auſſi peu de fondement & de

pretexte, comme il luy eſtoit deſa-
greable & odieux.

Pour continuer vne entrepriſe
ſi heureuſement commencee, il e-
ſtoit neceſſaire de reconquerir
Guildemine, afin d'oſter le commerce de la mer à l'armee de Caribante. La place eſtoit imprenable,
& les Lindariens n'euſſent pas attenté contre cette ville ſans la trahiſon & l'infidelité de Phyriman.
Le port eſtoit remply de vaiſſeaux,
& quatre mille ſoldats auoient la
garde des portes & des remparts;
& ſur le moindre ſoupçon vne
bonne partie des trouppes de Caribante s'y pouuoit ietter en fort
peu de temps. Thoraſmont ſupplie la Sultane de retenir Cloridan
dans ſon nauire, auec l'Admiral &
Radiraman; A quoy Cloridan n'a-
uoit garde de former aucune excu-

fe, eftant plus engagé par les attraicts de cette beauté à ne s'efloigner de ce vaiffeau, qu'il n'eftoit
obligé à ce deuoir par les maximes
de la raifon. Incontinent apres
Thorafmont choifit les foldats les
plus aguerris de toute la flotte, les
loge dedans les nauires qu'il auoit
gaignez fur les ennemis, les inftruit
de fon intention, leur ordonne
d'auoir quantité de traicts, grand
nombre de feux d'artifice, & d'a-
uancer droit à Guildemine auec les
banderoles de Cloridan. Les foldats qui paroiffoient fur le tillac
eftoiér habillez à la mode des Lin-
damans, afin de tromper l'artifice de
ceux-là mefme qui ne faifoient autre meftier que de deceuoir la franchife de tout le monde. Thorafmont fait dreffer les armes & les
deuifes de Cloridan fur les autres

nauires qui deuoient souftenir les
premiers, & en cet equipage il
fait tourner la prouë vers Guildemine.

Vn vieux Gentil-homme Lindarien auoit le gouuernement de
cette place, où le Lieutenant de
Phyriman exerçoit toute forte de
cruautez contre les pauures Citoyens. Ce Gouuerneur depefche
vn efquif pour recognoiftre cette
flotte qui s'auançoit à toutes voiles. Thorafmont en fait de mefme d'vne chalouppe ; L'efquif
voyant les banderoles de Lindare,
crie viftement, *Viue Caribante*; La
chalouppe refpond à l'inftant,
Viue Caribante & Cloridan; L'efquif rebrouffe chemin & vient annoncer à la ville l'arriuce de Cloridan ; Le Gouuerneur renuoye fon
Lieutenant, & le Lieutenant de

Phyriman, pour entendre la volonté de ce ieune Prince & de quelle façon il defiroit que la ville fe
comportaft alors qu'il entreroit
dans le port. Thorafmont auoit en
fes troupes plufieurs Gentils-hommes qui auoient vne parfaite cognoiffance de la langue des Lindariens : Ceux-cy vont au deuât de ce
Lieutenant, & luy difent de venir
tout feul dans la chambre de Cloridan ; il obeyt : & Thorafmont
fe trouuant comme par rencontre
fur le chemin, le conduifit iufques
fur le tillac de l'Admirale de la Sultane, où pour lors Cloridan eftoit
plus attentif à contempler les merueilles de cette beauté, qu'à preuoir
les accidens qui menaçoient la garnifon de Guildemine & l'armee
des Lindariens. Auant qu'introduire ce Lieutenant dans la cham-

bre, Thorasmont le supplia, comme de la part de Cloridan, de laiffer son espee & son manteau, de
peur qu'il n'apportast de la terreur
à vne belle Damoiselle, que le Prince honoroit plus que sa vie ; & que
pour la deliurer de ces craintes personne n'étroit en ce lieu de respect
auec des armes ; & de fait Thorasmont laissa pareillemét son espee ;
& prenát ce Lieutenát par la main,
Allons (luy dit-il) mais le Prince
vous dira simplement sa volonté
sans permettre que vous luy fassiez
ny discours ny compliment, & c'est
ce qu'il ordóne à tout le monde in-
differemmét pour ne se diuertir de
l'entretien de cette Dame, & bánir
de l'esprit de cette belle les apprehensions de quelque peril. Thorasmont s'auáce à l'oreille de Cloridá,
auquel il dit en lágage Lindarié, &

tout bas. I'ay traifné comme par force ce Cheualier en ce lieu, pour receuoir de vous le commandemét de me fournir de vos gés pour dref- fer vn feftin à la mode de voftre na- tion, afin de vous traicter auec ma fœur dás mó Admirale. Permettez que i'aille au quartier des miens (re- part Cloridan) & ie m'efforceray de vous feruir en cette occurence felon voftre contentement. Non, non, (replique le Prince) la Sulta- ne prend plaifir d'entendre de vo- ftre bouche l'hiftoire de voftre pays, continuez ie vous en fupplie, & ordonnez à ce Gentil-homme de fuiure mes intentions, & fans tarder ie reuiens à vous. Cloridan, qui ne penetroit point dans le fonds de ces obfcuritez, s'approcha de ce Lieutenant, & luy mettant la main fur le bras : Allez (luy dit-il)

& sans aucune remise executez de
poinct en poinct tout ce qui vous
sera ordonné, sans y faillir, & sans
rapporter la moindre difficulté.

Là dessus ce Cheualier sort de la
chambre de la Sultane, laquelle
par la persuasion de Kiromandre
auoit interrompu Cloridan pour
l'empescher d'entretenir plus long
temps ce Lindarien. Thorasmont
poursuiuant sa poincte, fait la leçon à ce Lieutenant, lequel auoit
plus de croyance à ces paroles qu'à
celles d'vn Oracle le plus certain.
Il n'auoit aucune matiere de soupçon; il sçauoit que l'armee de Cloridan deuoit arriuer en cette coste;
il voyoit de toutes parts ondoyer
au gré des Zephirs les banderoles
de Lindare; il entendoit les soldats
parler en l'idiome de son pays; il
voyoit les habits, les armes & les

nauires ; & ce qui luy filla tout à
fait les yeux, ce fut le commandement qu'il auoit receu de la propre bouche de Cloridan, lequel il
recognoiſſoit clairement & diſtin-
ctement pour l'auoir veu pluſieurs
fois dans les armees, & en la Cour
du Roy Caribante. Et comme cet
eſquif reprenoit la routte de Guildemine pour aduertir le Gouuerneur de preparer toutes choſes
pour la reception de Cloridan ſelon l'ordre que Thoraſmont luy
auoit preſcript, ce Prince enuoya
le iudicieux Elimador pour arreſter le Lieutenant de Phyriman
ſous pretexte que Cloridan deſiroit de parler à luy.

LES TRIOMPHES DE LA GVERRE ET DE L'AMOVR.

HISTOIRE ADMIRABLE

des sieges de Cazalie & de Lymphiree, places importantes, où s'est signalie la prodigieuse valeur de Thorasmont: & les chastes Amours de ce Prince, & de l'incomparable Martisie.

LIVRE HVICTIESME.

DEPENDANT Thorasmont enuoye Nicomar & Philacidas au departement de la Sultane, pour amuser

Zz

Gloridã & defgager l'Admiral, Kiromãdre & Radiramã. Ces trois Officiers fe rédét fur le tillac, à mefure que le Prince fe prefétoit l'efpee à la main au Lieutenant de Phyriman, auec menace de le faire ietter dãs les flots fi promptemét il ne declaroit l'eftat des affaires, les projets de Caribãte, & les menees de Phyriman. Et foit que l'horreur du fupplice caufaft de l'eftonnement à ce criminel ; foit que la prefence de Thorafmont, qu'il auoit offencé en tant de façons, luy troublaft le iugement, fans marchander il fe confeffa coulpable, & fit le recit de tout ce qui auoit efté concerté & refolu dans le confeil des Lindariens. En fin Thorafmont ne pouuant fouffrir plus longuement vn object fi infame & fi malheureux, ordonna au Preuoft de fon armee

de se saisir de ce desloyal, de ce con-
seiller execrable, de cét instrument de rebellion, de ce monstre
qui auoit si laschement violé sa
foy, trahy son Prince, & exposé sa
patrie à la mercy de ses ennemis.

L'Admiral & Radiraman estoiét
dans les transports & dans les admirations, voyans la prudence auec
laquelle le Prince auoit acheminé
cette entreprise, de laquelle dependoit l'issuë de cette guerre. Aretie
en conceut vn plaisir extreme, &
des esperances infaillibles d'vn
heureux succés. Cloridan estoit
agité de ie ne sçay quelle inquietude, sur des presages sinistres qu'il tiroit de l'allegresse suruenuë à tous
les chefs. Le Prince, pour le desliurer de l'erreur & du tourment où
le pourroient precipiter ces ombrages, luy declare le tour desouplesse

qu'il auoit ioüé au Gouuerneur de
Guildemine, & comme il tenoit en
son pouuoir le Lieutenant de Phyriman, & les destinees de toute la
garnison. Cloridan ne sçait à quoy
se resoudre, ny comme se comporter en cette affliction : la perte de
ce Gouuernement luy est sensible
à l'extremité; car elle est ineuitable,
& il est impossible de s'y opposer.
De l'authoriser par son adueu, cela
blessoit sa reputation ; & de n'y
consentir par les voyes de la douceur, c'estoit sacrifier toute cette
garnison infortunee à la fureur des
citoyens, & d'vne armee victorieuse. Cieux! qui pourroit exprimer
le ressentiment de ce pauure Prince, & de combien de trauerses sa
constance fut assaillie? Thorasmot
le supplie de tenir compagnie à la
Sultane, & l'asseure qu'il espargne-

roit selon l'occurrence le sang & la
vie des Lindariens.

Tout le port estoit remply de
machines & de gens de guerre; Kiromandre y entre auecque son
auantgarde ; l'Admiral le suit de
prés auec la bataille ; & l'arrieregarde marchoit lentement pour
soustenir les premieres trouppes, &
empescher le passage de la mer à
ceux qui voudroient prendre la
fuitte. Kiromandre s'addresse au
Gouuerneur, qui paroissoit sur le
riuage, & luy dit de la part de Cloridan, de faire retirer bien loin les
vaisseaux qui estoient au port, pour
faciliter la descente de la flotte : &
de suitte, d'enuoyer en diligence
hors de la ville en la campagne
tous ces bataillons d'infanterie, &
tous ces cheuaux qui estoient en
bataille dans la place & en toutes

les auenuës, & que Cloridā les iroit
viſiter en perſonne incōtinét, pour
iuger de leur contenance. Ce Gouuerneur y ſatisfait ſans s'informer
d'autre choſe, & Kiromādre s'eſtāt
rendu maiſtre du port, & ietté trois
mille ſoldats en cette place, toute
l'armee prit terre ſans aucune incommodité. Thoraſmont ran-
geoit les nauires, agiſſoit par tout,
& faiſoit mouuoir ce grand corps
auec tant de dexterité, que les Lindariens ne deſcouurirent iamais la
verité de ces ſtratagemes, que lors
qu'il leur fut impoſſible de reſiſter.
Le Gouuerneur fait donner l'alarme, & ſe met à la teſte des ſiens pour
faire vn effort. Thoraſmont fait
abbattre les fauſſes banderoles, &
dreſſer les enſeignes de Gallocalie
& de Calomyre: & Kyromandre
fit paroiſtre vn eſtendart où les ar-

mes de Thorasinont estoient en
broderie d'or, tracees par les belles
mains de l'incomparable Sultane.
Le Prince s'eslance comme vn esclair dessus cette garnison, qu'il re-
poussa bien auant, sans s'amuser à
la poursuiure la voyant en desroute, ains la laissa reprendre haleine
pour l'amour de Cloridan, auquel
il fit donner aduis de venir en diligence pour faire baisser les armes à
ces esperdus, qui ne pourroient eschapper la mort, s'ils irritoient dauantage l'impatience de ses inuincibles soldats. Cloridan se fait voir
aux siens, & leur ordonne de ceder
à cette bourrasque, & recourir à
la douceur du victorieux, plutost
que d'experimenter les effects de
son indignation & de son courage.
Ainsi cette place imprenable, qui
estoit le principal support des aslie-

Zz iiij

geans, reuint aussi facilement au pouuoir des Gallocaliens, qu'elle auoit esté iniquement arrachee de leurs mains par la perfidie de celuy qui l'auoit si laschement exposee à l'insolence des estrangers.

Les citoyens de Guildemine faisoient retentir les campagnes & les vallees par leurs cris d'allegresse, pour le recouurement de leur liberté, & pour le retour de Thorasmont, de qui le nom venerable & fatal apportoit autât de terreur aux barbares, que de ioye aux fideles subjets de sa Majesté. A grande peine le timide Sybiran osoit sortir de l'Admirale du Prince, & descendre dessus la terre. Il se rasseure quelque peu voyant les bastimens de Guildemine, & commençe d'esperer quelque repos. Mais quand il sceut que la ville estoit au pou-

uoir de Thorafmont, fa ioye fut fi
defmefuree, qu'il fut fur le poinct
de perdre le fens : & dans l'extrauagance de fes mouuemens, il difoit
merueilles, & contraignoit mefme
le trifte Clöridan à rire & à chaf-
fer fa mauuaife humeur.

Thorafmont choifit le plus
leger nauire de toute fa flotte
pour donner aduis à l'incomparable Ludouicandre de la reprife de
Guildemine, du recouurement de
Califmene, qui eftoit Sultane, du
retour de Thorafmont, & du notable fecours qu'il auoit amené à la
ville de Lymphi-Ree, fans laiffer
en arriere la deffaite de Cloridan.
Nicomar fut le Capitaine de ce
vaiffeau pour eftre mieux receu par
fa Majefté ; A laquelle il pouuoit
pertinemment rendre compte des
actions de Thorafmont, pour l'a-

uoir toufiours fuiuy en tous fes voyages. Calezambre s'opiniaftroit de plus en plus en fa deteftable rebellion, & le Roy fe roidiffoit dauantage en fa genereufe refolution; & ce Monarque qui auoit taillé en pieces tous ceux qui s'eftoient ingerez de fecourir cette malheureufe ville, auoit reduit ces mutins à vn deplorable eftat. Le foin de ce fiege ne touchoit à beaucoup prez le cœur de fa Majefté fi fenfiblement que la confideration de Lymphi-Rec; à laquelle il faifoit deffein d'enuoyer le iour enfuiuant vne partie de fon armee, fous la charge du valeureux Gaftonidor, pour deliurer cette place de l'oppreffion de Caribante, & de l'infolence de Phyriman. Nicomar fe rendit en peu de temps au quartier du Roy, auquel il prefenta les defpesches de la Sultane, & de Thorasmont, se iettant à genoux deuant ce Monarque, & luy baisant la main, que ce grand Roy luy auoit tenduë pour l'aider à le releuer. Cet Hercule recognoissant Nicomar & la lettre de Thorasmont fut comblé d'vn contentement extraordinaire: mais quand il eut appris par la bouche de Nicomar, & par la lecture de ce papier les circonstances de ces agreables nouuelles, ses rauissemens furent aussi grands que l'excez de sa ioye fut extreme. Il remercie le Ciel; il exalte la franchise & la prodigieuse valeur de Thorasmont; il louë sa pieté & sa prudence; il admire les accidens qui auoient accueilly la Sultane & ne trouue que des miracles en des succez si heureux & inesperez; il n'a plus l'esprit trauaillé du costé

de Phyriman & de Caribante; il se
repose pour ce regard iusques à ce
qu'il eut dompté Calezábre ; pour
venir apres decider par vne bataille auec les anciens ennemis de sa
Couronne, la possession de cette
place importante.

Le lendemain Nicomar eut son
congé auec de riches presens, & les
depesches de sa Majesté pour la
Sultane & pour Thorasmont, auec
le commandement, d'asseurer tous
les Chefs de la bien-veillance de ce
Monarque, & du desir qu'il auoit
de les ioindre si tost qu'il auroit
dompté Calezambre, & mis ordre
aux frontieres de la Prouince de
Moranie.

Desia Thorasmont auoit tiré
hors de la ville de Guildemine la
garnison des Lindariens, leur auoit
donné six nauires pour voguer en

leur pays, & leur auoit fait prester
ferment de ne porter iamais les armes contre le Royaume de Gallocalie. Les principaux Officiers furent reseruez pour tenir compagnie à Cloridan, & pour seruir d'eschange si quelque Capitaine tomboit au pouuoir de Caribante ou
de Phyriman. Elimador & Cleodonte s'estoient auancez au delà de
la forest auec trois mille auant-cou-
reurs. Thorasmont estoit à la teste
pour recognoistre distinctement
la disposition des retranchemens.
Toute l'armee suiuoit immediatement apres. La Sultane estoit de-
meuree dans Guildemine auec
quatorze mille soldats.

Ce Prince ayant consideré à
son ayse, & la fameuse ville de
Lymphi-Ree, & les tranchees de
Caribante, mouroit d'enuie de

venir aux mains auec les Lindariens : car en cette occafion toutes
les puiffances de fon ame eftoiét ef-
galement agitees par la prefence de
tant de diuers obiects. Sa pieté luy
reprefente les interefts de fon Roy,
la deffence de fa patrie & de fes parens ; la pitié luy remet deuant les
yeux la calamité de fes amys, &
d'vne Cité, qui gemiffoit fous la
violente oppreffion de ces eftrangers ; & l'amour luy faifoit conceuoir par vne profonde reflection
tous les defplaifirs qui trauailloient
l'efprit de fa Martifie, de qui l'idole plaintiue, armee de ie ne fçay
quels appas & quels charmes plus
puiffans qu'à l'ordinaire, follicitoit
fans ceffe fa valeur de luy rendre fa
liberté. De ces reffentimens de douleur il tomboit auffi toft dans les
mouuemens de l'indignation & du

courroux contre les barbares, specialement contre Phyriman, qu'il
destinoit à mille supplices pour expier tant de crimes enormes dont
s'estoit soüillé ce parricide execrable ; Que si ce Prince brusloit
d'vn impatient desir d'adjouster
de nouueaux trophees à l'immortalité de sa gloire, cette belle armee
qui auoit dompté la furie des Otthomans sous la charge de cet Alcide, n'auoit pas vne moindre ambition de cueillir en ce champ de
Mars des palmes & des lauriers.

Kiromandre commandoit l'a-
uant-garde, estant assisté par Philacidas : l'Admiral les suiuoit de
prez auec la bataille, qui consistoit
en vingt-quatre mille soldats.
Radiraman conduisoit la derniere
trouppe, composee de quinze mille hommes, pareil nombre que l'a-

uant-garde : les enfans perdus deuoient attaquer l'efcarmouche
fous Cleodonte & Elimador : &
Polemon marchoit à quartier auec
vn gros de conferue, pour receuoir
ceux qui feroient rompus, leur dóner moyen de fe r'allier, & pour
tenir en haleine les ennemis, & empefcher, que leur Cauallerie ne mit
en defordre les bataillons. Thorafmont, qui n'auoit point de gens
de cheual, auoit ainfi difpofé l'ordre de fes rangs, fans s'eftre referué
aucune charge particuliere, pour
auoir l'œil fur tous les Officiers,
& pouruoir à tous les euenemens.

Caribante n'ignoroit pas la defroutte de Cloridan, dont la deffaicte luy oftoit le commerce de
la mer, & l'efperance d'aucun ra-
fraifchiflement ; Il fçauoit auffi
que

que ces inuincibles guerriers qui
paroiſſent en la campagne auec
tant de generoſité, eſtoient ceux-
là meſme qui auoient deliuré la ville de Cazalie, triomphé de toute
la Grece, & taint toute la mer du
ſang des Mahomettans ; L'eſclat
de Thoraſmont luy ſemble fatal,
& les preſages ſiniſtres qui le menaſſent luy font apprehender quelque mauuaiſe fortune ; La terreur
qui glace le ſang de ſes valeureux
gendarmes le fait fremir , & les
tremblemens de Phyriman ne luy
annoncent que quelque notable
malheur. En cette perplexité il
aſſemble la meilleure partie de ſes
forces, & la renge en trois bataillons, ſans deſgarnir ſes retranchemens : puis il exhorte tout le monde à ſe comporter genereuſement ;
& ſe retirant dans vn eſquadron

de Caualerie, qui eſtoit aux aiſles de ſa bataille, pour l'employer ſelon la neceſſité, il attendit les trouppes de Thoraſmont.

Et quoy que Thoraſmont fuſt outré de deſplaiſir de la declaration qui luy auoit eſté faite de la mort du gentil Clarindor ſon frere, qu'il aymoit vniquement, & lequel auoit perdu la vie, lors de la deſcente des eſtrangers, conduits par Bouquigaman, Lieutenant general de Caribante, neantmoins il diſſimuloit ſa triſteſſe pour ne donner quelque ſiniſtre impreſſion aux ſoldats : tirant d'ailleurs vne conſolation indicible de ce que Clarindor auoit rendu des preuues de valeur ſi remarquables en ce grand combat, que la renommee l'auoit publié par tout l'Vniuers, que iamais Cheualier n'auoit ſi glorieu-

sement exposé son sang pour le
seruice de l'Estat.

Le Prince s'approche le plus
qu'il luy fut possible, & recognoist
que là disposition des retranchemens estoit telle. Vn profond &
large fossé entouroit la place assiegee de toutes parts ; & encore que
le marest rendit la sortie impossible & le chemin inaccessible du
costé d'Orient, Caribante n'auoit
pas laissé d'y faire continuer le mesme trauail. Par ce moyen les Gallocaliens ne pouuoient dresser aucune embusche, incommoder les
assiegeans, ny leur enleuer aucun
quartier ; L'apparence retranchoit
aux assiegez l'esperance de tout secours ; si Ludouicandre ne venoit
en personne pour terminer cette
difficulté par vne bataille : car les
Lindariens ne redoutoient que

l’arriuee de ce grand Monarque, estimans tout le reste de l’Vniuers incapable de les faire demordre de leur dessein. Or le siege de Calezambre diuertissoit les armes de ce grand Roy. Douze forts, ou plutost douze chasteaux estoiét bastis à l’entour de ce grand fossé : & ces forts respondoient si bien les vns aux autres, & estoient si bien munis de tout ce qui estoit necessaire, qu’ils seruoient ensemble à la ruine des assiegés & à la deffence des assaillans. Caribante auoit fait espreuue des courages des Gallocaliens ; la sappe luy estoit plus vtile que l’espee ; & la longueur de la guerre estoit le principal fondement de ses pretensions. Les Lindariens alloient & venoient d’vn fort à l’autre à couuert, & sans crainte d’aucun danger ; & ces for-

tifications auoient de si bonnes
terrasses, & de si bons bastions, que
la temerité mesme n'auroit osé se
promettre d'en venir à bout.

Lymphi-Ree remarquoit vn
grand changement en l'armee des
ennemis, & ne sçauoit que iuger
de ce nombre infiny de soldats qui
paroissoient en la campagne, & qui
sembloient venir du costé de la
ville de Guildemine. Aristogene
soustenoit, que le Roy estoit en
personne au milieu de ces bataillons; qu'il auoit reconquis Calezambre, & pareillement reduit
sous son pouuoir Guildemine, &
marchoit pour donner bataille : ce
qui estoit d'autant plus probable
que les ennemis auoient ramassé
toutes leurs forces & tenoient contenance de gens qui se preparent
à resister. Chrysandre au contrai-

re se persuadoit que l'armee de Cloridan auoit resueillé Caribante, pour aller receuoir son frere, & faire vne magnifique ostentation de l'esclat de son camp à tous ces nouueaux venus, ou que peut-estre pour dresser quelque stratageme ces deux armees commanceroient vn feint combat, pour venir à quelque veritable effect. Chacun disoit son aduis de cette aduenture, mais personne ne touchoit au but.

Thorasmont se met à la teste de son auant-garde, & au lieu d'attaquer le premier bataillon des Lindariens, il fondit sur les tranchees, & se rendit maistre de l'espace qui estoit entre les deux forts qui commandoient les abords de tout le marests. Les deux forts y firent merueilles & lancerent vne nuë de

traicts sur les trouppes de Thorafmont pour les empescher de combler le fossé, & d'appliquer les
ponts de corde, & les pieces de
bois pour se faciliter le passage : car
l'intention du Prince n'auoit autre
fin en cette iournee que de communiquer auec les assiegés, leur faire tenir de ses nouuelles, & rédre le
chemin libre de son camp iusques
à la ville. Caribante voyant cet effort s'auance auec le premier bataillon & son esquadron de Caualerie, & donne vn combat general
à la bataille de Thorasmont, lequel recognoissant que les gens de
l'Admiral ne pourroient soustenir
ce choc, & bransloient desia pour
se mettre en routte, quitta son entreprise à Cleodonte, Elimador &
à Kiromandre ; & leur laissant des
forces suffisantes pour continuer,

A A a iiij

il se mesla auec le reste de telle furie auec le bataillon de Caribante qu'il le rompit d'abord, & luy osta le moyen de se r'allier. Cependát les gens de cheual faisoient vn estrange carnage sur les aisles de la bataille. Thorasmont y suruient tout à propos, les repousse, & verse sur le carreau les plus eschauffez. L'Admiral pour se venger de son ennemy, redouble ses coups auec son indignation : à son exemple tout le monde fait son deuoir ; & finalement cette caualerie fut contrainte de se retirer auec vne tres-grande perte d'hommes, de cheuaux, & de prisonniers. Caribante ne s'arreste pas en si beau chemin, il tenta le dernier hazard, & vnissant ces deux bataillons à vn gros, & mettant aux deux costez sa caualerie, il enfonça de telle vigueur la bataille de l'Ad-

miral, qu'il l'euſt entieremét desfaite, ſi Thoraſmont n'euſt oppoſé à
cét aſſaut & ſa preuoyance & ſa valeur : Car prenant par le flanc les
trouppes des Lindariés, & l'Admiral de ſon coſté dónant des preuues
d'vne ſignalee vaillance, il contraignit Caribante de reculer en deſordre : lequel ayant perdu vn grand
nombre de ſoldats en cette charge,
n'eut autre moyen de ſe garentir, que par vne retraite confuſe &
troublee au lieu où eſtoient ſes retranchemens & ſes forts, comman-
dant au reſte de ſon armee de ſe retirer à la faueur de ſes autres forts.

Le Prince ne s'amuſe point à la
pourſuitte de Caribante ; il retourne à Kiromandre & Elimador, qui
ne pouuoient ſubſiſter dauantage,
& eſtoient ſur le poinét d'abandonner leurs ponts, leurs cordages,

& toutes les matieres deſtinees
pour paſſer au delà de ces tranchees
& de ces foſſez. D'abord on inue-
ſtit le fort qui eſtoit le plus proche,
& qui incommodoit le plus le paſſage de ce ſecours. Tout ce qui
s'eſtoit paſſé auparauant n'eſtoit
que jeu, en comparaiſon de ce
combat; les feux d'artifice, les autres
machines, le cry des mourans & des
bleſſez, le tumulte, le bruict, & la
rage rendoient cét aſſaut plus effroyable que tout ce qui s'eſt iamais remarqué de furieux en ces
occaſions. Ce fort ſe deffend genereuſement, eſtant fauoriſé par
la garniſon du fort voiſin, qui y faiſoit couler autant de gens qu'il
eſtoit neceſſaire pour ſouſtenir : &
d'ailleurs Caribante deſcochoit vn
nombre infiny de traicts du lieu où
il auoit fait ſa retraite, où il tenoit

son armee en bataille, auec contenance de vouloir encore venir aux
mains. Ce qui obligeoit le Prince
de laisser son arrieregarde pour
garder le champ de bataille, & son
auantgarde aux deux auenuës de ce
fort, cependant qu'il attaquoit le
fort auec les auantcoureurs d'Elimador, & auec toute sa bataille.

Les bastions & les demy-lunes
furent bien tost au pouuoir des assaillans: car les terrasses & autres
deffences estans abbatruës, & les
doubles fossez estás, ou remplis de
fassines, ou couuerts de ponts &
autres pieces de bois, on appliqua
les eschelles par quinze diuers endroits. Iamais soldats n'ont dispu-
té le prix d'vne place auec plus d'o-
piniastreré. Enfin les Lindariens
voyans que Caribante quittoit la
partie, & abandonnoit sa poste

pour aller donner ordre à vn autre quartier de son camp, ne pouuans resister dauantage demanderent à parlementer. On leur accorde d'emporter leurs armes, leurs morts & leurs blessez dans le fort voisin. Et sans delay ce chasteau fut mis au pouuoir de Thorasmont, lequel y logea Cleodonte & Elimador, auec quatre mille soldats.

A la faueur de ce fort & de quelques barrieres, l'armee de Thorasmont passa la nuict, estãt tousiours sur ses gardes, de peur que la caualerie des ennemis ne se mist en deuoir de luy donner quelque eschec: mais Caribante songeoit plutost à conseruer ce qui restoit en sa puissance, que d'assaillir vne armee triomphante & victorieuse ; & maudissoit en son cœur le mauuais

conseil & les insolentes entreprises
de Phyriman : Car quel moyen de
s'opposer aux conquestes de Thorasmont, qui l'auoit presque vaincu en bataille rangee; auoit emporté en sa presence la principale deffence de tous ses retranchemens ;
auoit repris Guildemine, & deffait
l'armee de Cloridan ? Et comment
resister à Aristogene, à Chrysandre, & à Martisie, qui auoient fait
vne si furieuse sortie du costé d'Occident, que sans l'arriuee de la
nuict, & le secours de Caribante,
les affaires des Lindariens estoient
reduites à vn miserable estat ? Aussi
en cette meslee Caribante auoit
perdu plus de seize mille soldats,
sans parler des blessez & des prisonniers, & d'enuiron douze cens cheuaux qui estoient demeurez aux
victorieux.

On dreſſe pluſieurs ponts deſſus le foſſé, & les gens du Prince pouuoient aller iuſques aux mareſts; mais il eſtoit impoſſible de le trauerſer, ny de pouuoir marcher le long de la chauſſee, à cauſe d'vne grande quantité d'eaux que les aſſiegez auoient fait inonder par tout pour incommoder les retranchemens. Les deux forts voiſins eſtoient maiſtres de ce paſſage; & à moins que de ſacrifier le meſſager à vne mort aſſeuree, on ne pouuoit enuoyer des nouuelles dans la cité. Thoraſmont bruſle d'impatience d'entendre quelle eſt la diſpoſition de la ville, & notamment quelle eſt la ſanté de ſa Martiſie & de ſes parens. En cette ardeur il choiſit douze mille hommes, & leur ordonne de s'eſtendre bien auant du coſté des retranchemens, d'où Ca-

ribante viendroit au secours de ses
forts, & mit à leurs aisles les cheuaux qu'il auoit gaignez le iour
precedent. Radiraman auoit la
conduite de ce bataillon ; & Polemon auec six mille soldats, estoit
logé entre Radiraman & les tranchees, pour estre employé où la necessité requerroit. Cela fait, Thorasmont liure vn assaut general au
fort le plus proche, & ce d'autant
plus ardemment, qu'il recognut les
enseignes de Phyriman, & qu'il iugea que ce traistre se pourroit rencontrer en ce combat: Tout à coup
l'air fut obscurcy par vne si grande
& inombrable multitude de traits,
qu'on eust dit que tout deuoit perir par la prodigieuse gresle de tant
de darts. Apres on vient aux autres
machines: & iamais les piques, les
espees, les haches, les massuës, & les

feux d'artifice, ne firent des effects plus fanglans qu'en cette occafion; où dans vn inftant, la terre qui eft ordonnee pour la fepulture des hommes, eftoit enfeuelie fous eux, tant elle eftoit couuerte de corps, à qui la vengeance auoit diuerfement ofté la vie. Thorafmont ne defchargeoit point de coups qui ne fuffent autant de morts:& le demon qui prefide au plus effroyables iournees, n'a iamais veu des efforts fi efmerueillables que ceux cy. Le grand aduantage du lieu, le defefpoir, & le nombre des tenans rendoient au commencemét douteufe l'iffuë de ce combat: & Caribante mefme ne fe mettoit pas en deuoir de repouffer les affaillans, foit que la trouppe de Radiraman le tint en haleine, foit qu'il foupçonnaft quelque chofe du cofté

des

des afliegez, ou foit qu'il eftimaft
que fon fort eftoit imprenable, &
que Thorafmont y trauailleroit
inutilement. Ce guerrier pourfuiuant fa poincte renuerfe les pal-
liffades, comble les foffez, gaigne
les terraffes, & monte le premier
fur le baftion. Ce vifage trouble le
iugement du perfide Phyriman; &
comme la fabuleufe Medufe rendoit interdits les fens de ceux qui
la regardoient, fi toft que ce defloyal eut ietté les yeux fur la perfonne de ce Prince, il demeura confus, & prefque fans mouuement.
Thorafmont le preffe fans intermiffion & fans relafche, luy faifant
quitter le fecond baftion pour gai-
guer quelque retraicte plus affeu-
ree; & l'apprehenfion du peril a-
uoit tellement glacé le fang à ce
malheureux, qu'il fremiffoit, paffif-

BBb

soit, trembloit, & seruoit pluſtoſt
d'empeſchement aux ſiens, que de
conduite ny de ſecours. A meſure que la reſiſtance des Lindariens
s'oppoſoit dauátage à la generoſité
de Thoraſmont, l'horreur, le carnage, & la fureur s'augmentoiét en ce
lieu fatal, où tout ce que la nature
auoit de plus cruel ſe faiſoit voir en
ſa plus hideuſe & eſpouuentable
forme. Caribante ayant aduis du
danger où eſtoit reduit Phyriman,
voulut eſſayer de le deſgager ; il
s'eſlance ſur Radiraman, & le contraignit de reculer iuſques à la po-
ſte de Polemon : Thoraſmont s'e-
ſtant apperçeu du peril où eſtoient
les gens de Radiraman , laiſſa la
pourſuirte de ſon aſſaut à Kiromádre, qui eſtoit ſouſtenu par l'Admiral ; & prenant le reſte des forces, en faiſant vn demy cercle, il
choqua ſi furieuſement le batail-

lon des Lindariens, qu'il paſſa tout
au trauers, le rompit, en tailla en
pieces vne grande partie, & ren-
uerſa le ſurplus ſur vn autre gros,
qui recüeillit les fuyarts. Caribante
qui ne iugeoit pas qu'vn ſecond
eſſay luy deuſt reüſſir auec plus de
bon - heur & moins de hazard,
s'arreſta ſur les aiſles de ſon autre
bataillon pour deffendre ſes retran-
chemés de ce coſté-là. Mais le Prince, qui ne ſongeoit qu'à la ruine de
Phyrimá retourna prótemét à ſon
aſſaut ; Phyriman ne cherche plus
que la fuitte ; Pour l'obliger plus facilement à cela, Thoraſmont auoit
à deſſein laiſſé vne ſortie libre aux
ennemis pour leur faciliter la retraicte iuſqu'à l'autre fort ; auquel
Phyriman ſe ietta, s'eſtant gliſſé inſenſiblement, & comme à la deſ-
robee dans le foſſé.

Cette lascheté fit perdre courage aux Lindariens, lesquels abandonnerent la forteresse, & se precipiterét qui deçà, qui delà, sans ordre & sans discipline, les moins esperdus suiuans la routte de Phyriman. La faute d’vn chef, pour petite qu’elle soit, est tousiours irreparable : mais quand elle est gráde, elle cause d’estráges effets. Dans vn moment ce fort si bien flanqué, si bien terracé, muny de tant de machines & de tát de braues soldats, dont les abords estoient inaccessibles, & dont la fabrique auoit emprunté tout ce que l’art & l’industrie peuuent produire pour la fortification d’vne place, ce Chasteau formidable fut reduit ce iour là au pouuoir de Thorasmont par la seule faute de Phyriman.

La nuict arresta le progrez de cette victoire, & donna loisir à Ca-

ribante de respirer & de regreter sa
disgrace ; il blasme la timidité de
Phyriman; il accuse son imprudence;il luy impute la perte de ses forts
& la desroutte de ses bataillons;
bref il le charge d'opprobre, d'imprecations & de menaces. Phyriman s'excuse sur l'incertitude de la
fortune, & sur le destin qui preside
aux euenemens de la guerre : proteste de se comporter genereusement à l'aduenir : & promet de reconquerir les deux forts s'il estoit
assisté des forces qu'il desiroit:mais
Caribante ne se repaist si facilement de ces vaines esperances, &
ne veut rien hazarder, attendant
l'arriuee de son Connestable, qui
luy deuoit amener vne bonne armee par terre, & qui s'estoit ioint
à vn Prince voisin, & confederé
de Caribante, qui venoit pour le

feruir.

Cependant Thorafmót ne s'endormoit pas, apres auoir depefché vn courrier à la Sultane pour l'aduertir de fa victoire; il vifita fon cáp, le retrácha, le fortifia, & logea tous les bleffez dans les forts, attendant la commodité de les faire conduire dans Guildemine, ou de les enuoyer à Lymphi-Ree. Il eftoit encor impoffible de trauerfer les marefts qui empefchoient la communication de la ville & de Thorafmont: neantmoins quatre hommes pouuoient marcher de front au bord des marefts le long des tranchees & de la chauffee, & rendre le commerce libre, fi on pouuoit emporter vn grand baftion & quelques demy-lunes qui feruoiét de dehors au fort le plus proche, & qui incommodoient le paffage a-

uec leurs machines & leurs archers.
Thorafmont affemble les chefs,
leur declare fon intention & leur
ordonne de communiquer promptement fa refolution à tous les
foldats.

Il fait donc femblant de defloger
en defordre, & fait mettre le bagage à quartier pour amufer l'énemy
par cette proye. Et pour perfuader
aux Lindariés qu'on fe retiroit à la
hafte, & que qulque infigne malheur auoit accueilly tout le cáp, on
laiffe efchapper tous les cheuaux &
grand nombre de prifonniers ; on
met le feu dans les forts : mais vn
feu qui ne feruoit qu'à obfcurcir la
clarté du iour par fon efpaiffe fumee, & à couurir les foldats defti-
nez pour la conferuation de ces ci-
tadelles. L'arrieregarde ne s'en
efloignoit que de mille pas : la ba-

taille eſtoit vn peu plus reculee, &
l'auantgarde marchoit ce ſembloit
du coſté de Guildemine. Elimador
auoit deux mille hommes pour la
garde de l'equipage, auec ordre de
l'abandonner ſans combat à la diſcretion de l'ennemy, de faire vn
grand tour en fuyant, & ſe ranger à
la queuë de l'arrieregarde, laquelle
deuoit ſeruir d'auantgarde en tournant viſage vers les tranchees. Phyriman ayant eu le vent que Thoraſmont deſlogeoit plus viſte que la
diſcipline militaire ne pouuoit permettre, ſe perſuada aiſement d'a-
uoir rencontré vne fauorable occaſion de reparer les fautes qu'il
auoit commiſes, d'effacer la mauuaiſe impreſſion qu'on auoit de ſa
vertu, & de reconquerir la bien-
veillance de Caribante, qui l'auoit
blaſmé le iour precedent. Ainſi

croyant se signaler par quelque genereux exploict, sans examiner les
circonstances d'vne imprudence si
temeraire, il courut au grand galop
iusques au quartier de Caribante
luy annoncer la victoire, la desfaite
de Thorasmont, sa fuitte honteuse, & le recouurement des deux
forts. Caribante ne croit pas si legerement, la chose luy sembloit
impossible & sans fondemét. Phyriman persiste, & appuye son tesmoignage sur le rapport de quelques soldats, qui soustenoient hardiment la proposition de Phyriman; A quoy ils adjoustoient, qu'il
falloit prendre comme on dit, la
fortune par les cheueux, & ne laisser eschapper de si belles & de si riches despoüilles : & qu'aux affaires
de consequence les grands hommes s'employent plutost à execu-

ter qu'à deliberer. Et finalement,
que l'honneur de la nation des
Lindariens seroit fleſtry à iamais, ſi
par faute de courage on faiſoit vn
pont d'or à ceux qu'il falloit de-
ſtruire ſans aucune miſericorde.

Caribante ſe laiſſe vaincre par
ces perſuaſions; il monte à cheual,
& court à perte d'haleine iuſques
au bagage de Thoraſmont : Là il
s'arreſte quelque peu pour attendre ſon infanterie, de laquelle il
deſbande trois mille ſoldats pour
taſter le poux à ſes ennemis par
l'enleuement de ce butin. Elimador ſe met en fuitte ſans aucune reſiſtance, laiſſe ſes armes par le chemin, & ſe ſauue au rendez-vous qui
luy auoit eſté aſſigné, & ſi dextrement, que Caribante fut deceu par
les apparences de cette deſroutte ſi
bien affectee, qui euſt ſurpris &

aueuglé les plus clair-voyans. Thorafmont faignoit toufiours de gaigner païs pour attirer les gens de
cheual. Phyriman qui eftoit remply d'outrecuidance & de prefom-
ption, fe met à la tefte de cét efqua-
dron , & pourfuit à bride abbatuë
ceux qu'il croyoit auoir des aifles,
& qui ne reculoient que pour
mieux fauter. Alors Thorafmôt fait
tourner vifage à fes bataillons ; on
darde vne grefle de traicts fur les
gendarmes Lindariens; on diffippe
leurs rangs, qui eftoient accourus
precipitemment, & on les renuerfe
fur le premier gros qui eftoit defti-
né pour les fouftenir : lequel eftant
efbranlé par vn choc fi rude, fut
contraint de reculer, & finalement
fe mit en defroutte. Caribante fe
prefente pour donner relafche aux
gens de cheual , & leur faciliter le

moyen de reprendre haleine & se
r'allier : Mais Thorasmont prenant
cette trouppe par le flanc, ropit l'esquadron de Caribante, & le mena
battāt iusqu'à son arrieregarde. Cependant la bataille de Thorasmōt
s'approchoit peu à peu du fort &
du bastion, pour lesquels se ioüoit
cette sanglante tragedie. La terre
n'auoit plus sa naturelle verdeur, elle estoit noyee dans le sang, & ce
sang ruisseloit en abondance de
toutes parts. Ce spectacle r'anime
la fureur des vns & des autres, &
leur rage manque plutost de vigueur, que de volonté de se mes-
faire.

D'autre costé les Lindariens
auoient liuré vn assaut general aux
deux forts conquis par Thorasmont : & comme ils s'imaginoient
de iouïr de cette victoire, encore

plus facilement que les apparences
ne le leur auoient fait conceuoir;
les Gallocaliens les repoufferent
auec vne telle violence, que la plus-
part de ces affaillans fut verfee fur
le carreau. Au mefme inftant la bataille de Thorafmont pourfuit ces
miferables reftes, & fe rend contre
le baftion & le fort que le Prince
vouloit forcer. Dequoy Caribante
s'eftant apperceu, il chargea Radiraman fi à propos & fi promptement, que fans l'arriuee de Thorafmont, c'eftoit fait de cette derniere
trouppe. Caribante ne pouuant
venir à bout de fon entreprife,
quitte le champ de bataille, & s'a-
chemine proche de fon fort pour
encourager fes gens: mais vn grand
tumulte qui fe faifoit entendre diftinctement de l'autre cofté de fon
camp, brifa toutes ces refolutions,

& le contraignit d'y mener sa caualerie pour arrester la fureur des affiegez, qui y faifoient vne eftrange
boucherie. Durant l'abfence de
Caribante, les Lindariens n'eurent
plus ny la volonté de bien faire, ny
le pouuoir d'empefcher la prife du
baftion & de ce fort imprenable,
où les Gallocaliens planterent leurs
eftendarts, & logerent vne bonne
garnifon. Caribante deteftoit l'imprudence & la lafcheté de Phyriman, qui fçauoit fi bien remuër la
langue, & auoit le bras engourdy
lors qu'il falloit venir aux mains ;
& le Prince pouruoyoit à la feureté
de fon camp, & occupoit fes hautes
penfees à tout ce qui importoit au
bien des affaires pour lefquelles il
s'expofoit fi glorieufement à tant
de perils.

Nicomar eftoit de retour du

voyage de Calezambre. Le bon accueil que ce confident auoit receu
de sa Majesté, apporta vn contentement si sensible à Thorasmont,
que de long temps il ne peust proferer vne parole. Et ce qui porta
l'excés de cette ioye desmesuree iusqu'à l'infiny, fut l'arriuee d'vn autre courrier, qui apporta vne depesche à Thorasmont, qui conte-
noit la prise de Calezambre, la deffaite de cinquante mille soldats
qui venoient pour la secourir, & le
partement de ce grand Monarque
qui venoit en personne à Lymphi-
Ree pour la secourir.

A present le chemin estoit libre,
& Thorasmont pouuoit sans diffi-
culté communiquer auec la ville.
Sur le poinct du iour, il fait partir
Nicomar auec quatre cens cheuaux
qu'il auoit reconquis le iour prece-

dent: & pour faire escorte à ces animaux tous chargez de munitions & d'vn riche butin, il ordonna à Elimador de les accompagner auec deux mille archers, & laisser ces forces dans la Cité si Aristogene en auoit besoin, auec charge expresse de presenter ses excuses à ses parens & à Martisie de ce qu'il ne s'aquittoit luy mesme de ce deuoir, estant contraint de ne s'esloigner de son camp pour auoir l'œil sur les entreprises de l'ennemy. Les assiegez, qui estoient dans les rauissemens, & dans l'impatience de sçauoir de quelle part leur arriuoit vn si notable secours, despeschent vn Gentilhomme pour aller à la rencontre de ce conuoy : Nicomar marchoit à la teste, & fut d'abord recognu par ce Cheualier, lequel estant tout transporté tourna

visage

visage, & à course de cheual regai-
gna les portes en criant, *C'est Nicomar, c'est Nicomar*, sans dire autre chose, quelque demande qu'on
luy peust faire. A ce mot Aristogene demeura surpris ; & comme sa
ioye entre-meslee de crainte & d'esperance tenoit son esprit en suspens, il vit ce fidele confident, lequel mit pied à terre, pour luy rendre ses deuoirs. Ce vieillard demande soudain où estoit son fils ;
A quoy Nicomar satisfit incontinent, & combla ce pere d'vne allegresse si excessiue, que peu s'en-
fallut qu'il ne perdit la vie par l'a-
gitation d'vne si forte passion. Nicomar s'arreste pour l'entretenir
des aduentures esmerueillables de
Thorasmont, sans oublier la deffaite de Cloridan, & le recouurement de Guildemine ; & puis tom-
CC e

bant sur le siege de Calezambre, il raconta la prise de cette place rebelle & la signalee victoire que l'inuincible Ludouicandre auoit obtenuë sur les ennemis de son Estat. Dequoy Aristogene receuoit vn si indicible plaisir, qu'il se figuroit d'auoir atteint le but d'vne parfaite felicité. Chrysandre & les autres chefs auoient vn pareil sentiment que ce bon vieillard, & rendoient graces au Ciel, pour tant de succez heureux, qui tout à la fois dissipoiét les tenebres & les borrasques, & ramenoient la clarté & le calme dans la Cité. Nicomar ne declara aucune chose de la condition de la Sultane, soit qu'il reseruast cette descouuerture à son Maistre, soit qu'il ne iugeast à propos d'expliquer cette difficulté iusques à ce qu'il en eut eu la permission.

Le conuoy entroit dans la ville,
& tout le peuple à la foule accouroit pour voir tant de munitions
& tant de cheuaux ; les enseignes
conquises, & les riches despoüilles
qui ornoient ce triomphe augmen-
toient la curiosité des Citoyens,
qui mouroient d'enuie de sçauoir
qui estoit le chef de ce superbe attirail. Vn Page d'Aristogene fen-
doit la presse pour porter en diligence ces bonnes nouuelles aux
Dames. Vranie oyant vn grand
bruict met la teste à la fenestre ; elle
voit vn page qui couroit à perte
d'haleine ; elle voit quantité d'archers incognus ; elle ne voit point
son mary ny le valeureux Chrysandre ; elle entend des voix confuses
sans distinguer le sujet de ces cris,
& dans vne forte impression que
la ville estoit tombee au pouuoir

des Lindariens, elle cheut à la ren-
uerſe, & dans vne ſi profonde letargie qu'on croyoit qu'elle eut
rendu l'ame. Les Dames la rele-
uent, & taſchent par vn prompt
ſecours à rappeller ſes eſprits : mais
bien auec de la peine la pouuoit-
on deliurer de ce grand aſſoupiſſe-
ment ; & lors qu'elle commençoit
d'ouurir ſes yeux abbatus, le Page
ſuruint dans la chambre, qui luy
rendit dans vn moment ſa ſanté,
en criant à haute voix, *C'eſt le Prince Thoraſmont, c'eſt le Prince Thoraſmont, i'ay veu Nicomar.* Ce nom
redonne la vie à Vranie, & la remplit d'autant de ioye dont vne creature mortelle peut eſtre capable.
A ce mot Martiſie perd la couleur,
elle tremble, elle fremit, & ne pouuant contenir vne allegreſſe ſi extraordinaire, elle fut ſaiſie d'vne

paſmoiſon beaucoup plus dangereuſe & plus profonde que celle
qui auoit priué Vranie de ſentiment ; Quelques ſoins qu'on rapporte pour la remettre, on trauaille
inutilement, toute ſorte de remedes cedoient à cette maladie, qui e-
ſtoit d'autant plus à craindre qu'elle eſtoit ſoudaine & violente, &
qu'elle s'attaquoit à l'eſprit qui
n'auoit plus l'vſage de ſes fonctiós.
Touteſfois à force de priſes cordiales Martiſie reuint à ſoy, mais
ſi changee qu'elle eſtoit preſque
meſcognoiſſable.

Ariſtogene fait diſtribuer les viures au peuple, & porter les munitions dans l'Arſenac. On remet les
portes & les remparts ſous la charge d'Elimador, qui fit eriger & ap-
pendre les banderoles conquiſes
ſur Caribante & ſur Cloridan. Ari-

stogene sort de la ville auec toute
sa garnison pour venir au lieu où
estoit son fils, où il faisoit conduire
cent charriots vuides & quelques
carrosses pour emporter dans la
ville les malades & les blessez,
& l'equipage de l'armee, duquel on n'auoit besoin en cette
occurence, & qui ne seruoit que
d'empeschement. Thorasmont e-
stant aduerty que son pere prenoit
la peïne de venir aux retranchemens, s'auança pour le receuoir:
Lors ce bon vieillard iettant les
deux bras au col de son fils, qui s'e-
stoit baissé profondement, versoit
vn ruisseau de larmes, & ne pouuoit faire aucun autre compliment;
enfin ayant repris ses esprits, il s'approcha de l'Admiral, de Radiraman, & de Kiromandre & de tous
les principaux Capitaines, & leur

protesta vne eternelle bien veillance pour la faueur qu'ils auoiét faire
à Thorasmont, & pour le seruice
qu'ils auoient rendu à toute la Gallocalie. Thorasmont & Chrysandre ne mettoient aucune fin à leurs
caresses, à leurs admirations, & à
leurs transports, & dans cette commune resiouyssance des vns & des
autres, Cleodonte se presenta à
Aristogene, qui l'embrassa auec
vne semblable affection qu'il auroit sceu faire le plus intime de ses
amis. De suite Aristogene visite la
disposition du camp de Thorasmont, & les forts qu'il auoit conquis. Et quoy que ce vieillard fust
modeste iusques au dernier poinct
il ne se pouuoit pas taire, & les
hauts faicts de son fils arrachoient
de sa bouche des confessions honorables & glorieuses. Thoras-
CCc iiij

mont ne trouua point à propos de faire pour lors le recit de la Sultane Aretie à Aristogene, de peur que l'excez d'vne ioye si soudaine luy causast quelque dangereux accident : il reseruoit cette descouuerture à l'Admiral, à Radiraman & à Kiromandre, qui peu à peu faisans conceuoir à ce Prince qu'il reuerroit bien tost la ieune Calismene pleine d'honneur, & qui auoit porté sur sa teste le plus riche Diademe de l'Orient, on conduiroit discretement cette affaire & sans crainte d'aucun peril. Ainsi Aristogene & ceux de sa trouppe reprindrent la routte de la Cité, & le Prince ne bougea des retranchemens.

Si tost que la Sultane eut appris que le commerce estoit libre entre les assiegez & l'armee de Thorasmont, elle ne peust souffrir plus

long temps d'eſtre priuce de la preſence de ſes parens. En cette impatience elle deſpeſche vn meſſager,
pour ſupplier le Prince ſon frere de
luy permettre de s'acheminer en
ſon camp, & d'ordonner de Guildemine, de Cloridan, & des forces
qu'elle ameneroit pour l'accompagner ; & lors que ce Gentil-homme rendit ces lettres à Thoraſmót,
ce guerrier inuincible eſtoit dans le
meſme ſentiment que ſa ſœur. A
cét effect il commande à Nicomar
de prendre quatre cens cheuaux, &
tirer droict à Guildemine, pour faire eſcorte à la Sultane, & par meſme moyen de la faire ſuiure par
huict mille ſoldats de la garniſon ;
& de partir ſi à propos, qu'il gai-
gnaſt la foreſt voiſine ſur le poinct
du iour, afin qu'il peuſt les aller receuoir auec vn bataillon de quinze

mille hommes, auant que l'ennemy euſt loiſir de former aucun deſſein : auec ordre d'auoir l'œil ſur
Cloridan, de peur qu'il ne s'eſchap-
paſt. Nicomar ſatisfait au commandement de ſon General , &
ameine le iour enſuiuant Aretie &
Cloridan proche la foreſt. Sybiran
eſtoit de la trouppe : & quelques
raiſons qu'on luy alleguaſt, on ne
ſceut iamais luy perſuader de ſortir
du carroſſe de la Sultane, dans lequel eſtoient auec elle quelques
Dames & Cloridan. Le Prince s'a-
uance vers ſa ſœur auec quinze mille ſoldats : Et Caribante d'autre
part ſe prepare pour la bataille,
croyant que les Gallocaliens vouloient faire vn dernier effort : Mais
il ne s'eſloigna point de ſes tranchees, & ne voulut rien entreprendre legerement; ſi bien que le Prin-

ce ne rencontrant aucun obstacle à
son retour, il luy fut facile de regai-
gner ses forts, & d'y rendre la Sultane sans auucne difficulté.

Sybiran, qui n'auoit proferé vne
seule parole durant le voyage, re-
tomba de plus en plus dans ses ro-
domontades extrauagantes, si tost
qu'il reuid le Prince; à son compte
l'ennemy ne s'estoit point opposé
à leur chemin pour la crainte de sa
valeur ; & Cloridan mesme, à son
aduis, n'oseroit nier que le principal instrument de sa desfaite, ne
soit la generosité de Sybiran ;
neantmoins qu'il ne s'opposeroit
point à la liberté de ce prisonnier,
paurueu que Caribante laissast tout
le monde en paix, & se contentast
de sa fortune, sans venir troubler le
repos & la tranquilité d'vn peuple
qui n'auoit à faire de luy. Kiroman-

dre l'interrompoit, en luy deman-
dant, s'il aimeroit mieux traicter
auec Fomanrino, ou Phyriman: ou
bien d'estre en paix dans la ville de
Guildemine, à condition de passer
encore vne nuict auec Lycomire
& Vdysse, ou tenter encore vne
fois le pelerinage d'Hydimaël. Sybiran ne respondoit que par des
menasses. Le Prince prenant la parole, On ne peut nier (dit-il) que
Sybiran ne soit le plus valeureux
Capitaine de l'Vniuers : aussi i'ay
fait eslection de luy pour vne ambassade qui ne peut estre commise
qu'entre les mains d'vne personne
de qualité ; c'est l'employ le plus
honorable qu'vn courage le plus
ambitieux pourroit souhaitter. Et
quelle charge me veut-on donner
(replique ce Marchand.) D'aller
aux retranchemens du Roy de Lin-

dare (pourfuit le Prince) demander bataille, ou à tout le moins perfuader à Phyriman d'entrer en la li-
ce contre Thorafmont, & à quelque Lindarien de faire le mefme
contre Sybiran. Ie n'ay garde
(repart Sybiran) de commettre
vne telle faute, qui feroit excufable
à vn eftourdy, comme pourroit
eftre Nicomar, ou à quelque ref-
ueur comme Kyromandre : Car
pour mon regard ie n'ay rien à de-
mefler auec Caribante, auquel ie
ferois d'aduis qu'on permift de fe
retirer pour l'amour de Cloridan:
toutesfois ie fuis preft d'aller à la
ville, pourueu que le Prince m'accompagne iufques au delà du coin
des marais. Ie le veux ainfi (refpond Thorafmont) & entends
qu'à cette heure mefme vous con-
duifiez l'equipage de la Sultane.

Cloridan ayant donné sa foy de retourner dés le mesme soir aux forts de Thorasmont, eut la permission de monter à cheual, & d'aller au quartier du Roy Caribante. Le contentement de ce Prince fut extreme de reuoir son frere, qu'il cherissoit vniquement à cause de sa vertu : Mais son estonnement ne receut aucunes bornes, lors qu'il apprit les merueilles prodigieuses de la valeur & de la courtoisie de Thorasmont, & l'histoire admirable de la Sultane. Ces miracles luy donnent vn desir vehement de cognoistre ces illustres personnages, & ce desir luy oste l'enuie de faire la guerre dauantage à ceux qu'il reputoit inuincibles, voire qui auoient les destinees de ses armes, de la terre, de la mer, & de son Royaume entre les mains.

D'ailleurs, le grand Ludouicandre auoit reconquis Calezambre, auoit desfait l'armee des Insulaires, & taillé en pieces le Connestable de Lindare, qu'il auoit rencontré sur ses pas, & n'auoit laissé à Caribante aucune esperance de pouuoir tirer le moindre secours, & dans peu de temps cét Hercule deuoit estre à luy. Cette consideration le tourmente, & la raison luy faisoit toucher au doigt, que sa ruine estoit infaillible, s'il attendoit les effects de la valeur de ce Monarque, plutost que d'experimenter sa clemence & sa courtoisie. Il iette la veuë sur vne ville imprenable : il regarde vne armee victorieuse à ses talons ; Armee qui auoit triomphé de tout l'Orient ; Armee qui auoit enleué en sa presence ses principaux forts, & qui l'auoit surmonté en bataille

par diuerses fois. La desroutte de
son frere luy seruoit de prejugé, &
les approches de Ludouicandre luy
faisoient perdre l'opinion de toute
sorte de bon succés; Et pour comble de disgrace, le Prince de Mantinee estoit entré dans le Royaume
de Lindare, auec vne puissante
flotte, & y faisoit vn degast si
grand, que plusieurs siecles n'e-
stoient capables de le reparer. Voila pourquoy il demanda à son frere
s'il pourroit traicter seurement
auec Thorasmont, pour faire vne
trefue, attendant l'arriuee du Roy
pour conclurre vne bonne paix, &
telle que sa Majesté la desireroit.
Cloridan louë le proceder de Caribante, & luy fait cognoistre que
cette voye estoit la plus asseuree
pour la conseruation de son armee,
& de son Estat. Caribante luy donne

ne pouuoir de faire cette ouuerture, & promet de garder & obseruer
inuiolablement tout ce qui seroit
cócerté par luy & par Thorasmót.

Phyriman eut le vent de cette
deliberation, dont il conceut vne
telle rage, qu'il se donna de son
espee à trauers le corps ; dequoy
Caribante estant aduerty, il s'achemina dans son pauillon, où il trouua ce miserable, qui blasphemoit
contre le Ciel, inuoquoit les esprits
malins, & vomissoit mille injures
contre Cloridan ; & quoy que ce
Prince taschast à calmer ces orages
par des discours d'adoucissement
& de moderation, il ne peut iamais arrester la violence de ce desesperé, qui s'eslançoit contre ceux
qui s'approchoiét de luy pour leur
faire vn mauuais party ; on l'attache ; il rompt ses liens, & se creue les

yeux, voire il se couppe les mains
en morceaux auec ses dents, auec
lesquelles il s'estoit detranché la
langue ; ses cris, ses hurlemens, ses
postures hideuses & espouuentables, bref ses mouuuemens insensez faisoient voir clairement que ce
malheureux authorisoit son desespoir execrable ; & de fait, cette ame infernalle n'eust si tost
quitté ce corps infame, que l'air fut
remply de tenebres & d'obscurité,
où se remarquoient des esclairs &
des flammes volantes & ensoulphrees. Les Hyboux, les Orphrayes
& tels oyseaux de mauuais augure
firent retentir les Echos; on vit des
spectres & des phantosmes, & le
corps de ce desloyal fut rendu dans
vn instant plus puant & plus effroyable que la plus sale charógne
qu'on ayt trouuee dans la voyrie.

Les Lindariens pour expier cette
de prodiges, firent brufler ce tronc
impie, & ietterent les cendres en
l'air, & foudainement le Soleil ramena la clarté du iour.

Cloridan eftant de retour pro-
pofa à Thorafmont les inclinations du Roy Caribante, & le defir
qu'il auoit de donner toute forte
de fatisfactions à faMajefté par vne
paix generale, telle que ce grand
Monarque l'ordonneroit; & cependant que les Lindariens de-
mandoient la trefue. Tout ce que
que ie puis (repart Thorafmont)
eft d'engager ma parole, que de
deux iours le camp du Roy Caribante ne receura aucun defplaifir
ny de mon armee ny des affiegez:
& durant ce temps par l'aduis
d'Ariftogene & du Confeil de
guerre nous refoudrons la trefue

Les Lindariens pour expier
de prodiges, firent brusler ce tronc
impie, & ietterent les cendres en
l'air, & soudainement le Soleil ramena la clarté du iour.

Cloridan estant de retour pro-
posa à Thorasmont les inclinations du Roy Caribante, & le desir
qu'il auoit de donner toute sorte
de satisfactions à sa Majesté par vne
paix generale, telle que ce grand
Monarque l'ordonneroit; & cependant que les Lindariens de-
mandoient la trefue. Tout ce que
que ie puis (repart Thorasmont)
est d'engager ma parole, que de
deux iours le camp du Roy Caribante ne receura aucun desplaisir
ny de mon armee ny des assiegez:
& durant ce temps par l'aduis
d'Aristogene & du Conseil de
guerre nous resoudrons la trefue

ous demandez, & qui durera iusques à l'arriuée de sa Majesté. C'est tout ce que ie puis esperer à present (respond Cloridan) & prenant congé de la compagnie, il gaigna à bride abbatuë les retranchemens dn Roy Caribante.

Apres le depart de Cloridan, la Sultane & Thorasmont rechercherent dans les aduis de Radiraman, de l'Admiral & de Kiromandre les expediens qu'il falloit tenir pour declarer que Calismene estoit Aretic ; afin de ne causer la mort à ses parens par l'effort d'vne ioye trop soudaine & trop excessiue. Et comme ils estoient en cette deliberation, on leur rapporta que le Prince Aristogene venoit aux retrachemés pour baiser les mains à la Sultane, & pour luy offrir la Cité. Cieux ! que de cófusions, que de troubles,

que d'agitatiós dans l'ame de cette
Dame? Thorasmót, qui ne pouuoit
la resoudre & la disposer à voir ce
pere sans vn million de transports
& d'alterations, pria Kiromandre
d'en auoir le soin, & descendit au
bord du fossé pour receuoir ce
Prince, & pour faire en sorte que
ce vieillard fust aduerty de ces bonnes nouuelles insensiblement ; A
quoy l'Admiral trauailla auec vne
telle dexterité, qu'Aristogene n'en
receut aucun preiudice : car sous
pretexte de luy faire voir la fortification d'vn fort, il le tira à quartier,
& de loing luy mit en auant l'asseurance que des personnes croya-
bles luy auoient donnee que la
Princesse Califinene n'estoit pas
morte, & qu'il la reuerroit bien
tost toute chargee de gloire & des
plus riches despoüilles de l'Orient.

Alors en quelque pensee que fut
l'esprit de ce Prince, il ne laissa pas
de se souuenir du songe qu'il auoit
fait la nuict precedente touchant le
recouurement de sa fille : mais quel
moyen de se persuader que la ieune
Calismene fust encore au monde,
veu que le malheur l'auoit aban-
donnee au sort le plus cruel dont
pouuoit estre accueillie la plus miserable creature de l'Vniuers? En
cette perplexité il ordóne à son fils
de ne tenir plus lóguemét son ame
en suspens; Thorasmont sans dissimuler confesse ingenuëment que
la Sultane estoit Calismene, & que
par le rapport de son visage à celuy
de la Princesse Vranie on iugeroit
clairement de la proximité de ces
deux illustres Dames : lors à l'abord
de ce Prince & de sa fille fust veu
manifestement tout ce que la natu-

te peut produire de marques & de
tesmoignages d'vne amitié pater-
nelle; on les vit embraſſez quelque temps ſans pouuoir, ny parler,
ny ſouſpirer ; puis ils ietterent de
profonds ſoupirs, & dirét des paroles qui auroient graué de la pitié &
de l'admiration dans les cœurs les
plus inſenſibles. Ariſtogene ne
demandoit point de particularitez plus certaines pour conclure que veritablement la Sultane
eſtoit Caliſmene, que ſa voix, ſa
taille, & ſon viſage, veu que tout
cela eſtoit ſi conforme à Vranie,
que ſans la difference du veſtement
il auroit pris la Sultane pour ſon
eſpouſe. Il ne reſtoit plus que de
diſpoſer ſans peril le cœur de la
mere à participer de cette felicité:
dequoy ſe chargerent Ariſtogene
& Chryſandre, leſquels reprirent

incontinent le chemin de la ville
pour commancer peu à peu vne
telle declaration.

Cependant Sybiran entretenoit
les Princeſſes, & leur racontoit des
merueilles touchant ſes auentures,
& touchant lafortune de Thoraſmont; & ſans rien obmettre de ce
qui regardoit les eminentes qualitez de la Sultane, il deduiſoit par
le menu les inclinations qu'elle a-
uoit pour ce ieune Prince, & l'abſolu pouuoir qu'elle auoit acquis
ſur ſes volontez: Et comme il eſtoit
fort naïf, & qu'il diſoit fort librement ſes ſentimens, il s'eſcrioit
quelque fois en iurant, qu'Vranie
eſtoit Aretie, ou qu'Aretie l'auoit
deuancé, & pour le piper n'a-
uoit fait que changer d'habit;
& à meſure que la Princeſſe
rioit d'vne telle extrauagance,

Sybiran s'opiniaſtroit dauantage,
& ſouſtenoit qu'il y auoit du ſortilege & de la magie pour enchañ-
ter ſes yeux & pour charmer ſon
eſprit ; puis qu'il auoit laiſſé la Sultane dans le camp, & qu'il la trouuoit ſi bien deſguiſee dans la cité.
Vranie n'entendoit pas ce galima-
tias, & Sybiran ne trouuant ſon
compte en cette compagnie, la
quitta ſans ciuilité, & ſe retira
bruſquement en la grande place
auec Elimador, où les Princes deuoient paſſer. Que ſi le proceder
de ce marchand fut vn ſujet de riſee
à ces belles Dames, il cauſa d'eſtranges bourraſques dans l'ame de
Martiſie : laquelle ſe remettant deuant les yeux tous les diſcours de
Sybiran, & ſe figurant que cette
belle eſtrangere auoit ſouſmis ſous
ſon empire les volontez de cét

amant, elle eut cette ferme croyance que Thorafmont eſtoit infidelle ; & cette opinion s'imprima ſi auant dans ſon imagination : que peu s'en fallut qu'elle ne tombaſt dans vne freneſie auſſi dangereuſe, que cette ialouſie auoit eſté conceuë legerement. En cette inquietude elle ſe rendit dans ſon cabinet, où elle verſa deux ruiſſeaux de larmes, & fit tenir diuers langages à ſa douleur.

Cependant Chryſandre & Ariſtogene eſtoient arriuez au departement d'Vranie, & s'eſtudioient à la deliurer de l'alteration que luy apporteroit la veuë de ſa Caliſmene. Comme elle eſtoit au poinct de la plus moderee reſolution où elle pouuoit eſtre miſe, on luy declara toute l'affaire ; puis l'ayant fait repoſer quelque peu de temps, pour

luy donner loifir de bannir de fon
vifage les mutations vehementes
qui l'agitoient ; on l'amena dans
vne falle, où la Sultane entra auffi
toft, conduitte par Thorafmont.
Ie laiffe à penfer de quelles careffes
& de quels embraffemens fe renouuella la cognoiffance de ces
deux Princeffes, & auec quel reffentiment Thorafmont fut accueilly
par vne fi bonne mere, tant pour fa
propre confideration, que pour le
recouurement de fa fœur?

Apres que ces premiers mouuemens furent fatisfaits, le Prince s'a-
chemina à l'hoftel de Chryfandre,
pour voir fa maiftreffe Martifie ; à
pas precipitez il m'ota dans le cabinet de cette belle, qu'il trouua toute feule, & engagee dans vne profonde refuerie. Aux rayons de ce
beau Soleil ce Prince demeure ef-

bloüy & tout interdit; ses yeux font
l'office de tous ses sens, & sa langue
demeuroit muette, ne pouuant exprimer vne ioye si démesuree. Martisie au côtraire, dans le combat de
mille passions, & dans la fureur de
sa ialousie contre la Sultane, fit à
cet amant vn traictement bien
different de celuy qu'il s'estoit promis: Car cette beauté, qui estoit
assaillie par des angoisses extremes,
ne daigna pas tant seulement ny
l'escouter ny le regarder, & iettant
ses yeux armez de desdain & d'indignation sur luy. *Osez vous* (luy
dit-elle) *vous presenter deuant moy,*
vous qui n'auès rien de recommanda-
ble en vostre personne que vos impostu-
res, vos desloyautés & vos trahisons?
Vous deuiés cacher vostre perfidie, &
vous tenir sans honneur à Constanti-
nople, trop heureux d'adorer les escla-

ues du Serrail, voire celle qui en a esté
reiettee, pour estre indigne d'vn sejour
si agreable & si delicieux : mais sejour
infame, destiné seulement pour des con-
cubines, qui perdent auec leur pudicité
la gloire de la Religion. Miserable
Martisie, falloit-il qu'apres tant de
difficultez que i'auois faites d'escouter
les prieres de ce barbare, ma lascheté
m'... ... loy, & me fist subir sa
loy ... ...udice de la recherche de
tant de ...gneurs, dont l'alliance du
moindre sans doute, me seroit tournee
à vne parfaite satisfaction ? Cruel,
ingrat, monstre d'inconstance, que t'a
peu faire ma franchise pour obliger ta
rage à me rendre vne offence si sanglante & si sensible ? Non, non, laisse moy
ioüir du dernier remede des affligez;
permets qu'en liberté ie souspire sur ma
disgrace, que i'implore le secours de la
mort pour trouuer la fin de ma vie &

de mes trauaux? En vn mot, ne soyez iamais si temeraire & si audacieux de vous trouuer deuant moy? Et finissant ces mots auec vn visage esgaré, elle sortit du cabinet, & se retira dans vne autre chambre.

Thorasmont fut tellement estonné de ce discours, qu'il n'en fut pas moins estourdy, qu'il l'eust esté d'vn coup de tonnerre. Les membres luy tremblent, ses yeux se ferment, sa bouche deuient pasle, son visage perd sa couleur, les iambes luy faillent, & il tombe en vne lethargie si extraordinaire, qu'on croyoit à le voir qu'il eust rendu l'ame. Nicomar entendit le bruit que fit par sa cheutte ce pauure Prince; il accourt en ce lieu fatal! Cieux! de combien de frayeurs fut agité ce fidelle Gentil-homme? A ses cris tout le monde s'y rend à la

foule, & auec vn tel defordre, qu'au
lieu d'apporter quelque foulage-
ment, on ne faifoit que nuire &
empefcher les Medecins de faire
leur deuoir en cette preffante neceffité. Nicomar finalement à
force de remedes luy fit reuenir la
parole & la cognoiffance ; lors ou-
urant les yeux fort debilitez & ab-
battus, auec vne voix à demy mourante, il pouffa ces paroles, accom-
pagnees de mille foufpirs. *Ceffés,
vos foins font trop inutiles, vne perfonne qui veut mourir n'a point befoin
d'aucune affiftance : Certes ie puis bien
dire que les profperitez ont leurs contrepoids, & que le flux de la ioye n'eft
iamais fans vn reflux de calamité &
de difgrace ; I'ay trauerfé les mers les
plus orageufes ; i'ay furmonté tant de
perils ; i'ay dompté la fortune & le
deftin, & maintenant ie viens rendre*

les derniers abois au lieu où ie deuois
trouuer mon asile: ie viens faire le naufrage au port où i'estimois d'estre à l'a-
bry des tempestes & des bourrasques.
Cieux! à quelle grandeur de contentement estois-ie paruenu? I'estois à la
veille de baiser la main de mon inuincible Monarque & de contempler à
mon aise les trophees & les triomphes
de ce grand Roy; i'ay veu mes parens
& ma patrie, & i'ay contraint vne
armee formidable de fleschir sous la
loy de mes genereux soldats. D'vn seul
poinct dependoit le reste de l'establisse-
ment de ma felicité, & ce poinct par
vne contraire influence a renuersé de
fond en comble toutes mes pretensions,
& l'esperãce mesme de tout salut. Que
si mon affliction te touche en quelque
façon, cher Nicomar, fay moy donner vn cheual pour gaigner mes retranchemens, peut estre que i'y ren-
contreray

contreray quelque sorte de consolation
à mon martyre. Nicomar obeyt sans
retardement pour ne l'irriter dauantage par la moindre contradiction, aussi les maladies de l'esprit se guerissent pluftoft par la complaisance, que celles du corps par la vertu de tous les remedes qu'on y pourroit appliquer. Il fait signe à Radiraman de l'accompagner, & ce Prince persecuté de mille impatiences, passa la nuict dans ses forts, sans autre compagnie que celle de l'Admiral & du desplaisir.

Defia l'accident suruenu à Thorafmont eftoit arriué à la cognoissance d'Ariftogene, & de toutes les Princesses. Vranie tombe dans vne profonde letargie, & la Sultane se laisse emporter à vn estrange éuanouyssement. Chryfandre eftoit combattu tout à la fois par

mille trauerſes; mais la compaſſion
de tant de tragiques euenememens
ne luy oſtoit pas les apprehenſions
de quelque ſurpriſe & de quelque
ſtratageme du coſté de Caribante
ou de Cloridan. Il courut aux armes, & dans vn inſtant la ville fut
remplie de cris & d'eſtonnement;
& ſans que Thoraſmont parut
dās les ruës, le tumulte des gens de
guerre & des Citoyens euſt cauſé
des vacarmes, qui euſſent enſeue-
ly la ville dans ſes propres ruines:
Car Elimador s'eſtant ſaiſi des
portes, deſtinoit cette ville au feu
& au ſang, pour venger la mort de
Thoraſmont & de la Sultane, qu'il
eſtimoit auoir eſté eſgorgez par la
populace mutinee. Comme le Soleil diſſipe les nuages & les tenebres, la preſence de ce Cheualier
reduiſit en fumee tous ces funeſtes

deſſeins; Elimador baiſſa les armes;
les Citoyens appaiſerét leur fureur;
Ariſtogene retourna au departement des Princeſſes; & Thoraſmont continua ſon chemin iuſques dans ſes forts, où Cloridan
interrompit ſes triſtes penſees, en
luy apportant vne lettre & vne eſ-
pée de la part du Roy Caribante,
auec promeſſe de ne demordre iamais de ce qui eſtoit contenu dans
ce papier, dont la teneur eſtoit
telle.

AV PLVS GENEREVX
Prince, & plus courtois
Cheualier de l'Vniuers.

*I'Auois bien ouy dire que vous e-
ſtiez inuincible: mais à peine me
pouuois-ie perſuader qu'il vous fuſt
poſſible d'eſtre officieux, & de faire du*

bien à des personnes qui vous estoient
ennemies *&* incognuës: Tellement que
contre les apparences de la raison ie
vous suis redeuable de la conseruation
de mon propre frere; peut estre que sa
façon de s'exprimer aura plus de grace
que la mienne à vous en faire des re-
mercimés: Mais pour les iustes ressentimens, ceux dont ie suis touché n'ont
point d'autres bornes que celles de l'infiny: mes ancestres ont tousiours rencontré plus de prosperité dans la bien-
veillance des Monarques de Gallocalie, que de bons succés dans les euenemens de la guerre : *&* ie ne desire
point à l'aduenir de posseder vn plus
rare thresor que l'amitié de l'incomparable Ludouicandre, le miracle de tous
les Roys, comme il doit esperer de moy
vne eternelle obeyssance: ie soubmets
à la discretion de ses palmes *&* de ses
lauriers le destin de mon armée *&* de

mon estat : *& pour n'estre dauantage vn nouueau trophee à l'immortalité
de sa gloire, ie veux estre l'obiect de
son affection, en luy voüant mon Diademe & employant mon Sceptre &
mon Estat aux loix qu'il luy plaira
me donner. Ie vous renuoye Cloridan
que vostre vertu & son inclination
vous ont acquis : il porte vn pouuoir
absolu de ma part pour vous offrir ma
personne & mon armée, & pour vous
asseurer que Caribante vous estime sur
tout ce qu'il y a de plus illustre dans
l'Vniuers.*

Thorasmont, qui dissimuloit la
grandeur de son mescótentement, reçoit le frere du Roy de Lindare auec toute sorte de caresses & de complimens ; il fait responce à Caribante, & luy depesche l'Admiral pour luy tesmoigner qu'il n'auoit

E E e iij

autre paſſion que de le ſeruir : & le ſupplie de diſpoſer de ſes forces & de la ville, & de demeurer en vn repos aſſeuré iuſques à l'arriuée de ſa Majeſté. Ainſi les trefues furent obſeruees de part & d'autre inuiolablement. Les Lindariens venoiét en toute liberté dans le camp de Thoraſmont & dans la Cité : & les aſſiegez viſitoiét en toute aſſeurá-ce les retráchemens de Caribante. On en donne aduis à ſa Majeſté, laquelle continüa ſon chemin à petites iournees, ayant laiſſé ſon infanterie & n'amena que quinze mille cheuaux. Le Prince de Mantince ayant eu les meſmes nouuelles renuoya ſa flotte en Calomy-re, & ſuiuit la routte de Lymphi-Ree, ſeulement auec quelques Gentils-hommes de ſa maiſon.

Cependant Martiſie qui ſe re-
pentoit de ſa cruauté, auoit raconté ſon proceder à la ſage Calliope:
laquelle en croiſant les bras. Ce
peut-il faire (dit-elle) que le iugement de ma maiſtreſſe ſoit preoccupé de ialouſie contre la ſœur de
Thoraſmont, & qu'elle ſeule igno-
re que la Sultane eſt fille d'Ariſtogene, & que la belle Caliſmene eſt
Aretie? Caliſmene, Aretie! (reſpond Martiſie) ah! ie ſuis coulpable de trop de crimes ? Ce n'eſt
pas le tout (pourſuit Calliope) il
faut reparer la faute, & appliquer
le remede à ce mal, auant qu'il deuienne incurable : & prenant du
papier, elle le preſenta à cette belle,
laquelle y traça ces lignes.

MARTISIE A
THORASMONT.

A Preſent que la cognoiſſance de l'incomparable Caliſmene a banny les ſoupçons de mon ame, i'accuſe ma rigueur, & ie blaſme ma ialouſie : toutesfois elle eſt encore loüable en vn poinct, d'eſtre le teſmoignage de mon amour, & de l'auantage que cette Reyne a ſur toutes les plus belles choſes. RetourneZ doncques la ſeule lumiere de mon ame, pour redonner la vie à la trop infortunee Martiſie.

Vn page court à perte d'haleine au retranchement, & met cette lettre entre les mains de Nicomar, qui la preſenta à Thoraſmont, lequel fut comblé d'vn ſi extraordinaire contentement, que de long temps

il ne peuſt dire vn ſeul mot. En fin
il monte à cheual, & gaigne l'hoſtel
de Chryſandre à toute bride, où
cette beauté le receut auec toutes
les demonſtrations d'amitié que la
modeſtie & la bien-ſeance peurent
permettre. Cette reconciliation
mit fin aux inuectiues des Dames;
la Sultane auoit proteſté, qu'elle ne
verroit iamais de bon œil vne perſonne, qui luy faiſoit perdre tout à
la fois vn frere, vn protecteur, & le
ſupport ineſbranlable de ſa fortune. Cette bourraſque appaiſee, il
fallut contenter Sybiran, & luy
monſtrer Thoraſmont; & tout le
monde trouuoit vn merueilleux
diuertiſſement dans l'extrauagance de ce mutin.

Cloridan auoit fait abbattre la
plus grande partie des forts, & Caribante auoit congedié les deux

tiers de son armee , lors que le grand Ludouicandre arriua à la ville de Sumarie, distante de Lymphi-Ree d'enuiron sept lieuës. Thorasmont remply d'allegresse s'accompagne de l'Admiral , de Radiraman & de Kiromandre, pour aller au deuant du Roy auecques six cens cheuaux : Et Cloridan se ioint à sa trouppe auec cent Gentils-hommes, pour aller pareillement asseurer sa Majesté du seruice de Caribante, & la supplier d'auoir pour agreable l'ouuerture du traicté de paix dont les propositions auoient esté faites à Thorasmont. D'abord que le Prince, & que Cloridan & les autres chefs apperceurent sa Majesté, ils mirent pied à terre. Ludouicandre en ayant aduis, descend aussi de cheual, & s'arreste sous vne saussaye

pour attendre ces Cheualiers. Thorafmont fe iette aux pieds de ce
grand Monarque ; & fa Majefté
en le releuant l'embraffe par plufieurs fois, & luy rend des careffes
au delà mefme de ce que la bonté
& la bien-veillance peuuent exiger
en ces occafions. De fuitte il fait
vn tres-bon accueil au ieune Cloridan, à l'Admiral, à Radiraman, &
à Kiromandre, qui auoient mis le
genoüil en terre pour luy faire les
proteftations de leur feruice, enfemble de la part de Caribante &
de Trebafombe. Apres que cét inuincible Monarque eut donné de
l'admiration & de l'eftonnement à
ces eftrangers, par la majefté de fon
port, & par l'efclat de fa grádeur, &
de la fatisfactió à leurs defirs par fa
courtoifie, il reuint à Thorafmont
pour l'embraffer derechef, & pour

le loüer. En fin il remonte à cheual,
s'entretenant tantoſt auec le Prince, tantoſt auec Cloridan, & tantoſt auec les Calomyriens. Caribante le vient receuoir à deux mille
pas de ſes retranchemens, auec toutes ſortes de reſpects, d'humilitez
& de ſouſmiſſions. Et à l'abbord
de ces deux Princes fut veu mani-
feſtement tout ce que l'amitié peut
produire de remarquable entre des
perſonnes d'vne condition ſi releuee. Les deux Roys marchent
droit à Lymphi-Ree, Caribante
tenant le coſté gauche : & en cette
pompe ils arriuèrent à la porte de
la Cité, où Ariſtogene preſenta les
clefs à Ludouicandre, & vn cha-
riot de triomphe, le plus riche & le
plus ſuperbe dont ait iamais eſté
parlé en tous les ſiecles paſſez. Le
Roy ayant rendu action de graces

dans la principale Eglise, s'achemina à l'hoſtel d'Ariſtogene, où les Princeſſes luy furent baiſer les mains ; auſquelles il rendit de grands deuoirs, ſpecialement à la Sultane. Le Prince de Mantinee, par ſon arriuee, renouuella la ioye de toute la Cour, où l'on ne voyoit que courſes de bague, on n'entendoit que concerts melodieux, l'on ne remarquoit que magnificences, que triomphes, & que trophees.

Tout le monde trauailloit aux preparatifs des nopces de Martiſie & de Thoraſmont. La Reyne partit de Megapole auec de riches preſens, pour venir honorer cét heureux mariage par ſa preſence, amenant auec elle la Princeſſe Mirinde ſœur de ſa Majeſté. Cloridan auoit le meſme deſſein pour Aretie ; mais la Sultane auoit des penſees bien

differentes de la volonté de ce
ieune Prince ; elle auoit pris vne refolution aufli Chreftienne que genereufe, de quitter le monde, comme vn domicile periffable pour fe
retirer dans vn Cloiftre. Non, non,
(difoit-elle à part foy) ie ne puis
plus demeurer dans la confufion
de la terre, puis que l'on n'y void
que de fatales auentures, & des euenemens tragiques & defefperez. La
Religion eft vn port affeuré, où ra-
rement il arriue d'experimenter ces
orages, ces tempeftes & ces bourrafques ; on y eft à couuert des
coups de toute forte de malheurs,
& iamais dans cét azile on n'eft accueilly de difgrace ny peril ; C'eft là
où l'on trouue le remede contre les
maux les plus violens, & dans les
folitudes fe rencontre le contrepoids fatal des calamitez & des mi-

feres ; le Roy authorife mon zele
de fon confentement, & fa volonté eftant vne loy inuiolable & fa-
cree à mes parens , fans difficulté
i'auray la permiffion d'accomplir
mon vœu, fi toft que le Prince
mon frere aura efpoufé fa maiftreffe Martifie. C'eft le temps qui eft
prefcrit au fejour que ie dois faire
dans la vanité de ce fiecle.

En fin la Reyne eftant arriuee,il
n'y eut aucun retardement au mariage de Thorafmont, qui fut accomply auec tant de pompe & de
magnificence, & auec tant de fatisfaction de cét efpoux & de cette
efpoufe, qu'il eft impoffible d'en
reprefenter feulement les ombres
& les images, tant s'en faut qu'on
puiffe conceuoir les fenfibles ioyes,
où furent noyees les ames de ces
deux Amans ; dont les cœurs

estoient abyſmez dans tout ce qui
ſe peut imaginer de plus delicieux.
L'vn & l'autre tournoient leurs
ſoins & leur induſtrie à la varieté
des plaiſirs ; & toutes choſes leur
ſuccedant à ſouhait, ils tiroient de
là vne merueilleuſe harmonie de
volupté ; & ce qui augmentoit la
grandeur de cette felicité, c'eſt que
de toutes parts ils regardoient les
proſperitez , & ne deſcouuroient
aucun tourbillon qui peuſt troubler la ſerenité de leur repos. Les
nopces de Nicomar & de Callioppe furent pareillement celebrees
auec beaucoup de diuertiſſement,
de galanterie & de plaiſir. Caribante n'eut ſi toſt ietté les yeux ſur
les perfections de la Princeſſe Mirinde, qu'il fut entierement capti-
ué ſous les chaiſnes de cette belle ;
il en fait la deſcouuerture à la
Sultane ;

Sultane, laquelle fit aggreer cette
recherche à sa Majesté, & disposa
la Princesse à receuoir le Roy de
Lindare pour son espoux. Tellement que dans Lymphi-Ree se re-
nouuellerent tous ces miracles de
ioye au mariage de ce Monarque
& de l'incomparable Mirinde.

Cloridan ne s'endormoit pas ;
mais toute son industrie fut inutile, car lors que ce Prince y pensoit
le moins, la Sultane s'enferma dans
vn cloistre pour y passer le reste de
sa vie hors le commerce des hommes & de la vanité de ce siecle. Lors
Cloridan ne trouuât aucune voye
pour arriuer à ses pretensions, fit
vœu de ne s'attacher iamais de ce
nœud gordié auec aucune femme,
& de renoncer à l'esclat de sa grandeur; & de faict il se retira de ce pas
dans vn Monastere, où sa saincteté

deuint si eminéte & si exemplaire,
que dans tout l'Ordre ceux des
Religieux qui aspiroient à la per-
fection, ne trouuoient point de
plus asseurees instructions que de
l'imiter, & de conformer leur zele,
leur humilité & generalement toutes leurs actions sur le prototype
de sa vertu. Il auoit escrit au Roy,
& à Caribante pour les supplier de
permettre qu'il se deuoüast au seruice du Roy des Roys; & les prioit
de considerer : qu'à tout le moins
il deuoit auoir autant de courage
que la Sultane : laquelle ayant renoncé volontairement aux delices
de la terre, & embrassé les trauaux
d'vne vie penible au delà de la de-
licatesse de son sexe, luy qui auoit
esté esleué dans la fatigue & dans
les exercices laborieux estoit de
beaucoup plus obligé à souffrir les

incommoditez de l'austerité; ou
plustost deuoit estre plus disposé à
iouyr des plaisirs du Ciel, qui se
font gouster abondammét dans la
solitude par le ministere des Anges.
Iamais Caribante ne le peut diuertir de cette resolution ; & iamais
Thorasmont ny le Prince de Mantinee ne sceurent parler à luy : le
portier estoit trop bien instruit, &
s'ils auoient de l'artifice à le prier, il
n'auoit pas faute de dexterité pour
inuenter ses desfaites.

Il falloit que Caribante retour-
nast en son Royaume, & le Prince
de Mantinee au Royaume de Calomire. Ils prennent congé de l'inuincible Ludouicandre , auec vn
million de regrets, & de protestations d'vne eternelle obeïssance
enuers ce Monarque, & d'vne amitié inuiolable entre leurs nations.

Sa Majesté fit de grands presens à tous les Capitaines, principalement à l'Admiral, à Radiraman & à Kiromandre, & prit la routte de Megapole, capitale ville de son Empire. Caribante prit le chemin de Lindare, amenant la Reyne Mirinde, que les Dames de Lymphi-Ree accompagnerent iusques à la premiere ville sujette à Caribante. Aristogene estoit auec le Roy; & Thorasmont tint compagnie au Prince de Mantinee iusques au dernier port de Gallocalie, où le Prince s'embarqua auec les siens apres mille complimens, & tous les tesmoignages que la plus sincere bien-veillance peut produire lors d'vne separation de deux amis tels que ces deux Princes. L'Admiral, Radiraman, Kiromandre, & les autres Chefs, eurent tout sujet

de se loüer de la courtoisie de Thorasmont, qui ne bougea du port
iusques à ce que la flotte fut bien
auant en mer ; & lequel prit la
poste pour se rendre à la Cour, où
Martisie auoit le rendez-vous,
apres auoir conduit la Reyne Mirinde au delà des confins de Gallocalie.

F I N.

Be

Berard

800
47
79
117
22
302
417
497
440
415
554
637
644

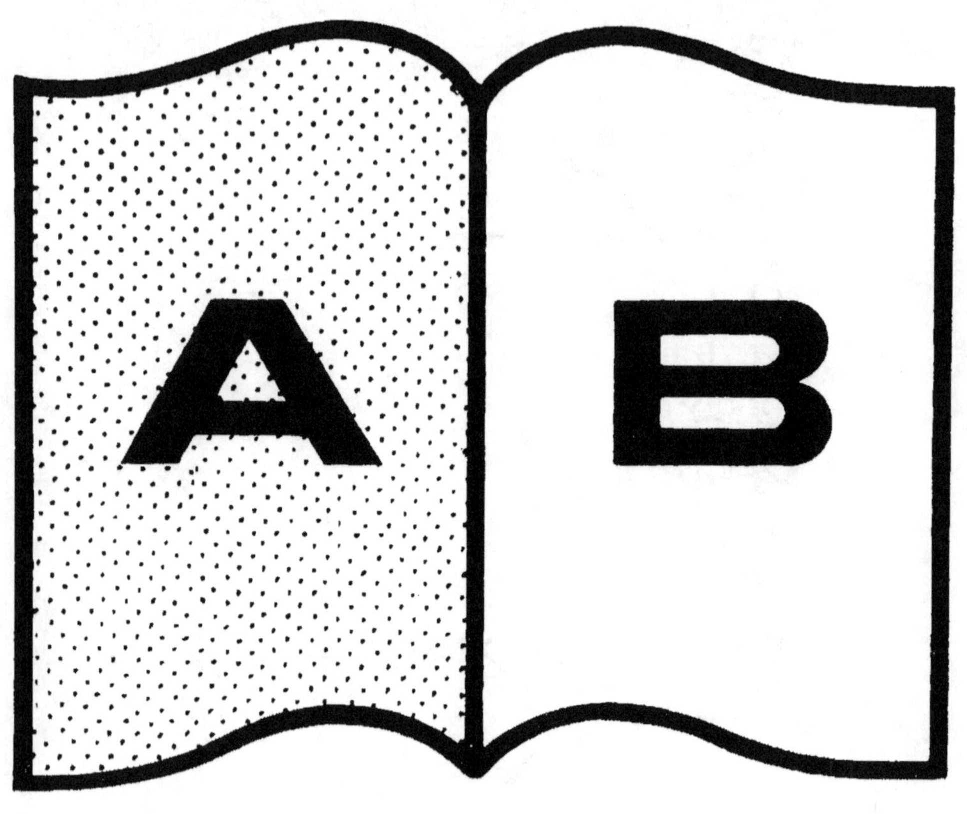

Contraste insuffisant

NF Z 43-120-14

www.ingramcontent.com/pod-product-compliance
Lightning Source LLC
Chambersburg PA
CBHW070921100726
47908CB00001B/57